Gerhard Hess Verlag

Für
[: Stephan:] [

von Helmut

bei Thomas'

Wohnzimmer-
lesung

8.9.13

Mehr über unsere Autoren und Bücher:
www.gerhard-hess-verlag.de

Homepage des Autors:
www.papayabuch.de
Mehr über Drehleiern:
www.drehleierbau.de

Helmut Gotschy

Der geschenkte Traum

März 2013
© Gerhard Hess Verlag
Rilkestr. 3
88427 Bad Schussenried

Satz und Umschlaggestaltung: Gerhard Hess Verlag

ISBN 978-3-87336-417-2

**FÜR CARLOS
UND
MATTIS**

Helmut Gotschy

Der geschenkte Traum
Roman

Gerhard Hess Verlag

Inhalt

Freiburg 9

Unfall 11
Der Ganter 18
Aufbruch 29
Wurzel Zwei 45
Der Baron 53
Begegnung 60
Mary 66
Abschied 74

Berlin 79

Transit 81
Katzbachstraße 90
Der Laden 99
Heiko 103
An Dro 120
Die Drehleier 141
Das Treffen 149
Brügge 157
Ton Steine Scherben 172
Das Festival 181
Saint Chartier 198
Zebulon 208

Lautenbau	219
Die Prüfung	229
Westwärts	239

Die Mühle — 243

Neuland	245
Der Gitarrenladen	261
Die Burg	269
Unter Linden	278
MIDI	292
Himmelwärts	311
George	326
Zu Ehren der Leier	333
Träumerei	343
Man in Black	350
Sommernächte	359
Glossar	371
Bildnachweise	376

FREIBURG

Unfall

Das Fünkchen Trotz flammte auf. Wilhelm drückte den Rücken durch, als sein Gegenüber fortfuhr: »Außerdem frage ich mich, was Sie mit Ihren Beinen überhaupt auf einer Leiter zu suchen haben.« Das rangehängte »Im Baumarkt!« spie er aus wie eine angefaulte Kirsche. »Sie sollten sich nach einem anständigen Beruf umsehen.«

»Bin dabei«, entgegnete Wilhelm, vielleicht eine Spur zu laut. »Ich werde Gitarrenbauer!«

»Sie und Handwerk? Vergessen Sie's. Suchen Sie sich etwas am Schreibtisch.« Der Orthopäde nahm das Röntgenbild vom Schirm, legte es in eine Papiertasche und füllte ein Formular aus. »Hier, Ihre Arbeitsunfähigkeitsbescheinigung. Gebrochen ist, wie gesagt, nichts, aber bis das Gelenk wieder völlig in Ordnung ist, das kann dauern. Wir sehen uns in vierzehn Tagen zur Kontrolle. Lassen Sie sich draußen einen Termin geben.«

Wilhelm erhob sich abrupt.

»Ach, noch etwas, Herr Meerbusch. Gehen Sie davon aus, dass Sie mit vierzig sowieso nicht mehr laufen können!«

Obwohl Wilhelm die Tür heftig hinter sich zuzog, war nur ein gedämpftes »Flopp« zu hören. Sein Kopf war leer, nur dieses »... sowieso nicht mehr laufen können« hallte nach. Wieso soll ich mit vierzig nicht mehr laufen können? Woher will der das wissen? Spinner! Vor zehn Jahren hätte er dem

Arzt noch geglaubt. Mit dreizehn, als er die Sommerferien in Krankenhäusern verbringen musste. Aber heute? Nie im Leben! Nicht nach den langen Wanderungen, dem Trip durch Griechenland und der ausgedehnten Tramperreise mit Sabine durch Irland. Wie stark hatte er sich danach gefühlt, stark und unbesiegbar. Unsterblich. Und jetzt soll ich an einen Schreibtisch? Never!

Wilhelm holte seine Jacke aus dem Wartezimmer. Vorsichtig steckte er die geschiente Hand durch den Ärmel und schloss die großen Holzknöpfe mit der anderen. Den Terminzettel stopfte er samt Krankschreibung in die Tasche, stieg die zwei Stockwerke nach unten und ging zum Parkplatz. Die Schiene drückte. Nicht mehr laufen können? An einen Schreibtisch – Blödsinn! Ich werde auf jeden Fall Gitarrenbauer. Nichts anderes. Jetzt erst recht!

Die rechte Hand war so gut wie nicht zu gebrauchen. Handbremse, schalten, lenken – alles mit links. Wilhelm war trotz der Februarkälte nass geschwitzt, als er seinen Käfer im Industriegebiet parkte.

Ludwig, sein Arbeitskollege, saß im Aufenthaltsraum und genehmigte sich eine seiner üblichen, fünf bis sechs über den Tag verteilten Zwischenmahlzeiten. Ludwig trank ein Bier. Vor sich die BILD.

»Und?«

»Kapselriss. Halb so wild.«

»Wie lange?«

»Zwei Wochen. Vorerst.«

»Ja wie?! Muss ich jetzt etwa den Laster allein abladen?«

»Wieso? War doch erst neulich einer da, ist doch alles voll.«

»Und das Sonderangebot am nächsten Wochend'? Hast du das vergessen, oder was? Vierfünfuneunzig der Quadratmeter, sechzehn dick, weiß beschichtet. Der Chef hat zweihundert Platten bestellt.« Ludwig gähnte und wischte sich mit den Fingern über die Nase.

»Muss der Chef eben selbst ran. Schadet ihm nicht, wenn der mal seinen Arsch bewegt, außerdem kommen die auf Paletten.«

»Aha, der Herr Student ist mal wieder besonders schlau. Und wie, bitt'schön, kommen die Platten von den Paletten rein?«

Ludwig hatte recht. Wilhelm hatte die letzte Lieferung völlig verdrängt. Das Bücken, das Ziehen beim Aufrichten, das Stechen in den Hüften, wenn sie die Spanplatten durch das Tor und um die Ecke schleppten und sie nach Stärke und Dekor sortiert in die Fächer schoben. Eine nach der anderen. Bis in die Nacht hatten sie zu zweit geschuftet, immer rein und wieder raus, das Ganze bei strömendem und peitschend kaltem Dezemberregen. Die nächsten beiden Tage hatte er sich krankgemeldet, die Schmerzen waren unerträglich geworden. In Knien, Rücken und Schultern stecken Wurfmesser.

»Da, jetzt trink noch eins mit, s'ist eh' gleich Feierabend.« Ludwig zog zwei Flaschen aus der Kiste, schob Wilhelm ein Bier über den Tisch und streckte ihm seine Zigaretten entgegen. Wilhelm schüttelte den Kopf, er rauchte nur schwarze Franzosen, wenn möglich mit Maisblatt. Er klopfte alle Taschen ab, musste aber feststellen, dass sie im Auto lagen. Widerwillig nahm er eine von Ludwigs Proletenkippen.

»Wiest'n das überhaup' passiert?«

Wilhelm überlegte für einen Moment, sich zu setzen, entschied sich aber, stehen zu bleiben, denn Ludwigs Fahne wehte ihm entgegen, und so wie dieser heute aussah, roch er wieder einmal besonders. »Beim Hochregal. War auf der Leiter, hatte zwei Bund von den Dreidreißigern auf der Schulter, als das blöde Ding ins Kippen kam. Konnte mich nicht mehr fangen und bin auf dem Stapel gelandet.«

»Ja mich lecksch' am Arsch. Da droben? Bei den Dachlatten. Das sind ja mindestens – ha, das wird gar nicht reichen! Da hast' aber noch mal Glück g'happ, hättest ja hin sein können! Also – Prost!« Während Wilhelm am Bier nippte, trank Ludwig seine Flasche ohne abzusetzen leer und rülpste. Ludwig erhob sich. Seine Augen tränten, seine Hände zitterten, als er auf Wilhelm zukam. Wilhelm sah die Schwielen und den Dreck unter den gelben Nägeln. »Und nun? Was machste jetz' mit der freien Zeit?«

Wilhelm zog die Jacke enger und bemühte sich, von der Seite her und flach zu atmen. »Gesund werden, was sonst?« Wenn ich dem erzähle, dass ich nach Freiburg zu meiner Freundin fahre, fängt der wieder mit seinen blöden Nutten an. »Ich muss dann mal! Mach's gut!« Er tippte mit der Hand an die nicht vorhandene Hutkrempe und ging ins Büro. Die Sekretärin hatte schon Feierabend, deshalb klemmte er seine Krankschreibung an ihr Telefon. Nichts wie weg. Nur noch sechs Wochen – zwei davon geschenkt! Wilhelm verließ das Büro, wobei er darauf achtete, weder dem Chef noch einem anderen Mitarbeiter zu begegnen.

Es hatte geschneit. Feiner Puder bedeckte die Straßen, als Wilhelm sich auf den Weg zu seiner Freundin machte. Er schlitterte Richtung Schwarzwald. Dicke Flocken ab Donaueschingen, der Scheibenwischer rappelte, im Radio schon wieder dieses idiotische money money money von Abba, als ob es kein anderes Lied mehr gäbe. Trotz der Kälte trug er wieder nur die Strickjacke über dem blau karierten Flanellhemd. Seit Sabine studierte, war diese Jacke Wilhelms wichtigstes Kleidungsstück. Um nichts in der Welt hätte er sie gegen einen gefütterten oder wasserdichten Parka eingetauscht. Mehr als ein Jahr ist sie darüber gesessen. Wie oft hatte sie zahlreiche Maschen auftrennen und neu stricken müssen, wieder und wieder Wolle dazugekauft. Alle paar Tage tauchte sie in Wilhelms WG auf, um Maß zu nehmen. Dabei berührte sie fast jedes Mal Stellen, die nichts mit der Jacke zu tun hatten – die Nadeln blieben dann für den Rest des Nachmittages im Wollknäuel stecken. Nur noch sechs Wochen! Wilhelm schob den rechten Daumen ins obere Knopfloch. Die Hand war geschwollen und pochte. Er hätte im Bett bleiben sollen oder wenigstens den Arm hochlegen, aber die Sehnsucht war stärker. Er wollte Sabine überraschen und die Zeit mit ihr verbringen. Nebenbei können wir eine Wohnung suchen, ich besuche den Gitarrenbauer und sehe mich nach einer Werkstatt um, dachte er. In sechs Wochen ist es so weit. Endlich werden wir zusammenziehen.

Sabine war nicht da, als Wilhelm gegen sechs in Littenweiler ankam. Lydia, ihre Mitbewohnerin, meinte, es könne spät werden, sie hätte ein Seminar und er solle in ihrem Zimmer warten. Wilhelm bat um ein Glas Wasser. Er legte sich auf ihr Bett und knüllte das Kissen zurecht. Es roch nach ihr. Das Kissen roch nach dem Parfüm, das er ihr zu Weihnachten geschenkt hatte. Sie mochte es also. Er schloss die Augen und sah sie. Sie kam langsam auf ihn zu, griff ihn an den Ohrläppchen, zog ihn zu sich heran und drückte ihre Lippen auf seine. Wie weich sie waren. Sein Herz begann zu klopfen und er vergaß die Hand. Er vergaß alles um sich herum. Die Textzeile eines seiner Lieblingssongs kam ihm in den Sinn, er sah Sabine und sich in den Rängen sitzen, während der Sänger im Fantasiekostüm über die Bühne schwebte und dessen Stimme die Halle durchschnitt: I need someone to believe in, someone to trust ...

Sie kam noch näher, schmiegte sich an. Wilhelm spürte ihre kleinen Brüste und ...

»Was machst du denn hier?« Sabine stand unter der viel zu hellen Deckenlampe und riss Mund und Augen auf. »Ich denke, du musst arbeiten.« Kein Lächeln.

Wilhelm hob den Kopf und wedelte mit dem eingebundenen Arm. »Krankgeschrieben. Zwei Wochen für uns. Was sagst du?«

Sabine sagte nichts. Sie stellte ihre Collegetasche ab und warf den Mantel über die Stuhllehne. »Du machst Sachen.«

»Freust du dich denn nicht?« Wilhelm stützte sich auf die Ellbogen und suchte Sabines Blick.

»Doch, schon. Das kommt nur so – überraschend. Ich habe erst nächstes Wochenende mit dir gerechnet und mich für – für ein Seminar im Elsass angemeldet.«

»Seminar?«

»Ja, eher etwas Privates. Es geht um Umgangssprachen, Französisch im Alltag oder so ähnlich, aber ich kann es auch absagen.« Endlich lächelte Sabine. »Aber jetzt komm erst mal her und lass dich begrüßen.« Sie beugte sich über Wilhelm und griff nach seinen Ohrläppchen.

Der Ganter

Geier hatten sich über Nacht in den Rücken gekrallt und rissen Fetzen aus dem offenen Schädel. Ein Dolch steckte in der Blase, schwarze Sterne tanzten vor den Augen und irgendwer hatte ihm ein faules Ei auf die Zunge gelegt. Er lag auf einem Haufen Späne neben einer Kreissäge und war gefesselt. Finsternis umgab ihn, die Augen verklebt. Und dann dieses Dröhnen! Es dauerte, bis Wilhelm begriff, wo er war, dass er er war, und dass der Reißverschluss seines Schafsacks auf dem Rücken hing. In Schüben kam die Erinnerung. Stück für Stück setzten sich die Bruchstücke zu einem lückenlosen Bild zusammen. Schlimmer hätte es kaum kommen können!

Hals über Kopf war Sabine auf und davon, hatte sich an der Uni in einen Elektrostudenten verguckt, ging wohl schon länger. Der Gedanke, dass etwas nicht stimmte, kam Wilhelm nie in den Sinn. Viel zu sehr freute er sich auf die beiden Wochenenden im Monat. Die langen Tage dazwischen hatte er nur sie im Kopf und konnte die Freitage kaum erwarten. Raus aus dem Blaumann, Stulle und los. Selbst das Duschen hatte er verschoben. Er wollte so schnell wie möglich zu ihr und hatte sich während der Fahrt ausgemalt, wie das Wiedersehen werden würde. Wie sie sich in der kleinen Wanne vorne und hinten schrubben und die Seife herunterspülen würden. Ganz langsam. Bei dem weichem Schwarzwaldwasser dauerte es Ewigkeiten. Dann gegenseitig abrubbeln und in den Armen halten; später einen Badener, eine Gauloise, viele Kerzen und eine lange zärtliche Nacht.

Doch in den letzten Wochen kam es meist anders, den Wochen, bevor er seine Sachen gepackt und umgezogen war. Mal war sie müde, dann hatte sie eine wichtige Klausur und deshalb keinen Kopf. Ein andermal gab es Knatsch mit Lydia oder sie sagte, sie hätte ihre Tage. An denen war sie sowieso eher reserviert, immer schon. Und nun war sie ganz weg. Seit drei Tagen. Und er saß mutterseelenallein und frierend in einem ausgeräumten Zimmer. Hinter sich den Schrank mit den leeren Fächern und das halbe Doppelbett, das erste Stück, das er für sie beide in der neuen, der ersten eigenen Werkstatt gebaut hatte. In der Hand den Brief, der auf dem Küchentisch gelegen hatte. Die paar Zeilen, mit Tinte geschrieben, in denen sie behauptete, es täte ihr unendlich leid, sie es nicht böse gemeint hätte, und dass er ihr die Heizkostenabrechnung zuschicken sollte. An ihre neue Adresse. Bei ihrem neuen Typen. Und dann dachte er gar nichts mehr. Saß da und starrte aus dem Fenster. Sah den Schneeflocken zu, die sich auf den gerade aufgeblühten Krokussen niederließen und sie begruben. Immer mehr Schnee, bis nur noch einzelne Grashalme hervorspitzten, zartes Grün aus kaltem Weiß. Und das ausgerechnet am ersten Mai. Wonnemonat?

Dabei war alles so schön geplant gewesen. Sie an der Uni, er, bis zum Antritt der Lehrstelle, in der kleinen Werkstatt, um Regale und Kleinmöbel zu schreinern und mit Gitarren oder Dulcimern herumzuprobieren.

Gerade mal vier Wochen. Bonjour Tristesse! Wilhelm konnte die Tränen nicht mehr zurückhalten. Er wollte es auch nicht.

Tags darauf kam Frau Reinacher und kündigte die Wohnung, sagte, sie hätte sie überhaupt nie vermieten dürfen, wäre gar nicht genehmigt gewesen. Die Beiden hätten ihr leidgetan.

»Eigentlich müsstet ihr sofort ausziehen, aber ich gebe euch noch ein, zwei Wochen, bis ihr etwas anderes gefunden habt.«

Uns? Wir? Dabei war Frau Reinacher nett. Sie wollte sich von Wilhelm sogar einen kleinen Tisch bauen lassen. Die Größe wäre nicht so wichtig, meinte sie, aber es müsse Schwarzwaldfichte sein. Unbedingt. Es war sein erster Auftrag in Freiburg.

Wilhelm glich einer abgelegten Marionette, deren Fäden gerissen waren, als er sich Tage später auf den Weg nach Stegen machte. Er wollte auf andere Gedanken zu kommen, sich dem Gitarrenbauer in Erinnerung bringen und Werkstattluft schnuppern, wollte diese exotischen Holz- und Harzdüfte atmen. Vielleicht ist die zehnsaitige Spezialgitarre für den Kanadier fertig, dachte er. Vielleicht ist sie lackiert und besaitet und ich kann sie hören. Und er hoffte auf die Zusage, ab Herbst die Lehre beginnen zu können. Als Gitarrenbauer.

Wilhelm stieg die drei Stufen zum Werkstatteingang hinab und läutete, wartete und läutete nochmals. Niemand öffnete. Wilhelm wunderte sich. Er wäre immer da, immer bei der Arbeit, hatte der Gitarrenbauer beim letzten Mal gesagt. Eine Ausstellung vielleicht, oder im Urlaub? Wilhelm befielen Zweifel. Missmutig machte er sich auf den Rückweg. Seine Laune rutschte vollends zu Boden und kroch unter die Fußmatte. Wenn er mich im Herbst nun doch nicht nimmt? Hatte er nicht einen Japaner erwähnt, der zur Probe arbeiten wollte? Bestimmt bezahlt der ihn dafür, dass er dort lernen kann. Wilhelm sah all seine Hoffnung schwinden. Er starrte geradeaus und fuhr, ohne auf die Umgebung zu achten, zurück nach Freiburg.

Erst auf der zweispurigen Schnellstraße Richtung Stadtmitte bemerkte er das Polizeifahrzeug, das aufgeschlossen, in Zeitlupentempo überholte, und ihn nun mit einer roten Kelle zum Halten aufforderte. Was wollen die denn? Er ließ den Käfer ausrollen. An die Fehlzündungen hatte er sich gewöhnt, ebenso an das Rupfen der Lenkung und rosten tut jedes Auto irgendwann. Ansonsten war der Wagen soweit in Ordnung.

»Führerschein und Fahrzeugpapiere«, sagte der Jüngere, während sein Partner das Auto umrundete, alles inspizierte und besonderes die Reifen genauestens unter die Lupe nahm. Dann das Übliche: Blinker, Licht, Hupe, Warnblinkanlage.

»Folgen Sie uns bitte«, sagte der Ältere und fügte, nachdem Wilhelm Mund und Augen aufgerissen hatte, hinzu: »Keine Sorge, junger Mann, nur bis vor in die Wilhelmstraße.«

Dort angekommen, bat er ihn um einen Schraubendreher. Wilhelm stieg aus. Die Vorderhaube ächzte, als er sie anhob. Er kroch in das offene Maul des Käfers, durchwühlte den alten Schulranzen und reichte dem Polizisten das gewünschte Werkzeug. Dieser kniete sich nieder, schraubte in aller Ruhe die Nummernschilder ab und drückte sie Wilhelm samt einem Zettel in die Hand.

»Das war's. Sie hören von uns.« Er tippte sich militärisch an die Kappe und fuhr mit seinem Kollegen davon. Wilhelm saß bewegungslos auf seinem Schlafsack am Straßenrand und starrte die Nummernschilder an. Was mach' ich jetzt damit? An die Wand nageln? An welche Wand?

Vier Zigaretten später musste er mit ansehen, wie ein Abschleppwagen sein Auto hochhievte, auf die Ladefläche krachen ließ und losfuhr. Zurück blieb Wilhelm, eingehüllt in eine Dieselwolke. Mit dem Käfer verschwand auch sein letzter Rest Hoffnung.

Wilhelm ging die Häuserzeile entlang auf der Suche nach einer Straßenbahnhaltestelle, dabei geriet er in eine Seitenstraße und entdeckte ein Lokal. Litfaß, Kneipe am Theater, stand in Schnörkelschrift auf der Scheibe und über dem Eingang hing das flache Abbild einer gelben Litfaßsäule. Wilhelm zögerte einen Moment, dann zog er die Tür auf und trat ein.

Drinnen war es düster. Vergilbte Wände, alter Tabakrauch, Kunstplakate und Konzertankündigungen: Dubliners, Degenhart, Wader. Ein Dreimanntresen, hinter dem eine junge Frau mit schwarzen Korkenzieherlocken Gläser gegen das Licht hielt und trocken rieb, davor kleine runde Tische. An einem saß ein Mann mit langen weißen Haaren.

»Ali, bitte noch ein kleines Ex und ein Brot.«

Wilhelm drückte sich in die gegenüberliegende Ecke, machte sich unsichtbar und bestellte auf Verdacht dasselbe. Wenig später hatte er zwei Schmalzbrothälften und ein Viertelliterglas Bier vor sich. Ein Vogelkopf vor goldenem Grund: Ganter – Freiburg. Wilhelm setzte das Glas es erst ab, als es leer war. Deswegen Ex, dachte er und hob die Hand, um ein neues zu bestellen. Seine Gedanken schossen umher wie eine

Flipperkugel und landeten doch immer wieder an derselben Stelle: im Aus.

Was zum Teufel läuft hier schief? Sah doch alles so gut aus, noch vor vier Wochen. April, April! Der weiß nicht …

Halt die Klappe. Was jetzt? Ich brauche ein Auto. Dann ist mein Konto leer. Und schon wieder umziehen. So, und wohin? Du sollst die Klappe halten, keine Ahnung. Das Bier kam. »Bitte gleich noch eins.«

»Scheinst Durst zu haben«, sagte Ali.

Wilhelm trank, drehte das Glas und grübelte weiter. Wie komme ich zu einer Wohnung? In eine WG vielleicht? An der Uni gibt's ein Schwarzes Brett. Wie zu Aufträgen? Schwarzes Brett. Und zu einem Auto? Schwarzes Brett. Oder zum Schrottplatz. Sabine? Darauf wusste er keine Antwort.

Ali brachte das Bier und Wilhelm bestellte weitere Schmalzbrote. Das Export, welches er anfangs etwas herb fand, begann zu schmecken und das Salz auf den Broten tat das seine. Er trank, blies den Zigarettenrauch Richtung Vogelkopf und begann auf ihn einzureden.

»Du hast es gut. Dir nimmt keiner etwas weg. Klebst am Glas und guckst in die Gegend. Und ich, ich bin der Depp. Vielleicht hätte ich in Ulm bleiben sollen, nach dem abgebrochenen Studium weiter im Baumarkt arbeiten. Sabine? Weg. Gitarrenbau?«

Der Vogelkopf drehte sich zu ihm hin.

»Ha! Du willst echt den Rest deines Lebens Spanplatten schneiden, Laster abladen und Dachlatten sortieren? Immer auf den Beinen? Immer in der blauen Kutte? Beim Feierabendbier die BILD, das dumme Geschwätz der Kollegen und das Gespött, immer zu spät zu kommen? Denk nach. Du kannst mehr. Nie und nimmer wärest du dort glücklich geworden. Und dann so nah bei deiner Mutter. Du wolltest schon immer nach Freiburg und jetzt? Jetzt bist du da.«

»Ja und? Bin ich da. Ohne was. Alles weg.«

»Wie bitte? Du hast die Lehrstelle in Aussicht, eine Werkstatt, und Holz.«

»Aber ...« Ali griff nach dem leeren Glas, Wilhelm hielt es fest, schließlich brauchte er jemanden zum Reden und bestellte ein neues. »Aber ich habe doch außer dem Tisch noch nicht einen Auftrag, und ...«

»Was und? Hast du das Bücherregal von Robert vergessen? Und dann wolltest du Dulcimer bauen. Und Straßenmusik wolltest du machen. Folksongs. Denk an die Mädels, die stehen auf so etwas.«

»Weiss nicht, kann doch keine Lieder und ...«

»Dann lern sie. Platten hast du genug, und sogar eine Fender-Acoustic. Und wenn du erst einmal auf einem Dulcimer spielst, wollen alle wissen, was das ist, und dann wollen alle wissen, wo's so etwas gibt, und dann wollen alle auch so einen Dulcimer haben. Und dann hast du Aufträge ohne Ende und dann wirst du reich. Bekannt und reich wirst du, bekannt und reich.«

»Aufträge ohne Ende? Reich? Wieder eine Freundin.«

»Du willst Gitarren bauen, denk dran. Christian hat dich davor bewahrt, Schreiner zu werden oder *irgendwas* mit Holz oder Ton zu machen. Christian hat deinen Weg erkannt. Du musst Gitarren bauen. Bau Gitarren.«

Ali stellte das Was-weiß-ich-wie-vielte Bier vor Wilhelm ab. Er hatte längst aufgehört zu zählen, keine Augen für die anderen Gäste, die kamen und gingen. Er war hin und weg von seinem neuen Freund, der ihm Mut machte und mit jedem weiteren Glas wuchs seine Zuversicht. Nur einmal blickte Wilhelm hoch. Eine Fee schwebte durch den Raum und nahm am Tresen Platz. Ihre langen Haare endeten in bunten Vogelfedern.

»Joan Baez?«, fragte er Richtung Glas.

»Schau dir die an. Die wäre genau das Richtige für dich. Dann hättest du Ruck-Zuck Sabine vergessen. Und wenn die noch Musik machen würde? Wilhelm, ihr würdet berühmt werden.«

»Vergiss es. Das bisschen Fingerpicking, die paar Sauflieder, und ...«

»Komm, den Wild Rover wollen alle hören, keiner singt den so toll wie du. Glaub mir, keiner. Nicht mal echte Iren.«

Das Bier schmeckte immer besser und rann kühl und so wunderbar tröstend durch die Kehle. Wilhelm glaubte dem Ganter. Er glaubte ihm alles. Ali stellte das Glas ab.

»So das ist das Letzte.«

Wilhelm sah hoch.

»Gleich zwölfe.«

Die Lautsprecher begannen zu knistern: gehämmerte Klavierakkorde, Streicher – und eine Schellackstimme, die mitten in sein Herz traf: Non! Rien de rien ... Non! Je ne regrette rien ...

Ali öffnete die schwarze Geldtasche. »Das sind dann einundzwanzig-vierzig«

»Einundwieviel?«

»Einundzwanzig-vierzig. Das waren vierzehn Ex und fünf Schmalzbrote.«

»Vierzehn?«

»Vierzehn.«

Feuchte Kälte schlug Wilhelm entgegen, der Schauinsland scheuchte Waldluft zu Tal. Er schwankte wie ein Bäumchen im Wind. Nach ein paar Schritten blieb er mitten auf der Straße stehen. Wobinich? Wokamichher? WoistmeinAuto?

Der Ganter saß auf seiner Schulter, pickte an den Schläfen und zupfte an den Augenlidern. »Wo willst du denn hin?«

»Schlafen. Werkstatt. WieheißtdieStraße.«

»Da lang. Aber du hast etwas vergessen.«

»?«

»Schlafsack? Nummernschilder?«

Ali wartete schon. Sie stand in der Tür und hielt Wilhelm seinen Kram entgegen. »Schaffst du's?«

Er nickte und stolperte los. Seine Beine bewegten sich automatisch, ein Wunder, dass er nicht stürzte. Auf einer Brücke hielt er an, zielte durch das Geländer und lauschte dem Plätschern hinterher. Er musste dreimal neu ansetzen, um das Gleichgewicht zu halten. Währenddessen flatterte der Ganter vor seinen Augen herum.

»Bis in ein, zwei Jahren baust du super Gitarren, da sind die von Martin ein Scheiß dagegen. Pass auf, dann steht der

Wader vor deiner Tür, und John Pearse, und Cat Stevens. Dann kommt Stephen Grossman aus Amerika zu dir, extra aus Amerika. Und alle wollen deine Gitarren. Und du hast die tollste Werkstatt der Welt. Und dann drehst du der Sabine eine lange Nase. Das hat sie dann davon. Und jemand anderes kocht dem Wader Tee, wenn er die Gitarre holt.«

»Jemand anderes?«

»Genau. Die von vorhin zum Beispiel. Die kann bestimmt ganz toll Tee kochen. Glaub mir, die kann alles viel, viel besser als die blöde Sabine. Die verlegt bald nur noch Kabel mit ihrem kreuzdoofen Elektrostudenten.«

»Kennst du die?«

»Die von vorhin? Nein, aber die Ali kennt die bestimmt, frag Ali, wenn du das nächste Mal hingehst. Noch etwas. Egal ob es dir gut geht, oder schlecht, ich bin immer für dich da. Nur eines musst du mir versprechen. Komm zu mir. Komm zum Ganter.«

»Versprochen. Werd' mich melden.«

Ein Flattern und der Ganter war verschwunden. Wilhelm schob sich weiter Richtung Werkstatt. Hin und wieder blieb er an einem Baum stehen und lehnte den Kopf dagegen. Es rauschte zwischen den Ohren. Noch zwei Ecken. Nur noch bis zur nächsten Querstraße. Noch drei Häuser. Nach langem Stochern im Schloss ging endlich das Tor auf. Quer über den Hof. Links oder rechts? Noch ein Türschloss. Wo ist der Lichtschalter? Und warum hängt der Toilettenschlüssel nicht am Haken? Wilhelm sah sich um, konnte aber nichts erkennen, alles hüpfte vor seinen Augen. Dann muss es eben so gehen. Er entrollte den Schlafsack neben der Säge, legte die Schuhe unter den Kopf und war sofort eingeschlafen.

Aufbruch

»Nie wieder Alkohol.« (und schon gar keine Gauloises)

Wilhelm brüllte gegen das Rauschen der Dreisam, aber nichts wurde dadurch besser. Im Gegenteil, Keulenschläge bei jeder Silbe. Er kauerte am Ufer, hatte die Arme um die Knie geschlungen und den Kopf darauf abgelegt. Ein Stachelband lag um die Stirn und zog sich immer weiter zusammen, dahinter explodierten Handgranaten. Eine nach der anderen. In Zeitlupe. Und im Magen sprang jemand Trampolin. Auf und ab, auf und ab. Er getraute sich weder, die Flasche Kakao zu öffnen, noch von den Nusshörnchen zu essen, das Frühstück wäre keine fünf Sekunden drin geblieben. Wilhelms Blick suchte Halt, klammerte sich an eine Hecke am gegenüberliegenden Ufer und er bat sie, nicht davonzulaufen. Nie wieder Alkohol. Er war felsenfest von seinem Vorsatz überzeugt. Wie nach jedem Rausch. Und jetzt? Nach Hause – Badewanne – Bett. Vergiss es. Ich brauche ein neues Auto.

Wilhelm warf, ganz entgegen seiner Art, Kakao und Hörnchen ins Gebüsch, kämpfte weiter gegen den Brechreiz und ging zur Sparkasse. Dort hob er die letzten tausend Mark ab, nahm die Straßenbahn Richtung Norden und war umgehend eingedöst. Zu beruhigend waren das Rumpeln in den Geleisen, das Summen des Elektromotors und die Schwingungen der Scheibe, gegen die sein Kopf nach wenigen Sekunden gesunken war. Beinahe hätte er die Haltestelle verpasst. Die zwei Kilometer Fußmarsch zum Schrottplatz und ein fieses Seitenstechen, das sich unterwegs einstellte, ließen ihn einigermaßen wach werden. Jedenfalls hielt er sich dafür. Die Bretterwand mit den Motorhauben und Auspufftöpfen tauchte auf. Gleich hinter der Einfahrt, zwischen BMW und Mercedes begrüßte ihn sein Käfer. Gute Gesellschaft, dachte Wilhelm, endlich Gleicher unter Gleichen. Richtig aufgeplustert hast du dich. Er freute sich für den alten Bock. Ein paar Reihen dahinter standen die Gebrauchten. Der könnte passen. Er ging auf eine weiße VW-Limousine zu. Ein Pappschild lehnte hinter der Windschutzscheibe: 90.000 km, TÜV 6/78, erste Hand, 800 DM. Er stemmte sich gegen die Kotflügel, die Stoßdämpfer waren o.k. Wegen der Roststellen am Einstieg und um die Scheinwerfer konnte er den Preis noch um die Zulassungskosten herunterhandeln. Das sind immerhin … nein. Du denkst nicht schon wieder an die Kneipe. Er schaffte es, sich für diesen Abend daran zu halten. Wilhelm verzog sich in die Wohnung und sank in das zurückgelassene halbe Bett.

Der nächste Tag. Er fieberte mit den neuen Nummernschildern zum Schrottplatz. Sein Werkzeugranzen war noch da, sogar der alte Dachträger passte. Wilhelm hatte wieder ein Auto, dazu eines mit zwei Kofferräumen und dem lang ersehnten Freiburger Kennzeichen.

Dass Frau Reinacher ihn auf die Straße gesetzt hätte, womöglich mit Polizeigewalt, konnte sich Wilhelm nicht vorstellen. Ans Schwarze Brett der Uni getraute er sich nicht. Bestimmt wäre ihm Sabine über den Weg gelaufen, womöglich in Begleitung. Der Gedanke, ihrem neuen Typen zu begegnen, die beiden zusammen, Arm in Arm oder Händchen haltend, machte ihn rasend und zugleich unendlich traurig. Trotzdem musste er zu einer Wohnung kommen. Vielleicht wüsste Ali etwas. Aber dazu muss ich ins Litfaß, dachte Wilhelm. Und ob die mich überhaupt noch kennt?

Er trat ein, sah sich um und steuerte einen Barhocker am Tresen an, denn der Platz am Fenster war besetzt. Eine Gruppe Männer hatte ihn in Beschlag genommen, sie krakeelten. Iren. Er erkannte sie an den markanten R-Lauten.

Ali wusste sofort, wen sie vor sich hatte, schließlich hatte sie nicht jede Nacht Gäste, die mit Biergläsern reden. Geduldig hörte sie sich Wilhelms Gejammer an und unterbrach ihn erst, als er von Sabine anfing.

»Einfach wird es nicht, da wir mitten im Semester sind, aber wart' mal, bis Bienen-Karle kommt.«

Wilhelm sah immer zu den Iren und hätte sich gerne dazugesetzt, getraute sich aber nicht. Er blieb, wo er war, bestellte ein Bier, und hoffte inständig, dass der Vogel seine Klappe halten würde. Er tat ihm den Gefallen, wahrscheinlich war der Ganter beleidigt, Wilhelm hatte ihn demonstrativ nach hinten gedreht. Nur so zur Vorsicht.

Um elf kam Bienen-Karle, der weißhaarige Alte, den er vor zwei Tagen zum ersten Mal gesehen hatte, und wenig später hatte Wilhelm die Telefonnummer eines Vermieters für Studentenbuden. Er rief am nächsten Morgen an und sie verabredeten einen Termin. Pünktlich um elf war er da. Egonstraße, fünfter Stock. Fünfter Stock! Training für deine Beine, redete er sich ein, dabei hasste er Treppen. Aber er würde nun mitten in der Stadt wohnen, gleich hinter dem Bahnhof. Wilhelm keuchte dem Vermieter hinterher. Schnaufend wartete er, bis dieser einen Schlüsselbund zückte und die Holztür, deren ehemals weiße Farbe in großen Fladen abgeblättert war, aufschloss und beiseite trat.

Wilhelm blickte in eine winzige, unmöblierte Kammer mit einer bedrohlich schrägen Wand, einer schmalen Dachgaube mit einem metallgefassten Ausstellfenster und einem Waschbecken, unter dem ein vorsintflutlicher Warmwasserboiler hing. Er überschlug die Maße im Kopf. Mit seinem Bett, dem kleinen Couchtisch, den Sabine zurückgelassen hatte und dem Regal aus Spanplatten und Ziegelsteinen wäre der Raum voll. Für einen Schrank war kein Platz, aber Wilhelm hatte ja seine beiden Wäschesäcke.

»Ich nehm's«, sagte Wilhelm, bezahlte die einhundertachtzig Mark Miete und die Kaution. Toilette, Herdplatte und Kühlschrank auf dem Flur teilte er sich mit drei anderen Bewohnern. Die Toilette müffelte, der Herd war ringsum eingebrannt und der Kühlschrank überfüllt, irgendwelches Biozeug gammelte dort vor sich hin. Keine Dusche. Aber er konnte mit dem Rad zur Werkstatt, ins Litfaß sogar zu Fuß. Die Kneipe lag auf halbem Weg und Wilhelm nutzte diese Nähe. Fast jede Nacht wurde er von Edith Piaf verabschiedet – Nein, ich bereue nichts. Ein Luxus, den ihm seine ungarische Oma ermöglicht hatte. Tausend Mark, schon die zweite Starthilfe. Ansonsten: keine Ideen, keine Freundin. Nichts als Träume, Frust und die nordirischen Kumpane, die ihn an jenem Abend an ihren Tisch gewunken und ihm vorgeführt hatten, wie man richtig soff. Sie waren es auch, die Wilhelm beim Umzug halfen. Obwohl er nur Tom und Jacky gebeten hatte, standen mit einer Stunde Verspätung fünf Iren vor der Tür. Während Tom und Wilhelm ohne Pause hoch- und herunterrannten, machten Jacky und die anderen drei nach dem zweiten Aufstieg schlapp, gaben von da an kluge Ratschläge und reichten ihnen bestenfalls die eine oder andere Bananenkiste vom Rücksitz. Ansonsten standen sie im Weg.

Am schlimmsten waren die Steine, schwere weiße Kalkziegel, die Abstand zwischen den grün gebeizten Spanplatten schufen, Wilhelms Bücher- und Schallplattenregal. Von ihnen konnte man nicht mehr als vier Stück auf einmal tragen und er hatte vierzig davon. Nach der dritten Ladung wurde Tom wütend, drückte jedem seiner Freunde Steine in die Hand und scheuchte sie nach oben. Die Aussicht auf ein Freibier zeigte Wirkung und noch vor Einbruch der Dunkelheit war alles nach oben geschafft, sogar die Matratzen lagen am Boden.

Aus den zwei Bier für jeden, die Wilhelm vorhatte, springen zu lassen, wurden ein Bier pro Stockwerk für jeden. Jacky hatte es besonders eilig, sich zu betrinken, kippte zwischendurch immer wieder einen Tullamore Dew und war zum Schluss so blau, dass er den Tisch bestieg und unter dem Gejohle der restliche Gäste anfing zu tanzen. Seine obszönen Verrenkungen stachelten seine Freunde zu immer lauter werdenden Anfeuerungsrufen an. Sie endeten in einem rhythmischen »Pants off, pants off!« Jacky tat's.

Als die Hosen an den Knien hingen und er seinen nacktem Hintern Richtung Tresen streckte, wurde es Ali zu dumm. Sie stürmte an ihren Tisch, knallte die schwarze Geldtasche drauf und legte los.

»Es reicht. Jacky, pack deinen Arsch in die Hose und dann verschwindet. Alle!«

Grabesstille im ganzen Lokal. Keiner hatte Ali jemals so wütend erlebt.

»Wer zahlt?«

Wilhelm hob den Finger wie ein ertappter Erstklässler. Er musste ordentlich bluten, achtundzwanzig kleine Ex und sechs Whiskey standen auf seinem Zettel.

Die Tage vergingen, der Sommer stand vor der Tür, Wilhelm konnte sich zu nichts aufraffen. Eines Abends saß Carola neben ihm im Litfaß. Die beiden kamen ins Reden. Sie studierte Biologie in Marburg und war zu Besuch. Eigentlich war sie überhaupt nicht sein Typ, viel zu knochig, an den Armen behaart und auch sonst irgendwie, aber sie rückte immer näher. Was soll's? Gegen zehn fragte er sie, ob sie Lust auf ein Glas Wein hätte, einen Glottertäler. Er hätte zwei Flaschen davon auf seiner Bude. Sie sah ihn lange an, versank in seinen Augen und drückte dabei ihr Bein ganz sacht gegen seins.

Carolas anfangs fast schelmisches Lächeln weitete sich zu einem immer breiteren Grinsen, während sie ihre Tante zitierte: »›Kind pass auf, wenn du ins Badische kommst. Der Wein dort hat es in sich. Vor allem der Glottertäler Weißherbst. Da weißt du nie, was passiert.‹ Den würde ich wirklich gerne probieren?«

»Jetzt gleich?« Wilhelm Herz tat einen Ruck, die Zunge blieb am Gaumen kleben und er drückte die gerade erst angezündete Zigarette aus.

Carola sah auf ihre Uhr. »Klar, wann sonst?«

Sie bezahlten. Ihr konnte es nicht schnell genug gehen, die Wirkung zu testen. Schon auf dem Hinweg hakte sie sich unter und drängte Wilhelm vorwärts. Er war bemüht, sein Hinken zu verbergen, was ihm jedoch nicht gelang. Als sie ihn darauf ansprach, redete er sich mit einer vorübergehenden Verletzung heraus, die er sich bei einer Schwarzwaldwanderung zugezogen hätte.

Auf der Eisenbahnbrücke zog sie ihn näher, gab ihm einen scheuen Kuss auf den Mundwinkel und hing die restlichen paar hundert Meter bis zur Egonstraße wie eine Klette an ihm, den Kopf auf seiner Schulter. Wilhelm stieg die fünf Treppen betont langsam hoch, machte an jeder Kehre für einen Moment Halt, dabei hatten sie Gelegenheit, ihre Lust Stockwerk für Stockwerk zu steigern.

Wilhelm schloss auf und knipste das Licht an. Carola blieb verwundert im Türrahmen stehen und zögerte, denn das Zimmer war nicht auf Besuch vorbereitet. Zwei Tassen, mehrere eingetrocknete Müslischälchen, eine angebrochene Tüte Milch und diverse Gläser standen auf dem winzigen kniehohen Tisch. Den Boden bedeckten Bücher und Plattenhüllen, dazwischen Sockenkugeln und leere Flaschen. Unter dem Waschbecken häufte sich Schmutzwäsche. Der Schlafsack knüllte sich gegen die Dachschräge und das Leintuch hing zur Hälfte auf den Boden.

Carola fragte nach der Toilette. Wenigsten ist die sauber, dachte Wilhelm und nutzte die Zeit. Solange Carola fort war, hatte er das Chaos kurzerhand unters Bett gestopft, die Stummel im 7Kerzenhalter entflammt und auf dem Plattenteller drehte Santana seine Runden.

Sie kam wieder, setzte sich auf die Bettkante und drückte sich dicht an Wilhelm. Er zog den Korken mit dem Schweizer Messer aus der Flasche und eine leuchtend orangerote Flüssigkeit strömte in die Senfgläser, die er kurz über dem Waschbecken ausgespült hatte. Sie standen in kleinen Pfützen. Ein tonloses Klacken und beide leerten den Wein in einem langen Zug. Sie ließen sich keine Sekunde aus den Augen und nahmen die zarten Johannisbeeraromen überhaupt nicht wahr, denn sie hatten anderes im Sinn. Dass der Weißherbst zudem viel zu warm war, tat nichts zur Sache, sie hätten alles getrunken.

Carola wollte es wissen, und Wilhelm spürte seit Sabine endlich wieder so etwas wie Wärme und Begehrtsein. Obwohl er drängte, bestimmte sie das Tempo. Carola genoss jede Berührung, jedes Spiel der Lippen und nahm sich bei den Knöpfen ihrer Bluse besonders viel Zeit. Bei der Jeans wehrte sie Wilhelms Hand sanft ab. Er wand sich aus ihren Armen und drehte die Platte, drückte drei neue Kerzen auf die erloschenen Stummel und goss Wein nach.

Als Carola sich aufrichtete, um das Glas entgegen zu nehmen, stieß sie an die Dachschräge und ein BH-Träger rutschte vollends von der Schulter, Wilhelm starrte auf ihre Brüste. Sie rieb sich den Kopf und beide fingen an zu lachen. Er leerte sein Glas, beugte sich über sie und drückte sie zurück ins Kissen. Mit geschlossenen Augen wand sie sich unter seinen Küssen, die vom Hals langsam abwärts wanderten. Irritiert pulte sich Wilhelm ein Haar von der Zunge, Haare von Stellen, die seiner Ansicht nach dort absolut nichts zu suchen hatten. Was soll's? Als seine Hand die Knöpfe der Jeans erreichten, kam außer leichten Zuckungen keine Gegenwehr mehr und Santana spielte für die beiden gerade sein Samba pa ti. Danach blieb die Nadel in der letzten Rille liegen.

Die Begegnung würde für beide in ewiger Erinnerung bleiben. Wilhelm musste sich nach dieser Nacht um einen neuen Lattenrost kümmern und für sie war es das erste Mal. Noch in aller Herrgottsfrühe waren sich beide einig, ihrer Tante auf ewig dankbar zu sein. Doch kaum war Carola gegangen, nahmen Zweifel ihren Platz ein. Die Zimmerdecke senkte sich. Wilhelm kauerte auf der Matratze, zog die Knie zum Bauch und drückte sich in die Ecke. Das Kissen über den Kopf gepresst dachte er an Sabine. Immer wieder Sabine. Wie schön hatte er die Zukunft gesehen. Sie an der Uni, nach den Vorlesungen auf einen Sprung in die Werkstatt, dann nach Hause in irgendeine schnuckelige Altstadtwohnung, mit nichts als Zeit für sich. Und jetzt? Jetzt liegt sie neben einem anderen, einem Werner.

Sonnenschein, ein angenehm warmer Morgen. Wilhelm war des Faulseins leid und machte sich auf dem Weg nach Stegen. Er wollte sich endlich um den Lehrvertrag kümmern. Die Scheibe unten, hielt er den Ellbogen aus dem Fenster und summte einen irischen Reel vor sich hin. Diesmal klappt es. Alles wird gut.

Nach einer halben Stunde hatte Wilhelm die Gitarrenbauwerkstatt erreicht und rollte auf den Hof. Er drückte den Klingelknopf, verschränkte die Hände hinter dem Rücken und wippte auf den Zehen. Über ihm durchpflügten aufgeregte Schwalben den sommerlichen Himmel, kein Wölkchen. Er überlegte, nach der Unterschrift eine Flasche Sekt zu kaufen, an den Opfinger See zu fahren und den Lehrvertrag, den Abschied der Ungewissheit, zu feiern. Der Schlafsack lag im Kofferraum. Da nach dem dritten Läuten immer noch niemand kam, klingelte er an der Wohnungstür. Endlose Minuten verstrichen. Ein Schlüssel knirschte im Schloss und langsam öffnete sich die Tür. Die Frau des Gitarrenbauers stand im Spalt, ganz in schwarz, die Augen rot geweint. Mit einer Hand knetete sie ein zerknülltes Taschentuch. Wilhelm trat einen winzigen Schritt näher und blickte wortlos durch sie hindurch.

»Das Herz«, flüsterte sie, »einfach so, über Nacht. Letzte Woche schon. Er ist einfach nicht mehr aufgewacht.«

Zurück in Freiburg vergrub sich Wilhelm im Bett. Er konnte sich weder an die Rückfahrt erinnern, noch, ob er der Witwe sein Beileid ausgesprochen hatte. Ein Planet war vom nächtlichen Himmel verschwunden, ein leuchtender heller Stern, seine ganze Hoffnung. Zerplatzt. Ende Mai – draußen Sonne, drinnen schwarz. Wilhelms Niedergeschlagenheit lief in einer Endlosschleife. Tag für Tag, Abend für Abend, Nacht für Nacht. Sogar die Iren, sonst nachweislich unbekümmert, erkundigten sich, ob er Probleme hätte und auf dem Plattenspieler drehte sich nur eine Scheibe, immer nur ein Stück: I believe, there never is an end. God gave up this world, its people long ago. Visions of angels ...

Doch da war kein Engel, der ihn hätte erretten können. In der Werkstatt schaute er nur noch vorbei, um nach der Post zu sehen.

Kontoauszüge, Werbung und ein Brief von Christian, der seit Tagen im Briefkasten steckte. Er lud Wilhelm ein und wollte ihm seine neue Gitarre zeigen. Gitarre! Christian war es, der Wilhelm überhaupt erst auf die Idee mit Gitarrenbau gebracht und ihn davon abgehalten hatte, irgendetwas mit Ton oder Holz zu machen, womöglich Schreiner zu werden, der im Akkord Fenster und Türrahmen einbaut. Wilhelm las weiter. Sein Freund hatte sich seinen Traum erfüllt und eine

Larrivée gekauft, indisches Palisanderholz, kanadische Fichte. Und ein Besuch bei ihm war längst überfällig.

Wilhelm betrat sein vor Wochen verlassenes Chaos. Die Werkstatt roch muffig. Er schob Holzteile beiseite und riss die Fenster auf. Frisches Blut strömte durch seine Adern, als er das Buch aufschlug, das er auf Empfehlung des Gitarrenbauers schon letzten Herbst gekauft hatte. Im Anhang standen Adressen von Instrumentenbauern und Holzhändlern. Sein On The Road-Set mit Zahnbürste und Wechselwäsche steckte in der Schlafsackrolle. Mit der Liste und den restlichen paar Geldscheinen fuhr er spontan los.

Christian war enttäuscht, dass er nichts dabei hatte. Keinen Dulcimer, keine Gitarre. Was sollte Wilhelm ihm sagen? Dass er nicht mehr weiter wusste? Seine Träume zerbröselt, der Meister tot, die Freundin weg?

»Komm mit«, sagte Christian, packte Schlafsack und Proviant, und schob Wilhelm aus der Tür.

Sie gingen ins Aurachtal. Dort saßen sie die halbe Nacht bei Kräutertee und Selbstgezogenem, legten Holz nach und stocherten in der Glut. Vom Bachlauf schlich Nebel heran. Christian tat einen langen Zug, ließ langsam den Rauch ausströmen und reichte die Tüte weiter.

»Wilme, lass Dich nicht hängen. Du hast das Zeug zum Instrumentenbauer. Wer von uns allen, wenn nicht Du?«

Wilhelm blickte stumm ins Feuer. Kurz bevor der Morgen dämmerte, fasste er einen Entschluss.

»Am Montag fahre ich nach Bubenreuth und sehe mich um. Für eine Lehrstelle würde ich Freiburg sogar wieder verlassen. Auf jeden Fall kaufe ich Holz.«

»Endlich kapierst Du es. Du schaffst das. Ich glaube an dich«, waren Christians letzte Worte, bevor er den Reißverschluss seines Schlafsacks zuzog.

Im Halbschlaf stieg Wilhelm der Geruch von Metallspänen und Maschinenöl in die Nase.

Fachoberschule, technischer Zweig, elfte Klasse. Während des Praktikums musste Wilhelm für vier Wochen in die Uhrenfabrik, einem Betrieb aus den Fünfzigern, und wurde dazu verdonnert, Testreihen an Laufwerken vorzunehmen. Mit dicken Handschuhen fischte er fünfzig glühend heiße Wecker aus einem Backofen, zog sie auf und ließ bei jedem das Läutwerk rattern, zwanzig Mal hintereinander. Danach die selbe Prozedur, nachdem er die Wecker aus der Kühltruhe genommen hatte. Wieder fünfzig Stück, wieder zwanzig Mal; anschließend zurück zum Backofen. Lange Protokolllisten füllten sich, Häkchen hinter Häkchen. Ausfälle mussten extra vermerkt und rot markiert werden. Taschengeldzulage? Fehlanzeige. Sogar die Essensmarken für die Kantine musste er bezahlen, als Nichtwerkszugehöriger sogar 50 Pfennig mehr.

Gleich am nächsten Morgen hatte er verschlafen, danach regelmäßig, bis sie ihm mit Rauswurf drohten und ihn erst nach Intervention des Vertrauenslehrers (… wir wissen um die Probleme dort …) gnadenhalber in die Entwicklungsabteilung abschoben. In den überhitzten Büros war es noch schlimmer. Hier saßen die Ingenieure, tickten präzise wie Nachttischwecker und hielten sich über Wilhelms Aufzeichnungen der letzten Woche gebeugt. Testreihen, stapelweise Spalten und Kreuzchen. Ansonsten schienen sie keinen Interessen nachzugehen, doch – Fußball und Autos. Am Abend zog es Wilhelm ins Piepmatz oder er versackte im Hades und grübelte, ob er wirklich zum Ingenieur geschaffen war, zu einem Beruf hinter dem Schreibtisch.

Wilhelm stand vor einem mehrstöckigen grauen Kasten mit milchigen Sprossenfenstern, in denen seit Jahren Spinnen ihre Netze woben. Er betrat das Gebäude und suchte das Büro. Der Lehrmeister war beschäftigt und bat ihn, sich umzusehen, bis er Zeit für ihn fand. Wilhelm ging einen kurzen Gang entlang und blieb vor einer eisenbeschlagenen Holztür mit staubigen Scheiben und Pendelscharnieren stehen. Die Pforte ins gelobte Land, die Vorfreude machte ihn fast besoffen. Er schnupperte Harz- und Lackgerüche und sah sich am Ziel, am Beginn seiner Zukunft. Gleich würde er Gitarrenbauer bei der Arbeit erleben. Bald gehöre ich dazu, bin einer von ihnen.

Er drückte einen Schwingflügel auf und betrat einen turnhallengroßen Raum. Eine der Neonröhren flackerte. Das Kofferradio schmetterte Volksmusik, von ferne jaulten Fräsen. Männer, einige hatten Wattebäusche in den Ohren, standen an langen Werkbänken und hantierten mit kleinen pressluftbetriebenen Schleifmaschinen. Sie blickten ausdruckslos und schweigsam auf die Instrumententeile, die sie bearbeiteten. Auf Paletten hinter ihnen türmten sich Gitarrenrohlinge.

Reglos stand Wilhelm da und seine Gedanken flohen in die kleine Werkstatt nach Stegen. Zu den Einzelteilen, die liebevoll sortiert waren und auf den Zusammenbau warteten. Wo breite Pinsel, von Wäscheklammern gehalten, in Gläsern mit wasserklaren oder bernsteinbraunen Flüssigkeiten hingen, wo sich winzige Palisanderspäne auf einer Kehrschaufel ringelten. Wo eine dunkelrote Baumwollschürze über der Stuhllehne auf den nächsten Einsatz wartete und ein bärtiger, freundlich dreinblickender Mann ihn fragte, ob er wohl eine Tasse Tee mit ihm trinken würde. Gitarrenbau!

Ein Rumpeln von links. Die Flügeltüren schwangen auf und eine Frau in Kittelschürze, mit Kopftuch und schnürsenkellosen Halbschuhen schob ein Gestell durch den Raum, Instrumente baumelten an Haken, süßlicher Lackgeruch zog hinterher. Sie verschwand hinter einer Regalwand. Plötzlich brüllte ein Alarmsignal, ein tiefes Schnarren. Im nächsten Augenblick ließ jeder der Männer sein Werkzeug fallen. Sie eilten vom Platz und rannten nach draußen. Feuer? Nein, Vesperpause. Wilhelm hörte Kronkorken schnippen und Gemecker – der Lehrling bekam einen Anschiss. Danach wurden sie laut. Es ging es um den FC-Nürnberg. Auch das noch, dachte Wilhelm. Der Baumarktjob war sechs Monate auf Bewährung. Das hier wäre lebenslänglich. Wilhelms Traum zerplatzte. Wieder einmal. Keinen Tag hätte er es dort ausgehalten. Für so etwas war Wilhelm einfach nicht geschaffen. Nichts wie weg!

Den Tonholzhändler fand Wilhelm eine Ortschaft weiter. Neben einem Wohn- und Bürohaus duckten sich mehrere Baracken. Gabelstapler wuselten zwischen meterdicken Holzstämmen hin und her. Er fragte einen Fahrer nach dem Chef und wurde Richtung der flachen Gebäude verwiesen. Dort roch es nach Nadelholz, Zimt und Vanille, dazu eine exotische Schärfe. Ein Mann mit Jeans und Kassenbrille kam auf ihn zu, hörte sich Wilhelms Geschichte an und lud ihn zu einer Führung ein. Gleich in der ersten Halle betrat Wilhelm

Wunderland. Ahornkanteln, bis unter die Decke getürmt. Ehemals mächtige Fichtenstämme, zu bruchdünnen Brettern geschnitten, stapelten sich mit schmalen Zwischenlagen zum Trocknen. Hunderte frisch geschnittener Cello- und Gitarrenzargen hingen von Wäscheklammern gehalten an Leinen. Welche Traumwelt. Er hatte sein Ziel wieder deutlich vor Augen. Gitarrenbau! Ich will Gitarrenbauer werden. Wilhelm spürte eine warme Woge, sie durchströmte ihn wie niemals zuvor.

Große Maschinen sirrten im nächsten Raum. Männer mit Gehörschutz standen an Fräsen und fertigten Hälse aus Mahagonibohlen. Er fragte nach Resten. Der Holzhändler wies auf einen Stapel. Wilhelm konnte davon nehmen, so viel er wollte. Er legte die Teile auf ein Rollbrett und schob es vor sich her. Danach betraten sie eine andere Baracke. Ukulelen lagen in Regalen. Sie wurden verpackt und im Dutzend in Kartons gelegt. Ein Lächeln huschte über das Gesicht der jungen Frau, als sie seinen Blick erwiderte. Die gingen in alle Welt, erklärte sie ihm. In alle Welt, hallte es in Wilhelm nach. Alle Welt!

Endlich kamen sie zu den abgelagerten Tonhölzern. Schon wieder so ein Geruch. Palisander aus Brasilien, Indien und Honduras, afrikanisches Mahagoni und pechschwarzes Ebenholz aus Madagaskar. Daneben feinjährige Fichten- und Zederndecken. Wilhelm konnte sich nicht satt sehen, satt riechen, satt fühlen. Er stand im Paradies. Wenn ICH erst einmal so ein Lager habe. Der Holzhändler empfahl ihm einen Mahagonisatz und eine fertig verleimte Decke, legte Hals und Griffbrett dazu und zeigte ihm noch Saitenhalter. Zum Schluss konnte Wilhelm dem Holzhändler noch ein paar Meter aufgerollten Bunddraht und eine Handvoll Mechaniken abschwatzen. Sein Traum von den ersten Dulcimern und einer Gitarre rückte näher. Zukunft, ich komme. Der Holzhändler fragte, ob Wilhelm eine Rechnung bräuchte, überschlug den Gesamtpreis im Kopf und sah, nachdem neunzig Mark in seiner Tasche verschwunden waren, auf die Uhr. Mittagszeit. Beeindruckt von so vielen neuen Eindrücken hatte Wilhelm die Zeit vergessen und spürte mit einem Mal seinen Hunger. Der Holzhändler empfahl den Geigenbauer, ein fränkisches Speiselokal, nur ein paar Straßen weiter.

Feuchter Steinboden führte in den Schankraum. Es roch nach Bratwurst, Kraut und Zigarettenrauch. Auf blau-weiß karierten Decken lagen Bierdeckel, ein Würzset mit Salz, Pfeffer und Maggi, im Schnapsglas Zahnstocher. Der Ecktisch unter der Brauerei-Reklame war besetzt. Männer in grauen Arbeitskitteln. Skeptische Blicke warfen ein Netz über Wilhelm, welches sich langsam zusammenzog. Kein Wunder. Schulterlange Haare, der feuerwehrrote Overall, dazu sein komischer Gang. Was will der hier?

Wilhelm suchte sich eine gegenüberliegende Ecke und nahm Platz. Der Wirt nahm mürrisch seine Bestellung auf und verzog sich in die Küche. Wie auf ein Zeichen erhoben sich die Sechs, kippten den Rest Bier runter und klopften mit Knöcheln auf den Tisch. »Auf geht's, schleif' m'r weiter.« Die zerlesene BILD und eine zerknüllte Schachtel HB blieben liegen. Wie zuvor in der Fabrik, wie zuvor im Baumarkt. Lehrstelle? Hier? – Nie und nimmer!

Wurzel Zwei

Wilhelm lud das Holz aus, stapelte die Stücke ins bis dahin fast leere Regal, setzte sich auf den alten Stuhl, lehnte sich zurück und rauchte. Wilhelm war zufrieden, endlich wurde aus seinem Traum Wirklichkeit und das dunkle Loch im Hinterhof zu einer Instrumentenwerkstatt. Der Besuch beim Holzhändler und Christians Zuspruch hatte ihm den nötigen Auftrieb gegeben. Er fuhr mehrere Male mit den Händen über den Arbeitstisch, wischte den Staub an den Overall und zog nach etlichen Jahren John Pearse' Dulcimer-Bauvorlage aus der Papprolle. Über den Plan gebeugt studierte er Gesamtlänge und Bundabstände.

Nebel, den ein englischer Krimi-Autor vergessen zu haben schien, hing über Ulm wie ein festgezurrtes Zirkuszelt und drückte auf die Stimmung. Es war einer jener miesen Novembertage, die einem einsamen jungen Mann nur wenige Möglichkeiten ließen: Bier und Billard, Kino, oder ins Konzert.

John Pearse war angekündigt und heute, Dienstag, war er da. Im Jazzkeller herrschte selbst in der hintersten Reihe Gedränge, alle warteten auf den Travelling Man aus England. New and Old Folksongs standen auf dem Programm. Dann betrat er die Bühne. Schulterlange blonde Haare, hellblauer Jeansanzug und vor der Brust baumelte eine türkisfarbene Indianerkette. John saß auf einem Hocker, spielte, garnierte die Songs mit witzigen Ansagen, hin und wieder sogar in verständlichem Deutsch, und ließ sich nach jedem Stück feiern. Irgendwann nahm er das seltsame Instrument neben sich, legte es auf die Knie und sagte: »This is a dulcimer«, und verzauberte alle mit einem ur-amerikanischen Volkslied, Skip to my Lue.

Wilhelm, der selbst ganz passabel Gitarre spielte, zu Schulzeiten sogar E-Bass in der Schulband, hatte so ein Instrument noch nie gesehen. Der Korpus in Form einer gedehnten Acht, etwa zwei Fingerbreit hoch, endete oben in einer Wirbelschnecke, ähnlich der einer Geige. Das Griffbrett zog sich über die ganze Länge und hatte rechts eine Mulde für die Spielhand. Der Zeigefinger der Linken rutschte über die vordere Saite, die restlichen klangen im immer gleichen Akkord.

Beim Zugabenteil, langte John hinter sich, holte ein schmales Brett mit Bundstäbchen und Saiten hervor und hielt es in die Höhe mit den Worten: »Un for diese Dulcimer, ick habe eine Bauplan.«

Wilhelm war faul, er wollte sich das Messen und Anzeichnen sparen und legte eine der Mahagonileisten auf die Zeichnung. Schlagartig kam die Ernüchterung. Die Mahagonileisten waren drei Zentimeter zu kurz. Er war beim Kauf von seinem Augenmaß so überzeugt gewesen, dass er keinen Gedanken an einen Zollstock verschwendet hatte. Nun musste er seine eigene Mensur berechnen. Hilfe! Doch dann erinnerte er sich an ein Kapitel, das er im Frühjahr im Jahnel, der Gitarrenbaubibel, überflogen hatte. Schnell fand er die Formel für die Berechnung der Bundabstände. Zwölfte Wurzel aus Zwei. Diese Zahl würde sich in den folgenden Jahren wie ein Mantra in sein Bewusstsein bohren. Er würde sie nicht nur im Schlaf aufsagen können, er würde sie selbst kurz vor dem Tod noch wissen. Er wählte eine Mensurlänge von 60 cm, tippte 1,05946 in den Taschenrechner – ein wissenschaftliches Wunderding mit Speicher aus der Zeit des Maschinenbaustudiums.

Bei der Markierung des ersten Halbtones auf dem Brett hielt er den Atem an und knabberte an der Unterlippe, denn er tat den ersten Schritt in sein neues Leben. Endlich! Eine Welt, die er sich ersehnt und in schillernden Farben ausgemalt hatte. Die Welt des Instrumentenbaus. Er dividierte weiter, bis er alle Abstände über zwei Oktaven errechnet hatte. Eine halbe Stunde später blickte Wilhelm auf eine gleichmäßig enger werdende Reihe von parallelen Strichen. Die Linien für die nicht natürlichen Halbtöne, die auch beim Originalplan fehlten, radierte er aus. Vor ihm lag seine erste Dulcimermensur. Selbst berechnet, selbst gezeichnet. Er lehnte sich zurück, die Finger vor dem Bauch. Während er auf sein Werk blickte, durchströmte ihn eine Woge des Glücks. Grund zu feiern! Außerdem hatte er Hunger.

Im Walfisch waren kaum Gäste. Der Wirt brachte ihm eine extragroße Portion Gulasch mit Spätzle und stellte ein frisch gezapftes Bier dazu. Wilhelm trank sich durch den Schaum und setzte erst ab, als das Glas fast leer war. Diesen Schluck hatte er sich redlich verdient. Er bestellte per Handzeichen ein Neues und träumte sich, während er aß, in die Zukunft. Nach dem zweiten Bier und einigen Zigaretten schien sie ihm rosiger und vielversprechender denn je.

Die Bäume warfen schon lange Schatten, als Wilhelm den Walfisch verließ. Träge vom Bier und dem schwerem Essen wandte er sich wieder der Mahagonileiste zu. Beim Griff zur

Säge zögerte er. Als ob sich das kleine Ding weigern wollte, ins Holz zu beißen. Probier's an einem Abfallstück, sagte seine innere Stimme. Wozu?, kam prompt die Antwort. Die Ungeduld trieb ihn voran. Er konnte es nicht erwarten, glaubte tatsächlich, heute noch sein erstes Instrument hören zu können. Wilhelm setzte die Bügelsäge an und zog sie durch das Griffbrett. Späne bröselten wie Kaffeemehl auf den Arbeitstisch. Nach der dritten Nut zwickte er kurze Stücke vom Bunddraht, bog sie gerade und wollte sie einklopfen, nur um zu sehen, was der Draht im Holz hermacht. Sie ließen sich mit dem Finger hineindrücken und fielen fast von selbst heraus. Die Schlitze waren zu breit. Wilhelm warf das Griffbrett in die Ecke und schleuderte die Säge hinterher. Wäre ich bloß gleich ins Litfaß!

Wilhelm kämpfte sich aus dem Bett, ließ das Frühstück ausfallen, schwang sich auf sein Rad und war bereits um neun Uhr wieder in der Werkstatt. Die Säge ließ ihm keine Ruhe. Er besah sich das Blatt. Ein Zahn wies nach links, der nächste nach rechts. Geschränkt, was sonst? Er hämmerte sie kurzerhand flach und feilte sie eben. Er nahm die Leiste mit den fehlerhaften Schnitten und drehte sie um. Irgend etwas wird mir noch einfallen, und wenn ich das Ende aushöhle. Das Aufzeichnen der Linien ging diesmal rascher und endlich konnte er die siebzehn Schlitze sägen. Er arbeitete wie im Fieber. Danach schlug er die Bundstäbchen ein, eines nach dem anderen. Erst nachdem die Überstände an den Seiten entfernt waren, bemerkte er die Dellen, die der Hammer auf der Drahtoberfläche hinterlassen hatte. Wilhelm sank in sich zusammen. Wird das denn nie etwas?

Pause. Und weiter! Die nächste Leiste. Jetzt wollte er es wissen Alles von vorne! Um zwölf hatte er zwei Griffbretter, ein makelloses und ein abgeschliffenes. Und weiter! Wilhelm arbeitete immer schneller. Er drückte das obere Ende gegen den Bandschleifer, bis es flach war, drei Löcher bohren, Fasern wegschleifen und die Mechaniken anschrauben. Unten drei kurze Nägel mit dicken Köpfen. Und dann stellte er fest, das etwas Entscheidendes fehlte. Saiten. Sie lagen im Gitarrenkoffer und der war in der Egonstraße.

Der nächste Morgen, kurz nach neun. Wilhelm sägte die Stegkerbe, zog Saiten auf und stimmte. Die ersten Töne seines ersten Musikinstrumentes. Hurra! Seine Hände wurden feucht. Er strich über die Saiten. Töne perlten ihm entgegen. Pling – ping – bong. Wunderbar! Dann drückte er die ersten Bünde und begann eine Tonleiter zu spielen. Wilhelm traute seinen Ohren nicht, es klang falsch. Er begann nachzustimmen, aber es gab nichts nachzustimmen. Die leer gespielten Quinten waren sauber. Dennoch klang es grauenhaft. Je weiter er die Finger Richtung Steg bewegte, desto grässlicher wurde es – zum Davonlaufen.

Wilhelm nahm das Lineal, alles nach Maß. Der Oktavbund lag exakt bei 300 Millimetern und der Steg bei 600. Haargenau gesägt, auch die Stegbreite passte. Wiederholtes messen änderte nichts. Alles stimmte und doch stimmte nichts. Wilhelm hieb mit der Faust auf den Tisch und verfehlte das Instrument nur um wenige Zentimeter. Mit einem Schrei holte er weit aus, fegte Werkzeuge und Resthölzer vom Tisch, zerknüllte den Plan und warf ihn hinterher. Sein Puls hämmerte in den Schläfen, die Hände zitterten. Er war kurz davor, das

Instrument zu zertrümmern. Er packte es und hob es über die Kante des Schraubstockes.

Schließlich besann er sich und dachte, dass es eine Erklärung geben müsse. Was habe ich falsch gemacht? Reglos starrte er zum Regal. Dort lag der Jahnel. Da war doch noch etwas! Wo ist das Kapitel mit der Mensurberechnung? Wilhelm wühlte sich durch die Seiten. Da! ... *Durch die Höhe der Saiten zum Griffbrett verlängert sich die Mensur beim Herunterdrücken und der dadurch erhöhte Ton wird ausgeglichen, indem diese um den zu berechnenden Abstand verlängert und der Steg nach hinten verschoben wird. Zur Berechnung erforderlich sind ...*

Richtig, der Pythagoras. Er tippte alles in den Taschenrechner und bekam auf Anhieb ein glaubwürdiges Ergebnis: Zwei Komma Neun Millimeter. Saiten lösen – Sägeschnitt – Steg nach hinten. In die Lücke davor ein Span. Jetzt schnell! Beim Aufziehen der Saiten stach er sich den Zeigefinger. Weg vom Holz, bloß keinen Blutfleck. Stimmen. Endlich. Jeder Ton saß. Wilhelm hatte einen wundervoll klingenden Dulcimer. Er tupfte einen Tropfen Leim auf den Span, drückte ihn fest und spielte bis weit in die Nacht.

Die nächsten Tage brachten weitere Probleme. Das Dulcimer-Griffbrett tönte ohne Korpus schrecklich dünn und war kaum zu hören. Glücklicherweise waren auf dem Plan verschiedene Klangkörper skizziert. Wilhelm entschied sich für einen trapezförmigen Kasten mit runden Schalllöchern. Die schrägen Seiten brachten ihn an den Rand des Wahnsinns. Die Schraubzwingen rutschten ständig ab, dabei wurde jedes Mal der Leim fest. Wilhelm musste ihn aufweichen, abwischen, von den Kanten kratzen und neu auftragen. Und wieder fielen zwei Zwingen zu Boden. Er warf die restlichen hinterher.

Wilhelm löste sich langsam auf, selbst Zigaretten brachten keine Ruhe. Dann hatte er die Idee, ein Klebeband zu nehmen. Nach dem zweiten Versuch hielt das Gebilde endlich zusammen. Trockenpause, Spielbrett auf die Decke geleimt und fertig. Freitag war Schleiftag, es wurde Nacht. Im Litfaß spülte er sich mit drei kleinen Ex den Staub aus dem Rachen. Mehr nicht (gelogen!), denn er wollte am nächsten Tag fit sein, um das richtige Instrument zu hören. Einmal, nur ein einziges Mal hören, dann werde ich es lackieren, dachte Wilhelm, als er in der kleinen Kammer lag. Und über diesen Gedanken schlief er ein.

Es drängte Wilhelm nach draußen. Er wollte unter die Leute und sein Kunstwerk vorstellen. Obwohl er immer die gleichen drei Stücke spielte, blieben Passanten stehen und warfen Groschen, sogar hin und wieder Markstücke auf seine Jacke. Bei den irischen Saufliedern fragte ein Rentner, ob er Engländer wäre. Als Wilhelm verneinte, wurde er mürrisch, im Laufe seiner Litanei sogar laut. Wieso er dann keine deutschen Lieder sänge, ob er etwas gegen Deutschland einzuwenden hätte und wie er überhaupt herumlaufen würde und so weiter. Idiot!

Ein Typ in Wilhelms Alter lehnte seit geraumer Zeit an einer Häuserecke und beobachtete ihn. Er stieß sich ab und kam auf Wilhelm zu, setzte sich direkt vor seine Füße und guckte hoch. Seine schulterlangen Locken wurden von einer speckigen Jockeykappe in Schach gehalten, ein Knie spitzte durch die abgewetzte und fleckige Jeans. Er kaute an einer kalten Pfeife, nestelte am Bart und nickte im Takt zu seiner Musik.

»Wo hast'n den her?«, nuschelte er auf Westfalenplatt, als Wilhelm den Schlussakkord verklingen ließ.

»Von mir. Bin Gitarrenbauer.«

»Echt? Wie viele hast'n schon gebaut?«

»Jede Menge.« Wilhelm wurde nicht einmal rot.

»Darf ich mal?«

Der Fremde balancierte den Dulcimer auf den Knien und legte los. Er improvisierte Heute hier morgen dort. Wilhelm schwebte im siebten Himmel. Sein erstes Instrument wurde von einem Musiker gespielt, dazu noch am ersten Tag.

»Tolles Teil. Bin Hubert. Hubert Droste. Sach ma', bauste du mir auch so 'nen?«

Der Baron

Hubert gab sich spendabel und lud Wilhelm ein. Sie gingen ins Litfaß. Kaum dass sie saßen, fing er an: »Weißte, über eine meiner Vorfahren gibt's sogar 'nen Lied von, du kennst es bestimmt.«

»Droste? Etwa Vischering, Vi-Va-Vischering?«

»Genau!« Hubert erhob sich, zog die Kappe vom Kopf und mit einer bühnenreifen Verbeugung näselte er. »Hubertus, Freiherr von Droste zu Vischering und Padberg. Kannst aber ruhig bei Hubert bleiben«, feixte er. »Aber 'nen Bier könnt'ste mir spendier'n.«

»Du hast doch mich eingeladen.«

Er begann von einer falschen Kontonummer und fehlgeleiteten Bankanweisungen zu faseln, und dass er deswegen im Moment etwas knapp wäre. »Aber sobald sich das erledigt hat«, sagte er und breitete dabei die Arme aus, »gebe ich dir 'nen aus und obendrein bekommst du 50 Mark Anzahlung für 'nen Dulcimer.«

Es wurde spät. Ali brachte ein Ex nach dem anderen, dazu Schmalzbrote. Fasziniert klebte Wilhelm an Huberts Lippen. Er schien alles über die deutsche Folkszene zu wissen, sagte, er kenne die meisten Gruppen persönlich, wäre mit Diesem und Jenem eng befreundet.

»Du musst unbedingt nach Ingelheim. Ich sag' dir, die warten auf wen wie dich. Nimm soviel Instrumente auf das Festival mit, wie du bauen kannst. Ich schwör dir, die geh'n alle weg. Wenn du willst kann ich dir dabei helfen, gib mir mal zwei oder drei mit, ich kenn' die richtigen Leute.«

Hubert schwärmte weiter. Die Plätze in Tübingen seien einfach perfekt für Straßenmusik, mindestens so gut, wie die in Bremen oder Münster. Er würde Wilhelm gerne alles zeigen, müsse aber für die kommende Woche auf ein Familientreffen, auf das Schloss des Grafen Soundso.

Wilhelms Gedanken schweiften ab. Siehste, Wilme, hab ich's nicht gesagt? Du wirst sehen, bald bist du reich. Und wenn er damit abhaut? Der Baron? Der haut nicht ab. Kann der sich gar nicht leisten, den kennt doch jeder. Und falls doch, dann baust du neue. Denk dran, dein Name steht drin.

»Aber, wenn du willst, fahren wir nach meiner Rückkehr gemeinsam nach Ingelheim.«

Die vierzehn Tage bis dahin verbrachte Wilhelm, abgesehen von den Abenden, ausnahmslos in der Werkstatt. Die Arbeit lief ihm gut von der Hand. Der Einfall mit den Klebestreifen war genial und am Ende klopfte er sein letztes Fitzelchen Bunddraht ins Griffbrett. Drei Instrumente wurden fertig, zwei davon waren sogar lackiert. Nun wollte er sie in Tübingen vorführen.

Er kam früh los, dennoch wurde es Mittag, bis er dort war. Die Serpentinen zogen sich endlos durch den Schwarzwald, ein elendes Geschlängel. Die Innenstadt war zugeparkt. Die Arme schleiften am Boden, als er endlich am Holzmarkt seine Instrumente auspacken konnte. Wilhelm suchte einen Schattenplatz. Von wegen perfekt. Niemand interessierte sich für seine Musik. Erst als er den Dulcimer nahm, näherte sich ein Typ mit kurzen Stoppelhaaren, zog eine Blechflöte aus der Gesäßtasche und improvisierte zu seinen Stücken.

»Lass uns irgendwo hin gehen, wo wir üben können. Mir gefällt deine Musik. Ich zeige dir etwas irisches, wenn du magst.«

Er hieß Marek und klang osteuropäisch. Marek lotste Wilhelm durch die Gassen der Altstadt Richtung Neckar. Die Beine baumelten von der Ziegelmauer, unter ihnen stocherten Burschenschaften in ihren Kähnen und Wilhelm lernte Jigs und Reels.

Auf seine Frage, wo er herkäme, antwortete Marek: »Ich wohne hier, in Düübingen, gebooren bin ich aber in Praag.«

Gegen Abend streiften sie noch durch die Kneipen und Marek ließ ihn bei sich schlafen.

»Ich habe vielleicht eine Interessentin für deinen Dulcimer«, sagte er beim Frühstück. »Lass mir für alle Fälle deine Adresse da. Am besten wäre es natürlich, ich hätte ein Instrument hier.«

»Und wenn das klappt?«

»Ganz einfach, ich schicke dir dann das Geld.«

Guck an, so schnell kann's gehen, dachte Wilhelm.

Zurück in Freiburg. Wilhelm wurde im Litfaß von Hubert erwartet. »Hier sind fünfzig Mark für die Anzahlung«. Er legte, nachdem seine Pfeife endlich brannte, einen weiteren Schein dazu und sagte. »So, und nu geh'n wir in deine Werkstatt. Ich hoffe, du hast so 'nen Teil für mich fertig.«

Hubert hatte Wein dabei, sie saßen zwischen Sägespänen und spielten die halbe Nacht. Zum ersten Mal hörte Wilhelm seine Instrumente zweistimmig. Was für ein Gefühl!

Es regnete. An der Autobahnauffahrt stand ein Mann mit zottligen Haaren, Jeansjacke und einem über und über beklebten Gitarrenkoffer. Alles tropfte. Außer einem »Danke« drang keine Silbe aus seinem Vollbart. Er kam Wilhelm bekannt vor. Hubert hatte sich nach hinten verzogen, kauerte Pfeife rauchend auf der Rückbank und betrachtete die vorbeisausenden Bäume.

Der Regen hatte nachgelassen. Einzelne Sonnenstrahlen schafften es durch die Wolkenberge, als sie am Nachmittag in Ingelheim ankamen. Der Tramper verschwand grußlos, nicht einmal die Hand hatte er gehoben, nichts. Die Instrumente ließ Wilhelm im Auto, ebenso die Brieftasche, sie kam unter die Fußmatte. Sie bauten das Zelt auf.

Hubert klemmte sich seinen neuen Dulcimer unter den Arm und verschwand, um Bekannte zu treffen. Wilhelm sah sich um. Festivalbesucher in Glockenjeans, indischen T-Shirts oder Blumenkleidern – in den Händen grüne Literflaschen – zogen scheinbar ziellos übers Gelände oder hockten in Grüppchen beisammen. Joints machten die Runde. An Ständen wurden Bratwurst, Möhrenkuchen und Müslibrötchen angeboten, dazu überall Rheinwein.

Wilhelm deckte sich ein, ließ die Flasche entkorken und fläzte sich unter eine Linde mit Sicht auf die Bühne. Dort zitierte ein Mann in weißem Hemd Hölderlin. Wie mit der Narrenrätsche ratterte er die Verse vor sich her, dabei zappelte er vor dem Mikrofonständer, als habe er Wespen in den

Hosenbeinen. Nach einem kräftigen Schluck lehnte Wilhelm sich an den Stamm, spürte die grobe Rinde am Rücken und betrachte das Etikett. Ein Adler hielt Weintrauben in den Fängen. Weingut Greifen, Rheinhessen, Müller Thurgau, 11%, lieblich. Ob der auch anfängt, mit mir zu reden, dachte er und trank noch einen Schluck. Wie zum Teufel soll ich hier etwas verkaufen? Und wie an Kunden kommen? Mich vor das Minizelt setzen? Ich brauche ein großes Steilwandzelt mit Vordach. Darunter steht ein Biertisch, Decke drüber, obenauf die Instrumente. Die Leute werden Schlange stehen.

Es wurde dunkel und die Flasche war leer, auf der Bühne bauten sie um. Wilhelm aß eine halb gare Bratwurst, besorgte am Weinstand Nachschub und ging zum Zelt, seine Jacke holen. Dort kroch Hubert gerade mit seinem Schlafsack heraus, zwei junge Frauen standen wartend davor. Die eine mit knallengen, dreiviertellangen Jeans und grünem Schlabberpulli, offenem dunkelblondem Haar und rosa Janis-Joplin Brille; die andere mit hüftlangen schwarzen Zöpfen, einem dunkelroten, mit gelben Elefanten bestickten Kleid und offenbar nichts darunter. Sie stand in einer Patchuliwolke. Hubert schob die Kappe ins Genick, hakte sich bei den beiden unter und nuschelte mit der Pfeife zwischen den Zähnen: »Ich komm nicht mit zurück nach Freiburg, wir treffen uns dann im Litfaß.«

Wilhelms Platz unter dem Baum war noch frei. Auf der Bühne spielten Elster Silberflug. Bei jedem Lied wiegte die Sängerin die Hüften.

Muss mir nur noch entsprechende Klamotten besorgen. Wie wäre es mit einem gestreiften Friesenhemd? So eines, wie der Wader hat, oder sein Kumpel, der Klaus. Richtig! Klaus

Weiland war das im Auto. Dann wüssten alle gleich, was Sache ist. Dazu eine Fellweste vom Flohmarkt, Kleider machen Leute. Und die Zeltgestänge voller Instrumente. Dulcimer, die man gleich kaufen kann. Und später auch Gitarren. Genau! Wenn ich zurück bin, fange ich mit der Gitarre an.

Von dem folgenden Solisten bekam Wilhelm nicht mehr viel mit – vielleicht Harfe? – dann suchte er mit einem ungewohnten Rheinweinrausch sein Zelt auf.

Der Morgen war sonnig aber kühl. An einem Stand wurden Kaffee und Gebäck angeboten. Als Wilhelm bezahlen wollte, stellte er fest, dass sein Geldbeutel fehlte. Er fand ihn weder im Zelt, noch davor. Unter dem Baum lag auch nichts. Er war weg. Wilhelm hatte kein Geld mehr. Die Tankanzeige war auf Reserve. Von Hubert keine Spur, er wollte ihm noch Spritgeld geben. Zu allem Überfluss tanzten Fünkchen vor seinen Augen und der Weingeist hatte vergessen, die Klammern an den Schläfen zu lockern. Und Durst hatte er auch. Richtigen Durst, Zuviel-Rheinwein-Durst. Da muss ich wohl den Dulcimer verkaufen, dachte Wilhelm. Bloß wie? Setz dich vor dein Zelt und spiel!

Mit zusammen gepapptem Gaumen spielte er sich die Seele aus dem Leib. Die Wölfe im Bauch fletschten die Zähne und hinter der Stirn trieben Kobolde ihr Unwesen. Eine Stunde verging, dann baute sich vor Wilhelm ein Schatten auf, der ihn ansprach.

»Bist du Wilhelm? Ich habe dich die ganze Zeit gesucht, Hubert schick mich.«

»Hubert?«

»Hubert. Er sagte, du hättest Instrumente zu verkaufen. Du bist doch Wilhelm?«

Wilhelm nickte.

»Ich bin Christof aus Mainz und suche schon ewig solcher Ding.«

»Solcher Ding? Meinst du so etwas?« Wilhelm deutete auf den Dulcimer. »Möchtest du probieren?«

Christof ließ sich nieder, faltete seine Beine zusammen und legte los. »Wie lange würde es dauern, bis du mir so etwas bauen kannst?«

Durst! Hunger! Zigaretten! Benzin!

»Du kannst den hier haben, er ist leider nicht lackiert und hat hier einen Grasfleck.«

»Kein Problem, aber …«, Christof zog seinen Geldbeutel, blätterte durch die hinteren Fächer, öffnete den Reißverschluss und wühlte durch die Münzen. »Aber ich habe nur 63 Mark dabei.«

»Ist okay!«

Begegnung

An manchen Abenden traf man Wilhelm im Fuchsbau an. Heute wollte er sehen, ob er dort auf der Freien Bühne spielen könne. Ihn drängte es, aufzutreten. Wieder traute er sich nicht, drückte sich in eine Ecke, tröstete sich bei einem Bier auf später. Dann erschien sie! Die Frau, die Wilhelm bei seinem Gantertreffen im Litfaß gesehen hatte, die Frau mit den Federn im Haar. Er sah ihr nach. Sie zwängte sich durch die Reihen und … und bestieg die Bühne. In der Hand hielt sie einen Dulcimer. Genau so ein Modell, das einst John Pearse im Sauschdall gespielt hatte. Sie ließ sich auf dem Hocker nieder, wischte die Strähnen aus dem Gesicht und begann ihren Auftritt mit einem wohltuend amateurhaften, »Also.«

Also sah Wilhelm kein Problem, sie hinterher auszufragen. Bis jetzt hatte er, außer, dass er von den Begriffen Dorisch, Ionisch, Äolisch und Myxolydisch gehört hatte, nicht den blassesten Schimmer, was diese für den Dulcimer zu bedeuten hatten. Er hoffte, die badische Joan Baez könne ihm weiterhelfen. Leicht näselnd und unüberhörbar amerikanisch schwebte ihre Stimme über den Köpfen hinweg, spielerisch zupfte sie die Saiten, griff spagatfingrige Akkorde und kommentierte ihre Folk-Songs mit Geschichten hinterwäldlerischer Farmer aus den Appalachen.

Sie freute sich, als Wilhelm sie ansprach, besonders, nachdem er ihr erzählte, dass er hier eine Werkstatt hätte und Dulcimer baue. Sie verabredeten, dass er sie irgendwann in der nächsten Woche besuchen käme.

»Schau einfach vorbei und frag nach Katzi, am besten am späten Nachmittag. Ich zeige dir alles, habe auch jede Menge Noten und Tabulaturen«, sagte sie, »und im Volksliedarchiv findest du bestimmt noch mehr.«

Nach ihr spielte Ray Austin. Bevor die beiden gingen, warf Wilhelm noch einen Blick auf dessen handgemachte Gitarre. Bald kann ich das auch, dachte er und träumte sich auf dem Heimweg wieder einmal in eine Zukunft als weltberühmter Gitarrenbauer.

Tags darauf machte er sich über die Gitarrendecke her. Andächtig nahm er sie hoch, legte Mittel- und Ringfinger an die Längskanten und drückte die Daumen gegen die Leimfuge. Ganz behutsam. Eine elastische Spannung stemmte sich dagegen und die Decke federte zurück. Er drehte sie um 90 Grad – nichts. Sie blieb steif. Endlich konnte Wilhelm Gelesenes erspüren und begriff im wahrsten Sinn des Wortes diesen ungewöhnlichen Unterschied zwischen Längs- und Quermaserung mit eigenen Händen – Tonholz eben.

Den Plan für die kleine spanische Gitarre hatte er schon vor Wochen aus dem Buch in Originalgröße gezeichnet und eine Umrissschablone aus Sperrholz gesägt. Mittellinie, links herum, rechts herum, Gitarrenform. Sieben Bleistiftstriche, zwei quer, fünf in Fächerform für die Balken darunter. Aber wie bekomme ich ein kreisrundes Loch in die Decke? Zirkel und Laubsäge? Erst hinterfüttern? Einen Kreisschneider bauen? Welche Klinge? Oder zuerst etwas anderes? Aus den Fichtenleisten die Balken hobeln? Hobeln? Zu viele Fragen. Raus hier! Raus aus der Werkstatt. Luft.

Katzi war nicht zu Hause und für das Litfaß war es noch zu früh. Wilhelm streifte durch die Innenstadt und suchte eine Eisdiele. Freiburg glich einem Backofen, eine lähmende Hitze hatte sich über die Stadt gesenkt. Aus Richtung des Münsters hörte er Musik. Ein Akkordeon, eine Geige, dezent in hoher Lage darüber gelegt, jetzt brach noch ein Dudelsack durch – aber was zum Teufel hatte es mit dem rhythmischen Sirren auf sich? Diesem penetranten, nadelstichigen ssipp-ssipp, ssipp-ssipp?

Gelateria Roma. Alle Tische auf dem Gehsteig waren besetzt, Kellner wieselten hin und her. Wilhelm stellte sich ans Ende der Schlange vor der Eistheke. Im selben Moment war die Musik verklungen. Applausgeplätscher. Die junge Frau ganz vorne konnte sich nicht entscheiden: »Oder vielleicht doch lieber Stracciatella und Erdbeere?«

Wilhelm zupfte nervös an der Unterlippe und sah sich um. Die Sorge, etwas zu verpassen stieg plötzlich hoch. Was, wenn sie zusammenpacken? Scheiß auf das Eis. Er ging weiter und kam der Gruppe langsam näher. Instrumente wurden gestimmt, dazwischen Gerede mit französischem Akzent. Gelächter. Ein paar Schritte, eine Ecke noch, und er stand vor einer dicht gedrängten Menschentraube. Wilhelm sah rein gar nichts. Plötzlich stieß der Dudelsack ein wimmerndes Gebrumm aus, fing sich, und ein klarer, tiefer Ton stand wie eine Wolke über ihm. Moment, es waren zwei Töne. Hummeln im Tiefflug. Das Akkordeon atmete im Quintabstand, und dann …, wieso war da noch ein Brummen? Und wieder dieses ssipp-ssipp, ssipp-ssipp. Diesmal kam es als ssipp-ssi-ssipp, ssipp-ssi-ssipp daher – fast tänzerisch – schließlich die Geige. Geige? Das ist nie und nimmer eine Geige.

Wilhelm drängelte sich nach vorne und stand vor einem Trio. Ein junger Mann, kaum 20, in blauem Bauernkittel, um den Hals ein rotes Tuch, spielte einen Dudelsack, der mit dem Ellbogen gepumpt wurde. Daneben ein Kleinerer, etwas älter, mit wuscheligen Locken und wieselflinken Augen, der ein weit auseinandergezogenes, kleines Akkordeon vor der Brust hielt. Es hatte statt schwarz-weißer Tasten lauter kleine runde Knöpfe. Auch er mit Halstuch und, wie der andere, in Kniebundhosen und mit schwarzem Filzhut.

Doch Wilhelm nahm die beiden nur beiläufig wahr. Sein Interesse galt der jungen Frau im bordeauxroten Samtkleid, die auf einem Schemel saß. Die dunklen Haare hatte sie zu einem lässigen Knoten hochgesteckt, einzelne Löckchen ringelten sich um die Ohren und flossen den Hals entlang bis zu den Schultern.

Was aber Wilhelm trotz ihrer Anmut noch mehr faszinierte, war das Instrument, das sie spielte. Von einem Augenblick zum anderen war Wilhelm nicht mehr in der Lage zu denken. Er fühlte nur noch. Seine Welt rutschte einem Abgrund entgegen. All seine Logik wurde herausgesogen. Als ob er leer werden müsste. Leer, um etwas in sich aufzunehmen, etwas, das allen verfügbaren Raum beanspruchen, von ihm Besitz ergreifen, und in die hinterste Faser vordringen wollte. Etwas, das sein Leben von Grund auf verändern sollte. Dieses Etwas war das Musikinstrument auf dem Schoß des Mädchens. Dieses Etwas, das ihn von einer Sekunde zur anderen in ein fernes Universum katapultierte. Dieses Etwas wurde von einem breiten Ledergurt gehalten, war bunt bemalt und endete mit einem geschnitzten Frauenkopf, von dessen Hals bunte Bänder hingen. Vorne drehte das Mädchen eine Kurbel, ihre linke Hand ruhte auf einem schmalen Aufbau, die Finger drückten irgendwelche Tasten. Zu beiden Seiten verliefen Saiten, einige vibrierten. Sie schwangen unregelmäßig, mal mehr, mal weniger, jedoch immer im Rhythmus dieses merkwürdigen ssipp-ssipp-ssipp-ssipp. Plötzlich ein Triller, sie drehte die Kurbel schneller und das Stück endete mit einem lang gezogenen sssssipp.

Applaus ringsum, Münzen klimperten im Hut. Das Mädchen schien bemerkt zu haben, dass Wilhelm sie die ganze Zeit über anstarrte. Bevor es peinlich wurde, traute er sich, sie zu fragen: »Was ist das?«

»La? C'est une vielle a roue«, sagte sie und fügte etwas schwerfällig hinzu, »ein französisch Drehleier.«

Eine Drehleier? Eine Drehleier! Dieses Wort bohrte sich in Wilhelms Unterbewusstes, geriet in die Blutbahn und landete mitten in seinem Herz. Berauscht stand er vor dem Instrument. Er war behext. Alles um ihn trat in den Hintergrund, verblasste und verschwand. Ein Donner, markerschütternd und unüberhörbar, forderte lauthals von ihm: Das – das ist dein Ding. Das wirst du bauen. Das, und nichts anderes.

Die folgenden Tage durchstreifte Wilhelm die Stadt, in der Hoffnung, das Mädchen mit der Drehleier noch einmal zu treffen, noch einmal einen Blick auf ihr Instrument werfen zu können, sie zu fragen – was auch immer. Er löcherte jeden, der ihm über den Weg lief und etwas mit Folklore zu tun hatte, ob er etwas über die Gruppe wisse oder dieses merkwürdige Instrument kenne. Schulterzucken, ausweichende Hms, Stirnrunzeln und große Augen. Ansonsten? Nichts.

Dann endlich. Im Musikhaus gegenüber der Uni bekam Wilhelm den Tipp, im Freiburger Volksliedarchiv nachzufragen. Eventuell wüssten die etwas darüber. Dahin wollte er schon seit langem.

Der Archivar drückte ihm eine Systematische Abhandlung Osteuropäischer Instrumente in die Hand. Darin fand Wilhelm eine Zeichnung, die den Schnitt und die Funktion einer böhmischen – oder war es eine ungarische? – Drehleier aus dem 19. Jahrhundert darstellte. Decke, Boden und Balken mit drei Stimmstöcken. Mit diesem winzigen Vorwissen begann er, seine Trauminstrumente zu konstruieren, baute sie im Geiste in allen möglichen Formen und hörte sie an jeder Ecke spielen und träumte sich in ein unbeschwertes und abenteuerliches Leben. Er war sicher, dass alle Welt einmal seine Drehleiern spielen würde. Und er reich und berühmt sein würde. Reich und berühmt! Alle Welt!

Mary

Iren waren in der Stadt. Plakate von General Humbert hingen an allen Ecken. Sie würden an drei Tagen hintereinander spielen, Irish Folk aus Dublin. Aber Wilhelm hätte das ohnehin mitbekommen, denn General Humbert spielten im Litfaß. Er freute sich darauf, vor allem um sein mittlerweile sehr verbessertes Englisch, das er der Belfastbande aus der Motorenfabrik zu verdanken hatte, anzuwenden.

Die beiden kleinen Tische waren zur Seite gerückt und das Podest zur Bühne gemacht worden. Das Litfaß war voll, als er gegen halb neun dort eintraf. Auf seinem Stammplatz am Fenster saßen drei Männer und eine schwarzhaarige Frau vor ihren Getränken und rauchten. Er quetschte sich dazu und bestellte das Übliche.

Sie gaben sich schüchtern und besprachen die Sets. Nicht lange darauf fingen sie an zu spielen. Mit Gitarre, Mandoline und Tin Wisthle zauberten sie im Handumdrehen die Atmosphäre eines irischen Singing-Pubs in den Schwarzwald. Beim nächsten Stück sang die Frau auf gälisch, nur begleitet von einer Uilleann Pipe und wenigen Gitarrenakkorden. Irische Melancholie strömte durch den Raum, die Töne perlten wie Edelsteine von ihren Lippen und jagten Wilhelm Eiskristalle über den Rücken. Sie zitierte Erin ins Dreisamtal und beschrieb die Sehnsucht einer ganzen zerrissenen Nation. Erinnerungen tauchten auf. Efeuumrankte Ruinen, von Steinen gefasste Schafsweiden, weiße Wattebausch-Wölkchen. Und plötzlich war Sabine wieder da.

Wie oft hatte Wilhelm Vorlesungen sausen lassen, um sie von der Schule abzuholen. Wie ihre Freundinnen glotzten, wenn er mit dem VW-Bus vorfuhr, die Vorhänge zugezogen, irgendwie schon alles vorbereitet. Neidisch waren sie, als sie einstieg und auf der Bank zu ihm rüber rutschte.

Die Erinnerungen an ihren ersten Kuss. Auf Wilhelms Bett in der Land-WG. Das Jahr darauf die Reise, fünf Wochen England und Irland. Das Plakat in London – Brand X im Marquee Club und in der Pause sie und er und Phil Collins am Tresen beim Bier. »Are you here on holiday? Germany? Nice to meet you! Cheers.« Dann hat er weiter getrommelt.

Die Tour mit den Leihrädern von Wexford zur Tintern Abbey und die Nacht in den alten Gemäuern. Sterne, Mond, vorbeihuschende Regenwolken. Sie am nächsten Morgen mit Strohresten im Haar. Beim Frühstück im Love's Cafe die Frage, wo sie denn geschlafen hätten. »Oh my god, it's haunting there!«, Hand vor den Mund, drei Kreuze.

Dann hoch nach Donegal. Eine Woche auf der Kuhwiese hinter Leo Brennan's Singing Pub. Wie Moya sich geärgert hatte, den blöden Touristen Guinness zapfen zu müssen und erst am Abend mit ihren Brüdern und Cousins zeigen konnte, was sie drauf hat. Und wie Sabine alle drei Tage zuhause angerufen hatte, wir kommen etwas später. Die ganze Zeit. Sie hatte es geschafft, aus zwei Wochen fünf zu machen. Hatte immer schon ein Händchen, Unangenehmes hinauszuzögern.

Bei der Zugabe nahm die Irin zwei Esslöffel und begleitete die anderen mit filigranen Verzierungen. Wow! Ich auch. Wie krieg ich sie dazu, dass sie mir das zeigt? Trink noch ein Bier und dann frag sie, trau dich einfach.

Sie saßen über Eck, Wilhelm hielt die Hände zwischen den Knien. Die Schwarzhaarige musterte ihn mit smaragdgrünen Augen, über denen dichte, von einem Expressionisten hin gepinselte Brauen schwebten. Er fragte sie Löcher in den Bauch. Sie taute mehr und mehr auf, erzählte von Dublin, von den Pubs, die er unbedingt besuchen müsse, wenn er sich für Irish Folk interessieren würde.

»Das O'Donoghues ist immer noch die erste Adresse. Dann natürlich McDaids mit seinen Säuferkojen, aber vor allem Doolin, das winzige Kaff an der Westküste.« Sie kritzelte etwas auf einen Bierdeckel. »Ruf an, wenn du in der Stadt bist, falls ich da bin, geh'n wir auf eine Pint.«

Er nahm die Pappe wie eine Kostbarkeit entgegen. Mary Black stand am Rand, daneben eine Nummer.

»Und jetzt zeig ich dir das mit den Spoons.« Sie nahm die Löffel, knotete ihre Finger darum und klackerte damit zwischen Handfläche und Oberschenkel. Plötzlich zog sie die Löffel über die gespreizten Finger, ein helles Rattern entstand. Zuletzt klappte sie die Finger kurz ein und zauberte damit Triolen aus dem Handgelenk. »Das ist alles. Jetzt musst du nur noch üben, und irgendwann wird Musik draus«, sagte sie, neigte den Kopf kurz zur Seite und zwinkerte dabei mit dem rechten Augenlid.

»Da kannst du drauf wetten. Und mit deiner Stimme«, sagte Wilhelm, »wirst du noch einmal große Karriere machen.«

Zum Dank schenkte sie ihm ein bezauberndes, irisch verschämtes Lächeln.

In drei Tagen hatte es Wilhelm geschafft, über Ostende, Dover und London nach Wales zu trampen. Von Fishguard nahm er die Fähre nach Rosslare, von dort den Zug nach Wexford, wo er ein paar Tage auf einem Campingplatz blieb und sich im Wave Crest Inn auf irische Musik einstimmte. Einmal getraute er sich sogar, den Fiddler mit Löffeln zu begleiten, was ihm anschließend neben einem hochgereckten Daumen eine Pint einbrachte. Immerhin.

Dublin war trüb, schwere Regenwolken jagten Richtung Meer und luden ihre Last über der Stadt ab. Wilhelm steuerte die nächste Telefonzelle an und wählte Marys Nummer. Bei Mary nahm niemand ab. Schade. Wäre schön gewesen, mit ihr durch die Kneipen zu ziehen, ihre Freunde zu treffen, dachte Wilhelm und träumte insgeheim, dass vielleicht noch mehr gelaufen wäre. Er suchte ein Bed&Breakfast in der Nähe der Victoria Station und ging nach zwei Pints schlafen.

Am folgenden Nachmittag machte er sich auf die Suche nach Musik und landete im O'Donoghues. Am Tresen hingen ein paar Typen vor ihren Pints und krakeelten, der Sprache nach Holländer. Wilhelm zog es Richtung Nebenzimmer, denn dort wurde musiziert. Er hielt die Klinke der halb offenen Tür in der Hand und traute seinen Augen nicht: Vor ihm saßen Eddi Furey und ein alter Ire mit der typischen Schirmkappe. Sie spielten rasend schnelle Jigs auf Smallpipe und Bodhràn.

Er schlich an ihnen vorbei Richtung Bar, holte sich eine Pint und setzte sich in respektvollem Abstand daneben. Am liebsten hätte er sofort die Löffel aus der Tasche gezogen. Aber einfach so? Kann ich das bringen, fragte er sich. Mit Eddi Furey? Dem Star, bei dem man bei uns Karten reservieren muss? Ein Bierdeckel mit einem Pinguin lag neben dem Glas und er musste an Ganter und dessen Worte im Litfaß denken: Trau dich! Er traute sich.

Die Triolen kamen präzise, bei den aufgefächerten Fingern blieb er hin und wieder hängen, dennoch bekam er von Eddi ein aufmunterndes Nicken und wenig später stand ein frisch gezapftes Guinness vor ihm. Fasziniert von dem Alten, der den Klöppel über das Trommelfell fliegen ließ, fragte er, ob er einmal probieren dürfe. Es sah so einfach aus. Der Alte hatte bereits die zweite Pint geleert, bis Wilhelm den Schlag ein einziges Mal sauber aus dem Handgelenk gedreht bekam.

»That's it«, sagte er und klopfte Wilhelm auf die Schulter, »now practice!« Damit übernahm der Alte wieder und die beiden spielten weiter.

Drei Tage brauchte Wilhelm, bis er endlich Doolin erreichte. Nur wenige Autos, die er antrampte, hielten, falls doch, fuhren sie woanders hin. Zwei Nächte verbrachte er im Freien, einmal nahm er ein Bed&Breakfast, da es den ganzen Tag über in Strömen gegossen hatte, und er seine Sachen trocknen musste. Die letzten acht Kilometer bis Doolin legte er zu Fuß zurück, denn alle vorbeifahrenden Autos waren voll. Die Rucksackriemen drückten, die Hüfte stach und er verfluchte wohl zum tausendsten Mal seine Scheiß Krankheit. Warum ich? Warum ausgerechnet ich?

Ortsschild Doolin. Wilhelm wähnte sich am Ziel. Doch nach wenigen Metern wurde er enttäuscht: Die Hauptstraße war zugemüllt. Fish 'n' Chips-Tüten wurden vom Wind um seine Beine gewirbelt, Zeitungsfetzen über Felder getrieben. Bierbüchsen und leere Weinflaschen kullerten über den aufgerissenen Asphalt und Betrunkene torkelten aus Gus O'Connor's Singing Pub und die Straße entlang. Sie kotzten ungeniert in die Gegend oder ließen sich irgendwo nieder.

Wilhelm steuerte auf den Eingang zu. Es war unmöglich, bis an den Tresen vorzudringen, um eine Pint zu ordern. Die Besucher standen dicht an dicht, waren wie Sardinen senkrecht in den Saal geschichtet. Qualmwolken von Selbstgedrehten und der Dunst von hundert Litern verschüttetem Bier raubten ihm den Atem. Dazu herrschten Dampfbadtemperaturen.

An der hinteren Wand konnte er ein paar Musiker mit Tin Whistle, Akkordeon und Bodhrán erahnen. Von der Musik war jedoch kaum etwas zu hören, zu laut waren Grölen und Geschwätz. Wilhelm ging nach draußen und stapfte frustriert zum Meer hin. Einziger Lichtblick war zwischendurch ein Typ, der auf der Steinmauer saß und Dulcimer spielte. Doch der war so in sein Spiel vertieft, dass er Wilhelm nicht wahrnahm und immer weiter seine Moll-Tonreihen vor sich hin dudelte. Wilhelm ging in Richtung der Klippen. Bei den Felsen fand er eine zerfallene Fischerhütte und richtete sich dort für die Nacht ein. Am nächsten Tag zog weiter. Er hatte nicht gefunden, wonach er gesucht hatte. Keine neuen Musikstücke, vor allem weit und breit keine Drehleier. Sie blieb ein Geheimnis.

Nach einem Abstecher auf die Aran Inseln, auf denen ihm Paddy, ein gleichaltriger Kunststudent aus Cork, ein paar Lieder beibrachte, trampte Wilhelm zurück nach Wexford und traf eine Gruppe Studenten. Sie nahmen ihn in ihrem VW-Bus mit zurück nach Deutschland. Vor der Abfahrt kaufte er eine handgemachte Bodhrán mit einem hauchdünnen Ziegenfell.

Drei Tage später öffnete Wilhelm den überquellenden Briefkasten in der Kirchstraße. Neben den üblichen Prospekten, Rechnungen und einem Kontoauszug fand er einen Brief aus Tübingen. Marek hatte noch keinen Kunden, er müsse sich noch gedulden. Die Karte von Sabine, mit Grüßen vom Atlantik, der Bucht, wo sie vor zwei Jahren ihren Urlaub verbrachten, hat ihm gerade noch gefehlt.

Ziellos streifte er durch Freiburg. Keine Aufträge, keine Ideen, an der Gitarre hat er die Lust verloren, da er keine Ahnung hatte, wie er die Zargen biegen sollte, und mit der Drehleier war er auch noch keinen Schritt weiter. Niemand wusste etwas über dieses Instrument. Es schien, als ob sich Wilhelms Antriebslosigkeit in seiner Umwelt widerspiegeln würde. Er fand keine Menschenseele, die ihm weiterhelfen hätte können. Hubert blieb verschwunden, mit ihm der Dulcimer. Kein Wunder, dass er wieder jeden Abend im Litfaß landete und von der Piaf verabschiedet wurde.

Und dann kam die Postkarte. Sein Freund Alfred kündigte seinen Besuch an.

Wilme, in nächster Zeit werde ich mal bei Dir vorbeischauen. Bin jetzt in der Bretagne in einem alten Bauernhaus. So am 10. September werde ich Richtung Freiburg lostrampen. Wenn es mir hier zu einsam wird, komme ich etwas früher. Ich bin schon seit zwei Wochen hier und widme mich meiner Gitarre und Car-

los Castaneda. Falls Du nicht da bist, sehen wir uns spätestens am 16. September in Ulm zu Roberts Hochzeit. Danach seh' ich weiter. Ich will jedenfalls für eine Weile weg, vielleicht kommst Du ja mit.

Bis bald, Dein Freund Alfred.

Abschied

Die Klingel gab ein schwindsüchtiges Knurren von sich, Wilhelm öffnete das Fenster und blickte nach unten. Auf dem gegenüberliegenden Gehweg stand Alfred und winkte. Brauner Overall, grüner Rucksack, blaue Gitarrenhülle. Alfred war Wilhelms bester Freund. Damals in Ulm waren sie eine Clique, zu der Wilhelm vor acht Jahren gestoßen war, aber mittlerweile hatte sie sich in alle Winde zerstreut. Robert hat es wegen der Bundeswehr nach Berlin verschlagen, Christian war Richtung Ansbach gezogen und Willy war im Ausland. Bergschuh-Schritte hallten durchs Treppenhaus. Oben angekommen breitete Alfred die Arme aus, seine Augen funkelten, die schmalen Lippen zu einem konspirativen Lächeln verzogen. Er drückte Wilhelm lange an sich. Alfred roch nach Reise, nicht unangenehm, eher abenteuerlich und nach einsamem Cowboy.

»Du willst was? Wo willst du hin?« Wilhelm riss die Augen auf und rührte sich nicht von der Stelle. Er konnte nicht glauben, was Alfred ihm am nächsten Morgen beim Frühstück auftischte. »Sag das noch mal.«

»Du hast schon richtig verstanden. Ich will nach Indien. Und ich dachte, du kommst mit. Was ist? Was hält dich hier? Sabine ist weg und du? Du kümmerst hier vor dich hin.«

»Kümmern? Von wegen!« Wilhelm fuchtelte mit den Armen vor Alfreds Nase. »Ich habe hier eine Werkstatt aufgebaut und bald Aufträge ohne Ende. Kümmern. Ich fass' es nicht. Außerdem muss ich jetzt los und Roberts Regal fertig bauen, damit er es wenigstens zu seiner Hochzeit hat. Wir sehen uns um sechs im Litfaß.«

Alfred nickte. »Ich bleibe hier und schreib' Tagebuch.« Er blätterte durch den Plattenstapel, zog Neil Young heraus und sagte: »Überleg's dir. Stell dir vor, wir beide vor dem Taj Mahal.«

Wilhelm dachte auf dem Weg nach unten an Alfreds Worte. Kümmern? Der spinnt doch. Sieht der nicht, was ich hier habe? Ich finde noch eine Drehleier, keine Sorge.

Er kettete sein Fahrrad vom Laternenpfahl und fuhr Richtung Werkstatt. Und wenn Alfred Recht hat? Was hält mich wirklich hier? Was wird, wenn mein Geld aufgebraucht ist? Wieder meine Muter oder die Oma anpumpen. Wo wollte der hin? Was sagte er? Du und ich, wir beide beim Taj Mahal. Taj Mahal – und dann? Dann warten wir stundenlang auf eine Audienz, knien nieder und der Taj Mahal legt seine Hand auf. Indien!

Wilhelm fuhr weiter, ohne auf den Verkehr zu achten. Plötzlich musste er bremsen. Ein blinkendes Kehrfahrzeug kam ihm entgegen und scheuchte ihn auf den Gehweg. Dort radelte er weiter. Eigentlich ist der Tag viel zu schade, um zu arbeiten. Wer weiß, wie lange es noch so schön bleibt. Ich sollte zurück und mit Alfred etwas unternehmen. Wie aus dem Nichts tauchte vor ihm eine Litfaßsäule auf, um ein Haar wäre er dagegen gefahren. Er starrte auf eine pechschwarze Wand, hob den Kopf und sein Blick blieb an einem überdimensionalen weißen Kreuz hängen, oder vielmehr, an den Worten, die darunter standen.

WENN NICHT JETZT, WANN DANN?

Wilhelm fuhr weiter. Der Satz biss sich fest und kreiste in seinen Gehirnwindungen. Wenn nicht jetzt, wann dann? Wenn nicht jetzt, wann dann?

An der Werkstatttür klemmte ein Zettel. Wo warst du? Zweimal war ich umsonst da und habe gewartet. Jedes Mal war zu. Wilhelm erinnerte sich an die Kleine aus Mannheim, die er eines Abends im Fuchsbau kennen gelernt hatte. Sie wollte einen Dulcimer, er hatte den Auftrag vergessen, trampte stattdessen durch Irland. Scheiße! Er zerriss die Nachricht und warf sie zu Boden. Es reicht. Er fuhr, ohne auf den Verkehr oder Ampeln zu achten, zurück in die Egonstraße, zog sich mit Doppeltritten die fünf Stockwerke hoch und platzte ins Zimmer. Der Raum war leer, weit und breit kein Alfred. Auf dem Bett lag umgedreht sein Tagebuch. Wo steckt Alfred? Wilhelm setzte sich und seine Hand griff wie von selbst nach dem schwarzen Heft. Er begann zu lesen.

8. September 1977, Freiburg in Wilme's Bude

Endlich bin ich wieder in Deutschland, wenn auch nur für ein paar Wochen. Frankreich war gegen Ende nur noch lästig, so einsam, so schwer zu trampen. Ich freue mich auf die große Reise und hoffe, dass Wilme mitkommt. Was will er hier, ich verstehe ihn nicht. Hier kommt er nie von Sabine los. Die Trennung hat ihm den Rest gegeben. Sein Maschinenbaustudium war der größte Blödsinn – der und Mathe. Der hat doch schon Probleme bei einer quadratischen Gleichung. Für eine Lehre ist er auch nicht geeignet, der alte Trotzkopf. Sein Instrumentenbau, oder das, was er sich einredet, ist zum Scheitern verurteilt. Wenn er doch endlich aufhören würde, auf Illusionen zu bauen, irgendwann ist sein Geld aufgebraucht und dann ist er auf seine Mutter oder die Oma angewiesen. Das Schlimme dabei ist, dass sie ihn endlos unterstützen würden und er nie auf eigene Beine käme. Wahrscheinlich würde er im Suff enden, oder, womöglich noch schlimmer. Indien täte ihm gut. Einerseits wegen der Reise an sich, weil er dabei an seine Grenzen käme und sie mit Sicherheit überwinden würde, andererseits würde er danach bestimmt seinen Weg finden. Ich muss ihn überzeugen mitzukommen, deshalb, und auch wegen mir, ich will nicht alleine ...

Wilhelm hörte die Wasserspülung, danach das Quietschen der Toilettentür. Er legte das Buch zurück und tat so, als ob er etwas auf dem Tisch suchen würde.

»Was tust du denn hier? Ich denke, du wolltest arbeiten«, sagte Alfred und kam auf Wilhelm zu.

»Wollte ich auch, aber das kann warten. Lass uns auf den Schauinsland, dort grillen und oben übernachten, bevor das Wetter kippt.«

Der Aufstieg war anstrengend. Neben Schlafsack und Liegematte hatten sie noch Würstchen, Bier und Wein eingepackt. Sie saßen auf der Erde. Vor ihnen die Vogesen, darüber ein surrealer Himmel, die Sonne inszenierte einen Festakt. Wolkengebirge türmten sich in allen Schattierungen. Der Maler hatte die Pinsel tief in die Farbdosen getunkt und quer über die Leinwand gehauen. Violett, rosa, schwarz, sogar eine Ahnung von grün. Alles in allem aber düster und bedrohlich. Wetterwechsel, erste Herbstgewitter kündigten sich an. Abschiedsgefühle.

Wilhelm hatte die Beine von sich gestreckt, lehnte auf den Ellbogen und blickte in die Ferne. Mit Alfred nach Indien, über Land! Griechenland, Türkei, Persien. Hör auf, mir hat der Dreck auf den griechischen Fähren schon zugesetzt, Kakerlaken und dann die ganzen Krankheiten, Pest, Lepra, oder sonst etwas Eitriges und überhaupt. Aber wenn Marek sich nicht meldet? Dass John Pearse mir hilft, die Dulcimer zu verkaufen, war sowieso ein Hirngespinst. Oder doch noch einmal nach einer Lehrstelle suchen. Oder alles ganz von vorne? Für einen Moment dachte er an das Mädchen mit der Drehleier, die irgendwo dort hinter dem Horizont jenseits des Rheins lebte und vielleicht gerade in diesem Augenblick auf ihrem Instrument spielte. Er dachte an die Faszination, der er erst vor wenigen Wochen so bedingungslos erlegen war. Und nun kam dieses verlockende Angebot seines besten Freundes.

»Wann hast Du vor, nach Indien zu reisen?«

»Sobald ich die Impfungen hinter mir habe.«

»Wie lange wird das dauern?«

»Weiß nicht, vielleicht zwei, drei Wochen. Warum?« Alfred drehte sich zu Wilhelm. »Warum fragst du?«

Wilhelm blickte weiter geradeaus. Es war ihm unmöglich, sein Grinsen zu unterdrücken. Er schnippte den Zigarettenstummel Richtung Elsass und sagte langsam, die Worte genussvoll betonend: »Ich komme mit.«

BERLIN

Transit

Die Grenzkontrollen verliefen ohne Zwischenfälle. Nach einer halben Stunde war Wilhelm durch. Er trödelte mit genau Hundert hinter einer Trabantenkolonne her und hatte die Fenster, trotz des wundervollen Maiwetters, wieder hochgekurbelt. Sein Ziel war Westberlin. Robert erwartete ihn. Er hatte ihm angeboten, eine Matratze ins Bücherzimmer zu legen und gesagt, er könne bleiben, so lange er wollte.

Ende Februar war Wilhelm aus Indien zurückgekehrt und dachte, der Frühling stünde vor der Tür. Was ihn empfing, war tiefster Winter, beinahe Kabuler Verhältnisse mit 20 Grad unter Null und Schneeberge bis an die Fenster. Er fror wie ein Hund. Seine Mutter war gottfroh, als er wieder vor ihrer Tür stand. Richtig aus dem Häuschen war sie jedoch, als er ihr seine Pläne verriet: »Ich habe mich entschieden. Ich weiß jetzt, was ich will und baue mir in der Nähe etwas auf. Bis dahin werde in meinem alten Zimmer wohnen.«

Wilhelm wurde von vorne bis hinten bedient. Dreimal die Woche schob seine Mutter ihr Fahrrad in den Hof, vollbepackt, als käme sie vom Hamstern. Es gab sein Lieblingsessen, Bier war im Kühlschrank und jeden Morgen lagen frische Brötchen auf dem Tisch. Tage später machte er sich auf die Suche nach einer Werkstatt. In einem Altbau, keine zwei Kilometer von seinem Elternhaus entfernt, fand er geeignete Kellerräume. Die Miete war o.k., 200 Mark. Bis spät in die

Nacht saß Wilhelm im Omar, trank Hefeweizen und richtete in Gedanken den Arbeitsplatz ein, entwarf Handzettel und Anzeigen. Und tat das, was er besonders gut konnte: träumen. Diesmal wird es klappen, irgendwann kommen Aufträge. Und wenn ich erst eine Band habe, geht es mit den Instrumenten los. Ich nehme sie auf Tourneen mit, am besten gleich ein halbes Dutzend.

Tagsüber drückte er sich an Fachhochschule und Uni herum und studierte die Aushänge an den Schwarzen Brettern. Er war offensichtlich der Einzige, der so etwas anbietet, und Wilhelm war sich sicher, bei diesem zweiten Anlauf Erfolg zu haben.

Wenige Tage später hatte Wilhelm auch eine Wohnung in Aussicht. Ein altes Bahnwärterhäuschen im Norden Ulms, zwar restlos heruntergekommen, ohne alles und mit teilweise zerbrochenen Scheiben, aber spottbillig und groß genug für eine Wohngemeinschaft; Landkommunen waren immer noch in. Gerti, die er kurz vor der Indienreise kennen gelernt hatte, war solo, vielleicht käme sie ja mit. Alles war wunderbar.

Bis Wilhelms Mutter eines Morgens freudestrahlend auf ihn zu kam und sagte: »Du brauchst dir keine Sorgen zu machen, ich habe mit dem Vermieter der Werkstatt gesprochen und ihm die ersten drei Monatsmieten überwiesen. Und ein Architekt will sich das Häuschen ansehen und schauen, ob sich renovieren überhaupt lohnt. Vielleicht findest du ja noch etwas besseres. Näher bei mir. Und bis dahin kannst du hier bleiben.«

»Mit wem hast du gesprochen?«, Wilhelm stand reglos im Zimmer und wurde laut.

»Du solltest mir dankbar sein, ich meine es doch nur gut, und wenn du erst einmal …«

»Was hast du gemacht? Was fällt dir eigentlich ein?«, brüllte er. »Du rufst nie wieder jemanden an.«

Er griff zum Telefon, schlug den Hörer mit solcher Wucht auf die Gabel, dass sich im Inneren Teile lösten und tat einen Schritt auf seine Mutter zu.

»Kann ich denn nie, nie etwas alleine machen? Musst du dich immer in alles einmischen?« Sie wich erschrocken zurück und sah ihren Sohn verständnislos an.

»Mir reicht's. Ich gehe. Endgültig. Mich siehst du nie wieder.«

Er stürmte aus dem Raum und zog die Wohnungstür mit solcher Wucht zu, dass eine der geriffelten gelben Scheiben aus dem Rahmen fiel. Ein Scherbenmeer breitete sich auf dem Steinboden aus. Wilhelm nahm davon keine Notiz. Er flog die Treppe nach unten und ging über den Hof, wobei sich sein Hinken besonders stark bemerkbar machte, denn er versuchte zu rennen. Aus den Augenwinkeln sah er seine Mutter weinend hinter der Gardine stehen. Soll sie doch. Ohne über ein Ziel nachzudenken, fuhr er mit durchgetretenem Gaspedal los. Später fand er sich, zitternd wie eine nasse Katze, auf der Autobahn Richtung Stuttgart wieder. Es gab nur einen, der ihn verstand und der ihm helfen konnte.

Alfred war noch bei der Arbeit. Wilhelm wartete, die Hände am Steuer, sein Kopf lehnte dagegen. Er stand völlig neben sich. Sein Rachen schmerzte vom Geschrei, er fror und er schämte sich dafür, dass er so komplett die Kontrolle verloren, sich so hatte gehen lassen. Woher kommt diese Wut?

Kommt sie von meiner Mutter? Will ich ihr etwas heimzahlen? Oder habe ich sie geerbt?

Endlich Sommer, somit war das Interesse an Wilhelms Modelleisenbahn erloschen. Es gab nach drei Jahren sowieso nicht mehr viel zu basteln. Vier Züge liefen gleichzeitig über vier Gleislinien, die Geschwindigkeiten waren so eingestellt, dass sie sich nicht in die Quere kamen. Nur die Oberleitungs-Weichen machten ab und zu Probleme, aber die konnten bis zum Herbst warten. Statt im Keller unter der Platte zu sitzen und an Kabelenden zu pfriemeln, stapfte er lieber mit Zwiebel und Matze in übergroßen grünen Gummistiefeln die Donau entlang. Dort hockten sie im Gebüsch, hielten die Angeln ins Wasser, pafften an Zigaretten und erzählten sich säuische Witze. Wilhelm hatte eine ganze Ladung davon parat. Schweinkram, den er während der Krankenhausaufenthalte aufgeschnappt hatte. Als 13-jähriger, drei Monate mit sechs gestandenen Männern im Zimmer, hört man so Einiges.

Doch an diesem Juli Abend, es dunkelte bereits, als er sein Rad in die Garage schob, war irgend etwas anders. Seine Mutter wartete hinter der Gardine. Als sie ihn sah, öffnete sie das Fenster und rief ziemlich aufgebracht: »Du brauchst gar nicht erst nach Hause zu kommen, bleib am Besten gleich mit deinen Freunden beim Angeln.«

Als Wilhelm fragte, was denn los sei, sagte sie: »Das wirst du noch früh genug sehen.«

Und dann ließ sie ihn links liegen und schwieg ausnahmsweise vor sich hin. Was sie mit ›früh genug‹ meinte, sah er allerdings erst ein paar Tage später. Um an seiner Angel eine

Öse zu reparieren, musste er einige Werkzeuge aus dem Keller holen. Die Kiste mit den Zangen und Drähten war im selben Raum wie seine Eisenbahn. Von der war jedoch nicht mehr viel übrig. Wilhelms Mutter hatte mit der Axt alles kurz und klein geschlagen. Die große Platte mit Bergen, Bach und Häusern hatte sie in unzählige Teile zerlegt. Schienen und Weichen lagen kreuz und quer über den Boden verstreut, Lokomotiven waren zerbeult und die Personenwaggons ragten wie nach einem Orkan aus dem Chaos, einer war halbiert. Wilhelms Mutter tauchte hinter ihm auf, knetete ihren Schürzensaum und sagte: »Hundertmal habe ich dir gesagt, räum auf. Das hast du jetzt davon.«

Wilhelm hatte keine Ahnung, wie lange er im Auto saß, waren es Stunden? Die Beine waren steif gefroren, die Hände blau. Endlich klopfte Alfred an die Scheibe und bat ihn in die Küche. Er goss großzügig Ouzo in zwei Wassergläser und sagte: »Zum warm werden. Jassu.«

Wilhelm saß am Tisch, drehte das Glas zwischen den Fingern und nippte dran. »Ich schaff das nicht. Ich kann unmöglich etwas aufbauen, wenn mir andauernd meine Mutter dazwischenfunkt. Ihr Schürzenzipfel ist zu lang.«

»Vielleicht liegt es daran, dass du nicht loslässt.«

»Wieso, ich habe doch versucht, so schnell wie möglich eine Wohnung zu finden und wieder auszuziehen.«

»Du kennst doch deine Mutter – wie sie klammert. Sie wird dir nie von der Pelle rücken. Wen hat sie denn außer dir?«

Wilhelms Blick wanderte den Kerben im Tisch entlang, wie alte Narben, dachte er und schob sein Glas Richtung Flasche.

»Schön und gut, aber was mach ich jetzt?«

»Da hilft nur eins: Du musst weg, Wilme. Richtig weit weg. Hier hat das keinen Wert.« Alfred goss nach. »Sei froh, dass das jetzt passiert ist und nicht erst – was weiß ich.«

Wilhelm nickte und sah seinem Freund direkt in die Augen.

»Warum gehst du nicht nach Berlin. Hat Robert dir nicht angeboten, dass du jederzeit zu ihm kommen kannst?«

Dichter Verkehr, ein Schild tauchte auf: Berlin – Hauptstadt der DDR. Wilhelm hielt sich rechts und fuhr Richtung Transit Westberlin. Zu beiden Seiten Sandgräben, Kübelwagen, Wachtürme und Stacheldraht. Links graue Baracken, rechts auf einem Betonpodest, ein russischer Panzer in Siegerpose, dann Stau. Meter für Meter quälte sich die Schlange vorwärts, wieder die Kontrollprozedur. Die mürrischen Blicke machten Wilhelm Angst, er hielt das Lenkrad umklammert und stierte geradeaus. Werden Transitreisende nicht willkürlich schikaniert, stundenlang festgehalten und verhört? Ist mein Auto in Ordnung? War ich zu schnell oder zu langsam? Wilhelms spürte sein Herz im Hals und wischte sich die Hände an der Hose ab. Die Minuten dehnten sich. Wieder fünf Meter, wieder Stillstand. Was, wenn sie das Auto durchsuchen oder mich festhalten?

»Waffen oder Funk?« Wilhelm verneinte. Das Betongesicht reichte ihm seinen Reisepass und forderte ihn mit einem Wink auf, weiterzufahren. Er atmete durch und drückte aufs Gas. Ein paar Meter noch und Berlin lag ihm zu Füßen. Er nickte dem Bären zu, der zur Begrüßung die Tatzen hob. Er tut das für mich, dachte er und freute sich auf das neue Abenteuer, den Neuanfang.

Zu beiden Seiten Bäume, die Blätter funkelten grüngolden. Soviel Wald inmitten der Stadt hatte Wilhelm nicht erwartet und fand die graue Schneise des Avus störend, besonders dann, wenn Motorräder im Zickzack an ihm vorbeijaulten. Bald schob sich der Funkturm nadelspitz in sein Blickfeld und wenig später breitete sich, fett wie ein Krake, die Baustelle einer Raumstation aus. Die futuristische Architektur zog ihn magisch in Bann. Er konnte seine Augen nicht von den Kränen und Gerüsten lösen, die auf den Ausbuchtungen balancierten und versuchte, sich das fertige Gebäude vorzustellen.

Schemenhaft nahm er den Stau wahr. Reflexartig trat er auf die Bremse und kam zwei Fingerbreit vor der Stoßstange eines Taxis zum Stehen. Der Fahrer riss die Tür auf, wuchtete seine 120 Kilo zu Wilhelm und fauchte ihn an: »Haste keene Oogen im Kopp? Du Haifisch.«

Vor Schreck würgte Wilhelm den Motor ab. Das fängt ja gut an. Wenig später tauchten Wegweiser auf, Spandau links. Stop and Go durch den Berufsverkehr. Radfahrer schossen zwischen parkenden Autos hervor, kreuzten drei Spuren und zeigten Wilhelm den Mittelfinger. Als Ausgleich strahlte ihm hin und wieder kokettes Lächeln über kurzen Sommerkleidern entgegen. Kesse Bienen (was für ein veralteter Ausdruck) schlenderten die Gehsteige entlang.

Eine Stunde später bog er in die Feldstraße ein und stand vor Roberts Wohnung. Josefines dunkelblaue bretonische Augen strahlten, als sie Wilhelm mit drei Wangenküsschen begrüßte. Sie sah hinreißend aus, hatte wie immer nur ein afrikanisches Baumwollkleid übergeworfen, nahm ihm die Tasche ab und zog ihn ins Zimmer. Wilhelm fühlte sich sofort willkommen.

Nach dem Abendbrot zogen die Männer um die Häuser und landeten am Ende in der Kuhlen Wampe. Der Tresen klebte, Zigarettenqualm hing in der Luft. Ein verwahrloster Jeansjackentyp mit trostlosen Augen blieb auf dem Weg zu den Toiletten an einen Barhocker hängen und landete unter dem Flipper. Wilhelm sah irritiert zu, wie er sich hochrappelte und weiter schwankte.

»So etwas ist völlig normal in Berlin«, meinte Robert, »da wirst du dich bald dran gewöhnen.« Wilhelm hatte da seine Zweifel.

»Zum Wohlsein.«

Der Zapfer stellte zwei schäumende Gläser vor ihnen ab. Ein Lockenkopf linste aus einem Bierkrug und Wilhelm musste an den Ganter denken. Halt bloß die Klappe.

Robert griff hinter sich und blätterte durch ein zerlesenes TIP. »Als erstes brauchst du Arbeit.«

»Wie? Was für Arbeit? Ich kann doch nichts.«

»Du? Du kannst alles, und wenn nicht, dann lernst du es. Außerdem nehmen sie es hier eh nicht so genau wie bei uns«, sagte Robert und blickte über den Brillenrand. »In Berlin hat's jede Menge Jobs. Vor allem Druckereien suchen ständig Leute.« Er zog den Finger über die Spalten. »Hier, hör mal: Aushilfe in Siebdruckerei gesucht, FS III, eigener PKW von Vorteil, Tel. 786 15 63. Das ist irgendwo im Süden.«

»Und meine eigene Werkstatt?«

Robert leerte sein Bier. »Wird schon. Komm erst einmal hier an und schau dich um.«

Sie mochten sich von Anfang an nicht besonders. Der Drucker hatte eine Hinterhofklitsche und war mit Kunstplakaten für eine Ausstellung beschäftigt. Markus Lüppertz in der Nationalgalerie. Er war spät dran, hastete durch sein Atelier, scheuchte Wilhelm zwischen den Sieben und den Trockengestellen umher und war nur laut. Wilhelm musste stundenlang stehen und in gebückter Haltung Farbreste abschaben, bis er taub im Rücken war, oder kreuz und quer durch Berlin, um irgendwelche Sachen zu besorgen, natürlich immer durch den dicksten Verkehr. Und das für acht Mark die Stunde. Nach drei Wochen hatte er genug.

Katzbachstraße

»Egal, wie du zur Springerpresse stehst, an der Mottenpost führt kein Weg vorbei. Wenn du eine Wohnung oder einen Laden suchst, hat's hier die größte Auswahl«, sagte Roberts Freund und hielt Wilhelm die Sonntagsausgabe entgegen, als sie im Café Bleibtreu beim Frühstück saßen. Wilhelm wurde fündig und hatte schon drei Tage später einen Besichtigungstermin in Kreuzberg. Kreuzberg! Genau dort wollte er hin. Mittenrein ins Leben. Kneipen, kleine Künstlerläden und türkische Teestuben. Robert lieh ihm 1000 Mark, für alle Fälle wie er sagte, »Wer weiß, vielleicht brauchst du sie.«

Von Spandau nach Kreuzberg bedeutete, einmal quer durch die Stadt. Wilhelm fand hin, ohne sich groß zu verfahren, der einzige Vorteil des Druckereijobs, denn dabei hatte er sich in wenigen Tagen so eine Art inneren Kompass zugelegt.

Schließlich stand er vor einem großen, schmucklosen Wohnblock aus der Jahrhundertwende. In der Mitte ein schweres Doppeltor, links ein Münz- und Briefmarkenhändler, das rechte Geschäft war leer. Dicke Linden beschatteten die Straße hoch zum Kreuzbergpark. Schwere Gehwegplatten, Hundehaufen, Papierfetzen. Gegenüber ein Kiesplatz mit alten Autos. Hinter der Schranke stand aufgebockt ein gelber Wohnwagen, ein Dicker mit Backenbart und Schiebermütze lehnte dagegen. Nante Eckensteher lässt grüßen. An der Hauswand hing ein Schild: Fahrzeuge aller Art, Autoteile, An- und Verkauf.

Wilhelm war nicht allein. Zwei andere Interessenten warteten bereits und musterten ihn skeptisch. Warten, jeder blickte unruhig auf die Armbanduhr. Endlich, ein Mercedes rollte auf den Gehweg und blieb dort stehen. Eine Frau stieg aus und ging auf die Drei zu.

»Ladenwohnung Katzbach?«, fragte sie ohne Gruß und schloss die Eingangstür auf.

Die drei folgten ins Innere. Einer machte nach wenigen Schritten kehrt. Da waren's nur noch zwei.

Wilhelm betrat einen hohen düsteren Raum. Grob verputzte Wände, gerissene Tapeten, ein baumelndes Stück Ofenrohr, darunter ein Rußhaufen. Die dunklen Bretter an der Decke hingen voller Spinnweben. Es roch nach Bohnerwachs und einem Hauch Schimmel. Die Mitte nahm ein zusammengeschusterter Ladentisch ein, obenauf wellte sich rissiges Linoleum.

Wilhelm sah vor sich den eingerichteten Laden, in dem sich Kunden auf die Füße traten. In dem fensterlosen Raum dahinter lehnten aufgeplatzte Müllsäcke, zerknüllte Zeitungen bedeckten den Boden. Der Schimmelgeruch wurde deutlicher – meine Werkstatt! Ein kleiner Flur mit drei Türen schloss sich an. Links ein langes schmales und stockdüsteres Zimmer. Die Jalousien waren heruntergelassen, die Lichtschalter tot. Man konnte absolut nichts erkennen – das wird mein Wohnzimmer. Rechts ein weiterer Raum mit einem halben Dutzend fleckiger Matratzen. Ein Wasserhahn ragte aus der Wand, drunter gähnte ein Loch, dem Kloakengeruch entströmte. Rosa Ölfarbe blätterte von den Wänden, flächendeckend Schimmelfraß. Wilhelm sah sich am Herd stehen und für Josefine und Robert indisch kochen. Eine Sperrholzkonstruktion trennte die Toilette vom Rest der ehemaligen Küche. Zerbrochene Briketts bedeckten den Boden, Fliegen stießen gegen eine gesprungene Fensterscheibe, durch die trübes Licht vom Hinterhof hereindrang.

Nun ja – dennoch konnte Wilhelm sein Glück kaum fassen. Zwar Einiges an Arbeit, aber sonst ideal. Drei, vier Tage, höchstens eine Woche, dann ist hier alles picobello. Er war sich seiner Sache absolut sicher.

»Zwofuffzich kalt und zwee Mieten Kaution, Renovierung zu Lasten dit Mieters, jetzt und in bar.« Frau Mitzka riss ihn aus seinen Träumen.

Der andere Typ erwiderte barsch: »Hörn'se, ick nehm doch keen Baret mit. Ick bin Jeschäftsmann un überweis et denn die Tage, wa.«

Wilhelms Chance. Er ging auf Frau Mitzka zu, zog Roberts Geldbündel aus dem Overall und hielt es ihr entgegen. »Hier! Zwei Mieten im Voraus und die Kaution.«

Sie blickte auf das Geld, schnappte sich die Scheine und zählte nach. »Kommse mit!«

Sie ließ den anderen stehen und eilte nach draußen, Wilhelm hinterher. In Frau Mitzkas Tasche wartete ein vorbereiteter Mietvertrag. »Wenn Se denn so freundlich wären.«

Wilhelm unterschrieb auf dem Autodach. Bei Anschrift trug er Berlin und Katzbachstraße ein. Jeder einzelne Buchstabe ließ sein Herz höher schlagen. Über beide Ohren grinsend nahm er den Durchschlag von Frau Mitzka entgegen. Mit dem Luftsprung ließ er sich Zeit, bis die beiden außer Sichtweite waren.

Die Putzaktion dauerte länger als angenommen. Viel länger. Ein ganzer Tag ging allein für den Rollladenkasten und den morschen Gurt drauf. Millionen von Fliegenleichen und jede Menge Mäusemumien kamen zum Vorschein. Und dann der Dreck. Selbst nach dem dritten Eimer blieb das Wischwasser trüb. Loser Bodenbelag musste geklebt, durchgeschmorte Leitungen erneuert werden, Lichtschalter waren kaputt. Josefine besorgte sich armlange Gummihandschuhe für die Kloschüssel. Für neue Tapeten blieb keine Zeit. Der schmale Raum und der Laden wurden weiß überstrichen, die Küchenwände mit Tüchern abgehängt, der Rest blieb wie er war. Später, dachte Wilhelm, später bleibt dafür Zeit genug.

Er trampte nach Ulm, mietete einen Transit und schaffte seine paar Sachen nach Berlin. Robert half einräumen. Tubenweise Silikon waren nötig, den Spülbeckenanschluss abzudichten und erst mit stärkeren Sicherungen ließ sich die Herdplatte höher schalten.

Nach zwei Wochen war es soweit. Wilhelm schlief zum ersten Mal in der Ladenwohnung. Endlich. War es zu Beginn noch unglaublich spannend, das neue Zuhause einzuweihen, stahlen ihm bald fremde Geräusche die Nächte. Jedes Mal, wenn das Hoftor ins Schloss fiel, zitterte das Bett. LKW ließen die Scheiben klirren, wenn sie nach der Ampel anfuhren. Er wälzte sich hin und her und fand keinen Schlaf. Langsam wurde es hell.

Ich muss einkaufen, nichts ist da, der Kühlschrank ist leer, dachte er, als er aus dem Schlafsack kroch. Gerädert trat er auf die Straße. Es regnete. Ein paar Häuser weiter oben war ein Tante Emma-Laden. Als er vor dem Geschäft stand und an das Chaos in der Wohnung dachte, beschloss er, in das Café zu gehen, das gegenüber dem Kreuzbergpark lag. Doch kaum hatte er Platz genommen, bereute er diese Entscheidung. Die Bedienung telefonierte und ließ ihn warten. Auf dem Sofa tuschelten zwei Frauen in Latzhosen und ein rotznäsiges Mädchen bewarf einen jungen Hund mit Bierdeckeln. Die Zeit tropfte vom Minutenzeiger, nichts geschah. Endlich kam das Frühstück. Welche Enttäuschung. Die Schrippen waren pappig, der Kaffee sauer und die Konfitüre stammte aus kleinen Plastiktöpfchen. Alles schien falsch. Wilhelm fühlte sich fremd, abgelehnt und unendlich allein.

Er fühlte sich ausgelaugt. Lustlos räumte er die Werkstatt ein, schloss die Säge an und hängte die Werkzeuge an die Wand. Wo war seine Begeisterung geblieben? Wie hatte er sich auf Kreuzberg gefreut? Alle hatten davon geschwärmt, aber er war von Armut umgeben. Dem Verfall preisgegebene Wohnungen, rußgeschwärzte Fassaden, streitende Kinder, die mit Straßendreck spielten. Alte mit traurigen Mienen schleppten Einkaufstüten, ihre Augen klebten am Boden. Überall Einsamkeit. Müde blickte er aus dem Fenster und sah den Tränen nach, die der Regen über die Scheibe zog.

Gegen Abend ging er die Yorckstraße entlang und zählte die S-Bahnbrücken über sich. Es waren mehr als zwanzig. Irgendwann landete er in der Meisengeige, einer fränkischen Bierkneipe und spülte seinen Frust und die Zweifel mit Rauchbier runter. Ich wollte nach Berlin. Jetzt bin ich da, also, was soll's? Vor einem halben Jahr lag ich noch auf dem Boot, von Goa nach Bombay. Jetzt liegt mir meine Zukunft zu Füßen. Greif zu.

Tage später fragte er sich zum Bezirksamt durch und meldete ein Gewerbe an. Am Nachmittag ging er in die Meisengeige, wieder war kaum etwas los. Somit konnte er in Ruhe seinen Gedanken nachgehen und Werbezettel entwerfen. Einen für Möbel, er skizzierte Bücher und Gewürzregale, kleine Hocker und Tische. Den anderen für Instrumente. Gewölbekellermauern, an denen Streichpsalter, Saitenmaultrommeln und Dulcimer hingen. Fehlt nur noch der Name. Warum nicht einfach WILHELMS LADEN? Oder gleich ganz exotisch und süddeutsch WILME'S LAD'N.

Wochen vergingen. Wilhelm hatte sich eingelebt, fleißig geschreinert und bastelte an einem Flohmarktstand, um seine Sachen zu zeigen. Nut- und Federbretter, mit Nägeln zu einer Stellwand zusammengeklopft, hatten hinten schräge Stützen. Daran hingen ein Steck- und ein Gewürzregal, daneben der Dulcimer. Fett darüber, ein Karton mit dem Schriftzug NEUERÖFFNUNG – Name, Adresse, Telefon. Er saß vor der Werbewand, in der Hand ein Bier, und träumte sich in den Erfolg. Zwei Millionen Menschen, wenn nur jeder Tausendste ein Gewürzregal kauft, habe ich ausgesorgt.

Am Freitag besuchte er mit Robert das HDK-Fest. Der ließ nicht locker: »Spätestens um halb sechs hast du am Klausener Platz zu sein, danach sind alle Plätze belegt.«

Bis Wilhelm in der Katzbachstraße ankam, war es zwei. In drei Stunden muss ich los, dachte er, brühte sich Kaffee und legte Musik auf. Ich muss unbedingt wach bleiben. Mit gekreuzten Beinen saß er auf dem Bett und beobachte die sich drehende Schallplatte. Ich muss mir einen Wecker kaufen.

I will make my bed,
She said, but turned to go.
Can she be late for her cinema show – cinema show?

Wilhelm schrak hoch. Grelles Tageslicht, Kopfweh, auf der Zunge lag ein toter Vogel. Mit einem Ruck setzte er sich gerade und suchte die Zeiger seiner Armbanduhr – halb sieben! Eine Hand voll Wasser ins Gesicht und kurz über die Zähne. Die Stellwand landete auf dem Dachträger. Regale und den Dulcimer warf er auf die Rückbank. Die Tasche mit Prospekten und Wechselgeld flog auf den Vordersitz, das Plakat hinterher. Er vollführte eine filmreife Wende mit quietschenden Reifen und schoss die Yorckstraße hoch, Richtung Charlottenburg. Schneller! Im Rückspiegel sah er einen Schatten, danach hörte er ein Scheppern. Wilhelm hatte vergessen, die Stellwand zu befestigen. Die Spanngummis, die sonst im Fußraum lagen, hatten sich unter den Sitz verzogen. Zurück! Jetzt bloß kein Gegenverkehr. Schnell. Rückwärtsgang. Die Werbetafel war hinüber, die Bretter lagen einzeln auf der Straße. Er warf die Teile in den Kofferraum, wendete und fuhr zurück zum Laden. Der Motor blieb an. Er griff blind nach Hammer und Nägeln. Wieder wenden. Wieder unter den Brücken durch. Sein Herz raste. Er donnerte mit 80 durch die gerade erwachende Stadt, überfuhr dabei mindestens zwei rote Ampeln. Dann, schon in Charlottenburg, Menschen in Grüppchen, alle mit dem gleichen Ziel, alle auf der Jagd nach Trödel und Schnäppchen.

Marktstände, soweit das Auge reicht, alle Parkplätze besetzt. Drei Mal fuhr Wilhelm um den Klausener Platz, dann platze ihm der Kragen und er stellte den Wagen an einer

Gehwegecke schräg ab. Er schleppte die losen Bretter, den Karton und die Handzettel zum Flohmarkt. Der Platzwart maulte und wies ihm nach Bitten und Betteln ein winziges Eck an einer Biegung zu, kaum einen Meter breit. Ein niederes Eisengeländer trennte den Weg vom Beet, kleine Pfützen schimmerten um die Metallpfosten, dahinter dampften frische Hundehaufen. Er hockte am Boden und nagelte die Bretter auf die Leisten. Dummerweise hatte er in der Eile zur falschen Schachtel gegriffen. Die Nägel waren viel zu lang. Wilhelm schlug sie kurzerhand auf der Rückseite krumm. Einen nach dem anderen.

Ein Mann im Rentenalter blieb stehen und sah ihm offenen Mundes zu. Er wies mit seinem Spazierstock auf das Plakat am Boden. »Sajen Se mal, junger Mann, wat für'n Jeschäft eröffnen Se denn da, wat jibt et denn da zu kofen?«

»Möbel. Kleine Möbel und Musikinstrumente.«

»Möbel? Musikinstrumente?« Dabei sah er zu, wie Wilhelm die letzten Nägel flach hämmerte. Sein anfängliches Schmunzeln geriet zu einem Kichern.

»Möbel und Musikinstrumente. Na denn ma jutet Jelingen. Und viel Glück, junger Mann.« Kopfschüttelnd ging er weiter. Dann blieb er stehen und hielt sich vor Lachen den Bauch.

Lange geschah nichts. Die typischen Sammler steckten sich Wilhelms Prospekte in die Tasche, ohne einen Blick darauf geworfen zu haben. Einer fragte ihn, wo um Himmels Willen die Katzbachstraße sei. Dann endlich, das erste Regal für 19,50, der Käufer rundete auf. Später noch eins. Gegen Mittag blieb eine Frau vor Wilhelm stehen. Sonnenblumen vom Ausschnitt bis kurz oberhalb der Knie, blaue Turnschuhe, rosa Strohhut, grelles Make-up und jede Menge Schmuck.

»Oh! How lovely, what's that, my dear?« Eine Engländerin auf Berlin-Trip.

Wilhelm musste spielen. Zu Skip to my Lou machte sie ein paar leichtfüßige Tanzschritte und beim Refrain hob sich ihr Kleid zum Kettenkarussell. Sie strahlte Wilhelm an.

»How much is it?«, fragte sie und kaufte den Dulcimer, einfach so.

Ob sie wusste, wie glücklich sie Wilhelm damit gemacht hatte? Er war ganz aus dem Häuschen, ärgerte sich aber auch etwas, dass er keinen zweiten gebaut hatte. Später wurde es lebhafter, die Jungen kamen wohl vom Frühstück. Er musste jede Menge Fragen über den neuen Laden beantworten und bekam sogar eine Bestellung für ein Bücherregal. Neunzehn Uhr. Er packte zusammen und zählte sein Geld. Zweihundertneunundvierzig Mark.

Der Laden

In den nächsten Wochen türmte sich die Arbeit. Wilhelms Schwester hatte ihm ein Wackelkrokodil geschenkt, zehn davon baute er nach, dazu Serviettenringe in Igelform, drei Bücher- und zwanzig Steckregale. Aufräumen war angesagt, Noch drei Tage bis zur Eröffnung. Wilhelm kehrte, saugte und verstaute alles fein säuberlich an seinen Platz, verschränkte die Arme vor der Brust und besah sich zufrieden seine Werkzeuge. Er hatte vor, damit irgendwann zur Weltspitze der Instrumentenbauer aufzuschließen. Die Kreissäge mit Fräseinrichtung, die kleine Bandsäge und die Schleifmaschine, die wie ein überdimensionierter Zahnarztbohrer kreischte, sobald sie eingeschaltet wurde. (Zu jener Zeit war Gehörschutz als Weiberkram verschrien – sei ein Mann.) Dann die Viergang-Handbohrmaschine im Ständer, eine Laub- und eine Bügelsäge. Zuletzt ein Schnitzmesser, sechs Stemmeisen von Ulmia, zwei Holzhobel (beide recht stumpf) und der schwarze Metallhobel mit der angelaufenen Stellschraube, ein Überbleibsel seiner Kindheit.

Der stabile Holzkasten unter dem Weihnachtsbaum hatte Wilhelm wie ein Magnet angezogen. Als er ihn öffnete, fand er genau das vor, was er sich seit Monaten gewünscht hatte: Werkzeuge. Einen Hammer, eine Flach- und eine Beißzange. Eine Laubsäge, das geschlitzte Sägebrettchen mit der Zwinge und ein Tütchen mit Sägeblättern. Zwei schwarze Spiralbohrer, ein dünner und ein dickerer, und ein Drillbohrer mit verschiedenen Einsätzen. Am meisten faszinierte ihn jedoch der kleine Hobel. Schwarz und klein wie eine Maus mit einer messingfarbenen Stellschraube und einem höllisch scharfen Messer, das aus der Unterseite herausragte und dessen Schneide im Schein der Kerzen gefährlich funkelte. Beinahe hätte er sich beim Herausnehmen daran geschnitten.

Er sah sich weiter um, fand aber kein Holz oder sonst irgend ein Bastelmaterial unter dem Baum. Danach zu fragen getraute er sich nicht; nicht, dass es wieder hieß, er sei undankbar. Vielleicht würde er in den nächsten Tagen im Keller oder in Garage etwas finden. Er fand nichts, bohrte probehalber den Christbaum an. Dieser wehrte sich, indem er ihm seine Nadeln ins Gesicht drückte. Der Vater war bei der Arbeit, seine Mutter war einkaufen und die kleine Schwester hielt ihren Mittagsschlaf. Wilhelm durchstreifte die Wohnung auf der Suche nach etwas, das er bearbeiten könnte. Im Schlafzimmer seiner Eltern wurde er fündig. Der Einbauschrank mit den gelbblauen Kunststoffornamenten war uninteressant, aber das Bett hatte es ihm sofort angetan, oder besser die Kanten an Kopf- und Fußende. Echte Birke, sagte seine Mutter jedes Mal, wenn ihre Hand zärtlich über das honiggelb lasierte Holz fuhr. Es war eine Freude, mitanzusehen, wie sich die Späne über dem Hobelmesser kringelten und sie bei jedem weiteren Darübergleiten breiter und breiter wurden. Um nicht wieder einen neuen Teppichklopfer kaufen zu müssen, griff Wilhelms Mutter diesmal zum Handfeger. Er war stabil und hielt durch, bis Wilhelms Mutter der Arm weh tat.

Es war soweit. Erster August, vierzehn Uhr. WILME'S LAD'N leuchtete in gelben Buchstaben von der frisch geputzten Scheibe. Im Schaufenster lagen zwei Dulcimer. Dahinter stand ein vierreihiges Taschenbuchregal aus Fichte, seitlich hingen Gewürzregale und auf dem Boden kämpften Krokodile mit Igeln. Es sah gut aus. Josefine hatte seinen weißen Overall gebügelt, Sekt lag im Kühlschrank.

Wilhelm stand hinter dem Tisch, rauchte und wartete auf Kunden. Hundert Mal ging er vor die Tür, um nachzusehen, ob überhaupt irgendwer unterwegs war. Massen gingen vorbei, doch keiner nahm von der Sensation in Haus Nummer Zwei Notiz. Wilhelm bohrte die Fäuste in die Taschen und wippte auf den Zehenspitzen. Den metallisch trockenen Geschmack im Gaumen spülte er mit Sekt herunter und bedauerte, dass er immer noch niemand zum anstoßen hatte.

Kurz nach drei bimmelte endlich die Türglocke und ein junger Mann trat ein. Völlig verblüfft nahm er den Becher mit dem überschäumenden Sekt entgegen und fragte, was denn los sei.

»Du bist mein erster Kunde. Herzlich willkommen zur Neueröffnung. Woher weißt du von mir?«

»Ich weiß gar nichts. Das ist Zufall. Ich wollte einen Freund besuchen, der ein paar Häuser weiter oben wohnt, und dann sehe ich den Dulcimer im Fenster. Darf ich einmal probieren?«

Die Finger flogen über das Griffbrett – Heute hier morgen dort ...

»Gefällt mir. Ich muss ihm von dir erzählen. Er baut auch Instrumente. Vielleicht schau ich nachher mit ihm vorbei.«

Sie kamen leider nicht mehr. Trotzdem war es ein guter Start. Drei Gewürzregale, vier Krokodile, zwei Igel und ein Auftrag für einen Couchtisch. Um sieben schloss Wilhelm ab und fuhr nach Spandau. Robert und Josefine erwarteten ihn bereits. Bei einer hauchdünnen Quiche und Unmengen von Rosé feierten sie seinen Start.

Heiko

Wann Wilhelm und Heiko aufeinander treffen würden, war nur eine Frage der Zeit. Heiko war vor kurzem nach Kreuzberg gezogen und wohnte jetzt nur sieben Häuser weiter oben bei seiner Freundin. Er hatte schon vor Längerem seine Ausbildung zum Steuerfachgehilfen abgebrochen und studierte nun Jura, er wollte ans richtig große Geld ran. Nebenbei pflegte er Hobbys, die entschieden in eine andere Richtung wiesen und deswegen kam Heiko immer wieder in Entscheidungskonflikte. Heiko war Hobbymaler und leidenschaftlicher Instrumentenbauer. Seine Liebe galt der Moderne und den Saiteninstrumenten der keltischen Folklore.

Wenige Wochen nach der Eröffnung schaute Heiko bei Wilhelm vorbei. Er drückte die Tür mit Schwung auf, blieb mitten im Laden stehen und stemmte die Hände an die Hüften. Dunkle Haare hingen salopp in die Stirn. Lila Seidenhemd, schwarzer Leinenmantel mit breitem Gürtel, elegante braune Slipper. Obwohl es kaum etwas zu sehen gab, blickte er sich langsam um. Gockelhafter Typ, hoffentlich keiner vom Amt, dachte Wilhelm, und wartete ab.

»Hallo, ich bin Heiko, Heiko Döring. Ich bin schon öfters hier vorbei gekommen und habe den Dulcimer im Fenster bewundert, war bloß immer in Eile. Ein Freund hat von dir erzählt. Ich baue auch Instrumente.«

»Aha, und was?«

Wilhelm machte einen Schritt auf Heiko zu und betrachtete ihn, seine Vorurteile wollten nicht weichen.

»Harfen, ich fange aber gerade erst an. Möchtest du mich einmal besuchen? Vielleicht nächste Woche? Ich wohne oben in der Neun. Hab jetzt leider keine Zeit, muss zur Uni, bin eh schon spät.«

Komischer Vogel, dachte Wilhelm und widmete sich weiter den Kanten der Gewürzregale.

Die Neun war am Ende des Blocks. Vorderhaus, vier Treppen. Wilhelm kam aus der Puste. Heikos Tür stand offen und eine Mischung aus frisch gebrühtem Kaffee, Zigarettenrauch und einem Hauch Terpentin schlug ihm entgegen, dazu leise Cembalomusik. Er ging weiter den Flur entlang und betrat das Schlachtfeld eines Wohn-Schlaf-Arbeitszimmers. An der Rückseite stand ein flaches Bett mit einer schwarz-weiß karierten Tagesdecke. Hunderte Hüllen lehnten außen an den Schallplattenregalen, Keith Jarret, Beethoven, Al Di Meola, Donizetti, Vivaldi. Heiko stand über die Anlage gebeugt und drehte eine Platte um. In der Ecke eine Staffelei mit einem surrealen Ölbild, im Stil von Dali. Ein Flügel auf Stelzenbeinen, verbogene Tasten in freiem Fall, im Hintergrund und noch in Arbeit, Heikos sich auflösendes Gesicht. Unter dem Bild, auf einem niedrigen Schemel, ruhte eine Harfe mit Raubtierkopf und aufgemalten keltischen Ornamenten. Der Tisch gegenüber bog sich unter der Last. Ein heilloses Durcheinander von Farbtuben, Schälchen und Pinseln, teilweise bedeckt von verschmierten Lappen. Mittig ein Sammelsurium von Werkzeugen, Stemmeisen, Miniaturhobeln und Holzspäne, dazwischen türmten sich wild durcheinander halb fertige Instrumententeile. Die Wände waren mit riesigen Bauplänen und Konzertpostern überklebt.

Wilhelm war beeindruckt und freute sich auf einen intensiven Austausch. Dann entdeckte er, hinter der Tür verborgen, den imposanten schwarzen Dulcimer – asymmetrisch mit fünf Ecken – und witterte sofort Konkurrenz. Dem erzähl' ich gar nichts, der will mich aushorchen und schnappt mir Kunden weg. Heiko bemerkte sein Interesse und nahm den Dulcimer von der Wand.

»Was hältst du davon? Guck ihn dir an, ich mach uns solange Kaffee.«

Wilhelm strich über die Saiten. Er war viel tiefer gestimmt als Wilhelms Instrumente und klang wesentlich voller.

»Keine Sorge«, sagte Heiko, als er zurückkam und Wilhelm ihn schmallippig ansah. »War nur ein Versuch, schon Jahre her. Heute hängt mein Herz woanders.«

Er setze sich hinter die Harfe und schob die Ärmel nach oben. Sobald seine Finger die Saiten berührten, war Heiko wie verzaubert. Der harte Zug um seinen Mund wich einer entspannten und verträumten Mine. Mit geschlossenen Augen spielte er den Anfang eines Stückes von Alan Stivell. Wilhelm erkannte es sofort, Tri Martolod, und er fand sofort sein anfängliches Zutrauen wieder, mehr noch, je länger er Heikos Spiel lauschte, desto mehr wünschte er sich, mit diesem außergewöhnlichen Menschen Freundschaft zu schließen.

Sie redeten, bis der Morgen graute und entdeckten nach und nach zahlreiche Gemeinsamkeiten. Keltische Musik, Jazz, Kunst und natürlich die Liebe zu Instrumenten. Und sie wohnten nur wenigen Meter voneinander entfernt. Das einzige, was Wilhelm vermisste, war ein Bier oder ein Glas Wein, denn Heiko trank grundsätzlich keinen Alkohol und hatte deshalb nichts im Haus.

Heiko kam drei Tage später in WILME'S LAD'N, hielt jede Menge Instrumententeile unter den Arm geklemmt und bat Wilhelm, ein paar seiner Zwingen benutzen zu dürfen. Seine würden nicht für die neue komplizierte Deckenbebalkung reichen. Wilhelm kam in die Zwickmühle. Einerseits wollte er Heiko gerne helfen, denn er wusste seit dem nächtlichen Treffen, dass Heiko über manche Dinge weit besser Bescheid wusste, als er selbst, andererseits hingen all seine Zwingen im Moment an drei Dulcimerkästen. Sie einigten sich darauf, dass Heiko sie über Nacht mit zu sich nehmen könnte, wenn er sie am nächsten Morgen wieder brächte. Eine wunderbare Lösung, denn Heiko war ein ausgewiesener Nachtmensch, der selten vor drei oder vier Uhr früh zu Bett ging. Wilhelm ging zwar auch nicht wesentlich früher schlafen, doch spätestens ab acht traf man ihn nicht mehr in der Werkstatt, sondern in irgend einer Kneipe an.

Heiko war es auch, der ihm Zugang zu den richtigen Arbeitsgeräten verschaffte. Neben dem Jahnel wurde der GEWA-Katalog Wilhelms wichtigste morgendliche Bettlektüre. Außer allen möglichen Musikalien hatte diese Mittenwalder Firma vor allem eines: Bauteile aller Art und unzählige und höchst seltene Spezialwerkzeuge für den Bau von Musikinstrumenten. Nach und nach legte sich Wilhelm Schnitzmesser, konische Reibahlen, Kreisschneider und Randeinlagenmesser zu. Nur um das Biegeeisen machte Wilhelm einen großen Bogen. Es war mit über 500 Mark zu teuer. Stattdessen überlegte er sich eine Alternative und hatte auch bald darauf eine Idee.

Nachdem Wilhelm im September die kleine Wohnung im Seitenflügel beziehen konnte, hatte er einen Raum mehr und bot Heiko eine Ecke in der neuen Werkstatt an. Da Heiko inzwischen regelmäßig kam, um etwas zu sägen oder zu schleifen, war es naheliegend, dass sie sich die Werkstatt teilten. Außerdem wurde Wilhelm das beinahe tägliche Hin und Her mit den Zwingen zu dumm. Nun waren sie zu Zweit und beide konnten sich jederzeit auf die Hilfe des Anderen verlassen, vor allem, da sich Heiko entschlossen hatte, der Uni den Rücken zu kehren, um sich ganz seinen Harfen zu widmen.

Die anfängliche Begeisterung für Wilhelms neue Wohnung – Parterre, einenhalb Zimmer, Küche, Außentoilette – wich zusehends und stand in direktem Zusammenhang mit der kälter werdenden Jahreszeit. Die Küchenscheiben waren nur einfach verglast. Das Geschirr fror im Spülbecken fest und das Olivenöl wurde sulzig. Der Kachelofen in der Schlafkammer war kaputt und selbst das Wohnzimmer wurde nie richtig warm. Kein Wunder, bei einer Deckenhöhe von drei Meter siebzig. Und nicht ein Sonnenstrahl, der sich je dorthin verirrt hätte. Im Hof ließ der Briefmarkenhändler von nebenan, der sich inzwischen hauptsächlich dem Handel mit Gold und geklautem Schmuck widmete, ab fünf Uhr früh seinen getunten Ford Mustang warmlaufen.

Ende November, brikettbrandsaurer Nebel und Schmuddelwetter. Seit ein paar Tagen war ganz Berlin auf den Beinen, jedenfalls der frankophile Teil, der etwas auf sich hielt, und stürmte Restaurants und die besseren Kneipen, um sich vornehm zu betrinken. Gleich um die Ecke von WILME'S LAD'N hatte erst kürzlich ein Lokal dieser Art neu eröffnet und der Name deutete an, welche Klientel sich die Wirtsleute wünschten. Das Lokal hieß Filz.

Wilhelm und Heiko hatten gleich beim ersten Besuch die Eckbank direkt am Tresen in Beschlag genommen und sie wurde nach kurzer Zeit von allen als deren Stammplatz akzeptiert. Kein Wunder, kamen sie doch fast jeden Abend zum essen. *Instrument Makers Corner* stand, in Schönschrift eingraviert, irgendwann sogar auf einem ovalen Messingschild, das tadellos in die polierte Mahagoniplatte eingelassen war.

Die beiden hatten wieder Überstunden gemacht, jeder an seinen Instrumenten gepfriemelt, und es war Zeit für ein Steak. Heiko brütete danach wie üblich über seinem Kaffee und Wilhelm ließ sich ein drittes Glas des jungen Beaujolais bringen.

»Sag mal Wilhelm, darf ich dich etwas Privates fragen?«

»Was ist schon privat?«

»Warum humpelst du? Und woher kommt dein komisches Hohlkreuz?«

Auf so eine Frage war Wilhelm nicht vorbereitet. Er konnte sich nicht erinnern, wann oder von wem sie ihm zuletzt gestellt worden war. Er schwieg einige Sekunden.

»Tut mir leid«, sagte Heiko, »war nicht so gemeint.«

Wilhelm gab sich einen Ruck. »Ist schon okay, ich hatte Kinderlähmung«

»Echt? Wie alt warst du da?«

»Acht.«

»Acht? Scheiße.«
»Stimmt.«

Irgendwann Anfang Juni, an einem heißen Nachmittag. Der große Zeiger schien festgeklebt. Die Uhr zeigte 20 vor Zwei, noch 20 Minuten, dann durfte Wilhelm endlich raus. Er starrte auf den Minutenzeiger. Er hat sich bewegt, nur noch 19 Minuten. Es schellte an der Tür, Matze wollte ihn ins Donaubad abholen. Wilhelm hörte seine Mutter am Küchenfenster: »Der Wilhelm macht noch Mittagsschlaf! Komm später wieder.« Mittagsschlaf – wenn sich doch bloß der Zeiger schneller bewegen würde.

Kurz darauf hörte Wilhelm unter dem Wohnzimmerfenster eine Fahrradklingel, immer wieder, dazwischen Indianergeheul: »Uah-uah«. Es klang wie gejodelt. Matze stand unten und drängelte. Noch eine Viertelstunde. »Uah-uah, uah-uu-uah.«

Wilhelms Mutter stürmte ins Wohnzimmer, riss das Fenster auf und rief hinunter: »Mensch, Michael, was fällt dir ein? Ich hab dir doch gesagt, dass der Wilhelm noch sein' Mittagsschlaf machen muss, warum machst du so ein Geschrei?«

Sie bekam keine Antwort. Noch zwölf Minuten. Wilhelm saß mittlerweile auf dem Sofa und bettelte: »Ach Mama, jetzt bin ich eh schon wach. Kann ich nicht runter, Matze wartet auf mich, Mama bitte.«

Er schaute seine Mutter flehend an, hibbelte mit den Knien und trommelte mit den Fersen auf den Teppich, während sie zur Uhr blickte. »Also gut, meinetwegen. In Gottes Namen, geh.«

Zehn vor Zwei. Wilhelm schoss aus dem Zimmer, schnappte das Handtuch und eilte die Treppe hinunter. Er griff die letzte Geländerstange, schleuderte sich im Kreis herum und sparte dabei die letzten fünf Stufen. Mit einem weiteren Satz war er an der Tür, die, kaum dass er aus dem Haus war, mit einem Scheppern hinter ihm zufiel. Matze stand an der Ecke, sein Fahrrad hatte er schon abgestellt.

»Wo ist Fips?«, fragte Wilhelm, »kommt der nicht?«

»Nö«, sagte Matze, »der darf nicht, er hat Fieber.«

»Fieber?« Matze zuckte mit den Schultern. Komisch, dachte Wilhelm, jetzt im Sommer?

Wilhelms Füße berührten kaum den Rasen, so schnell war er am Beckenrand und hechtete mit einem Kopfsprung ins Wasser. Matze hinterher. Knapp hinter ihm, tauchte er auf, zog die Hand übers Wasser und fegte Wilhelm eine Ladung ins Gesicht. Der duckte sich, nahm den Mund voll und spritzte zurück, genau zwischen Matzes Augen. Matze kreischte auf und spritzte weiter. So ging es fast eine Stunde. Zum Warmwerden legten sie sich aufs Gras. Nicht lange, und Matze rannte los, Wilhelm hinterher. Matze kaufte zwei Colalutscher und eine Tüte Waffelbruch. Dann spielten sie Autoquartett. Warum hat er bloß immer wieder den Mercedes 600 und den Jaguar E, fragte sich Wilhelm.

Wenig später tobten sie über die Wiese beim Kinderplanschbecken. Wilhelm knotete sein Handtuch zu einem Knäuel und sie spielten damit Fußball, hin und her, bis es im Wasser landete. Während Matze es herausfischte, nahm Wilhelm wieder einen Schluck Wasser und spritzte ihm auf den Rücken, genau zwischen die Schulterblätter. Sein Freund zuckte zusammen, drehte sich herum und tunkte ihn ein paarmal. Wilhelm japste und verschluckte sich an der Pissbrühe ...

»Ob das Freibad der Grund war, kann niemand genau sagen, aber so hätte es gewesen sein können. Jedenfalls hatte das Polio-Virus ab da genügend Zeit, sich in meinem Körper einzurichten. Ein bis zwei Wochen, dann macht es sich bemerkbar.«

»Und Impfung? Da gab's doch die Würfelzucker.«

»Kam erst ein Jahr später.«

»Und dann?«

Wilhelm hatte bereits den vierten Wein leer getrunken, was seine Zunge zusehends löste, während Heiko immer schweigsamer wurde. Er saß in die Ecke gedrückt und hatte seine Philosophenhaltung eingenommen. Zwei Finger an der Stirn, zwei an der Nase und den Daumen an der Wange. In der anderen Hand drehte er die Schachtel Camel.

»Dann ging es los, aber davon habe ich nur noch den Anfang mitbekommen.«

Beim Diktat machte Wilhelm mehr Fehler als sonst und während der Rechenaufgaben in der letzten Stunde konnte er es nicht erwarten, seinen Ranzen zu packen und nach Hause zu kommen. Er wollte unbedingt wieder nach Wiblingen. Vor ein paar Tagen hatte er etwas Neues, Spannendes entdeckt. Er musste nur etwa drei Kilometer die Allee entlangfahren, rechts in den Feldweg abbiegen und schon war er auf dem

Bauernhof. Der Stallgeruch war wunderbar. Obwohl die Hitze lähmend drückte, konnte sich Wilhelm keinen schöneren Ort auf der Welt vorstellen. Die steil hereinfallenden Sonnenstrahlen brachten die Staubflocken zum Funkeln und zeichneten Muster auf den Steinboden. Schmeißfliegen warfen sich gegen Scheiben und veranstalteten mit ihrem Gebrumm ein Mordsspektakel. Die Kühe standen faul in ihren Boxen, ihre Schwänze schlugen gegen Trennbretter und sie gaben ein feuchtes Schnaufen von sich. Wilhelm spähte über den Rand, befingerte die Hörner und kraulte die Locken dazwischen. Zum Dank bekam er ein tiefes Muhen und eine kratzige Zunge wischte über seinen Handrücken. Igitt, Kuhspucke, dachte er. Zwei Boxen weiter hörte er ein Platschen und sah, wie eimerweise Spinat aus dem Kuhhintern rauswitschte und sich ein grasig-fauler Geruch ausbreitete. Wilhelm hielt sich die Nase zu. Zeit, wieder nach draußen zu gehen.

Die Sonne hielt sich inzwischen hinter einem Dunstschleier verborgen und hing wie ein blasser Vollmond über Wilhelm, trotzdem war sie schmerzhaft hell und beim Blick nach oben spürte er ein leichtes Pochen hinter den Augen. Die Schwüle trieb ihm Schweißperlen auf die Stirn, seine Zunge wurde pelzig und klebte am Gaumen. Er war froh, als die Bäuerin aus der Haustür trat und Wilhelm herwinkte. In der Küche bekam er ein großes Glas Limonade. »Da, du hast bestimmt Durst.« Gierig stürze er den süßen Sprudel hinunter und hätte sich beinahe dabei verschluckt.

Obwohl Wilhelm schon zweimal hier gewesen war, kam ihm die Umgebung diesmal seltsam fremd vor. Ihm war heiß, er schwitzte und hätte wetten können, dass sich der Küchenschrank soeben ein Stück auf ihn zugeschoben hatte. Alles um ihn herum wurde eng, das Fliegengebrumm am Küchenfenster hörte sich an, als käme es von nebenan. Beim Verlassen des Hauses bohrte sich das Licht durch die Augen direkt in den Kopf. Auf dem Nachhauseweg hielt er den Blick starr auf den Boden geheftet, die Kastanien beugten sich nieder und nickten ihm zu. Bei jeder Erschütterung, bei jeder Unebenheit des Kopfsteinpflasters spürte er einen Stich im Nacken. Er hatte das Gefühl, als bestünde sein Hals aus gespannten Gummibändern.

Der Weg zog sich endlos in die Länge. Die vorbeifahrenden Autos bedrängten ihn. Jedes Mal zuckte er zusammen und riss den Lenker nach rechts. Wilhelm bekam Angst. Endlich, die ersten Häuser kamen in Sicht, das fünfte davon war sein Zuhause. Dort angekommen schlich er nach oben. Seine Mutter wunderte sich, weshalb er schon wieder zurück war.

Nachdem er seine Hände gewaschen hatte, wurde er plötzlich kreidebleich, woraufhin sie ihn ins Bett steckte. Dort dämmerte er vor sich hin. Die Fensterläden waren halb zugeklappt. Wie durch dicke Wattebäusche nahm er die Geräusche von draußen wahr: Freibadgekreisch, Mopeds vor der Ampel und hartes Scheppern der Laster, die über Bodenwellen rumpelten. Wilhelms Kopf summte wie die Turbinen des E-Werks am Kanal, die Augen drücken schmerzhaft aus den Höhlen und er litt unendlichen Durst.

Wenig später kam seine Mutter mit einer Tasse Pfefferminztee ans Bett. Er richtete sich langsam auf und nahm, auf den Ellbogen gestützt, den ersten Schluck. Dieser lief, noch während er trank, wieder zur Nase heraus und tröpfelte auf die Bettdecke. Er sah seine Mutter verwundert an und blickte in ihre vor Entsetzen geweiteten Augen. Sie stürmte aus dem

Zimmer und kam kurz darauf mit Wilhelms Vater wieder, der mit einem mürrischen »Was ist denn?« das Zimmer betrat. An der Bettkante sitzend, fühlte er seine Stirn. Er nahm seinen Kopf und drehte ihn nach links, nach rechts, bog ihn vor und zurück. Es tat weh und Wilhelm zuckte bei jeder Bewegung zusammen.

»Ruf sofort die Kinderärztin an«, sagte der Vater in Richtung seiner Mutter, »und sieh zu, dass du dich beeilst.« Er drückte seinen Sohn ins Kissen und verließ das Zimmer. Wilhelm war allein. Er starrte durch geschlossene Lider zur Decke. Was war los? Die Stirn glühend, am ganzen Körper zitternd, hatten die Kopfschmerzen die vollständige Kontrolle übernommen. Stunden vergingen.

Wieder Motorgeräusche, doch diesmal verharrten sie an Ort und Stelle. Bald darauf trat Wilhelms Mutter mit Bademantel und Schlappen ans Bett und half ihm, sich anzuziehen. Benommen tastete er sich durch den Flur und ging langsam, Stufe für Stufe, nach unten. Vor dem Haus stand ein Krankenwagen. Die Sanitäter mussten ihn stützen, Wilhelm schaffte es nicht mehr allein ins Innere. Seine Mutter stieg dazu, setzte sich neben die Trage und starrte aus der Heckscheibe. Ihre Finger hielten seine schweißnasse Hand krampfhaft umklammert und sie wiederholte in einem fort: »Keine Angst, mein Kleiner, alles wird gut. Ich bin bei dir.« Durch die Dämmerung fuhren sie ins städtische Krankenhaus.

Endlos lange Flure, die Sanitäter vornweg, Wilhelm an der Hand seiner Mutter. Sie wurden in einen Raum geführt. Eine Operationslampe tauchte ihn in fahles, grün schimmerndes Licht. Ein Pfleger hob Wilhelm auf eine schmale Liege. Nebenan hörte er die Stimmen seiner Mutter und des Aufnahmearztes, der im Vorübergehen einen kurzen Blick auf Wilhelm geworfen hatte: »Was wollen Sie denn? Der läuft doch noch. Schon wieder so eine überängstliche Mutter, die aus einer Sommergrippe ein Was-weiß-ich-nicht-alles macht. Kommen Sie nächste Woche wieder, dann sehen wir weiter.«

»Nein, wir bleiben. Ich bestehe auf einer sofortigen Untersuchung.«

Wilhelm lag zusammengekauert und wartete zitternd, dass ihn jemand von den bohrenden Schmerzen und dem Tosen in seinem Kopf befreien würde.

Endlich hörte er den Arzt hinter sich sagen: »So, das piekst jetzt ein bisschen.«

Sein Bademantel und die Schlafanzugsjacke wurden hochgeschoben und er sah sich von Pflegern in weißen Kitteln umringt. Im nächsten Moment jagte ein stählerner Schmerz durch seinen Rücken, gleichzeitig krallten sich Hände um Arme und Beine und drückten ihn erbarmungslos nieder. Die einzige Möglichkeit zur Gegenwehr war ein markerschütternder Schrei. Tausend spitze Gabelzinken kreischten über Hunderte von Porzellantellern, während der Schmerz durch seinen Körper schoss und ihn in die Geborgenheit der Ohnmacht zerren wollte. In Wellen rollten weißglühende Kohlen seinen Rücken auf und nieder. Unfähig zu atmen, japste Wilhelm nach Luft. Er konnte nur noch wimmern.

Man hatte eine Punktion an ihm vorgenommen. Eine streichholzdicke Nadel wurde knapp oberhalb des Pos durch den Wirbel hindurch mitten in den Nervenkanal gebohrt. Nervenwasser wurde entnommen. Niemand kam ihm zu Hilfe. Keiner nahm die glühenden Kohlen von seinem Rücken. Den einzigen Trost spendete seine Mutter, die ihm sanft übers Haar strich.

Lange geschah nichts. Endlich trat der Arzt neben Wilhelms Mutter und sagte mit kaum hörbarer Stimme: »Ich muss mich entschuldigen, Sie haben Recht gehabt. Wir haben das Virus festgestellt: Ihr Sohn hat Kinderlähmung.«

Ein weißes Bett wurde neben die Liege geschoben, das Gitter heruntergeklappt, und dieselben Pfleger, die Wilhelm zuvor noch wie Folterknechte niedergedrückt hielten, hoben ihn nun vorsichtig ins Bett. Der Arzt drückte ihm eine flaschengroße Spritze mit limonadengelbem Inhalt in den Arm und hängte das Gitter wieder ein. Wilhelm war gefangen. Er blicke durch Käfigstäbe und sah seine Mutter vor sich. Sie winkte ihm zaghaft zu und weinte. Dann wurde es um Wilhelm dunkel.

Es war später Abend des 21. Juni 1961 – Sommeranfang. Erst viele Tage später sollte Wilhelm das Bewusstsein wieder erlangen.

Und das war gut so. Es war gut, dass er schlief – tagelang schlief. Er bekam nichts davon mit, wie die Arzte um sein Leben kämpften und ihn mit Medikamenten versorgten; ihm alle mögliche Kanülen in Arme, Beine und Po drückten, Flaschen an Schläuche stöpselten; wie die Schwester seine Stirn mit feuchten Tüchern kühlte und ihm löffelweise Tee einflößte. Wie seine Mutter nächtelang zu Gott betete und jeden Tag händeringend vor seinem Zimmer auf- und ablief, bettelnd, nur einen einzigen Blick auf ihn werfen zu dürfen. Aber sie durfte nicht zu ihm, auf keinen Fall. Wilhelm war von der restlichen Welt abgeschottet und lag auf der Isolierstation, einem medizinischen Hochsicherheitstrakt. Seine Krankheit, die Kinderlähmung ist äußerst ansteckend.

Er bekam nichts davon mit, wie sich die Viren in seinem Körper austobten, eine Nervenbahn nach der anderen zerstörten, und als er vollständig gelähmt war, sich am Atemzentrum zu schaffen machten.

Er bekam nichts davon mit, wie neben dem Bett die sterilen Operationsbestecke zurechtgelegt wurden. Wie sie unter grünen Tüchern lauerten, darauf warteten, um am Hals die Luftröhre zu durchtrennen. Wie der Poliomat, diese neue Beatmungsmaschine mit Glaszylinder und Stahlkolben, an das Kopfende gerollt wurde. Die blaue Pressluftflasche lag schon seit dem ersten Tag unter seinem Bett; Schläuche waren längst angeschlossen.

Er bekam auch nichts davon mit, wie nebenan, hinter einem beigefarbenen Plastikvorhang, die Eiserne Lunge, diese kurze, einem U-Boot-ähnelnde Apparatur mit runden Fenstern und komplizierten Armaturen obenauf in Gang gesetzt, und die Halskrause auf seine Größe zurechtgeformt wurde. Mit hängenden Gliedern wurde Wilhelm, als die Atmung immer schwächer wurde und er zu sterben drohte, von den Ärzten zur Maschine getragen und wie ein Laib Brot ins Rohr geschoben. Die Klappe wurde geschlossen, die Ritzen abgedichtet. Nur sein kleiner Kopf schaute heraus, die Augen geschlossen. Eine Pumpe saugte die Luft aus der Röhre, sein kleiner Brustkorb hob sich und Atemluft strömte in seine Lungen, Überdruck presste sie wieder heraus. Wilhelm wurde beatmet, bei Tag und bei Nacht, wenn es sein musste, wochen- oder gar monatelang.

Er bekam nicht mit, wie sich seine Mutter die Augen aus dem Kopf heulte und dabei zusehen musste, wie sein Vater die Koffer packte und den Auszug vorbereitete. Die Scheidung war längst beschlossene Sache gewesen. Er bekam nicht mit, wie sie ihn anflehte, bei ihr zu bleiben, sie jetzt nicht alleine zu lassen. Ausgerechnet jetzt, da ihr Ein und Alles zwischen Leben und Tod schwebte, auf der Stelle trat und sich nicht entscheiden konnte, ob er weiterleben wollte oder lieber gehen sollte – fort von allem, den Schmerzen, dem unterschwelligen Streit seiner Eltern, den er nie bewusst wahrgenommen, der ihn aber immer gepeinigt hatte.

Tagelang zerrten die beiden Seiten an ihm, bis das Wunder geschah. Die Antikörper hatten gesiegt und die Viren zerstört. Wilhelm hatte sich fürs Leben entschieden. Es würde sein zweites sein. Er hatte die schlimmsten Kämpfe überstanden, er lebte und würde sich wieder erholen. Aber das würde viele Jahre dauern und Qualen, Schmerzen und Entbehrungen mit sich bringen. Und Narben hinterlassen. Aber das alles wusste er zu diesem Zeitpunkt noch nicht. Und das war auch besser so.

Heiko rührte in der Kaffeetasse, sie war leer. Wilhelm drehte sein Glas zwischen den Fingern, es war ebenfalls leer.

»Und? Nochmal dasselbe?«

Kati riss die beiden aus ihren Gedanken.

»Was ist denn mit euch los? Ihr seht ja völlig bedröppelt aus.«

»Wie?« Wilhelm sah hoch. »Ja, bitte.«

»Hier«, sagte Kati und stellte zwei Kognakschwenker neben die frischen Getränke, »damit ihr wieder etwas Farbe bekommt.«

Heiko schnupperte am Glas. »Was ist das?«

»Ein Fermicalva, zwölf Jahre alt. Geht auf's Haus.«

»Na denn. Prost Alter, auf dich, und dass du gesund bleibst.« Heiko kippte den Calvados in einem einzigen Schluck.

»Ich denke, du trinkst keinen Alkohol«, Wilhelm hielt seine Nase immer noch ins Glas, sah den öligen Schlieren nach und linste über den Brillenrand.

»Nach der Geschichte schon. Kati, noch mal zwei davon. Geh'n auf mich.«

An Dro

Wilhelm hatte einen neuen Dulcimer konstruiert. Seit langem spukte ihm ein Modell, wie er es bei John Pearse und bei Katzi aus Freiburg gesehen hatte, im Kopf herum. Er wollte einen echten Appalachen-Dulcimer aus massiven Hölzern mit der typischen Form einer in die Länge gezogenen Acht bauen. Wilhelm brannte lichterloh, nahm sich tagsüber keine Zeit, etwas zu essen, und arbeitete bis spät in den Abend.

Eine Schicht noch. Er tunkte die Ecke des Lappens in den gelbbraunen Schellack und wischte über die Zarge. Rötliches Mahagoniholz begann zu schimmern und glich einem orientalischen Seidenteppich in der Morgensonne. Danach Decke und Boden. Am nächsten Tag waren Mechaniken, Sattel und Steg montiert und die vier Saiten aufgezogen.

Nach den ersten Tönen schwebte Wilhelm dem Paradies entgegen. Silberhell, klar und deutlich voneinander zu unterscheiden perlten die Töne in den Raum und klangen lange nach. Kein Vergleich zu dem breiigen Sound der Sperrholzkisten. Er versank in Musik, vergaß Zeit und Raum, lauschte nur noch seinem Spiel, spielte Irisches und Bretonisches, Stücke von Tri Yann. Als er die Schmerzen an den Händen spürte, war es zu spät. Das Nagelbett des rechten Zeigefingers war eingerissen und blutete. In die Fingerkuppen der linken hatten sich tiefe Kerben gegraben. Aber es war soweit. Wilhelm hatte endlich ein selbst gebautes, richtiges Musikinstrument und musste damit unters Volk – unters "Folk".

Tip oder Zitty? Eine Glaubensfrage wie früher Kadett oder Käfer. Wilhelm las Zitty. Im Anzeigenteil bei Musik fand er: *Berliner Folkgruppe, irisch-bretonisch, sucht Musiker. Bei Petra oder Jens melden.*

Endlich Musik machen, dachte Wilhelm, endlich eine Band. Es blieb ihm kaum Zeit, einen Koffer für den neuen Dulcimer zu bauen, denn schon zwei Tage später war Probe bei An Dro.

Jens' Wohnung lag im Wedding, Vorderhaus, drei Treppen. Oben angekommen stellte Wilhelm Gitarrenkoffer, Dulcimerkasten und die Bodhrán ab und wartete, bis sich Herzschlag und Atem beruhigt hatten. Dabei überlegte er, was er sagen wollte. Doch schon während des Läutens hatte er alles vergessen. Es klappt, oder es klappt nicht. Schritte, die Tür öffnete sich. Vor ihm stand ein Mann mit dunklen Haaren, Goldrandbrille und weißem Leinenhemd, am Hals baumelte ein bierdeckelgroßes Triskel. Er bat Wilhelm mit weiter Geste und einer Verbeugung herein. Aus dem Zimmer am Flurende drangen Flötentöne und Gelächter, dort wurde geprobt.

Am Fenster lehnte ein schmächtiger Mann, hielt eine Blechflöte in Händen und knabberte am Mundstück. Sein Gesicht war zugewuchert und dunkle Haare hingen in die Stirn. Er gab sich einen Ruck und kam auf Wilhelm zugetabst. »Tagchen, ick bin Pauli und für't Jebläse zuständig.«

»Na dit wüsst ick aber, wenn du für wat zuständig wärst. Hallöchen ooch, ick bin Petra und die Sängerin von die Truppe.« Sie streckte Wilhelm die Hand entgegen, dabei nahm er ihr süßlich-strenges Parfüm wahr. »Und der mit'n Banjo, dit is Nils.«

Ein Schlacks mit langer Matte und müden Augen zog einen Mundwinkel nach oben und sagte knapp: »Moin.«

Wilhelm musste erzählen. Von seinen Lieblingsgruppen, von seinen Reisen nach Irland und in die Bretagne, vieles deckte sich. Die vier konnten es kaum erwarten, etwas gemeinsam zu probieren. Sie einigten sich auf ein Stück von Tri Yann. Es klappte auf Anhieb, Wilhelms Finger flogen über das Griffbrett. Alle waren begeistert, Paul war regelrecht von den Socken und hüpfte wie ein junger Hahn zwischen den Stühlen umher, dabei wiederholte er ständig: »Is ja irre. Dit is ja irre.«

Er schnappte sich das Fagott, lutschte am Rohrblatt und fragte: »Kennste dit ooch?« und begann mit Quand la Bergere.

Wilhelm stimmte den Dulcimer um und legte los. Zwei, drei lang gezogene Gitarrenakkorde von Jens, Banjo im Hintergrund, und Petra setzte ein. Ihre Stimme jagte ihm Schauer über den Rücken. Glasklar und voll, dabei leicht näselnd. Jens wiegte den Oberkörper und Paul schmachtete Wilhelm an wie ein Backfisch aus den Zwanzigern.

Das ist meine Band, dachte Wilhelm. Ein paar Patzer bei den Übergängen, ansonsten spielte er fehlerfrei. Zum folgenden Jig nahm er die Bodhrán.

Petras Augen leuchteten. »Wie machst'n ditte?«

Wilhelm schlug ein paar Triolen in Zeitlupe.

»Wat, mehr nich? Na dit kann ick wohl ooch, jib ma.«

Sie zog den Klöppel im Zweivierteltakt über das Fell, tocktock, von Triolen keine Spur. Wilhelm dachte an den Alten in Dublin und wusste, wie lange das dauern würde. Er lehnte sich zurück und betrachtete sie. Was die bloß anhat. Weiße Rüschenbluse mit Bernsteinkette; dunkelgrüner Wollrock und dann die rostbraune Pudelhaube, eine Frisur wie eine Vierzigjährige.

Jens kam mit Tee und Wein aus der Küche zurück und streckte Wilhelm beides entgegen. Wilhelm zeigte auf den Wein. Jens begann, von einem kleinen Weingut nahe Nantes zu schwärmen. »Hab' ick im Sommer entdeckt, ein Blanc de Noir, staubtrocken. Aber dabei, wie soll ick sagen …? Nur schade, dass Petra nüscht trinkt.« Er blickte sentimental in ihre Richtung, während sie Tee in ihr Porzellantässchen goss und sich nicht im Geringsten an seinem Vorwurf störte.

»In sechs Wochen is unser erster Auftritt. Wat globste, kannste bis da bei'n paar Stücken schon mitspielen?«, fragte Jens nach dem ersten Schluck. »Ick dachte …«

»Wat heest'n hier bei'n paar Stücke?«, quiekte Paul dazwischen, »entweder allet oder jar nüscht.«

»Na dit seh' ick aber ooch so«, sagte Petra, und zu Wilhelm: »Ick jeb dir ne Kassette mit, da is allet druff.«

»Meinste?«, sagte Jens zögernd, »dit janze Programm?«

»Lass mal«, wehrte Wilhelm ab, »ich habe ein paar irische Stücke, die kann ich singen, wenn es knapp wird. Ansonsten, ich denke, ich probier's einfach.«

Wilhelm übte jede freie Minute. Dabei musste er sich entscheiden, was wichtiger war: An Dro oder Instrumente bauen? Wilhelm hatte keine Wahl und tat beides, denn Petra hatte nach der dritten Probe einen Streichpsalter bestellt und er brauchte dringend einen zweiten Dulcimer, schließlich wollte er nicht bei jedem Stück umstimmen. Er arbeitete durch, kein Mittag, oft wurde es Nacht. Von Heiko kam keine Hilfe, er hatte Prüfungen. Obendrein waren bis Mitte Oktober zwanzig Bilderrahmen fällig.

Bertram, freischaffender Künstler und Roberts Schwager, er war mit Josefines Schwester Claudine liiert, plante eine Ausstellung in der Schöneberger Weltlaterne. Wilhelm war froh über den Auftrag, denn er hatte damit auf einen Schlag knapp drei Monatsmieten. Allerdings hatte er sich dabei völlig verkalkuliert, denn kaufmännisches Rechnen war nicht Wilhelms Stärke. Die tausend Mark reichten gerade für Holzleisten, die Pappen für hinten und die entspiegelten Glasscheiben und deckten nur einen Bruchteil der Arbeitskosten. Dennoch brachte dieser Auftrag eine entscheidende Wende in Wilhelms Leben.

Er war lange vor Eröffnung da. Bertram hängte ständig um und nahm letzte Korrekturen vor. Außer ihm und Claudine war nur noch eine Frau, ein paar Jahre jünger als Wilhelm, im Raum. Sie saß in der Mitte einer hufeisenförmigen Tafel, vor sich ein fast leer getrunkenes Teeglas. Sie sah Wilhelm an und erwiderte seinen neugierigen Blick sofort mit einem Lächeln. Magnetisch angezogen, setzte er sich ihr gegenüber, bestellte ein Glas Wein und verwickelte sie in ein Gespräch. Woher, wie lange schon und was …, die üblichen Fragen.

Sie hieß Annemarie. Wilhelm war so sehr in diese großen saphirblauen Augen versunken, von dem fröhlichen Mund und ihren Worten fasziniert, dass er erst aufsah, als der Kellner an den Tisch trat und die Bestellung aufnehmen wollte. Wilhelm war platt. Die Vernissage war in vollem Gang, Massen drängten sich um Bertram und seine Bilder. Plötzlich trat

Claudine neben Annemarie und bat sie, nach ihrer Tochter zu sehen. Sofort fragte Wilhelm, ob er sie dabei begleiten dürfe.

In Claudines Wohnung angekommen, tat Wilhelm etwas bis dahin völlig Ungewöhnliches. Er setzte sich ans Bett des etwa fünfjährigen Mädchens, griff das nächstliegende Bilderbuch und las Claudines Tochter daraus vor. Annemarie, einer ausgebildeten Kindergärtnerin, schien das nicht entgangen zu sein, denn der Blick, mit dem sie Wilhelm ab da bedachte, war noch um einiges liebevoller. Sie beschlossen, sich in den nächsten Tage wieder zu treffen. Und dann trafen sie sich wieder und wieder und wieder.

Samstag, Ende Oktober, das Weine und Kohlen in Schöneberg war voll und An Dro schwirrten auf der winzigen Bühne umher wie ein Wespenschwarm. Blankes Chaos, keiner hatte Ahnung von Mikrofonen oder einem Mischpult. Es war drückend heiß, die Luft zum Schneiden.

Wilhelm war nervös, denn in der ersten Reihe saß Annemarie. Er stolperte über herumliegende Kabel und warf seine Gitarre aus dem Ständer. Zwischen den Stücken hatte er Mühe, seinen Dulcimer umzustimmen – der andere war nicht fertig geworden. Das Publikum lärmte, als gäbe es keine Gruppe, erklatschte sich dennoch drei Zugaben.

Kurz vor Mitternacht hingen Nils, Jens und Wilhelm am Tresen ab. Heilfroh, mit dem Leben davongekommen zu sein, nutzten sie die Gagenvereinbarung: freie Getränke. Glücklicherweise war Annemarie schon gegangen, sie hatte am nächsten Tag Dienst, sonst hätte sie mit ansehen müssen, was sie womöglich die nächsten Jahre erwarten würde. Die drei, Wilhelm vorneweg, schütteten rein, was der Zapfhahn hergab.

Eine Woche später war Feuertaufe. Der erste Auftritt im GO-IN. Das GO-IN war der Schuppen für Liedermacher schlechthin. Eine große Bühne und Platz für Reisebusse. Die Künstlergarderobe hatte allerdings die Ausmaße einer Besenkammer, die Band konnte sich kaum drehen. Während Jens und Petra an ihren Rüschenkrägen zupften, Paul seine Fagottrohrblätter zwischen den Lippen wässerte, träumte Wilhelm vor sich hin. Vor ein paar Jahren spielte Hannes Wader auf dieser Bühne und in zehn Minuten würde er dort oben sitzen. Wahnsinn! Wilhelm wusste nicht, wohin mit seiner Unruhe und dachte an seinen allerersten Auftritt.

Der Schlagzeuger einer bayrischen Blaskapelle war für zwei Wochen zu Gast gewesen, denn Wilhelms Mutter ließ keine Gelegenheit aus, um an Geld zu kommen. Deswegen vermietete sie sogar bei Bedarf die Wohnzimmercouch. Sofort wurde Trommeln zu Wilhelms Leidenschaft und kein Eimer und keine Blechdose waren vor ihm sicher. Sogar der verzinkte Wäschezuber musste als Basstrommel herhalten und wurde mit einer Märklin-Fußmaschinen-Konstruktion traktiert. Der Bayer lobte seine Künste, zeigte ihm, wie er die Haselnussstecken zu halten hatte und schenkte ihm zum Abschied eine hölzerne Marschtrommel mit Naturfellen und ein paar seiner alten Trommelstöcke.

Im Keller stellte sich Wilhelm ein Schlagzeug zusammen und nervte seinen Vater, denn sein Anwaltsbüro, das er trotz der Scheidung nach wie vor im selben Haus hatte, lag direkt darüber. Wie es Wilhelms Art war, posaunte er in der ganzen Klasse herum, dass er, wenn er groß wäre, nach Liverpool ginge, um bei den Beatles einzusteigen. Kopfschütteln, Vogel zeigen und Gelächter.

Nur Markus nahm ihn ernst. Er fragte, ob Wilhelm Lust hätte, mit ihm zusammen Musik zu machen. Aber keine Beatles (erhobener Zeigefinger), sondern Kirchenlieder und Gospel, denn Markus, eines von sieben Kindern, war streng katholisch und der Vorzeigeministrant der ganzen Schule, eigentlich der ganzen Kirchengemeinde. Er konnte den Blick senken und auf die steil gefalteten Hände blicken, als ob er für die Sünden der ganzen Welt gerade stehen wollte. Dabei bohrten sich die Finger tief in die Stirn.

Besser als nichts, dachte Wilhelm. Sie übten Swing Low, Happy Day, When the Saints und deutsche Kirchenlieder, die von der Liebe und der Güte Jesu handelten. Und dann hatten sie ihren Auftritt. Veranstaltungsort war das Klassenzimmer der 5a des Neu-Ulmer Gymnasiums. Der Religionslehrer schenkte ihnen die Hälfte seiner kostbaren Unterrichtsstunde. Wilhelm trommelte was das Zeug hielt, während Markus zur Wandergitarre mit seiner hohen Domspatzenstimme sang, dass die himmlischen Heerscharen verstummten und die Engel neidisch nach unten blickten.

Doch ein paar Tage später hatte Markus ihre beginnende Musikerkarriere jäh beendet, denn er wollte Wilhelm eine Lektion erteilen. Bianca schmachtete Wilhelm seit dem Auftritt an und er hatte sich natürlich prompt in sie verliebt. Markus war damit überhaupt nicht einverstanden. Dieser scheinheilige kleine Mistkerl hatte es geschafft, die ganze Klasse soweit zu bringen, kein Wort mehr mit Wilhelm zu reden. Die ganze Klasse! Erst, wenn er dem Bösen abgeschworen hätte, sagte ihm sein Nebensitzer auf dem Heimweg – natürlich streng vertraulich – könne der Bann wieder aufgehoben werden. Und das alles wegen eines Zettelchens, das in Markus' Hände fiel: I wanna hold your hand.

Jens meinte, ein Bier vorweg könne nicht schaden. Zwei Schluck und Wilhelms Glas war leer. Dann knisterten die Lautsprecher: »An Dro bitte zur Bühne.«

Sie mussten raus. Ihnen blieben dreißig Minuten, Zugabe eingeschlossen, um Publikum und Chef zu überzeugen. Wilhelm spielte wie im Traum, er fühlte sich außerhalb seiner selbst und betrachtete sich staunend von oben. Alles klappte.

Amüsiert sah er der Bedienung hinterher, die ein Tablett an einen voll besetzten Tisch balancierte. Zwölf Cola, in der Mitte ein Bier – Klassenfahrt, Mittelstufe. Ihnen hatten sie seinerzeit die Abschlussfahrt nach Berlin gestrichen. In der Parallelklasse war einer mit Haschisch erwischt worden. Als Entschädigung gab es einen Tagesausflug mit reichlich Doppelbock im Kloster Andechs. Der Musiklehrer hatte sich dabei so betrunken, dass er nicht bemerkte, wie ihm sein Toupet in Pissoir gerutscht war. Brüllendes Gelächter, als er es in einer Plastiktüte vor sich hertrug und in den Bus einstieg.

Zugabe, Schlussapplaus, Abgang. Das war's. Wilhelm schwebte.

»War jutt«, meinte der Chef, »beim nächsten Mal jibt's 'nen Hunni.«

Wilhelm vernachlässigte zunehmend die Arbeit, da ihm Annemarie inzwischen wichtiger als alles andere geworden war. Um ihr dies zu zeigen, schlug er ein Essen in einem piekfeinem französischen Restaurant vor.

Jean-Claude tanzte um Wilhelm herum und lobte seine Lieferanten, die ihm diesmal Fasane aus der Normandie besorgt hätten. Weiter schwärmte er von den frischen Krebsen, er nannte sie Crabes, als wären es schwarze Trüffel aus dem Perigord. Bei dem Wort Crabes würde Annemarie hellhörig und bestellte sie, da sie seit ihrer Zeit auf Sylt Krabben über alles liebte. Wilhelm ließ sich zum Fasan überreden, vorneweg mussten sie jedoch die Froschschenkel à la Créme du Calvados probieren. Jean-Claude bestand darauf, ebenso wie auf den Hauswein, seiner neuesten Entdeckung aus dem Rhônetal. Wilhelm war einverstanden, denn er war sich bei dem Preis ziemlich sicher, dass sie nicht irgend einen billigen Cuvée Clochard vorgesetzt bekämen.

Die Vorspeise war exzellent, ebenso Wilhelms Fasan, jedoch als Annemarie ihre vermeintliche Krabben vorgesetzt bekam, starrte sie auf einen handgroßen Krebs mit bedrohlich weit auseinanderstehenden dunkelroten Zangen. Mit seinen Stielaugen starrte er zurück und hielt die acht Beine unter dem Bauch gefaltet. Annemarie drehte die seltsamen Esswerkzeuge, einen Nussknacker, ein spitzes zweizinkiges Gäbelchen und eine Art Häkelnadel in den Händen und hoffte, Wilhelm würde die zwei winzigen Tränchen, die sich aus den Augenwinkeln stahlen und die Wangen hinab kullerten, nicht bemerken.

Aber er bemerkte sie und beeilte sich, Annemarie schnellstmöglich auf andere Gedanken zu bringen. Er begann, von seiner griechischen Lieblingsinsel, von Naxos zu erzählen, mit dem Hintergedanken, sie zu einem gemeinsamen Urlaub dorthin überreden zu können.

Nach zwei Semestern Maschinenbau war Schluss gewesen. Wilhelm hatte gar keine andere Wahl, als dem Polytechnikum in Augsburg den Rücken zu kehren. Nur ein einziges Mal hatte er, gleich zu Beginn, den Mathematikprofessor beeindrucken können. Völlig unüberlegt hatte er etwas von negativen Vektoren gefaselt. Doch diese Pfeile gingen nach hinten los. Wilhelm hatte keine Ahnung, was er da von sich gegeben hatte, denn von Mathematik hatte er noch nie den blassesten Schimmer gehabt. Selbst den Vierer im Abschlusszeugnis gab es nur, weil er mit dem Lehrer auf dem Klassenfest einen gesoffen hatte und dieser nicht wusste, dass er mal etwas mit seiner Ex gehabt hatte. Bei der mündlichen Nachprüfung musste er ihm in die Hand versprechen, nie irgend etwas mit Ingenieurwissenschaften zu studieren. Wilhelm hatte sich nicht daran gehalten und nun bekam er dafür die Quittung. Sämtliche Fächer wie Physik, Materialkunde, Mechanik, Festigkeitslehre und Chemie bauten auf Grundlagen der höheren Mathematik auf. Den einzigen Lichtblick boten freie Wahlfächer wie die Symphonik Anton Bruckners oder die psychologischen Momente in Thomas Manns Erzählungen. Dort gab es Einser.

Wilhelm wusste nicht mehr weiter. Klar war nur, dass er etwas anderes, etwas weniger theoretisches finden musste, aber was? Stávros, sein Studienkollege schwärmte seit den ersten Seminaren von seiner Heimat, dem Meer und dem Licht, das den Philosophen in jener Zeit zu ihren Erkenntnissen verholfen hatte. Daher war für Wilhelm klar, dass er nur in Griechenland die Lösung seiner Probleme finden würde. Er lieh sich einen Reiseführer und hatte schnell sein Ziel gefunden. Wilhelm wollte nach Naxos. Und zwar alleine. Zum ersten Mal in seinem Leben ohne einen Freund, der ihm dies oder jenes hinterhertrug oder bei Bedarf das zu schwer gewordene Gepäck schleppte.

Er besorgte sich einen imposanten Rucksack, eine Hängematte mit Holzbügeln, einen Armeeponcho, einen Daunenschlafsack bis minus zehn Grad, kaufte Gaskocher, Topf und Campinggeschirr und brachte es alles in allem auf gut 20 Kilo Gepäck. Fehlten nur noch ein paar neue Wanderstiefel. Nach drei Tagen des Zauderns raffte er sich eines Morgens Ende April bei strömendem Regen auf und ließ sich von seinem Mitbewohner an die Autobahn bringen. Warten. Wilhelm wurde nass. Als er kurz davor war, umzukehren, hielt ein schwarzer Lancia mit italienischem Kennzeichen und nahm ihn mit. Der Fahrer sprach kein Wort Deutsch, aber er brachte ihn durch München, kutschierte ihn in die Berge, dann die Etsch entlang und ließ ihn am späten Abend an einem Kreisverkehr kurz hinter Modena aussteigen. »Arrivederci. E buon viaggio.«

Nach einer unruhigen Nacht inmitten des Rondells wurde Wilhelm kurz nach Sonnenaufgang vom ersten Auto ein Lift nach Ancona angeboten. Die Fahrt endete am nächsten Abend direkt vor den Hafenbüros in Piräus mit dem Angebot nach Kreta. Wilhelm lehnte ab. Sein Ziel war klar. Obwohl er die billigste Unterdeckkabine nach Patras gebucht hatte, verschlang die Überfahrt die Hälfte seines Reisebudgets, aber Wilhelm war froh, die drückenden Schuhe ausziehen und die Rucksackriemen von den Schultern nehmen zu können. Nach einer dritten schlaflosen Nacht, die er in einer Hafenspelunke zugebracht hatte, bestieg Wilhelm an einem wolkenverhangenen Morgen ein dickes, orangerot angestrichenes Schiff mit dem Namen NAXOS.

Unterwegs sah Wilhelm Delfine. Stávros hatte gesagt, er solle danach Ausschau halten, sie brächten Glück und Wilhelm glaubte fest daran. Hier werde ich mein Glück finden, Naxos wird das Ende des Regenbogens sein, dort werde ich meinen Goldschatz bergen.

Am späten Nachmittag legte das Schiff an. Wilhelm ging die Hafenmole entlang, trank ein Bier und einen seltsamen Kaffee, in dem der Satz in der Brühe schwamm und machte sich auf den Weg nach Apollon. Kilometerweit Steilküste, keine Bucht, kein Strand, nicht einmal ein Pfad, der zum Meer führte. Er kehrte um und marschierte nach einem weiteren Bier, einer öltriefenden Spinattasche und zwei filterlosen Papastratos, Richtung Süden bis die Dunkelheit seine Wanderung stoppte. Die letzten Häuser lagen hinter ihm, ein schmaler Weg führte von der Straße zum Wasser. Wilhelm suchte sich eine abgeschiedene Ecke neben einem hohen Irgendetwas und war sofort eingeschlafen.

Am nächsten Morgen wurde Wilhelm von infernalischem Lärm aus dem Schlaf gerissen. Er öffnete die Augen, sah neben sich die mannshohen Räder eines Baggers und hörte über sich einen schimpfenden Mann mit rotem Schutzhelm. Er verstand nicht eine Silbe, aber nachdem er sich aufgerichtet hatte, erkannte er in dem hohen Irgendetwas das Skelett eines fabrikhallengroßen Hotelkomplexes. Der Schimpfende musste der Bauleiter sein. Globetrottel – Wilhelms stiller und einziger Kommentar. Er packte zusammen und ging weiter.

Die Blasen an Zehen und Ballen waren inzwischen aufgeplatzt und brannten, die Schlüsselbeine vermeldeten blaue Flecke. Im Dunst, weit entfernt, ein Berg. Davor nichts als Sandbuchten. Die vorderen dienten als Müllkippe, wohin Wilhelm auch blickte, überall Plastikflaschen und Folien. Sie flatterten im Wind, stumme Zeugen der Wegwerfgesellschaft. Er setzte einen Schritt vor den anderen, hoffte auf Besserung und tröstete sich mit der Aussicht auf Erleuchtung.

Plötzlich tauchte ein Salzsee vor Wilhelm auf und in immer noch unerreichbarer Ferne, der Berg. Der struppige Bodenbewuchs wurde nur von einem kaum erkennbaren Eselspfad durchbrochen. Hier ging es jedenfalls nicht weiter. Wilhelm gab auf und bereute es, die Mitfahrgelegenheit nach Kreta ausgeschlagen zu haben. Der Stein in seiner Brust wog schwerer als zu Beginn der Reise und Wilhelm beschloss, morgen, spätestens übermorgen, wenn die Blasen verheilt waren, umzukehren. So gut es ging richtete er sich hinter einer Düne ein. Er buddelte eine Grube, spannte den Poncho über einen Stock und beschwerte ihn mit herumliegenden Betonbruchstücken. Rechtzeitig kroch er darunter, denn es begann in Strömen zu regnen und er wünschte sich, die Welt würde mit einem Knall untergehen und ihn mitnehmen.

Der Hunger trieb ihn am nächsten Tag aus seinem Unterschlupf. Er ging die Sandbuchten zurück (ohne Gepäck und in Turnschuhen) und kaufte Brot, Käse, Zigaretten und eine Flasche Ouzo. Damit feierte er mutterseelenallein seinen dreiundzwanzigsten Geburtstag.

Es hatte aufgehört zu regnen. Wütende Böen fegten über die Dünen und Wilhelm brachte sich vor den Sandkörnern in Sicherheit, die ihn panierten. Am nächsten Tag drehte der Wind, vertrieb die Wolken und flaute bald darauf ab. Endlich schien die Sonne und es wurde warm. Und damit kamen Leute an Wilhelms Biwak vorbei.

Eine Frau, sie hätte Wilhelms Großmutter sein können, sprach ihn an. »Junge, was machst du denn hier? In dem Dreck? Das ist doch kein Griechenland. Du musst da rüber«, sie zeigte auf den Berg, »nach Agios Prokopios und von da weiter nach Agia Anna, hörst du? Du musst nach Agia Anna zu Angelo's Taverne.«

Wilhelm brauchte noch einen weiteren Tag, um sich aufzuraffen, denn er hatte Angst. Angst vor der Strecke, Angst vor dem Berg und Angst vor neuen Blasen und blauen Flecken. Dann marschierte er los. Den Damm des Sees entlang, ein nicht enden wollendes, brüchiges Teerband, das sich vor seinen Füßen entrollte. Bis er endlich die Trittsteine fand, auf denen er das Rinnsal Richtung Meer überqueren konnte, hatte er fast aufgegeben. Er stand vor dem Berg. Er war flacher als vermutet, aber der Weg dafür viel länger.

Und wieder musste Wilhelm die Furcht vor neuer Anstrengung überwinden und ging los. Schritt für Schritt, immer bergauf. Die Sonne stand senkrecht, kein Schatten weit und breit und die Hälfte bis zur Kuppe lag noch vor ihm. Wilhelms Beine wurden träger und der Stein unter seinem Herzen wurde von Schritt zu Schritt größer. Ich kehre um. Was für eine Idiotie, nach Griechenland zu fahren, um dort die Erleuchtung finden zu wollen. Er blieb stehen und blickte zurück. Die weißen Würfelhäuser von Naxos schwebten im

Dunst, darunter ein türkis schimmerndes Meer, der Weg dorthin schien unendlich. Weiter, vorwärts! Wilhelm war nass, als hätte man ihn aus dem Wasser gezogen, als er oben ankam. Aber die Aussicht, die sich ihm nun bot, fegte die trüben Gedanken aus dem Kopf, ließen alle Pein vergessen. Herzrasen, trockene Lippen, butterweiche Knie und blutende Füße waren nichts weiter als ein Eintrittsgeld ins Paradies. Strände bis ans Ende der Insel, schneeweiß und unberührt, umspült von lieblichen, kristallblauen Wellen auf denen vereinzelt bunte Fischerboote dümpelten. Zum Horizont hin flache Hügel und kleine Felder mit winzigen weißen Häuschen dazwischen. Nur wenige Schritte vor ihm, unter einer weit ausladenden Tamariske, ein angeleinter Esel.

Endlich Schatten! Wilhelm setzte sich neben das Tier, lehnte sich an den rauen Baumstamm und streckte die Beine von sich. Ein rosafarbener Schmetterling ließ sich auf seinem Schuh nieder und blieb sitzen, obwohl Wilhelms Beine unkontrolliert hin und her zuckten. Auf nach Agia Anna! Schwerfällig erhob er sich, schulterte den Rucksack und zog die Riemen fest. Dabei verlor er fast das Gleichgewicht. Zum Glück ging es bergab, die Last schob Wilhelm vorwärts. Ein handgemaltes Schild an einem Pfahl wies nach Agios Prokopios. Erste Häuser tauchten auf, schmale zweigeschossige Kästchen mit blau gestrichen Fensterläden. Wäsche flatterte im Wind, daneben hingen tellergroße Tintenfische zum Trocknen. Alte, schwarzgekleidete Frauen huschten ins Hausinnere. Ein Mann mit blauen Pluderhosen begegnete Wilhelm. Er ritt seitwärts auf einem Esel und hieb ihm einen krummen Dolch in die Flanke. »Jaffu, Jaffu«, ihm fehlten die oberen Schneidezähne.

»Jassu!« Wilhelm blieb stehen und hob die geöffneten Handflächen. »Angelos?«

Der Alte neigte den Kopf mit einer angedeuteten Drehung zur Seite, zerrte am Strick und zog den Hals des Esels nach oben. Er beugte sich zurück und wies auf ein kaum zu erkennendes Haus mit Vordach am Ende der übernächsten Bucht, kurz vor dem Horizont. Nimmt das denn nie ein Ende, dachte Wilhelm, als er die Strecke dorthin abschätze, aber eine weitere Rast kam nicht in Frage. Wilhelm wollte endlich ankommen.

Die Beine schwer wie Schiffsanker, zitternd, und mit schmerzenden Hüften, aber mit einem bis dahin nicht gekanntem Glücksgefühl erreichte Wilhelm am späten Nachmittag und noch immer glühender Hitze Angelo's Taverne.

Angelo, eine Wiedergeburt Alexis Sorbas', mit dunkel eingegrabenen Augenfalten, gefächert wie eine Jakobsmuschel, wies auf einen Stuhl im Schatten und stellte eine Karaffe Retsina auf den Tisch. Wenig später folgte ein Kartoffelomelett, dazu ein Kanten angetrocknetes Brot. Der Stein in Wilhelms Brust wurde von Schluck zu Schluck, von Bissen zu Bissen kleiner, bis er schließlich ganz verschwunden war, zerbröselt wie Sand. Nichts lastete mehr auf ihm, kein Studium, keine Angst vor der Zukunft, keine Fragen der Freunde, keine stummen Vorwürfe der Eltern. Er fühlte sich zum ersten Mal seit vielen Jahren völlig frei. Er blieb sitzen und trank Retsina, bis ein orangeroter Feuerball über der Nachbarinsel hing und im Meer versank. Er blieb sitzen und trank weiter, bis sich eine funkelnde Kuppel hoch droben aufspannte. Er blieb sitzen, bis Angelos ihm die Rechnung hinlegte und sich mit einem »Kali Nichta« verabschiedete. Dann tat Wilhelm ein paar Schritte Richtung Meer, legte sich in den Sand und schaute nach oben, bis er eingeschlafen war. Am nächsten Morgen suchte er zwei Bäume für seine Hängematte. Wilhelm hatte sein Ziel erreicht und bezog für die nächsten vier Wochen Quartier im Vorzimmer des Paradieses. Vier Wochen, die zu den glücklichsten seines Lebens wurden.

Zurück in Augsburg wusste Wilhelm zwar immer noch nicht, was er wollte. Das jedoch wusste er jetzt mit Sicherheit. Und viel wichtiger noch, es war ihm egal.

Wilhelm hatte es geschafft, Annemarie mit seinen Schilderungen soweit aufzumuntern, dass sie sich über das Dessert hermachte. Während er an den Kernen seiner Armagnac-Pflaumen lutschte, schob sie Löffelchen für Löffelchen dieser herrlich leichten Mousse au Chocolat zwischen ihre Lippen und schloss dabei jedes Mal für einen Moment die Augen. Sie war eine Süße. Und sie versprach, sich die Reise nach Naxos durch den Kopf gehen zu lassen.

Petra war genial, sie kümmerte sich um die Auftritte. Alle Wochenenden waren ausgebucht, manchmal hatten An Dro gleich vier Gigs. Zwei am Freitag, zwei am Samstag. Sie tingelten durch die Berliner Folkszene. GO-IN, Folkpub, Banana, Steve Club. In der Scheese wurden sie mehrmals für ein volles Abendprogramm gebucht und ab Frühjahr traten sie in den Clubs zur Primetime auf, gegen Mitternacht. Nach ihnen kamen nur noch Pete Wyoming oder John Vaughan. An Dro waren angekommen. Nils hatte es zurück nach Hamburg verschlagen, aber sie fanden schnell Ersatz. Jens hatte bei einer Veranstaltung der Jusos den Bassisten von Erna Rotkohl abgeworben. Der rothaarige, pfeiferauchende Bayer aus Garmisch hatte die Stücke im Handumdrehen intus. Die Proben bei ihm klangen mit Speck, Weißbier und Enzian aus.

Frühjahr, die erste Tournee nach Westdeutschland stand an. Petra hatte einen dichten Plan für die letzten zehn Apriltage zusammengestellt. In Würzburg und Erlangen volle Studentenkeller. Augsburg wurde für Wilhelm zum Albtraum. Er war mit Sam Hall, seinem irischen Solo an der Reihe, dem ersten Lied des zweiten Sets. Er stand, von sämtlichen Scheinwerfern angestrahlt am Bühnenrand, hörte sich singen, und wünschte, er könne sich zwischen den Ritzen der Bodenbretter verkriechen. Wilhelm sang abgrundfalsch, kein Ton stimmte. Er lavierte im Vierteltonslalom an den Noten entlang. Petra tuschelte, Jens stieß ihn in die Rippen. Im Publikum rumorte es, erste Gäste standen auf und gingen. Wilhelm wusste nicht, was tun. Er sang weiter, Ton für Ton; Zeile für Zeile, zweite Strophe, dritte Strophe. Bis Gitarre, Bass und Petras zweite Stimme ihn erlösten, war er dreimal gestorben. Danach ertränkte er die Peinlichkeit mit Hefeweizen. Der Bayer leistete dabei Gesellschaft und spendete Trost.

Höhepunkt der Tour war Ulm. Ein Konzert im Sauschdall. Die Südwestpresse hatte An Dro angekündigt und Wilhelm dabei als ehemaligen Ulmer groß hervorgehoben.

Obwohl ein Dienstag, drängten sich Folkfans bis in die hinterste Reihe. Petra bestand auf acht Mark Eintritt und gab sich nicht, wie vom Veranstalter vorgeschlagen, mit vier oder fünf Mark zufrieden. Ihre Sturheit hatte sich gelohnt. An Dro gingen nach dem Konzert mit über tausend Mark nach Hause. Wilhelm musste vor Beginn noch einmal auf die Bühne, um seine Instrumente nachzustimmen und entdeckte dabei in der zweiten Reihe seine Mutter. Mit einem Ohr hörte er, wie zwei junge Frauen vor ihr tuschelten: »Der sieht ja aus wie Ludwig der Vierzehnte.«

Wilhelms Mutter streckte ihren Kopf zwischen die Beiden und sagte mit stolzgeschwellter Brust: »Ja, gell. Des isch ja au mei Sohn, mei Bubele.« Hilfe! Wieso hat's hier keinen Vorhang?

Tags darauf Straßenmusik in der Fußgängerzone, auch da stimmte die Kasse, über hundert Mark landeten innerhalb einer halben Stunde im Gitarrenkoffer. Nach zwei weiteren Stationen in Wiesbaden und Münster begann Wilhelms Urlaub. Er setzte sich in Münster in den Zug und fuhr über Brindisi direkt nach Athen, wo er Annemarie – wie im Western – Mittags um zwölf Uhr am Syntagma Platz treffen sollte. Von dort aus ging es weiter nach Naxos, im Gepäck hatte Wilhelm einen Reisedulcimer. Er passte in seine Schlafsackrolle und kam schon auf der Fähre zum Einsatz. Er sprach einen Schweden mit einem Bouzoukikoffer an und sie improvisierten bis er in Paros das Schiff verlassen musste. Nichts ging mehr ohne Musik bei Wilhelm. Er war süchtig danach, Musik zu machen und war sicher, dass ihn diese Sucht niemals verlassen würde. Zwei Jahre später würde er sogar eine kleine Drehleier mit auf die Reise nehmen. In eine Mülltüte verpackt, würde er sie seitlich im Kajak mit Gummibändern festzurren. Die Donau runter, von Ulm bis nach Budapest, um dort auf der Promenadenmauer deutsche Tänzchen zu spielen.

Nach und nach wurde die Bühne zu Wilhelms Schaufenster. Zuhörer fragten ihn Löcher in den Bauch. Nicht selten standen sie Tage später in der Werkstatt und bestellten Dulcimer oder Psalter, oder wollten ihre Gitarre repariert haben. Den Kleinkram ließ er nun bleiben. Die Holzkrokodile und Regale verschwanden aus dem Schaufenster und den letzten Tisch baute er für Jens.

Und weiter, schon im Juni stand die nächste Tour an, An Dro waren nach Wolfsburg zum Folkfestival geladen. Im Juli ein Doppelkonzert im Quartier Latin, volles Haus an beiden Abenden. Im Oktober die Zirgesheimer Subkulturtage, bei denen der Landgasthof aus allen Nähten platzte. Bei der Benefizveranstaltung des Müttergenesungswerks – jawoll, An Dro spielten sogar in der Berliner Kongresshalle – kündigte Jürgen von der Lippe die Gruppe mit dem damaligen Presseaufhänger an: »Stimmungswogen erschütterten überfüllten Wirtshaussaal. In diesem Sinne, viel Spaß mit An Dro.«

Keine sechs Monate später brach die Schwangere Auster in sich zusammen.

Die Drehleier

Es klingelte Sturm – die Post. Knöchel pochten gegen die Tür und während Wilhelm die Jeans zuknöpfte, hörte er ein lautes »Hallo, Einschreiben.« Alle möglichen Sünden schossen ihm durch den Kopf: Finanzamt, Gewerbeaufsicht, Geschwindigkeitskontrolle oder die roten Ampeln wegen neulich. Er öffnete, soweit es die eingehängte Kette zuließ und nahm ein Papprohr entgegen. Verschlafen betrachtete er die Sendung. Der Adressaufkleber war maschinengeschrieben, Absender GNM – Germanisches Nationalmuseum Nürnberg. An mich? Per Einschreiben? Ich habe nichts bestellt. Heiko hatte das Museum erwähnt, aber das war vor Wochen.

Zurück am Bettrand öffnete er das Rohr, das zähe Packband ließ sich kaum lösen, ein Fingernagel riss ein. Der Deckel sprang mit einem hohlem Plopp davon, Wilhelm sah gerollte Bögen. Pläne! Sie flossen über seine Beine und entrollten sich am Boden. Aufsicht, Front und Seiten, zahllose Details und Querschnitte. Das komplette Innenleben einer Drehleier in Lautenform lag ihm zu Füßen.

Jeans und T-Shirt, kein Frühstück, keine Zeit. Der Traum, eine Drehleier zu bauen, der seit über einem Jahr in ihm rumorte, wurde in diesem Moment Wirklichkeit. Er wischte flüchtig über den Ladentisch und beugte sich über die ausgebreiteten Zeichnungen. Die Schnitte bildeten sämtliche Stärken, Maserungsverläufe, Zapfen und Verbindungen ab. Alles da, er könnte sofort loslegen. Nur die Korpusform bereitete ihm Kopfzerbrechen. Die Unterseite glich einem halben Ei, oben die Decke, gewölbt wie eine venezianische Brücke.

Wilhelm hing über den Zeichnungen gebeugt und grübelte. Wenn ich über dem Rad eine Querlinie ziehe und die Bögen nach innen klappe, habe ich eine völlig neue Form. Eigenwillig wie ein Wappen. Und mit flacher Decke und geradem Boden. Das könnte gehen. Wilhelm war sich seiner Sache sicher.

Heiko kam wenig später in die Werkstatt und fragte: »Wann kommt denn bei dir die Post?« und sah ihn dabei scheinheilig an.

»War schon da, Danke, Alter«, sagte Wilhelm und boxte ihn auf die Schulter.

»Schenk ich dir für den Werkstattplatz. Und? Hast du schon angefangen?«

»Nein. Ich will die Umrisse übertragen und die Form verändern. Dazu brauche ich Kohlepapier. Aber an die Muschel trau ich mich nicht, keinen Schimmer, wie das gehen soll.«

»Kohlepapier habe ich oben. Moment, fünf Minuten«, sagte Heiko und war verschwunden.

Kurz darauf fixierten sie die Lagen. Wilhelm punktierte Randverlauf, Mitte und Radposition. Zwei kalte Wiener, ein paar Schrippen, eine Tüte Milch. Bis in die Nacht übertrug er Linien und Kurven, nahm Maß und zeichnete seine erste eigene Drehleierform, zuletzt zog er alles in Tusche aus und signierte rechts unten Wilhelm Meerbusch, Berlin am 14. Oktober 1978, Drehleier in Gambenform.

Die Schablone für die Decke war schnell gesägt. Die Form brauchte allerdings Zeit. Der Durchlass der Bandsäge war zu knapp, Wilhelm musste improvisieren. Fünf zentimeterdicke Sperrholzbretter übereinander gelegt und nach dem Sägen mit Klötzchen verleimt, die Form glich einem vierstöckigen Parkdeck.

Pause. Der Herbst war dabei, sich breit zu machen und die Leier blieb liegen. Einmal versuchte Wilhelm noch, die Zargen zu biegen, aber sie waren zu dick, er würde eine Halterung bauen und sie flach schleifen müssen, doch dafür hatte er keine Zeit. Kunden warteten auf Bücherregale und Dulcimer mussten fertig werden, lackiert und besaitet.

Eines Nachmittags kam die Presse reingeschneit. Ein junges Ding von der Morgenpost hatte Wilhelms Laden gesehen und wollte einen Artikel schreiben. Sie fände die Auslage so toll, sagte sie, diese seltsame Mischung und meinte die Spielzeugkrokodile, die über ein Instrument krochen. Richtig baff war sie allerdings, als er ihr den neuen Dulcimer zeigte und von Drehleiern erzählte.

Wilhelms erster Zeitungsartikel wurde ihm am übernächsten Tag auch prompt vom Hausmeister unter die Nase gehalten. »Hasdu gutt, Kollege«, sagte Herr Gürçal, es klang anerkennend. Den Titel hatte Anita Gillbricht wohl vorher schon im Kopf: Lustige Krokodile schlüpfen aus der Holzwerkstatt. Und erst darunter: Mit Vorliebe baut Spielzeugbastler Wilhelm Meerboot alte Musikinstrumente nach, dann war er auf zwei Bildern zu sehen. Einmal mit zum Zopf gebundenen Haaren, wie er Nilpferde aussägte, das andere, wie er pressefotohalber am fertigen Dulcimer entlang schliff. Zur Zeit bastelt er an einer Drehleier, deren Form er selbst entworfen hat. Sein Ziel ist, es in dieser Kunst zur anerkannten Meisterschaft zu bringen. Immerhin.

Auf Anrufe oder Aufträge wartete Wilhelm allerdings vergeblich – und ein Meerboot stand sowieso nicht im Telefonbuch. Aber wenigstens kamen hin und wieder Leute zum Gucken und kauften das eine oder andere Gewürzregal. Tage später gab es dann doch noch ein Großauftrag: Eine Kita bestellte fünf Krokodile und drei Nilpferdpuzzles. Dabei lief ihm die Zeit davon und das Wichtigste musste warten.

Endlich Luft. Doch das Biegen der Drehleierzargen endete in einer Katastrophe. Obwohl das Ahorn dünner geschliffen war, brach es jedes Mal knapp vor der endgültigen Form. Als Wilhelm neues Holz soweit zugerichtet hatte und auf das heiße Eisenrohr drückte, explodierte der Tauchsieder. Ein Knall, Funken stoben. Prompt waren alle Lampen dunkel, beißender Stromgeruch hing in der Luft. Sicherungswechsel und Schluss für heute.

Dem Trödler in der Zossener Straße nahm Wilhelm all seine Tauchsieder ab, drei Stück für zehn Mark. Dieses Mal feuchtete er die Ahornstücke mit einem Schwamm an. Irgendwo hatte er davon gelesen und es funktionierte. Perfekt! Zischend und dampfend wurde das Holz nach Sekunden geschmeidig und legte sich um das Rohr. In Nullkommanichts waren alle vier Zargenteile fertig und schmiegten sich exakt an die Form. Die Klötze für Seiten und Enden lagen bereit. Keine Stunde später war der Kranz verleimt, die Klammern hielten und auf dem Tisch ruhte ein monströser Schraubzwingenigel. Drei eingepasste Boden- und Deckenbalken, die beiden vorderen mit Achslöchern, ruhten mittig auf eingelassenen Stimmstöcken, wurden geleimt und seitlich mit Zahnstochern verdübelt.

Trockenzeit – Zeit für ein Bier. Eisiger Wind schlug Wilhelm entgegen, Laub kreiselte in Hauseinfahrten und wehte um die Beine, Schwefel lag in der Luft und es roch nach Schnee. Ein kalter Mond schien durch kahle Linden und begleitete ihn ins Orpheus. Dort schlug ihm warmer Bier- und Zigarettendunst entgegen, augenblicklich war die Brille beschlagen. Wilhelm machte sich über sein Schnitzel her und stierte gedankenverloren auf den leeren Teller. Ob die Drehleier dieses Jahr noch fertig wird? Nur noch drei Wochen bis Weihnachten.

Die Drehleier dauerte bei Weitem länger als geplant. Rad, Achse und Lager bescherten Wilhelm schlaflose Nächte, ohne Lösung fehlte ihm der Mut, die Decke aufzuleimen. In Hobbyläden und Spielwarengeschäften suchte er nach Möglichkeiten, er schreckte selbst vor Teilen eines Märklin-Metallbaukastens nicht zurück. Hielt Messingrohre und Aluminiumstangen in Händen, doch wie er sie auch drehte und wendete, für die Drehleier taugte alles nicht. Heiko fiel auch nichts ein. Er begann mit den Stegen und dem Aufbau. Dann scheiterte er an den Ganztönen, die Bandsäge war viel zu ungenau. Frustriert widmete er sich den Dulcimern, arbeitete Regalaufträge ab und übte für An Dro.

Im Max und Moritz traten Hampelmuse auf, eine Folkband, spezialisiert auf französische Tanzmusik. Geige, Klarinette, Akkordeon, Dudelsack. Michael spielte Gitarre und hin und wieder Drehleier. In der Pause fielen Wilhelms Augen in den offenen Tangentenkasten und er fragte Michael Löcher in den Bauch. »Da musst du zu Martin von Stattfolk, der hat die gebaut, frag den.«

Aus einem Treffen wurde erst einmal nichts, denn Sylvester stand vor der Tür, die Stadt war wie ausgestorben, denn viele Berliner hatten ihr den Rücken gekehrt. Dafür rollten Touristen in Scharen an. Auch Wilhelms Freunde wollten sich die Sause in Berlin nicht entgehen lassen. Der Einkauf erinnerte Wilhelm an den Kabuler Winter im letzten Jahr. Alfred und er hatten die Rucksäcke geschultert und stapften, eingemummelt wie afghanische Hammelhirten durch knöcheltiefen Schnee unter den Yorckbrücken entlang.

Luzie Leydicke bediente sie persönlich. Sie stellte reihenweise Flaschen auf den Tresen. Persiko, Retsina und alle möglichen ausländischen Rotweine landeten in den Kraxen. Während der Sylvesternacht schneite es unentwegt weiter und der Verkehr kam stellenweise zum Erliegen. Wilhelm und seine Freunde bekamen nichts davon mit, denn sie feierten bis in die Puppen. Strahlende Sonne am Neujahrsmorgen, weiße Schneekuppen reihten sich die Katzbachstraße hoch, Iglu an Iglu. Wilhelms Schwester musste vier Nummernschilder frei wischen, bis sie endlich den richtigen Wagen gefunden hatten.

Wilhelm traf Martin Mitte Januar bei einem Auftritt seiner Band. Er gab ihm Tipps für die Lagerung und wollte sogar nachsehen, ob er noch Teile zu Hause hätte. Endlich konnte Wilhelm mit dem Rad beginnen. Er montierte den Ständer der Schlagbohrmaschine quer, zog ein Stemmeisen über das schichtverleimte Birkenholz und brannte sich beim anschließenden Schleifen Blasen an die Finger. Erst nach fünf Lackschichten fühlte sich die Radoberfläche glatt an. Und für die Tasten wusste Martin auch eine Lösung. »Palisanderleisten in geschlitzte Klötzchen leimen und in den Tangentenkasten einpassen. Löcher bohren und Fähnchen rein. Fertig.«

Doch schon tauchten die nächsten Probleme auf. Die Tangentenlöcher wurden mit der Laubsäge völlig ungleich. Erst als Wilhelm neue Brettchen hobelte, sie halbierte, die Aussparungen mit der Kreissäge schnitt und mit zwischengelegten Ahornstreifen verleimte, kamen sie denen des Plans in etwa nahe. Weitere Wochen vergingen, stundenlang musste Schellackpolitur verteilt werden, doch nach und nach begann die Drehleier zu glänzen. Endlich konnten die Stege auf die Decke geleimt werden. Fehlte schließlich nur noch die Kurbel. Bastelarbeit. Wieder wurde Wilhelm beim Trödler fündig. Verzierte Messinggriffe alter Fenster hatten eine gebogene S-Form. Der Knauf wurde auf der Bohrmaschine gedrechselt, eine Schraube mit Watte umwickelt, in Öl getränkt und in ein Stück Messingrohr gesteckt, es war plötzlich alles so einfach.

Von Martin erfuhr Wilhelm auch die Stärken der Saiten und wo er sie bekommen würde. Der Geigenbauer verkaufte ihm Ebenholzwirbel und borgte ihm eine konische Reibahle für die Löcher im Wirbelkasten. Der Schock dauerte an, bis er vom Nollendorfplatz in der Katzbachstraße ankam. Knapp einhundertvierzig Mark für die paar Darmsaiten, sieben Wirbel und ein Stück Kolophonium.

Mit den Saiten und den Kerben konnte es ihm nicht schnell genug gehen. Er wollte die Leier endlich hören, ihre Vibrationen an seinem Bauch spüren, sich von den Bordunen tragen lassen. Schnell, schnell, die Saiten aufgezogen, Kerben geschnitten, Watte auf die Saiten gewickelt. Die Watte drehte durch, außer einem nervösen Flattern war nichts zu hören, die Bordune gurgelten und die Schnarre gab nur einen Pfeifton von sich. Wilhelm öffnete eine Flasche Retsina, setzte sich vor die Leier und starrte sie an. Miststück.

Martin ließ Wilhelm zwei Wochen warten. Er nutzte die Zeit und baute einen Koffer für seine Drehleier. Er hatte von einem Drehleiertreffen gehört und wollte unbedingt dorthin, um sein Schmuckstück vorzustellen. Die Leier passte genauestens hinein, Wilhelm konnte sich nicht sattsehen. Sogar nachts stand er auf, um einen Blick darauf zu werfen. Aber der Klang … Irgendetwas hatte Wilhelm falsch gemacht. Immer wieder versuchte er, den Ton zu verbessern, wechselte Watte und trug Kolophonium auf und entfernte es wieder mit einem spiritusgetränkten Lappen; der Ton blieb schrill und wabernd oder war hauchig und leise. Endlich kam Martin. Wilhelm erwartete sein vollstes Lob und öffnete mit großem Tamtam den Deckel.

»Na, Martin, was sagst du?«

Langes Schweigen, dann sagte Martin: »Ach weißt du, Wilhelm, eigentlich sind alle Leiern schön.«

Das Treffen

Blauer Himmel. Ein Morgen, der einen warmen Tag an einem wunderbaren Himmelfahrts-Wochenende versprach. Wilhelm schlängelte sich durch den Odenwald und erreichte kurz nach Mittag Reichelsheim. Unter einer freundlichen Sonne thronte die imposante Burganlage.

Auf dem Weg dorthin kam ihm ein junger Mann entgegen. Schnabelschuhe, rote Strümpfe, die Beine steckten in samtenen Kniebundhosen. Unter der Lederweste wallte ein Rüschenhemd mit Puffärmeln. Den Kopf zierte ein keckes Hütchen mit Adlerfeder, er hatte es frech in den Nacken geschoben. Gelocktes langes Haar und über der Schulter hing anstelle eines Langbogens mit Pfeilen ein Dudelsack. Allerlei Beutel und Täschchen baumelten am Gürtel und in einem seitlichen Köcher steckten flötenähnliche Blasinstrumente.

Zwei Mädchen in bunten Sommerkleidern hatten sich einen Schattenplatz gesucht, sie saßen unter einer blühenden Kastanie und übten Tanzmelodien auf bronzefarbenen Blechflöten. Hier bin ich richtig, dachte Wilhelm.

Parkplätze waren Mangelware. Fahrzeuge mit Kennzeichen aus halb Europa standen kreuz und quer. Wilhelm musste den sperrigen Drehleierkoffer und den Rucksack mit Zelt und Schlafsack durch den halben Ort schleppen. Die üblichen Beschwerden. Oben angekommen trat er, magnetisch von flirrenden Schwingungen angezogen, kurzatmig und mit

Zitterknien, durch einen steinernen Torbogen. Sofort war er von Brummtönen umgeben.

Links unter einer Linde stand ein Pausbäckiger in Felljacke, grober Wollhose und Stulpenstiefeln. Sobald er den unterm Arm geklemmten Blasebalg presste, purzelten tiefe, quäkende Töne aus langen Rohren, die in Kuhhörnern endeten. Er war von Staunenden umringt. Mit brüchigem Tenor hob er an: »Der Mond, der steht am Firmament ...«, Schweiß rann von seiner Stirn, er hielt inne, zerrte am Kragen und seufzte in die Runde: »Tut mir leid, aber dafür ist es z'heiß au no z'früh. Gebt's mir lieber was zu trinken«. Bierflaschen wurden ihm entgegengestreckt.

Rechts auf einem Mäuerchen krochen zwei Frauen in ein Notenheft und probierten einen Walzer auf diatonischen Akkordeonen – Note für Note.

Dann, wenige Schritte weiter, hinter einem Mauervorsprung, sah Wilhelm die Leierspieler. Ein Trio, sie spielten auf granatapfelroten Lautendrehleiern. Drei Drehleiern auf einem Haufen. Endlich! Er war im Himmel. Den Fegefeuerweg zuvor nahm er dafür gerne in Kauf. Er setzte den Rucksack ab, hockte sich auf den Koffer und saugte jeden Ton wie ein trockener Schwamm in sich auf. Jede Drehung an den Kurbeln, jede Berührung der Tasten traf sein Innerstes. Wilhelms Welt war zu einer Blase geschrumpft. Nichts denken, nichts reden, nur hören und fühlen, gerne für alle Ewigkeiten.

»Rutsch weiter, du versperrst den Weg.« Hinter ihm stand ein Kontrabass. Er gesellte sich zu den Leierspielern und begann sofort mit einer synkopischen Begleitung, alle paar Takte drehte er sich um seine Achse, ein Akkordeonspieler kam hinzu, dann eine Frau mit Dudelsack. Umherstehende wippten im Takt, einige begannen zu tanzen und hopsten leichtfüßig über den Grasboden.

Langsam wurde es kühl. Immer mehr Menschen strömten zur Kapelle, Wilhelm mit seiner Kiste hinterher. Warmes Licht erhellte das Gewölbe mit den Natursteinwänden. Eine Gruppe trat nach vorne und stellte sich als das Frankfurter Renaissance Ensemble vor. Blasinstrumente, die Wilhelm noch nie zuvor gesehen hatte, wurden in Position gebracht, am Mundstück befeuchtet. Auf ein gemeinsames Nicken hin ging es los. Ein Schnarren und Dröhnen erfüllte den Raum, Töne entfleuchten in die hintersten Ecken, um von dort in alle Richtungen geschleudert zu werden, die Luft vibrierte. Eisige Schauer jagten Wilhelms Rücken entlang. Ein Stück folgte auf das andere, Themen aus längst vergangenen Jahrhunderten. Alte Musik – für Wilhelm völlig neu.

In der Pause fand er Gelegenheit, sich bei seinem Sitznachbarn nach den Instrumenten zu erkundigen. Dieser schien sich einen Spaß daraus zu machen, ihm Begriffe wie Dulcian, Großbaßpommer, Platerspiel und Garkleinflötlein um die Ohren zu hauen.

Die nächste Gruppe kam aus Flandern und nannte sich De Geuzen. Dudelsäcke und Trommeln bestimmten den Stil, gemischt mit rauem, unverständlichem Chorgesang. Neben den Bierbänken versuchten sich einzelne Tänzer. Nach der letzten Zugabe leerten sich die Reihen nur zögerlich. Ein Mann mit weiter Stoffhose, runder Nickelbrille und ungebändigter Prinz-Eisenherz-Frisur scheuchte die letzten lautstark nach draußen. Das musste der Hausherr sein. Der Festivalorganisator, der weltberühmte Drehleierbauer aus Frankfurt. Wilhelm ging in Deckung, drückte sich in größtmöglicher

Entfernung an ihm vorbei und hoffte, er würde nicht auf die Idee kommen, nach der Kiste zu fragen. Vorsichtshalber stellte er sie unter einen Biertisch. Er würde sie später holen, denn der Frankfurter war ihm als mürrisch und unberechenbar beschrieben worden, besonders wenn es um Drehleiern von anderen Instrumentenbauern ging. Und Wilhelm war jetzt ein anderer Drehleierbauer.

Mit einer Flasche Wein schlenderte er übers Gelände, immer Richtung Musik. Die Gruppe vom Nachmittag spielte jetzt zum Tanz auf, im Hintergrund ein Lagerfeuer, ringsum tanzende Paare. Die Zeit stand unter dem klaren Sternhimmel still. Stunden später begann Wilhelm zu frieren und wurde sich bewusst, dass er noch keinen Schlafplatz hatte. Sein Rucksack lehnte immer noch neben dem Eingangstor. Er stolperte damit übers Gelände und schlug das kleine Zelt mitten zwischen jungen Bäumen auf. Der nächste Morgen bescherte ihm neben kalten Füßen eine stechende Blase und ein fieses Tuckern hinter Stirn und Augenlidern. Dennoch, was für eine wunderbare Nacht, dachte er zufrieden, bis sich ein Gedanke ins Bewusstsein schob: Wo ist mein Rucksack? Wo ist meine Drehleier?

Wilhelm hörte Stimmen vor dem Zelt, Gemaule und wiederholtes Zupfen an den Schnüren. Es genügte, den Reißverschluss zwei Handbreit hochzuziehen und nach draußen zu schauen. Schöne Bescherung. Er hatte das Zelt mitten auf den Weg gepflanzt. Daneben lag sein Rucksack, auf dem ein halbes Dutzend Nacktschnecken ihre Spuren zogen. Und die Kiste stand die ganze Nacht neben den Getränken. Sie war hoffentlich noch da.

Beim Frühstück traute sich Wilhelm noch nicht groß unter die Leute, denn der Frankfurter war allgegenwärtig. Erst später wagte er es, seine Drehleier auszupacken und setzte sich damit etwas abseits auf die Burgmauer. Sie ließ sich kaum stimmen und das Rad rutschte durch. Bisher war sie noch nie der Wärme ausgesetzt gewesen. Statt eines sauberen Tones gab sie nur ein gurgelndes Brubbeln und Zwitschern von sich.

Der Pausbäckige von gestern kam auf ihn zu, legte seinen Ziegenfelldudelsack beiseite und setzte sich neben ihn. Er roch ungewaschen und nach saurem Bier.

»Gib mal her, so wird das nichts. Hast du Kolophonium?« Ohne eine Antwort abzuwarten, zog er Wilhelm die Leier vom Schoß und fummelt sich den Gurt auf seinen Umfang zurecht. Wild entschlossen, als gälte es eine Schlacht zu gewinnen, klemmte er sich das Instrument vor die Brust, drehte die Kurbel und presste die Tasten bis zum Anschlag. Schmerzgeplagt jaulte Wilhelms Drehleier auf.

Mit einem Gesicht, als hätte er in eine unreife Zitrone gebissen, blaffte er ihn an: »Was um Himmels Willen soll das denn sein? Hast du die etwa selbst gebastelt?«

Wilhelm nickte. Er suchte ein Schlupfloch, um schnellstmöglich im Boden zu verschwinden.

»Da fehlen Stimmen«, tönte er lautstark und stieß dabei seinen Zeigefinger auf die Decke zwischen den Saiten. »Hier, und hier und hier müssen Stimmstöcke rein.«

»Nun mach doch den armen Kerl nicht so fertig«, sagte der, der Wilhelm gestern die Blasinstrumente erklärt hatte, ließ sich neben ihm nieder und nahm dem Barden die Leier ab.

»Ich heiße übrigens Erich«, sagte er und streckt ihm die Hand entgegen. »Was hast du mit dem Rad gemacht? Es glänzt so seltsam.«

»Lackiert, warum?«

»Lackiert?« Erich lachte kurz auf, schüttelte den Kopf und sagte: »Lack aufs Rad. Wie kommst du denn auf so einen Scheiß? Moment, ich hole eben mein Werkzeug.«

Der Wunsch, zusammenzupacken und unbemerkt zu verschwinden, wurde immer stärker, doch schon kam Erich mit einem Schulmäppchen daher, schnappte sich seine Leier, lockerte die Saiten und hängte sie ab. Er drehte die Kurbel in rasendem Tempo und presste Schmirgelpapier auf die Radoberfläche. Ein schabendes Geräusch war zu hören. Ständig musste er beim Papier die Stellen wechseln. Langsam verlor das Rad den speckigen Glanz und begann matt zu schimmern. Erich pustete darüber und drückte anschließend einen Kolophoniumblock auf die Oberfläche, danach einen Baumwolllappen. Nach vielen weiteren Umdrehungen begann die Radlauffläche unter der Harzschicht zu leuchten. Erich hängte die erste Melodiesaite ein und stimmte nach Gehör hoch. Es klang, als ob eine Gabel über den Teller schrappen würde.

»Die Saiten hängen viel zu tief. Du musst sie unterlegen«, sagte Erich, riss Silberpapier aus einer Zigarettenpackung und faltete es mehrfach. Er hob die Melodiesaite an, schob das Papier in die Stegkerbe, drehte wieder und stimmte die Saite hoch bis ein heller, klarer Ton entstand. So schön hatte Wilhelms Leier noch nie geklungen. Dann machte Erich ihn richtig glücklich. Er hängte die kleine Bordun- und die Schnarrsaite ein und spielte einen französischen Tanz mit abwechselndem Vierer- und Dreierschlag. Auf Wilhelms Drehleier, seiner ersten Drehleier! Er hatte ein First-Class-Ticket direkt ins Himmelreich gezogen. Nachdem Erich ihm noch gezeigt hatte, wie er die Kurbel halten muss, um schnarren zu können, wandte er sich seiner Gruppe zu.

Wilhelm suchte die abgeschiedenste Ecke nahe den Zelten und übte die paar Stücke, die er konnte. Dann probierte er Neues, Melodien die er in den letzten Stunden aufgeschnappt hatte. Wilhelm wurde Stunde um Stunde glücklicher.

Am Abend strömte wieder alles zur Kapelle, überall wurde getuschelt. Ein Mann mit Menjoubärtchen betrat das kleine Podest, in der Linken hielt er eine Langhalslaute. Wilde Locken standen von seinem Kopf ab und das weiße Hemd bauschte sich an den Ellbogen. Eine knappe Verneigung, nach links, nach rechts, nach vorne. Augenblicklich herrschte Stille. Er setzte sich, sammelte sich. Ein perlender Akkord, Kunstpause. Dann ertönte, ganz sacht gezupft, die deutsche Nationalhymne. Jedem Ton wurde Raum gelassen, sich auszubreiten und dem Publikum Zeit, die Verblüffung zu verdauen.

Der Musiker schien diese zu genießen, leicht lächelnd begann er zu singen: »Ja du arme kleine Melodie, was haben sie denn mit dir gemacht? Du bist ja ganz geschwollen und es glänzt bloß noch an der Stelle, wo's so hoch raufgeht mit Deutschland, Deutschland, da glänzt's aber auch bloß, weil's so entzündet ist.« Gelächter und der Künstler verneigte sich sacht.

Wilhelms Sitznachbar verriet ihm flüsternd, wer dort vorne singt: »Christof Stählin. Ein alter Freund vom Chef. Unglaublich, er wird von Jahr zu Jahr immer besser.«

Es folgte eine längere Umbaupause, ein Cembalo wurde herbeigeschafft und nachgestimmt. Derweil hatte Wilhelm Gelegenheit, eine der Leiern des Frankfurters genauer zu inspizieren. Irgendwer hatte sein Instrument achtlos in einer Nische auf der Hülle abgelegt. Es schimmerte dunkelrot, jemand hat behauptet, es wäre Drachenblut. Er öffnete den Deckel und sah zwei Reihen militärisch gerade stehender Fähnchen. Es war ein Anblick vollkommener Harmonie und Präzision. In diesem Moment überkam Wilhelm der innige Wunsch, eines Tages einmal genauso schöne und gute Drehleiern bauen zu können, wie der Frankfurter. Irgendwann vielleicht sogar noch bessere.

Brügge

Ein Windstoß trug Belfrieds Glockenspiel zu Wilhelm her. Ob sich der Turm noch an die Markttage vergangener Zeiten erinnern konnte, das Treiben zu seinen Füßen? An überladene Esel und schlappmäulige, hinkende Alte? Hochnäsige Tuchhändler, die hoch zu Ross durch die Stände preschten und alles niedertrampelten? An scheinheilig dreinblickende Ablasshändler, die mit ihren bischöflichen Urkunden vor den Nasen der Sünder umherfuchtelten und ihnen die letzten Gulden aus dem Beutel zogen? Was hast du in all den Jahrhunderten mit ansehen müssen, du Armer? Denkst du dann und wann noch an Ulenspegel, Nele und den treuen Lamme Goedzak?

Wilhelm blieben diese Erinnerungen verschlossen. Er sah nur Touristen in Shorts und Polohemden, den Blick durch Fotolinsen oder in Reiseführer gesenkt und genervte Eltern, die quengelnde Kinder mit klebrigen Händen und eisverschmierten Mündern hinter sich her zerrten.

Trotz allem, Brügge war eine wunderschöne Stadt. Flämische Kultur durchwehte die Gässchen, die entlang der schmalen Grachten führten, üppiger Blumenschmuck hing an schmiedeeisernen Geländern. Kleine weiße Motorboote glitten tuckernd unter buckligen Brücken mit altem Kopfsteinpflaster hindurch. Und immer noch warmer Sonnenschein. Ein heißer Julitag neigte sich dem Ende. Werner, Heiko und Wilhelm waren gemeinsam zum Festival van Vlaanderen nach Belgien gefahren. Wir werden den Alte-Musik-Betrieb so richtig aufmischen, hatte Werner sich vorgenommen, und Heiko und Wilhelm waren schon seit Monaten mit diesem Virus infiziert.

»Ihr müsst unbedingt ausstellen. Was ihr macht, ist einsame Spitze. Solche Instrumente hat Brügge noch nie gesehen«, sagte Werner Jacobi bei seinem Besuch in Wilhelms Werkstatt.

Die Gruppe Charivari hatte von den beiden in Kreuzberg geschwärmt und Werner war neugierig geworden. Seitdem tauschten sie sich aus. Wilhelm war begeistert und hing an Werners Lippen, als er von den Musikliebhabern erzählte – sie kämen aus aller Welt – die in Massen dorthin strömten und von den Konzerten in diesem Jahr. René Clemencic käme mit seiner ganzen Truppe und würde die Carmina Burana im Original spielen, mit René Zosso an der Drehleier.

»Meldet euch sofort an, die Plätze sind knapp. Schreibt hin, oder besser noch, ruft an und fragt nach einem Herrn Dewitte, ihr könnt euch auf mich berufen. Hier ist die Nummer.« Werner zog ein Notizbuch aus der schwarzen Lederjacke und reichte es Heiko. »Wenn ihr wollt, besorge ich Zimmer für uns.«

Heiko und Wilhelm sagten sofort ja. Dann trat Werner an Wilhelms Werkbank und sah ihm zu, wie er Saiten auf einen Dulcimer zog. Dabei strich seine Hand über die Arbeitsplatte und er befingerte die tiefe Delle am Rand. Er fragte, was da passiert sei. Wilhelm antwortete: »Das ist mein Wutbrett. An einem Kontrabass war die Schnecke gebrochen und jedes

Mal, wenn ich die Teile aneinander gefügt hatte, rutschten die Zwingen ab. Ich bin fast verrückt geworden.«

»Ja und? Lass dir doch Zeit. Ich dachte, Geigenbauer arbeiten bedächtig.«

»Werner! Heißleim bindet schnell ab und wird zäh wie Gummi. Am Ende war ich so hippelig, dass ich die Zwingen kaum noch halten konnte.«

»Aber dabei entsteht doch niemals so ein Loch.«

»Nö, das nicht«, sagte Wilhelm, »aber wenn du sie mit voller Wucht reinhaust, dann schon.«

Werner schüttelte den Kopf. »Dass du so unbeherrscht bist hätte ich nicht geglaubt. Ich war der Meinung, du hättest dich besser unter Kontrolle. Oder was meinst du dazu, Heiko? Mir würde so etwas nicht passieren.«

»Wahrscheinlich hat er am Abend vorher wieder gesoffen«, sagte er und reichte Werner sein Notizbuch.

»Idiot. Wenn, dann liegt es nur an meinen Genen.«

Weihnachten. Wilhelm saß am Boden. Seine Schwester schlief in der Wiege. Dahinter der Christbaum, er hing voll Lametta und glitzernden bunten Kugeln, die Kerzen heruntergebrannt. Am Couchtisch, unter dem Bild mit der schönen Spanierin, seine Eltern, Onkel Hans und Tante Frieda und die Paten. Wie sie saßen und lachten und irgend etwas aus kleinen Gläschen tranken. Die Männer rauchten Zigarren und bliesen Kringel in die Luft. Wilhelm hatte von seinem Onkel eine Spielzeugeisenbahn geschenkt bekommen. Einen Schienenkreis, eine schwarze Lokomotive und zwei Waggons. Er hatte es geschafft, den Schienenkreis mit einer Eselsgeduld zusammenzustecken, ganz allein. Nun hielt er in der einen Hand die Lokomotive, in der anderen den Aufziehschlüssel. Er wollte nicht passen. Wilhelm steckte ihn in alle möglichen Löcher, probierte ihn zu drehen, doch jedes Mal rutschte der Schlüssel ab. Und immer wieder musste er sich mit diesem »Ja, gleich«, zufrieden geben, wenn er seinen Onkel bat, ihm zu helfen. »Ja, gleich.«

Bis es Wilhelm zu dumm wurde, er ausholte und die Lokomotive mit Wucht auf die Schienen schlug. Endlich schaute sein Onkel auf. »Was fällt Dir ein? Kannst du nicht einen Augenblick warten? Du bist schließlich nicht allein hier.« Sein Onkel stand auf und stürmte auf Wilhelm zu. Er spürte seine Speicheltropfen, als er ihn anschrie: »Gib her. Wenn du so ungeduldig bist, ist das nichts für dich.«

Und Wilhelm musste mit ansehen, wie sein Onkel die Schienen seiner neuen Eisenbahn zerlegte und alles zurück in den Karton packte. Wilhelm rannte zu seiner Mutter und vergrub den Kopf in ihrem Schoß. Sie zog ihn hoch und sagte: »Ich glaube, ich bringe dich jetzt besser ins Bett, es ist schon spät.«

Es wurde März; sie hatten noch knapp vier Monate Zeit, die Ausstellung vorzubereiten. Sie hatten beschlossen, Hieronymus Bosch zum gemeinsamen Thema zu machen, Heiko mit der Rekonstruktion einer gotischen Hakenharfe, Wilhelm mit der Drehleier. Er war überzeugt, dass dies die erste Drehleier war, bei der ein Schnarrsteg nachgewiesen werden konnte. Heiko hatte sofort kapiert, was er meinte, als er ihm den Saitenknick zeigte, obwohl der eigentliche Schnarrsteg vom Radbügel verdeckt war. Im Filz beschlossen sie, den Garten der Lüste zurück nach Flandern zu bringen. Ein mittelalterlicher Albtraum, in dem sie mit Musikinstrumenten folterten. Sie entwarfen Hintergrundtafeln und überlegten, wie sie sich und ihre Arbeit präsentieren könnten, brüteten über Texten, die sie auf Dutzenden von Brauereizetteln notierten, änderten und wieder verwarfen. Sie träumten sich in den sicheren Erfolg und redeten dem Morgen entgegen, bis Kati schließlich abkassierte und die beiden nach Hause schickte.

Die kommenden Wochen waren turbulent. Neben laufenden Aufträgen und Reparaturen arbeiteten sie täglich bis spät in die Nacht. Heiko schnitzte an der Harfendecke und Wilhelm wagte sich an die Verzierungen der Lautendrehleier, den Nachbau einer Pimpard von 1909. Elfenbeinplättchen im Kontrast zu den schwarz furnierten Teilen. Jede noch so winzige Kleinigkeit, jede Blüte, jedes Blättchen, jede Ranke, sägte Wilhelm in stundenlangen Geduldsproben aus und arbeitete sie mit Skalpell und feinsten Nadelfeilen nach. Dieselbe Fitzelei beim Ebenholz, nur dass dieses noch spröder und zerbrechlicher war. Nach dem zweiten missglückten Versuch am Saitenhalter, leimte Wilhelm ein Ahornfurnier mit verdünntem Knochenleim gegen alle Teile und hielt nach vielen Stunden die Gegenstücke zu den Intarsien in Händen. Drei Tage später blickte er auf blütenweiße Blumenornamente in tiefschwarzem Ebenholz. Eine weitere Woche und alle Teile waren beiz- und lackierfertig. Malzkaffee in lauwarmem Wasser gelöst, sorgte für die gewünschte altgelbe Farbe und nach vier Schellackschichten leuchtete die Drehleier. Sie sollte das moderne Gegengewicht zu der gotischen Bosch-Leier sein. Heiko dachte genauso. Er schliff sich an seiner Fairy-Queen

Blasen, während sich bei der Bosch-Harfe die Decke durch die Saitenspannung langsam nach oben wölbte.

Am folgenden Montagvormittag stürmte Heiko in die Werkstatt. »Nicht zu fassen, jetzt sind die Schwarzen dran«, sagte er und knallte Wilhelm den Tagesspiegel auf den Tisch, »aber wenigstens ist die AL im Parlament.«

Eine Riesenschlagzeile bestätigte es: Richard von Weizsäcker wird Regierender Bürgermeister – Hans-Jochen Vogel gesteht seine Niederlage ein. Wilhelm interessierte das im Moment weniger, da er mit dem Einrichten der Lautendrehleier beschäftigt war, bei zwei Tasten traten Klirrgeräusche auf. Er änderte die Saitenlage, wechselte Watte, unterlegte die Sättel und beklebte die betreffenden Fähnchen mit dünnen Lederstreifen. Zwar änderte sich laufend der Ton, aber richtig toll klang das Instrument nicht. Er legte es beiseite und vertraute auf magische Selbstheilungskräfte. Er hatte ohnehin genug anderes zu tun. Die Musiktherapeutische Arbeitsstätte erwartete eine Lieferung von zehn Kantelen bis Ende der Sommerferien.

Es wurde ernst. Zwei Wochen noch, dann ging es los. Die Katalogvorlagen hielten auf. Mit Rubbelbuchstaben gestaltete Wilhelm Überschriften, klebte die Abbildungen auf Papierbögen und ordnete maschinengeschriebene Texte darunter zu. Am meisten Arbeit machten die Fotos. Um halbwegs vernünftige Kopien zu bekommen, mussten die Bilder gerastert werden. Danach hatte man scharfe und kontrastreiche Abzüge, die sich problemlos kopieren ließen. Jeder von ihnen machte 30 Kataloge und sie beschlossen, die Originale vorsichtshalber mit nach Brügge zu nehmen. Insgeheim hofften sie darauf, schon nach zwei Tagen einen Copyshop suchen zu müssen.

Die letzten Tage verbrachten sie mit dem Bau der Namensschilder und den Hintergrundtafeln. Heiko kniete am Boden, hielt die Rahmen und trimmte die überstehenden Papierreste mit einem Stemmeisen.

Es läutete. Wayne stand vor der Tür. Er hielt Wilhelm den zerbrochenen Stock seiner Einhandtrommel unter die Nase und fragte, ob er diesen reparieren könne. Wayne Hankin war New Yorker, spielte Flöte und lebte seit einiger Zeit in Berlin. Als Wilhelm ihm das erste Mal bei Werner Jacobis Werkstattfest begegnete, sah, wie er mit zwei Flöten gleichzeitig spielte, obendrein noch Trommelgeräusche produzierte und dabei die aufgerissenen Augen so weit nach oben drehte, bis die Iris fast verschwunden war, dachte er für einen Moment, er käme von einem anderen Planeten. Aber Wayne war o.k., nur etwas schrullig.

Wilhelm tupfe Leim auf die Bruchstellen und wollte Klebestreifen umwickeln, als er Heiko hinter sich brüllen hörte: »Aaaah, verdammter Mist.«

Wilhelm drehte sich um und sah, wie Blut aus Heikos linkem Handgelenk spritzte. Die Lache am Boden wurde größer. Heiko presst den Daumen dagegen.

»Schnell, einen Lappen, Klopapier, irgendwas. Mach.«

Während Wilhelm die Kiste mit den Poliertüchern öffnete, befahl er Wayne: »Ruf den Notdienst. One – one – two, Telefon steht nebenan. Hurry up.«

Langsam löste dieser sich aus seiner Starre und ging in den Flur. Wilhelm durchwühlte den Karton, fand zuunterst ein zerschnittenes sauberes Bettlaken, kniete sich neben Heiko und presste den Lappen gegen die Wunde. Heiko lehnte kreidebleich mit dem Rücken zur Wand und sah Wilhelm entgeistert an.

Dann Wayne vom Nebenraum: »Oh, Hello. Guten Tag, hier sprickt Wayne Hankin. Konnen Sie bitte kommen? Wir haben hier ein Problem mit die Blut.«

»Hast du noch Alle? Name, Verletzung, Adresse!« Wilhelm riss Wayne den Hörer aus der Hand, er fiel vor Schreck gegen den Türrahmen.

Eine viertel Stunde später klingelten die Sanitäter. Mit Schwung öffnete Wayne die Tür auf und sagte mit bühnenreifer Verbeugung: »Guten Tag meine Herren. Ick bin Wayne Hankin und der Verletzte in die andere Raum is mein Freund Heiko Doring.«

Jetzt grinste sogar Heiko. Er wurde verbunden, auf eine Trage geschnallt und in den Rettungswagen verfrachtet.

»Bis nachher, Alter«, er wedelte schwach mit der rechten Hand. Nicht totzukriegen, dachte Wilhelm und sah dem Wagen hinterher. Von der Plakatwand gegenüber blickten drei schmale Gestalten mit gelben Stoppelhaaren in Polizeiuniform. Sending out an S.O.S.

»Ein, zwei Millimeter tiefer und die Ausstellung wäre geplatzt«, sagte Heiko, als er am nächsten Morgen in die Werkstatt kam, immer noch etwas blass. »Die Schlagader war zum Glück nur angeritzt.«

»Und jetzt?«

»Wie, und jetzt? Weiter, was sonst? Auf geht's, Wilme, Brügge wartet.«

Heiko schlüpfte aus seiner schwarzen Lederjacke. Sein Handgelenk war mit einem dicken weißen Verband umwickelt.

Der R4 war bis unters Dach vollgepackt, als sie früh um sechs Werner abholten. Seine Instrumentenkoffer mit den Krummhörnern und den Traversflöten passten gerade noch unter die hintere Sitzbank. Freie Fahrt, keine Grenzprobleme, erst im Ruhrgebiet wurde es dicht. Elf Stunden später standen die Drei vor dem imposanten Provinciaal Gebouw am Brügger Marktplatz.

»Heute bau' ich nichts mehr auf, das hat Zeit bis morgen«, sagte Werner, »Lasst uns was essen und ab in die Falle. Die Woche wird hart.«

Werners Begleiter warteten bereits. Sie hatten vor, an seinem Stand mit den Krummhörnern aufzuspielen. In der Halle herrschte turbulentes Treiben, alle Instrumentenbauer waren beschäftigt. Heiko kletterte auf die Tische, befestigte die Rückwände und platzierte die Instrumente.

Fünf vor elf. Sie stiegen die ausladende Steintreppe ins Obergeschoss und ließen im Festsaal die Begrüßungsprozedur des Bürgermeisters über sich ergehen. Junge, weizenblonde Fläminnen gingen umher und boten Sekt und Schnittchen an. Wilhelm griff zu. Um zwölf wurden die Pforten geöffnet. Die ersten Besucher traten ein. Werner wechselte fortlaufend die Schalltrichter seiner Krummhörner, blies mal in dieses, mal in jenes Instrument. Hin und wieder eilte jemand vorbei, hob grüßend die Hand und zog weiter. Heiko klimperte auf der irischen Harfe. Wilhelm saß vor seinem Stand und war nach dem Stehempfang müde. Der Lärm nervte. Der Marmorboden und die Kreuzgewölbedecke reflektierten sämtliche Geräusche. Flöten- Schalmeien- und Gambentöne hallten sekundenlang nach und türmten sich zu einer Kakofonie. Schräg gegenüber stellte ein Engländer seine Instrumente aus. Auf einem geblümten Tuch lagen Krummhörner in vier verschiedenen Größen, an der Rückwand klebte ein karierter Notizblockzettel. Mit Kugelschreiber war ein Name draufgekritzelt: Eric A. Moulder. An seinem Stand drängten sich die Interessenten und Eric kam kaum nach, die Bestellungen aufzunehmen. Wilhelm drehte sich nach hinten. Ein protziges Namensschild und die darunterhängende Tafel. Hurdy-Gurdies – Dulcimers – Psalteries. Was mache ich hier? Mit meinen Sachen habe ich hier überhaupt keine Chance, die suchen ganz andere Instrumente.

»Excuse me.«

Ein Mann mit Vollbart und ausgefransten Jeans stand vor ihm, sein Sweatshirt hing achtlos aus der Hose. Neben ihm eine zierliche, sommersprossige Frau, die einen schlafenden Säugling vor ihrer Brust hielt.

»Please, can I try this instrument«, er zeigte auf die Bosch-Leier.

Sofort wurde er von seiner Frau zurechtgewiesen, die flämisch auf ihn einredete und dabei auf das Kind deutete. Bevor Wilhelm die Drehleier von der Wand nehmen konnte, sagte er mit bedauerndem Lächeln: »Maybe is better, when I come again later. Thank you, sorry.«

Und damit gingen die drei Richtung Ausgang und nahmen Wilhelms Hoffnung auf einen ersten Auftrag mit. Stunden später blieb ein älterer Herr kurz stehen, griff gedankenverloren nach einem Katalog und ging grußlos weiter.

Heiko erging es nicht besser. »Nichts wie weg«, sagt er kurz nach sechs.

Der nächste Morgen. Wilhelm saß den Tag über in der Halle und wartete auf Kunden. Er hätte genauso gut im Hotel bleiben können, denn nicht ein Interessent kam vorbei. Er sehnte sich nach dem Abend, Werner hatte Karten für das Clemencic Consort organisiert und Wilhelm wollte Carmina Burana hören.

Die Kirche war voll, als sie ankamen und das Konzert hatte soeben begonnen. Ihnen blieben nur Stehplätze hinter den letzten Reihen. René Clemencic saß auf einem Wespenschwarm. Er dirigierte von der Seite, wirbelte die Notenblätter durch die Luft, sprang auf, fuchtelte durch die Gegend und brillierte nebenbei mit allen möglichen Blasinstrumenten.

Renè Zosso saß erhöht. Wilhelm hatte ein historisches Originalinstrument erwartet. Zossos Drehleier war eine umgebaute Westerngitarre, sie klang ruppig und schräg. Gegen Ende ließ Zosso sich bei einem Trinklied nach hinten fallen und sang lallend im Liegen weiter. Ebenso fasziniert war Wilhelm vom Sänger. Ellbogenlange schwarze Haare, ein weißes Rüschenhemd, Schlaghosen und Schuhe mit erhöhten Absätzen und – einer unglaublich klaren Frauenstimme, einem messerscharfen Alt.

Werner klärte Wilhelm in der Pause auf. »Das ist ein Countertenor, früher waren das Kastraten.«

Beim Frühstück wartete die nächste Überraschung. Mit am Tisch saß René Clemencic und begrüßte die drei gleich per du. Werner beglückwünschte ihn zu dem wundervollen Konzert und fragte nach dem Sänger. »Den hob i in Baris in aaner Travestieshow g'sehn. I bi zu eam hie und hob g'sogt, gonz wuaschd, wos'd hia griagst, I zohl da's Dobblade. Seitdem issa bei mia.«

Gegen Mittag kam der bärtige junge Belgier wieder, diesmal alleine. Er probierte in Ruhe die Bosch-Leier aus, schien unschlüssig, spielte flämische Volksmusikstücke. Er nahm Wilhelms Instrument genauestens unter die Lupe und fragte nach der Anzahlungssumme, Lieferzeit und ob er bis zum Ende des Festivals bleiben würde. »O.k., I think, I come again.«

Zwischenzeitlich tauchte René Clemencic auf. Er blieb an Werners Stand stehen, zeigte auf jedes seiner Krummhörner und deutete mit der anderen Hand Kreisbewegungen an. Danach kam Werner an: »Heute Abend fahren wir nach Gent, ich kenne da eine Kneipe und …«, er hob den Zeigefinger, »ich lade euch ein.«

Mittagspause beim Italiener zwei Gässchen weiter. Sie mussten über eine Stunde warten. Was ihnen dann vorgesetzt wurde, war ungenießbar. Verkochte Spaghetti, die Soße versalzen, dazu eiskalt. Ein zwei Gabeln, mehr ging selbst bei größtem Hunger nicht. Werner rief nach dem Kellner, wollte sich beschweren, doch der zeigte keinerlei Reaktion, auch nicht als Heiko und Wilhelm ihn lautstark riefen. Sie hatten es eilig, sie mussten zurück. Der Kellner ließ sich nicht einmal von wedelnden Geldscheinen und einem lauten »Rechnung bitte«, beeindrucken.

»Mir reicht's«, sagte Werner und drosch drei Hundert-Franc-Noten mitten auf seinen vollen Teller. Heiko machte es genauso, ebenso Wilhelm, nur dass er noch Hackfleischsoße darüber löffelte. Feixend verließen sie das Lokal und holten sich jeder eine Portion Fritten am nächsten Stand.

Am liebsten wäre Wilhelm vor dem Imbiss sitzen geblieben oder hätte sich auf eine Bank in die Sonne gesetzt. Heiko ging es ähnlich, doch Werner schaffte es, sie zu motivieren: »Lasst euch nicht so hängen. Ihr bekommt bestimmt noch Aufträge, ich kenne das. Glaubt ihr, ich hätte damit gerechnet, einen kompletten Satz an Clemencic zu verkaufen? Dazu noch mit allen Trichtern?«

Kaum zurück, kam auch prompt ein Interessent an Wilhelms Stand. Es war Eberhard Kummer, einer der Sänger von gestern Abend, der Bassbariton von Clemencic's Ensemble. Ein Alpenbauer wie aus der Käsewerbung, braune Cordhose, Haferlschuhe, dezent kariertes kurzärmliges Hemd. Er wollte die Lautendrehleier anspielen. Wilhelm rannte wie ein aufgeschrecktes Huhn um seinen Stand, trug die Leier in einen separaten Raum, den die drei angemietet hatten, um Instrumente in Ruhe probieren zu können. Wilhelm war beim Umschnallen behilflich, legte Kolophonium, Stimmknauf und Wattebausch auf den leeren Stuhl und fragte, ob er einen Notenständer oder sonst noch etwas besorgen solle.

Herr Kummer winkte ab und sagte: »Nicht nötig, ich kenne mich aus. Ich melde mich dann.«

Wilhelm saß vor seinem Stand auf Nadeln. Gleich kommt ein Auftrag.

Keine drei Minuten und Herr Kummer stand wieder vor Wilhelm, legte die Leier ab und sagte: »Vielen Dank, sind's mir bitte net bös', aber ich bin auf der Suche nach einem Meisterinstrument.«

Der letzte Tag. Heiko freute sich über eine Harfenbestellung aus den USA, Werner hatte Arbeit für ein ganzes Jahr, nur Wilhelm hatte keinen Auftrag. Er saß da und dachte, dass dies seine erste und letzte Ausstellung wäre. Und dann gingen auch noch seine Zigaretten aus. Heikos Camel schmeckten ihm nicht, deshalb suchte er den Kiosk schräg gegenüber des Platzes auf. Dort stand eine Schlange. Jeder besorgte sich eine Zeitung und schritt, die Nase tief zwischen die Seiten gesteckt, weiter. Wilhelm versuchte, denn Sinn der übergroßen Titelzeilen zu entziffern.

Het Sprookjeshuwelijk van de Eeuw
750 miljoen kijkers via de televisie gevolgd en langs de route staan 1 miljoen mensen.

Darunter zwei Bilder. Prince Charles küsst eine junge Frau ganz in Weiß, auf dem anderen gleiten sie winkend in einer Paradekutsche an Menschenmassen vorbei. Nett. Und Wilhelm konnte sich endlich wieder eine Benson und Hedges anstecken.

Noch drei Stunden. Eric hat schon zusammengepackt. Sein Stand war leer. Nur der Zettel mit seinem gekritzelten Namen hing noch an der Wand, unter dem Tisch leere Kaffeebecher. Wilhelm blätterte durch den Festivalkatalog, überflog neidvoll die Namen der anderen Aussteller und gab sich alle Mühe, seine Enttäuschung zu verbergen, aber in Gedanken packte er schon zusammen. Am liebsten hätte er die sperrigen Rückwände und das protzige Namensschild zurückgelassen, alles war überflüssig. Und an die Kosten der Ausstellung wollte er erst gar nicht denken: Fahrt, Standgebühr, Übernachtungen, Arbeitsausfall. Zu spät, beim nächsten Mal bist du schlauer.

»Hello, excuse me, when I disturb.«

Der schon wieder, dachte Wilhelm. »Oh no. Not at all.«

Vor ihm stand der Belgier, wieder ohne Begleitung und zeigte auf die kleine Drehleier. »Can I try her again before you go, please?«

Wilhelm reichte ihm das Instrument und dachte genervt: Das ist aber das letzte Mal. Er legte den Gurt an, spielte das gleiche Stück wie am Vortag und strich danach liebevoll über den Korpus. Der Wunsch, zusammenzupacken wurde immer stärker, Wilhelm hatte genug, er wollte nur noch weg, jetzt sofort. Dann sah ihn der Belgier lange an, fingerte ein Bündel Banknoten aus der Hemdtasche und streckte es ihm entgegen.

»Here, I have 10 000 belgium francs for you, a little more than 500 deutsche Mark. Can you please make me such a Drailier?«

Ton Steine Scherben

Das Durchgangstor zum Hinterhof schnappte zu. Wilhelm sah nach oben, ein flirrender Morgenhimmel. Das Septemberblau war mit hauchzarten Makrelenwölkchen durchwoben. Die Lindenblätter wurden gelb. Gegenüber saß Oma Fanny auf dem schmalen Vorsprung ihres Fensters und stierte ins Leere, wie immer. Geflüchtet aus der feuchten Kellerwohnung. Wie lange es noch so warm bleiben wird, fragte sich Wilhelm, morgen ist Herbstbeginn.

Eine Kolonne Einsatzfahrzeuge rauschte die Katzbachstraße herunter und bog in die Yorckstraße ab, bei neun hörte Wilhelm auf zu zählen. Bullenwannen, voll besetzt.

Kameratasche und Stativ über der Schulter, den Angeberkoffer in der einen, die Papprolle in der anderen Hand ging er die Straße hoch zu seinem R4. Es war halb zehn und Dr. Spangenberg erwartete ihn. Endlich. Hatte er sich doch wochenlang gedulden müssen. In Gedanken bei dem, was ihn erwarten würde, fuhr er los. Sein Ziel war das Musikinstrumentenmuseum. Endlich konnte er sich die alte Drehleier vornehmen. Wie oft hatte er vor der Vitrine gestanden und davon geträumt, das Instrument aus der Nähe zu sehen, ohne Glasscheibe, sie berühren zu dürfen. Jetzt würde er sogar Maß nehmen. Die Hauptstraße hoch standen wieder Wannen, wieder voll besetzt. Die Bullen, alle in Montur, wurden weich gekocht. Krawall lag in der Luft. Ihn interessierte das im Moment nicht. Ihn interessierte im Moment nur eines: Die Barockdrehleier von Georges Louvet aus Paris.

»Doktor Spangenberg lässt sich entschuldigen«, sagte ein Mitarbeiter, der sich als Restaurator vorstellte, und Wilhelm in einen kleinen, hellen Raum führte. »Hier sind Sie ungestört. Der Chef hat einen wichtigen Termin, aber ich denke, Sie kommen auch ohne ihn zurecht. Es geht um die Louvet, oder? Bin gleich zurück.«

Wilhelm sah sich um, ein Tisch, zwei Stühle, Eichenparkett, hohe Fenster. Vor denen fuhren mehrere Wannen Richtung Joachimstaler, diesmal mit Blaulicht. Der Restaurator kehrte zurück. Er hielt die Drehleier unter dem Arm geklemmt, als wäre sie ein Laib Brot, und legte sie auf den Tisch.

»Hier habe ich noch eine Inspektionslampe, weiß ja nicht, wie Sie ausgerüstet sind, Strom ist hinter dem Vorhang. So, nun viel Spaß mit dem Ding. Lassen Sie es einfach liegen, wenn Sie damit fertig sind. Und falls Sie mich brauchen, Sie finden mich unten bei den Tasten.«

Wilhelm stand vor dem Instrument in Gitarrenform, und dachte an den Meister, der es vor knapp 250 Jahren gebaut hatte, sicher ein Auftrag aus adligem Haus. Wer hat dich vor den Flammen der Revolution gerettet, als ihr alle im Feuer gelandet seid, als bourgeoises Accessoire geächtet und unter Gejohle vom Mob vernichtet? Wilhelm nahm das Filztuch aus dem Koffer und legte es unter die Leier. Sie tänzelte, denn der Boden war gewölbt. Sechs massive Elfenbeinwirbel steckten in der Ahornschnecke. Filigrane Ornamente erinnerten an goldbrokatbestickte Stoffe. Elfenbein-Einlagen in rötlichbraunem Schildpatt im Deckel, dem schlanken Saitenhalter und dem Radbügel. Darunter die makellose Mahagonidecke, Holz aus Honduras. Winzige weiße Dreiecke in Ebenholz am Rand. Faszinierend der Korpus – Nadelstreifenoptik. Schmale Ebenholzspäne im Wechsel mit hauchfeinen Elfenbeinlinien, fürstliche Eleganz an Seiten und Boden.

Er schnupperte in ein Schallloch. Ihm entströmte der Duft würzigen Mahagonis, Sandelholzaroma, eine Spur Harz und alter, uralter Staub. Die Achse endete in einer geschmiedeten S-förmige Kurbel, der Knauf, auch da feinstes Elfenbein. Wilhelm drehte daran, er bewegte sich mit kaum hörbarem Schaben und minimaler Unwucht. Wieder erkundete er das Instrument mit der Nase, Rasierwasserduft, wahrscheinlich von Dr. Spangenberg, wenn er das Instrument demonstrierte. Einmal hatte er ihn gehört, er war ein miserabler Leierspieler.

Er öffnete den Tangentenkastendeckel. Dunkelrote Fähnchen aus Elsbeerholz, eines wie das andere. Mit abgeschrägten Kanten, spitz zulaufend und einigen Kerben an den Enden, standen sie wie Soldaten in Reih und Glied. Und sie waren vollzählig. Sie steckten immer noch sicher in den Tasten und sie ließen sich immer noch verdrehen.

Wilhelm zog sein Hemd über die Gürtelschnalle, nahm den Ledergurt aus dem Koffer und band sich die Leier um. Er konnte nicht anders. Er wollte sie hören. Nachdem die Saiten bis auf eine Melodiesaite ausgehängt waren, drehte er die Kurbel und lauschte. Kolophonium und Watte stimmten, kein Kratzen. Das leichte Schweben rührte vom Rad, es hob und senkte sich wie ein atmender Körper. Sie lebte. Sie erwachte aus ihrem Dornröschenschlaf. Die Wirbel ließen sich butterweich drehen, der Restaurator hatte ganze Arbeit geleistet. Er stimmte den C-Bordun, dann die Schnarrsaite. Das

Instrument begann zu schwingen und lag in seinem Schoß wie eine schnurrende Katze. Die Tür öffnete sich und der Kopf des Restaurators tauchte auf. Ertappt.

»Aha, wie ich sehe, können Sie es nicht lassen, ging mir nicht anders. Probieren sie einmal mit beiden Melodiesaiten, da geht die erst richtig ab.«

Lachend quittierte er Wilhelms Verwirrung, sah ihm beim Stimmen der zweiten Saite zu und zog sich kopfnickend zurück. Er hatte Recht. Silberne Töne füllten den kleinen Raum und perlten von den Wänden wider. Wilhelm probierte ein paar Takte Vivaldi, spielte Michel Corrette's La Belle Vielleuse an. Musik, für die die Leier gebaut worden war. Die Schnarre schwebte über den Kadenzen wie rohe Seide und verzauberte. Er dachte zurück an die Zeit in Freiburg, als er dem Mädchen mit der Drehleier begegnet war. In seiner Erinnerung trug sie immer noch das rote Samtkleid, hatte die Haare hochgesteckt und sah ihn aus tiefen schwarzen Augen an. Wie gut hätte sie in diese Zeit gepasst. Vor ihm tauchten Bilder längst vergangener Epochen auf: Tanzende Paare, duftende Kamelien auf dem Kaminsims, mit Silber gedeckte Tafeln voll exotischer Speisen, Lakaien in Livree, ein Ballsaal in Versailles.

Plötzlich tönte draußen ein Martinshorn und entfernte sich rasch. Schrill und unerbittlich wies es Wilhelm zurück nach Berlin im Jahr 1981 und den eigentlichen Grund seines Hierseins.

Er legte die Drehleier auf einen Bogen Zeichenkarton, schob Filmdöschen unter den Boden, um sie am Wippen zu hindern und fixierte sie mit Radiergummistückchen. Die Linke fest auf den Tangentenkasten gedrückt, fuhr er den Umriss des Korpus mit einem frisch gespitzten Bleistift nach.

Alle weiteren Maße fotografierte er. Jetzt wird sich zeigen, was die neue Pentax und das Makrozoom leisten, dachte er.

Das Instrument füllte den Sucher aus. Ein angelegtes Stahllineal würde ihm später alle Maße geben. Lange hielt er sich mit Details auf und vergaß die Zeit. Nach dem zweiten Schwarz-Weiß-Film schoss er noch eine Serie Farbfotos.

Endlich konnte er sich dem Inneren der Drehleier zuwenden. Die Inspektionslampe wurde nach dem Einschalten sofort heiß. Vorsichtig fasste er sie am Kabel und führte sie durch das Schallloch. Sie passte haarscharf. Feine Bütten waren über die Leimfugen an Boden und Seiten geklebt. Vor dem Rad stand ein Stimmstock mittig unter dem Melodiesteg. Durch das andere Loch führte er einen Zahnarztspiegel ein, er zeigte ihm Form und Holzart der Deckenbalken: feinjährige Fichte, liegende Maserung, dünn ausgearbeitet an den Enden. Dann entdeckte er den Zettel. Feder und Tusche schrieben einst:

Georges Louvet maître / feseur d'instruments de musique / a paris a fait ce vielle / Lion

Le vingt six Fevrier / 1733.

Zweihundertachtundvierzigeinhalb Jahre, etwas mehr sogar, und du spielst wie am ersten Tag. Und mit was für einem Ton.

Ein leichter Brandgeruch irritierte Wilhelm, zarter Qualm stieg aus dem anderen Schallloch. Er riss den Stecker aus der Dose und pustete an den Lochrand. Es war nichts zu sehen, er hoffte auf eine angesengte Staubfluse oder einen Fetzen alte Watte.

Wilhelm fand den Restaurator über ein Cembalo gebeugt, neben sich ein hoch kompliziertes Stimmgerät. Er verabschiedete ihn herzlich und bat um ein Foto, sobald der Nachbau fertig wäre.

Danach hatte Wilhelm es eilig. Er wollte es rechtzeitig zu Wegert schaffen, um die Filme abzugeben. Plötzlich war der Weg versperrt. An der Pallasstraße stand eine Wanne quer. Ein Polizist winkte mit einer Kelle. Auf Wilhelms Frage, was denn sei, sagte er: »Alles zu«, und ohne weiteren Kommentar schickte er ihn zurück. Dabei geriet er in immer dichter werdenden Feierabendverkehr. Der Farbfilm hatte Zeit, aber mit den Detailaufnahmen wollte er auf keinen Fall bis morgen warten. Chemikalien hatte er noch genügend, aber das penible Reinigen der eingestaubten Entwicklerdose hatte er sich eigentlich ersparen wollen.

Zwei Stunden später waren die Filme entwickelt und hingen über der Spüle zum Trocknen. Der erste Eindruck war gut, die Aufnahmen scharf, die Striche auf dem Lineal deutlich zu erkennen. Morgen mache ich Abzüge, dachte Wilhelm und beschloss, etwas essen zu gehen.

Im Filz waren viele Tische leer, am Tresen herrschte Endzeitstimmung. Wilhelm setzte sich dazu, bestellte Steak auf Toast mit Pilzen, ein Pils und fragte, was los sei.

»Sach bloß, du weest von nüscht?«, fragte Thomas, »der janze Kietz is kirre wejen der Jeschichte inner Bülow, dit war schlimmer wie in …«

»Es gab einen Toten«, ging Jochen dazwischen. »Lummer hat räumen lassen. Dann hat er sich auf den Balkon über Bobby Sands Pub gestellt und eine Pressekonferenz gegeben, der Arsch. Hat groß rumgetönt, die Häuser wären jetzt frei, von Ruhe und Ordnung gequatscht. Der Zwerg hat sich aufgeblasen wie Napoleon.«

»Ja, aba dit war jar nich dit Problem, die Demonstranten ham rumjemault, logisch, dann kamen welche vom Winterfeldplatz dazu, da hamse ooch jeräumt. Aba selbst dit war allet noch janz friedlich, bis denn die Bullen losjeschlagen ham. Uff een Schlach, vollet Rohr, immer druff.«

»Die hatten sich in der Bülowstraße zusammengezogen und auf ihren Einsatz gewartet, waren mürbe gemacht worden, sind plötzlich knüppelschwingend losgerannt und haben alle auf die befahrene Potsdamer Straße gejagt.«

»Denn rennt da eener, dreht sich um und klatscht voll jejn den Bus. Trommelt noch jejn die Scheibe, aber der Fahrer kricht nüscht mit un jibt einfach Jass. Hat ihn ewich weit mitjeschleppt und dabei kam er unter't Vorderrad. Un denn hamse Steine jeworfen. Ick stand keene zehn Meter daneben.«

Thomas blickte Wilhelm mit aschfahlem Gesicht an und drehte sein leeres Glas zwischen den Händen.

Kati stellte ihm ein frisches Bier auf den Deckel und sagte: »Dabei hatten die Besetzer auf Verträge mit der Neuen Heimat gehofft, war schon soweit alles vorbereitet, und die Sache wäre ganz legal geworden, die hätten die Häuser sogar zum halben Preis renoviert, und jetzt haut der alles zu Klump, der Idiot. Wenn ihr mich fragt, steckt da die Baumafia dahinter. Die wollen an die Bundeskohle ran, wird doch alles subventioniert.«

»Woher weest'n dit schon wieda?«, fragte Thomas.

Kati zuckte mit den Schultern. »Ich weiß es eben.«

»Nu sach schon.«

Kati atmete hörbar aus. »Kennst du den Langen mit dem roten Iro?«

»Den vonner TAZ?«

Kati hielt den Kopf schräg, presste die Lippen zu einem Strich und schäumte ein Pils.

»Na denn.«

»Eben.«

»Und wo warst du?«, wandte sich Jochen an Wilhelm.

»Museumsarbeit.«

»Hast wohl keene Böcke uff Demos zu jeh'n, wa? Is sich der Herr Jeigenbaumeesta wohl zu fein für, oder wat?«, maulte Thomas hinterher.

»Ich geh nie auf Demos. Ich habe einfach Schiss, wenn es losgeht und die losrennen. Die würden mich doch über den Haufen rennen.«

»Sorry, jetz wo'd et sachst, du hast ja wat mit die Beene. Kati, mach dem Wilhelm mal 'n' Calva, jeht uff mich. Un mir och noch een.«

Er hob sein Bierglas in seine Richtung: »Und nüscht für unjut, wa!«

Ralf schwankte durch die Tür und wuchtete seine hundertzehn Kilo auf den Tresenhocker, bestellte, bevor er auch nur Hallo sagte, ein Bier und einen Asbach.

Dann wandte er sich um: »Nu is hoffentlich Ruhe mit dit janze Jesockse. Dit jing mich ja so wat von uff'n Zeijer. Hätte schon viel früher jeräumt jehört, abe nee, die vonne Sozis ham een uff weiche Linie jemacht un doof rumjelabert.«

Kati schenkte den Weinbrand ein und sagte mit hanseatischer Diplomatie. »Also, entweder du hörst auf, hier rumzustänkern oder du machst dich vom Acker. Ist das klar?«

»Is doch wahr. Warum mach'n se nich eenfach rüber?«

»Ralf! Ich sage es nicht noch mal.«

»Is ja jut, nu jib schon her«. Ralf schnappte sich den Asbach, kippte ihn und schwieg. Ein Martinshorn. Und durch das Fenster leckten Blaulichtfetzen an den Wänden.

Am nächsten Morgen nahm Wilhelm das Rad und fuhr in die Potsdamer Straße, um endlich die Diafilme bei Wegert abzugeben. Von Weitem sah er die Menschenmenge. Auf dem Gehweg ein Blumenmeer und Hunderte brennender Kerzen. Die Scheiben der Commerzbank waren mit Platten vernagelt. Zusammengekehrte Scherbenhaufen und immer wieder herumliegende Pflastersteine. Trauernde, teils vermummt, saßen auf der Straße, zusammengesunken. Manche sangen leise Lieder, bewacht von Ordnungshütern. Die standen breitbeinig am Rand. Die Staatsmacht zeigte sich mit Helm, Schild und Eichenknüppel.

Und plötzlich war die Louvet mit ihrem herrlichen Ton meilenweit entfernt, Jahrhunderte weit entfernt. Und auf der Potse lagen nichts als Steine und Scherben.

Das Festival

Der Herbst hatte die Stadt fest im Griff und fegte durch die Straßen. Es roch nach Kälte und Braunkohle. Mini-Tornados wirbelten Blätter in Hausecken oder ließen sie um Hundehaufen kreiseln. Selbst Wilhelms R4 wurde auf dem Weg nach Charlottenburg zur Seite gedrückt. Er wollte zu Werner. Werner war schon fleißig und stand an der Drehbank. Seine Werkstatt war wie immer blitzblank gefegt und alles lag an seinem Platz. Nur über dem Sicherungskasten zog sich ein schwarzer Fleck bis unter die Decke und die Installation sah neu aus.

»Was ist denn da passiert?«, fragte Wilhelm.

»Was meinst du?«, Werner stellte sich dumm.

Wilhelm deutete auf die Wand.

»Ach das. Erinner' mich bloß nicht«, Werner beugte sich wieder über die Maschine.

»Sag schon. Hat's bei dir gebrannt?«

»Dieser idiotische Bohrer. Ich hatte ein Sahnestück von einem Rosenholzkantel für ein Basskrummhorn eingespannt, über einem Meter lang, dann verläuft mir das Werkzeug und das ganze Teil fliegt mir um die Ohren.«

»Bis an die Wand?«

»Quatsch«, sagte Werner, »Ich war wütend. Ich habe das blöde Ding genommen und irgendwohin gepfeffert.«

»Und mich hast du angemacht ich wäre unbeherrscht. Meinst du nicht, ein Wutbrett käme billiger?«

»Halt die Klappe.« Er schaffte es nicht ganz, sein Grinsen zu verbergen. »Du kommst wegen der Anzeige? Soll ich uns einen Tee machen? Trinkst du Darjeeling?«

Werner wischte sich die Hände ab, verschwand hinter einem dunkelroten Vorhang und kam wenig später mit einem Tablett zurück. »Was genau macht ihr da eigentlich? Und was erwartet ihr dabei von mir? Zucker?«

»Danke. Wir machen das jetzt im dritten Jahr. Eine Woche Ausstellung, Nachmittags Workshops und am Abend Konzerte. Und alles umsonst.«

»Und die Musiker?«

»Ebenso, die bekommen ein Essen und haben die Getränke frei.«

»Und da machen die mit?«

»Wir können uns vor Anfragen kaum retten. Dieses Mal spielen sogar meist zwei Gruppen am Abend.«

Werner lehnte sich zurück. »Da muss ich erst die anderen fragen. Normalerweise nehmen wir 500 Mark.«

»Ihr würdet wunderbar passen, jetzt, da das Geschäft in Musica Antiqua umbenannt worden ist, haben wir ein ganz anderes Publikum. Außerdem hat sich der RIAS angekündigt. Uwe Golz schneidet mit und macht eine Sendung. Wegen der Werbung muss ich es noch diese Woche wissen.«

Werner knetete seine Finger.

»Glaub' mir, das wird ein voller Erfolg«, drängelte Wilhelm.

Und er erzählte weiter, wie er im Sommer vor zwei Jahren die Idee dazu hatte. Wie er immer wieder bei Auftritten mit An Dro angesprochen wurde. Die Leute wollten alles Mögliche wissen, wie man Löffel spielt, was es mit den Dulcimern auf sich hat, woher die Drehleier kommt, und so weiter. Heiko ging es ähnlich mit seinen Harfen.

»Und da hatten wir beschlossen, einen Tag, oder besser eine Woche der offenen Tür zu organisieren.«

Sie hatten Anzeigen im Tip und der Zitty geschaltet, Handzettel in Plattenläden und Folkkneipen verteilt und befreundete Musiker gefragt, ob sie mitmachen würden. Dabei kam ein dichtes Programm zustande, Vorträge zur Musiktherapie, Geschichte der Drehleier und der keltischen Harfe; am Abend gab es Konzerte. Eine Gruppe aus Bayern war sogar da. Sie hatten Wind davon bekommen, waren vor ihrem eigenen Konzert aufgetaucht und hatten gefragt, ob sie später spielen dürften.

»Stell dir vor, die Fraunhofer Saitenmusik aus München bei uns in Kreuzberg. Richard Kurländer hat ein abgefahrenes Solo hingelegt. Links das Hackbrett, an der rechten Schulter die Harfe, und dann einen Zwiefachen, auf beiden Instrumenten gleichzeitig. Die Leute haben getobt, da war sogar Thomas Loefke platt. Hier habe ich dir Kopien mitgebracht. Tolle Berichte in der Szene Berlin und im Folk Michel.«

Werner überflog die Texte. »Na schön, bis wann braucht ihr die Instrumente? Und wann sollen wir spielen?«

»Am 23. November geht es los, Eröffnung ist abends um sechs. Es reicht, wenn du die Sachen am Freitag oder Samstag vorbeibringst und aufhängst. Die Werbung für den Flyer ist für dich gratis, und wann ihr spielt, sage ich dir nächste Woche.«

Werner ging wieder nach hinten und kam mit einer Anzeigenvorlage wieder. Sein Name, davor ein kleines b in einem Kreis, darunter eine Zeichnung: Eine adlige Jungfer, die aus einem Tor tritt und die Darbietung dreier Krummhornspieler huldvoll entgegennimmt.

Knallend flog die Tür auf und schlug gegen den Kleiderständer. Ein Hintern in grünbraunen Uniformhosen schob sich rückwärts in den Raum und wackelte Stufe um Stufe höher. Es wäre zum Lachen, wüsste Wilhelm nicht, wem dieser Hintern gehörte. Er gehörte Willi Koslowski. Herr Koslowski war der Kontaktbereichsbeamte, oder die Kiezratte, wie manche ihn hinter vorgehaltener Hand nannten. Einige Ältere nannten ihn auch ganz ungeniert Blockwart. Dahinter tauchte zuerst eine Baskenmütze auf, dann eine dicke dunkle Brille, darunter ein Vollbart, der bis zur Brust reichte.

Manfred war da. Eingewickelt wie immer in den dunkelgrünen Lodenmantel, wuchtete er mit dem Beamten einen schmalen Küchen-Beistellherd in den Laden. Beide waren pitschnass, denn draußen regnete es in Strömen. Herr Koslowski stand unschlüssig in der Tür und sah zu, wie sich die alten Freunde um den Hals fielen.

»Lass mich noch schnell alles reintragen, danach haben wir Zeit«, sagte Manfred und verschwand wieder nach draußen, Willi hinterher. Gemeinsam trugen sie Taschen und Instrumentenkoffer herein und Manfred stellte eine Plastiktüte auf den Tisch. Dem Klirren nach der Wodka, der sie die nächsten Abende am Leben erhalten sollte.

»Ohne Owo geht gar nichts. Zwei legal, zwei geschmuggelt.«

Der Kontaktbereichsbeamte schien in diesem Moment etwas höchst Interessantes an der Decke entdeckt zu haben, denn er inspizierte diese genauestens. Dabei hielt er die Hände auf dem Rücken verschränkt und wippte rhythmisch auf den Zehenspitzen. Dann wandte er sich Manfred zu: »Ick muss denn mal wieder, junger Mann. Ick habe jesehn, dit die janze Katzbach bis hoch allet voll is. Ick jeb Ihnen 'nen Tipp. Fahrnse hoch, die erste links und bei dit Schild Einfahrt freihalten könn'se parken so lang se wollen. Die sin für zwee Wochen verreist. Un denn ma viel Erfolg nächste Woche, wa.« Willi salutierte und verschwand in der Dunkelheit.

»Was war das denn? So kenn' ich den gar nicht«, sagte Wilhelm.

»Der ist doch ganz nett. Erst wollte er mich vor deinem Laden wegscheuchen. Nachdem ich ihm aber von dem Fest und den Schikanen an der Grenze erzählt habe, hat er gleich angeboten, zu helfen.«

»Was war los?«

»Ich musste alles ausräumen, die komplette Campingeinrichtung ausbauen, deshalb komme ich auch so spät.«

»Wieso das denn?«

»Wahrscheinlich wegen Karat, ich hatte eine Kassette drin und als mich der Grenzheini fragte, was ich da hören würde, sagte ich: Das beste, was der ganze sozialistische Arbeiter- und Bauernstaat zu bieten hat. Dann musste ich rechts ran.«

»Jetzt leg erst mal die nassen Klamotten ab und dann, was möchtest du? Erst ein Bier oder gleich Owo?«

Manfred reichte ihm grinsend die Plastiktüte und Wilhelm holte eine Flasche Orangensaft. Wie immer wurde die erste Nacht lang. Es gab so vieles zu erzählen und in Erinnerungen zu schwelgen. Die Ausstellungswochen der vergangenen beiden Jahre tauchten auf.

»Egno?«

Manfred lümmelte sich auf einem Stuhl und sah Wilhelm fragend an.

»Egno?«

»Egno. Einer geht noch. Weißt du nicht mehr?«

Manfred nickte und streckte Wilhelm sein Glas entgegen.

Montagmorgen, Manfred ging los und besorgte Pappteller, Becher und Servietten. Punkt elf stand der Bierlaster vor der Tür. Wilhelm rief Heiko an. Der Fahrer weigerte sich abzuladen, stand stattdessen auf dem Gehweg und rauchte. Die zehn Bierbänke von der Ladefläche zu ziehen hätte Wilhelm gerade noch geschafft, aber sie die drei Stufen in den Laden zu tragen, war ihm zu anstrengend. Durch die letzten Tage mit Umräumen, Reinigen und der Dekoration der Instrumente war sein Rücken schon genug in Mitleidenschaft gezogen worden.

Du kriegst kein Trinkgeld! Da kannst du noch so lange mit den Münzen in deiner Latzhose klimpern, dachte Wilhelm. Schlimm genug, dass er diese misslungene Kommissar-Derrick-Kopie mit seiner wagenradgroßen Hornbrille und dem karierten Sakko von der Brauerei hatte bestechen müssen. Hatte der ihn angeölt: »Jarnituren jibt et erst ab zweehundert Litern, et sei denn, et kommt wat rüber – un dit nur zur Information, ick trinke Bols Grün.«

Fünf Minuten später war Heiko da. Es würde eng werden, wer lange Beine hatte, würde sich zusammenfalten oder an der Seitenwand stehen müssen. Den Durchgang hat Manfred gestern umgeräumt. Wo ansonsten die Kreissäge stand, stapelten sich nun Getränkekisten und Weinkartons. Der Schraubstock war abmontiert und die Tischbandsäge in der hinterste Ecke verfrachtet worden. Annemarie hatte den Staub aus den Regalen gesaugt. Dort warteten das Tonbandgerät, der Verstärker und die beiden Kassettendecks auf ihren Einsatz. Lautsprecherboxen waren angeschlossen und Mikrofonkabel verlegt worden. Wilhelm hatte ein Kunstkopfmikrofon organisiert, welches von der Decke hing. Der Ehrenplatz für Uwes monströse ASC-Halbspur-Bandmaschine war freigeräumt und picobello sauber. RIAS konnte kommen.

Manfred kam mit einem zwei Meter langen Ofenrohr und allen möglichen Bogenteilen zurück. Er hatte Wilhelm schon vor Wochen am Telefon überzeugt, dass er in diesem Jahr besser heizen müsse. »Denk daran, wie wir letztes Jahr gebibbert haben, und diesmal ist es noch drei Wochen später. Die dreisiebzig bis zur Decke kriegst du nie warm, vor allem, wenn andauernd die Tür geht. Und der Radiator war letztes Jahr schon kurz vor dem Durchglühen. Du erinnerst dich?«

Manfred hatte recht. Manfred war auch froh, wenn er etwas zu tun hat. Als Mädchen für alles hatte er innerhalb zwei Stunden den Ofen installiert, am Schornstein angeschlossen und fachmännisch angefeuert. Er lehnte mit dem Rücken dagegen und gönnte sich sein erstes Ausstellungsbier.

»Meist du, es wird wieder so voll?«, fragte er nach dem ersten langen Schluck und einem tief und ehrlich röhrenden Rülpser.

»Denke schon. Wir haben 500 Flyer verteilt. An alle Folkkneipen, Platten- und Musikläden; bei Canzone hängt sogar ein Plakat. Dann die Geigenbauer, beim Guitarshop in der Sesenheimer und natürlich hier im Kiez.«

»Na denn«, Manfred trank leer und machte sich im Tonstudio zu schaffen.

Gegen vier tauchte Stan auf, den Lockenkopf unter einer Strickmütze, in der Hand den Koffer mit seiner nagelneuen Martin D-28. Zwei Jahre lang hatte er auf die Gitarre gespart. Stan war vor einigen Jahren von Prag nach Berlin gekommen und trieb sich seitdem in der Gitarrenszene herum. Selbst spielte er ein Ragtime-Fingerpicking und kannte vor allem Wader in- und auswendig. Manfred und er hatten sich deswegen auf Anhieb verstanden. Stan würde in den Pausen Musik machen, ansonsten war er für die Küche eingeteilt; Schmalzbrote schmieren, Kaffee kochen, spülen und nach dem Konzert das Essen für die Musiker herrichten.

Noch zwei Stunden. Wilhelm rauchte eine Zigarette nach der anderen. Er hatte Bauchflattern, denn Werner war mit seinen Krummhörnern immer noch nicht da. Die ersten Interessenten schauten vorbei, wurden aber von Heiko abgewimmelt und auf achtzehn Uhr vertröstet. Endlich kam Werner, murmelte etwas von Kundschaft aus Paris, hängte seine Krummhörner an die Wand und ließ sich ein Glas Rotwein einschenken. Heiko hatte die erste Kanne Kaffee leer und Wilhelm war beim zweiten Bier. An Dro kamen, packten aus und bauten die Instrumente auf.

Kurz nach sechs – es ging los. Im Nu füllte sich der kleine Raum. Gut 50 Gäste betrachteten die ausgestellten Instrumente, standen bei den Getränken an oder saßen auf den Bänken. Heiko und Wilhelm eröffneten gegen halb sieben mit einem Hinweis auf die Tombola die Ausstellung.

Dann das erste Konzert. Wilhelms alte Band spielte in neuer Besetzung. Neben Rüdiger, dem ‚Schotten' an Gitarre und Mandoline, hatte sich ein Geiger dazugesellt. Nach dem Konzert verlief sich das Publikum schnell. Eine halbe Stunde nach dem Konzert saßen sie in der Werkstatt und verputzten die kalte Platte.

Heiko hatte seinen Charme spielen lassen und die Metzgereiverkäuferin bezirzt. »Die hat sich regelrecht überschlagen, mir zu helfen. Zwei Kilogramm Anschnitt, nur Schinken und Salami.«

Sie brauchten mehr Garderobenhaken. Bei diesem nebligen Mistwetter ging niemand ohne Jacke aus dem Haus und durch Manfreds Ofen herrschte seit gestern Abend eine Bullenhitze. Heiko schickte ihn los. »Geh zu Hammernich. Schräg gegenüber, vielleicht hast du ja Glück.«

Manfred verstand überhaupt nicht, was Heiko meinte und Wilhelm klärte ihn auf: »Hammernich heißt deswegen so, weil, egal was du verlangst, er nur zwei Antworten parat hat: ›Dit hammer nich‹ oder ›Dit jibtet nich‹.«

Zwanzig Minuten später stand Manfred mit einem Buchenstab da und grinste. »Haken? Lange Schrauben? Hammernich. Aber wenn wir den ein paar Mal durchsägen und in ein Brett stecken, haben wir die perfekte Garderobe. Lass mich mal machen.«

Um fünf stand eine Handvoll Interessenten im Laden und wartete auf den Diavortrag über einen Drehleier-Spielkurs in Südfrankreich. Beim Vortrag über Rekonstruktionsprobleme von historischen Instrumenten war der Laden beinahe voll, sogar Herr Pilar, der Geigenbauer vom Nollendorfplatz war gekommen. Und um acht war Wilhelm schon wieder an der Reihe. Er spielte die Drehleier in seiner neuen Volkstanz-Gruppe Maîtres des Bourdons. Sie quetschten sich zu Viert in die Ecke, traten sich wegen des Kontrabasses ständig auf die Füße und Imke stach Wilhelm den Geigenbogen in den Hals. Der kleine Raum platzte aus allen Nähten. Er musste die Ladentür abschließen und Heiko brachte ein Schild an, welches die Besucher zum Seiteneingang verwies.

Nach einer Stunde ohne Pause waren alle erledigt. Im Anschluss kamen Manfred und Stan kaum nach, Brote zu schmieren und Flaschen zu entkorken. Um drei war Schluss. Fünfzehn Flaschen Corbières waren geleert worden, das Bier war alle, aber wenigstens der Wodka blieb an diesem Abend zu.

Zwei extra scharfe Currywürste und ein Berg salzüberkrusteter Pommes in Leo's Futtergrippe brachten Wilhelm wieder auf die Beine.

»Zahlste oder singt ihr wat?«, fragte Leo, und Wilhelm musste Manfred erklären, dass das seine Musikerwährung wäre, dass er für einen irischen Song ein Essen bekäme, besonders dann, wenn er mit dem Nachtbus nach Hause gefahren war und sein ganzes Geld im Folkpub oder im GO-

IN gelassen hatte. Manfred winkte ab und bezahlte. Heiko und Stan hatten inzwischen aufgeräumt und es blieb Zeit, die Aufnahmen der letzten beiden Konzerte durchzuhören. Sie klangen perfekt, das Kunstkopfmikrofon lieferte ein unglaublich plastisches Klangbild.

Zum Vortrag über arabische Musik und Instrumentenkunde kam nur eine Interessentin. Farhan Sabbagh war sauer. Er weigerte sich, auch nur ein einziges Wort zu sagen. Somit fiel dieser Programmpunkt aus und Heiko musste neben dem Versprechen, ihm eine Oud zu bauen, all seine Überredungskünste aufbringen, ihn zum Bleiben zu bewegen.

Das Konzert allerdings, bei dem ihn seine Frau am Schellentamburin begleitete, war noch um Klassen besser als die Aufnahmen auf seiner Platte. Die Türken aus der Nachbarschaft, besonders Wilhelms Obst- und Gemüsehändler, waren völlig aus dem Häuschen, vielleicht gerade deshalb, weil Farhan selten gehörte, klassische arabische Taqsims spielte.

Auch Uwe vom RIAS hatte sich die Kopfhörer geschnappt und Manfred hinter sich in die zweite Reihe gescheucht. Sein hoch gehobener Daumen wies immer wieder in Wilhelms Richtung. Nach einer kurzen Pause, in der hauptsächlich Tee verlangt wurde, baute Manouchher seine Santur auf und Sahid stimmte mit Leitungswasser und einer brennenden Kerze seine Tombak.

Manouchher und Wilhelm kannten sich aus Teheran. Seitdem waren sich die beiden immer wieder beggenet. Manouchher hatte sofort zugestimmt, bei seinem neuen Freund zu spielen. Schon nach den ersten Tönen auf dem persischen Hackbrett und dem rhythmischen Rumpeln der Vasentrommel fühlte sich Wilhelm in einen orientalischen Basar versetzt. In der Hand ein Glas mit starkem, süßem Çai, den verklärten Blick nach innen, sah er die Moschee von Isfahan bei Mondschein. Der rauschende Applaus am Ende des Konzerts holte ihn zurück in die Wirklichkeit.

Dass sich Manouchher und Sahid gut in Deutschland eingelebt zu haben scheinen, merkte Wilhelm, als sie im kleinen Kreis bei Lammtopf und Fladenbrot zusammensaßen. Die beiden ließen sich in einem fort Rotwein nachschenken. Und wieder wurde es sehr, sehr spät.

Jemand hämmerte gegen Wilhelms Wohnungstür. Völlig benommen stand er vor Heiko. Er konnte nicht glauben, was Heiko sagte: »Das Regal über dem Buffettisch ist heruntergebrochen. Eine Riesen Sauerei. Los komm. Es ist gleich elf.« Wilhelm wollte Manfred wecken, doch der schlief noch tief und hing scheintot zwischen den zusammengeschobenen Sesseln im Wohnzimmer.

Es war noch schlimmer als befürchtet. In der Wand klafften drei handtellergroße Löcher. Die Ahornkanteln, die auf dem Brett gestapelt waren, hatten eine der Kaffeemaschinen und reihenweise Flaschen, Tassen und Gläser zerschlagen. Der Boden stand unter Wasser und war mit Scherben, Putz- und Mauerresten übersät, obenauf geplatzte Zuckertüten. Bis in zwei Stunden hatte sich ein Redakteur der Berliner Szene angekündigt. Und am Nachmittag hatte Wilhelm seinen Bodhrán-Baukurs und noch nichts dafür vorbereitet. Heiko schaufelte alles in die Abfallwanne der Werkstatt.

Es läutete und Manfred stand in der Tür. Um den Hals einen dicken Schal gewickelt, die fiebrigen Augen hervorquellend wie bei einem an Land gespülten Tiefseefisch. »Wo ist die nächste Apotheke?«

»Sauf weniger«, meinte Heiko ohne aufzublicken. Als leidenschaftlicher Kaffeetrinker fehlten ihm für Manfreds Unbefindlichkeiten jegliches Verständnis und Mitgefühl. Manfred wandte sich kommentarlos ab.

Hoffentlich kommt Stan bald, dachte Wilhelm. Endlich tauchte Annemarie auf. Sie hatte Nachtbereitschaft und war vom Wedding gleich nach Kreuzberg gefahren. Ihre Begrüßung war flüchtig, ihn trafen vorwurfsvolle Blicke, denn Wilhelm stand die letzte Nacht noch im Gesicht. Dank ihrer Hilfe war der Raum nach kurzer Zeit wieder in Ordnung. Anschließend bereitete sie in Wilhelms Wohnung für alle ein spätes Frühstück. Auch Manfred war wieder da, beladen mit allen möglichen Tablettenschachteln. Und endlich bekam Wilhelm einen anständigen Gutenmorgenkuss.

Heiko kümmerte sich um die Presse, während Wilhelm den Rahmen für die Trommel verleimte, das Fell wässerte und Platz für die Vorführung vorbereitete. Diese Bodhrán würde der Hauptgewinn der Tombola werden, drei Viertel aller Lose waren bereits verkauft. Die ersten Teilnehmer trafen schon gegen halb fünf ein. Sie schienen Bodhrán-Experten zu sein und debattierten über irische und schottische Folklore, über die unterschiedlichen Spieltechniken Dónal Lunnys und Phil Smillies von den Tannahill Weavers. Als sie Wilhelm beim Bau zusahen, wurden sie allerdings schweigsam und nachdem jeder einige Nägel in den Rahmen klopfen durfte, waren alle begeistert. Zwar bekam Wilhelm keine Bestellungen wie erwartet, dafür verkaufte er fünfzehn Lose, einer kaufte gleich vier davon.

Während Heiko den Bau einer afrikanischen Winkelharfe erklärte, hatte Wilhelm endlich Zeit, sich für eine halbe Stunde zurückzuziehen. Kaum in der Wohnung, klopfte Werner mit seiner Truppe und stürmte das Zimmer, sie müssten sich einspielen.

Zehn Minuten später tauchte Wilhelms alter Freund Alfred auf, auch er hatte die komplette Band im Schlepptau und sie wussten nicht mehr, wohin mit den Instrumenten. Der Raum war voll. Am liebsten hätte sich Wilhelm in Luft aufgelöst oder mit einem Bier zurückgezogen, doch schon der Gedanke an Alkohol bereitet ihm Kopfschmerzen und Übelkeit. Noch.

Heiko, Manfred und Stan organisierten eine reibungslose Programmvorbereitung, während Annemarie und Wilhelm sich ums Abendessen kümmerten, Gulasch mit Reis für fünfzehn Personen. Rechtzeitig zu Beginn des Krummhornkonzertes war Wilhelm zurück im Laden und entdeckte im Publikum Peter Laneus. Uwe schien ihn auch gesichtet zu haben, denn er fragte ihn sofort, was denn die Konkurrenz vom SFB hier zu suchen hätte. Wilhelm konnte seinen Stolz nicht verbergen, als er von der Teilnahme an den keltischen Wochen im letzten Jahr berichtete, von der Live Sendung im Radio, als der Funkwagen vor der Tür stand und er noch im Dunkeln bei Ü1 im Ohr Rede und Antwort stehen durfte. Wie er auf die Frage nach seinen Zukunftszielen großspurig erklärt hatte, einmal der bekannteste Drehleierbauer der Welt werden zu wollen.

»Das wirst du auch noch«, sagte Manfred und lachte. »War denn nicht am Tag darauf noch das ZDF mit Aspekte bei euch? Heiko sagte etwas in der Art.«

»Stimmt. Und wir dachten, jetzt hätten wir endgültig den Durchbruch geschafft.«

»Das dauert«, meinte Uwe lakonisch, »gab's denn danach einen Auftrag? Kam überhaupt jemand deswegen?

»Immerhin hatte Karl Dall vorbeigeschaut«, antwortete Wilhelm.

»Und? Was wollte der? Ein Rad in seine Ukulele?«

»Idiot.«

Fliegender Wechsel. I Millantatori packten zusammen. Zwanzig Minuten Pause, Wilhelm verkaufte die restlichen Lose, Manfred öffnete Bierflaschen im Akkord und Stan hatte mit dem Rotwein zu tun.

Die Saitenspinner aus Darmstadt legten los. Alfred hatte seiner Combo die Berlinfahrt mit der Teilnahme an einem Festival schmackhaft gemacht. Bei Zigeunerjazz und Flamenco gab es für das Publikum kein Halten mehr und der Ofen tat sein Übriges, die Atmosphäre im Raum zum Glühen zu bringen.

Es wurde wieder spät, der Geiger hatte zwei Kartons Äppelwoi mitgebracht. Der müsse weg. Er betonte dies so lange, bis auch die letzte Flasche geleert war. Nachts wurde es eng, zu sechst nächtigten Manfred und die Musiker aus Darmstadt in Wilhelms kleinem Wohnzimmer. Wer auf den Sesseln keinen Platz fand, rollte sich auf Luftmatratzen oder Liegematten in irgendeine Ecke.

Der letzte Tag. Schlussverkaufsgetümmel, und das schon morgens. Es schien, als ob alle Ausstellungsbesucher auf den letzten Moment gewartet hätten, die Instrumente zu besichtigen, Fragen zu stellen oder etwas zu bestellen. Aufträge für zwei Dulcimer, zwei Psalter und eine Drehleier innerhalb einer Stunde, Heiko bekam die lang ersehnte Order für sein neuestes Harfenmodell. Und das alles bis kurz nach Mittag und obwohl die Dulcimer- und Harfenkonzerte erst am Abend stattfinden würden.

Plötzlich stand Miriam in der Tür. Jetzt schon? Wilhelm war irritiert, Charivari sollten doch erst um acht spielen. Ob er auch Fideln bauen würde, fragte die zierliche Frau mit den kupferfarbenen Haaren. Mit großen, saphirblauen Augen blickte sie zu ihm hoch und schien seine Antwort kaum erwarten zu können.

»Meinst du eine Geige? Geigen baue ich nicht.«

»Keine Geige«, dabei blickte sie himmelwärts und zog die Lippen zu einem schrägen Strich. »Weißt du nicht, was Fideln sind? Hier, schau mal, so etwas meine ich.«

Sie kam einen Schritt näher und setzte sich auf eine der Bierbänke. Miriam zog einen Kunstband über Musikinstrumente aus ihrer Jutetasche und blätterte zu den zehn musizierenden Engeln. Sie legte den Finger auf eine Abbildung und sagte: »Hier siehst du, was Hans Memling gemalt hat? So etwas möchte ich haben.«

»Ich weiß nicht, ob ich das kann.«

»Du baust doch Drehleiern, dann kannst du doch auch Fideln bauen, so schwierig ist das bestimmt nicht, vielleicht kann ich dir ja dabei helfen.«

»Was willst du denn damit?«

»Spielen, was sonst?«, dabei weitete sich ihr Mund zu einem breiten Lächeln. »Nein, im Ernst, ich habe Gambe studiert. Für unser neues Programm brauche ich diese Fidel. Was ist jetzt?«

»Können wir das Gespräch später fortsetzen? Ich muss mich auf den Auftritt meiner Dulcimergruppe kümmern, außerdem fängt die Veranstaltung mit Jenny gleich an.«

Miriam ließ nicht locker und rückte noch ein Stückchen näher zu Wilhelm. Sie stupste den Ellbogen sanft in seine Rippen und setzte einen Dackelblick auf. »Du sollst jetzt Ja sagen. Und dann lass ich dich in Ruhe. Das mit den Details können wir verschieben. Was ist jetzt?«

»Also gut, meinetwegen. Ich probier's.«

Miriam strahlte und gab Wilhelm einen Kuss.

Saint Chartier

Waldemar spielte Akkordeon bei Hampelmuse und wusste Bescheid. Von Berufs wegen fuhr er Auto, sprach zudem Französisch und sagte sofort »Ja«, als Wilhelm fragte, ob er mit nach Saint Chartier kommen wolle. Es war unsicher, ob die Anmeldung akzeptiert werden würde, die Frist war um zwei Wochen überschritten. Vielleicht lag es am Hinweis, den Stand mit Thomas Norwood – er kannte ihn vom Erlanger Lautenbau-Seminar – zu teilen, vielleicht hatte er auch einfach nur Glück. Jedenfalls hatte er Mitte Juni die Zusage vom Komitee. Eine Ausstellung, der Wilhelm seit drei Jahren entgegen gefiebert hatte. Wilhelm würde in Frankreich auf dem weltgrößten Drehleierfestival seine Instrumente präsentieren können. Endlich!

Der Kastenwagen war wieder bis unters Dach vollgepackt. Das erste Ziel war Paris. Die Fahrt dorthin verlief ohne Probleme, allerdings habe er sich in Waldemars Fahrfreudigkeit getäuscht. Waldemar saß lieber auf der Beifahrerseite, schaute in die Landschaft und genoss es, sich nicht hinters Steuer seines Taxis zu klemmen und durch Berlin kutschen zu müssen. Unterwegs nahmen sie einen Tramper mit. Nachdem sie Thomas Norwoods' Hinterhofatelier gefunden hatten und wussten, wo er den Schlüssel deponiert hat, ließen sie sich von ihrem Mitfahrer das nächtliche Paris zeigen. Er wollte unbedingt in den Bois de Boulogne. Zum Nutten gucken, wie er sagte. Wilhelm war einigermaßen schockiert, als er dort die Mädchen sah. Mit nichts als kniehohen Stiefeln bekleidet, tippelten sie die Straße auf und ab. Vollgepumpt mit Drogen feilschten sie durch die offenen Scheiben der vorbeischleichenden Autos. Danach Stadtbummel, der Preis für drei Bier und Pastis am Place Pigalle entsprach dem einer kompletten Tankfüllung.

Thomas hatte für Waldemar und Wilhelm eine Ecke in der winzigen Werkstatt hergerichtet; Platz für zwei Liegematten auf dem Boden. Er selbst schlief auf einem morschen Sofa neben der Werkbank. Nach einem schnellen Kaffee mit Hörnchen quälten sie sich durch den Pariser Berufsverkehr Richtung Süden. Thomas hatte sich nach hinten gezwängt. Er hielt seine Drehleier und den Nachbau einer Gibson Bluegrass-Mandoline, eingewickelt in Wechselwäsche, in einem Seesack auf dem Schoß.

Zwischen Orléans und Bourges fuhren sie durch dichte Waldgebiete, danach wurde die Landschaft karger, die Dörfer kleiner und ärmlicher. Weiße Rinder suchten Schatten unter alten Eichen, mannshohe runde Strohballen lagen auf Stoppelfeldern. Schnurgerade Straßen, kaum Verkehr, sie kamen gut voran. Gegen Nachmittag näherten sie sich dem verschlafenen Dorf, das einmal im Jahr, immer um den 14. Juli, zum Mekka aller Bordunfreude erwachen würde. Schon von Weitem sah man Menschen auf Wiesen Zelte aufbauen oder Wohnwagen rangieren. Über der Straße flatterten bunte Wimpel, von Haus zu Haus gespannt. Ringsum brummte es. Dudelsack- und Drehleierspieler bevölkerten die schmalen Gehsteige, spielten Stücke, die Wilhelm bislang nur von Schallplatten kannte. Paare oder kleine Grüppchen tanzten auf der Straße und vor den beiden Wirtshäusern herrschte dichtes Gedränge. Ein Camping-Gratuit Schild wies zu einer buckligen und abschüssigen Wiese oberhalb eines Baches. Ein schmaler Holzsteg aus zwei kippeligen Dielenbrettern, seitlich nur mit einem durchhängenden Kälberstrick gesichert, führte darüber. Wilhelm dachte: Da solltest du besser nicht rüber. Aber was soll's?

Der gegenüberliegende Platz war eben. Nachdem das Zelt stand, deckten sie sich in dem kleinen Laden mit dem Nötigsten ein. Baguette, Leberpastete, Käse, Tomaten, eine Melone und Wein. Die Auswahl war dürftig. Sie entscheiden sich für Bon Roi Dagobert, Vin Rouge de Table, die Flasche zu sechs Francs achtzig. Nach dem ersten Glas betrachtete Wilhelm jeden weiteren Schluck als seinen Teil der Wiedergutmachung für die Sünden der Väter.

Abends schlenderten sie durch den Ort. In der Kneipe, in der neben den Spirituosen Jagdpatronen zum Verkauf lagen, spielten sie irische Musik. Dudelsäcke waren in der Überzahl, die paar Flöten gingen im Gerumpel der Bodhráns unter. Gegenüber wurde französisch musiziert. Cornemusen, Akkordeons und Lautenleiern. Am Tresen werkelten fünf Frauen, die Großmutter, ihre drei Töchter und die Enkelin, alle aus einem Gesicht geschnitten und bildschön. Überwacht wurde der Gastraum von einer Dame mit streng geknoteter Haarpracht. Sie blickte von einem riesigen Wandgemälde entrückt und huldvoll in die Runde – George Sand.

Das Château lag im Dunkeln und die schmiedeeisernen Eingangstore waren verschlossen, ringsum dicke Mauern. Vor der Kirche war zwischen alten Platanen der Tanzboden aufgebaut. Der Getränkestand hatte noch geschlossen, ein paar Musiker spielten, Paare tanzten Bourée oder Schottisch. Sobald Wilhelm einen Leierspieler entdeckte, packte er Kassettenrekorder und Mikrofon aus und nahm alles, selbst umständliches Stimmen auf.

Die Stunden schoben sich immer tiefer in die Nacht. Im Schlafsack lauschte er den Grillen und stellte sich vor, es wären Drehleierschnarren. Kein Platz könnte im Moment schöner sein. Sipp-sipp-sipp-sipp … und im Traum begegnete ihm das Mädchen mit der Drehleier. Ihre offenen Haare flatterten im Wind. Sie lief in einem gepunkteten Sommerkleid durch den Park und sah sich mehrmals nach Wilhelm um. Es schien, als wollte sie ihm ein Zeichen geben, ihr zu folgen. Doch der saß an einem Stand, wurde von Interessenten bedrängt und konnte ihn unmöglich verlassen.

Strahlend blauer Himmel. Thomas wartete am Eingang des Parks und hielt Wilhelm die Papiere und den Ansteckausweis entgegen. Er fuhr in halbem Schritttempo durch einen Naturpark und war von den Bäumen beeindruckt. Die Eichen, Platanen und Kastanien stünden zu Hause unter Naturschutz. Inmitten das Schloss, baufällig und nur notdürftig repariert. Vor der Südfront mit der bogengestützten Terrasse die Bühne, stählerne Lichttraversen und schwarze Lautsprechertürme. Gegenüber war eine waghalsige Balkenkonstruktion für die Zuschauertribüne aufgebaut, davor reihenweise rote Stapelstühle. Ringsum im gesamten Park verteilten sich Marktbuden mit grünen Dachplanen, mal freistehend, mal drei oder vier zusammenhängend. Waldemar entdeckte das handgemalte Schild über Wilhelms Stand als erster: *Thomas*

Norwood, Paris & Wilhelm Meerbusch, RFA – Vielles et Instrumentes anciennes.

Die Freude war Wilhelm wohl anzusehen, denn Waldemar tippte auf seine Schulter und sagte: »Na, Wilhelm, geschafft.«

Und Wilhelm träumte wieder einmal von der Zukunft: Aufträge ohne Ende. Zwei von den Bosch-Leiern werden mit Sicherheit bestellt, die baut sonst niemand. Und von den Dulcimern mach' ich bestimmt eine ganze Serie, wenn ich zurück bin.

Den Tisch teilten sich Thomas und Wilhelm. Bei ihm lagen die Lautendrehleier und der Eigenentwurf. Er hängte Abbildungen von Drehleiern und Musikern an die weiße Rückwand, daneben zwei Dulcimer und eine Fidel. Die kleine Bosch und die Böhmische mit den Mosaiken kamen an die Seite. Alles passte, es war kurz vor zehn. Überall wurden Instrumente gestimmt. Erste Besucher schlenderten durch den Park. Wilhelm blätterte durch das Programmheft, ein Name stach hervor: Valentin Clastrier, Vielle Solo. Entweder ist das ein ganz Alter, der noch einmal auf die Bühne darf, oder etwas ganz besonderes.

Halb zwölf. Michele Fromenteau schritt die Stände ab. Die Organisatorin nickte Wilhelm aus der Ferne zu, ansonsten tat sich nichts. Langsam stieg die Temperatur. Waldemar kam mit Mineralwasser und erzählte von einem Riesenauflauf am Boudet-Stand, irgendeine Gruppe junger Franzosen würde dort Instrumente ausprobieren. Bis Wilhelm dort war, hatten sie aufgehört und ein stämmiger Mann, die Hände auf dem Rücken, blickte zufrieden in die Welt. Er schaute sich weiter um, schlenderte von Stand zu Stand, sah Dudelsäcke in allen

Größen und Ausführungen. Woanders Lautendrehleiern, Akkordeons, Flöten und Trommeln. Instrumentenbauer, deren Namen er bislang nur ehrfurchtsvoll ausgesprochen hatte, standen plötzlich wie Heilige vor ihm. Jean Noël Grandchamps, Jean Luc Bleton, Sandro Castagnari, Bernard Blanc …

Endlich ein bekanntes Gesicht. Ernst Käshammer aus Mannheim – ein Troubadour. Er stand hinter seinen Drehleiern, redete mit einer Frau und blätterte dabei geschäftig in Notenheften.

Wilhelm Lantelme mit seinen Bausätzen stellte aus, vier Buden weiter der Frankfurter mit seinen zahlreichen Nachbauten. Sie lagen auf Tischen, hingen an Wänden und baumelten von der Decke, als wären sie von dort herausgewachsen. Am Stand ein paar Deutsche, die Wilhelm aus Reichelsheim flüchtig kannte.

Auf einem kleinen, beschatteten Podest fand ein Wettbewerb statt. Dudelsackspieler bliesen um den ersten Platz. Ein paar Zuschauer, der große Rest saß oder lag unter Bäumen und hielt Siesta. Drückende Hitze lastete über dem Park, erste Wolken zogen auf. Waldemar saß zurückgelehnt im Stand und schüttelte den Kopf, keiner war da, niemand fragte. Thomas zog los, um seine Runde zu drehen. Wilhelm döste in den Nachmittag. Ein französisches Pärchen blieb stehen, das Mädchen bewunderte den Dulcimer. Sie trat zurück, warf einen kurzen Blick auf das Schild und nach einem langen Blick auf Wilhelm gingen die beiden kommentarlos weiter.

Von Ferne Donnergrollen, einer der Frankfurter Clique hastete vorbei, winkte kurz in Wilhelms Richtung und zeigte aufgeregt nach oben. Am Stand schräg gegenüber richteten sich fünf Dudelsackspieler ein und machten Werbung für

Moniseur Dubois. Im Nu waren sie von Schaulustigen umringt, einige tanzten spontan. Ein Hund sprang schwanzwedelnd zwischen den Beinen umher.

Das Donnergrollen kam näher, wütende Böen zerrten an den Ästen und schwarze Wolken schoben sich vor die Sonne. Wenig später erste Regentropfen, traubengroß. Sie gingen nahtlos in einen Wolkenbruch über. Die Wassermassen des gesamten Zentralmassivs entleerten sich über Saint Chartier. Allwettertaugliche Besucher zogen Regencapes oder Taschenschirme aus Rucksäcken, der Rest flüchtete in Stände oder unter Bäume. Blitze im Sekundentakt, unmittelbar danach krachende Donnerschläge. Die Dachplane über Wilhelms Stand wölbte sich nach innen, gegenüber ergoss sich ein Wasserschwall über den Ausstellungstisch. Französische Flüche wurden vom Regenrauschen überdeckt. Thomas kam angerannt und hüllte seine Instrumente in Decken. Wilhelms Nachbar, ein englischer Blasinstrumentenbauer, stand auf seinem Stuhl und versuchte das Dach hochzudrücken, plötzlich ein lauter Platsch und die Wassermassen schwappten hinter den Stand. Sie rannen den Boden entlang und der Engländer stand knöcheltief im Wasser. Waldemar stieg ebenfalls auf den Stuhl, auch sie wurden nass, aber wenigstens blieben die Drehleiern trocken. Keine Stunde später brannte die Sonne wieder auf sie nieder, als wäre nichts geschehen. Nur der dampfende, aufgeweichte Boden und klatschnasse Kleidungsstücke erinnerten an das Unwetter. Und feuchte, klebrige, schrecklich klingende Instrumente.

Wilhelms Zelt hatte das Sommergewitter ohne Schaden überstanden. Schlafsäcke und Lebensmittel waren trocken geblieben. Er und Waldemar aßen das Gleiche wie am Vortag, an den Wein würden sie sich wohl nie gewöhnen können. Um neun saß Wilhelm vor der Bühne. Nach einem Drehleierduo spielte ein ungarisches Trio schrägen Jazz auf Dudelsäcken, viele flüchteten. Dafür herrschte vor der Kirche dichtes Gedränge. Hunderte tanzten und am Getränkestand bildeten sich lange Schlangen. Eine Gruppe saß auf der Bühne und spielte französische Tanzmusik, modern und nie zuvor gehört. Neben zwei Drehleiern und einem Dudelsack trieb ein Cello in Synkopen den Rhythmus voran. Sofort packte Wilhelm sein Aufnahmegerät und hielt das Mikrofon direkt vor die Gruppe. Sie spielten ohne Pause, ein Stück jagte das andere. Bald war auch die zweite Kassette voll. Waldemar verabschiedete sich, Wilhelm blieb, hörte zu und beobachtete die Tänze. Besonders faszinierten ihn die Boureés. Ein beinahe erotischer Volkstanz, bei denen sich die Tanzenden gerade eben nicht berühren, und sie nur wenige Zentimeter entfernt aneinander vorbeigleiten.

Die Tanzfläche leerte sich, die Musiker packten zusammen, Zeit für Wilhelm, schlafen zu gehen. Glühlampen erhellten das Terrain nur spärlich. Tau hatte sich auf die Zelte gelegt, vereinzelt war Schnarchen zu hören, weiter hinten knisterte ein stilles Lagerfeuer. Wilhelm ging über die Wiese und stand unschlüssig vor dem Steg. Der Kälberstrick war gerissen, ein Ende trieb im Bach. Ein Mann fragte ihn, ob er ihm helfen könne. Wilhelm bat ihn, die Tasche mit ans andere Ufer zu nehmen, sagte, er hätte Probleme mit dem Gehen. Vorsichtig setzte er einen Fuß vor den anderen. Bei jedem seiner Schritte wippten die Bretter, als ginge er über ein Trampolin. Die Arme wie ein Hochseilartist seitlich von sich gestreckt, wagte er sich weiter. Stück für Stück. In der Mitte passierte das Vorhersehbare. Er verlor das Gleichgewicht und stürzte ins Wasser. Es war erstaunlich warm und Wilhelm fielen sofort die Toilettenhäuschen mit den dicken Schläuchen nach draußen ein, die weiter oben am Ufer standen. Vereinzelt war Gekicher aus den Zelten zu hören. Typisch, ausgerechnet ich.

Hitzestau im Zelt und am Waschplatz Gedränge, mehrere Zahnbürsten lagen im Matsch. Über einem Blechtrog hingen drei Wasserhähne, zu weit aufgedreht hatten sie die Wirkung eines Feuerwehrschlauches. Danach Frühstück im Gasthaus, Cafe au lait und zwei Croissants.

Ein paar Deutsche zeigten sich an Wilhelms Stand und ließen sich die Bosch-Leier zeigen. Waldemar hatte Bekannte entdeckt und blieb bis zum Abend verschwunden. Sonst geschah nichts. Wenigstens konnte er drei Prospekte verteilen und eine Schweizerin hatte einen Werkstattbesuch in Berlin angekündigt. Immerhin.

Lange vor Konzertbeginn saß Wilhelm mit dem Kassettenrekorder in der ersten Reihe. Im Gänsemarsch betrat ein Folklore-Ensemble die Bühne. Er ließ die Darbietung mit kostümierten Tänzern und Musikern still über sich ergehen. Drei Zugaben, Tribünenbodengetrampel, dann Umbaupause. Mauersegler stürzten die Schlossfassade entlang und stießen spitze Schreie aus. Kälte kroch die Stuhlreihen entlang, Wilhelms Jacke war im Zelt. Aus der Dunkelheit trat ein Mann an den Bühnenrand und verharrte im Lichtkegel. Mitte dreißig, schwarze Pluderhosen, weites, helles Hemd. Er blickte zu Boden. Vor dem Bauch hielt er eine bunt bemalte Lautendrehleier geschnallt. Er rückte das Mikrofon zurecht:

»Bon soir« – lange Pause – »Étude Numero zero-zero-zero-un.« Was folgte, sprengte Wilhelms Vorstellung von bisher gekanntem Drehleierspiel. Mit akrobatischer Rasanz flog Clastrier über die Tasten. Chromatische Tonfolgen drehten Pirouetten. Atemberaubende Stille nach dem letzten Ton, gefolgt von zögerndem Applaus. Das Publikum schien schockiert. Ob sie Vertrautes vermissten? Organistrum als Nächstes. Dreistimmige Melodiereigen, abrupt gestoppt, Vibrato, atmend, mit ungeschnarrtem Achterschlag. Filigrane Schnarre beim nächsten Stück, plötzlich eine zweite, tiefere, parallel dazu, dann im Wechsel, hoch – tief – hoch – tief. Rhythmische Achter folgten auf Sechsersynkopen. Die Welt um Wilhelm stand still, der Film auf der Bühne lief mit doppelter Geschwindigkeit – mindestens – und dennoch in Zeitlupe.

Der Begriff Drehleiermusik bekam für Wilhelm eine völlig neue Bedeutung. Nichts war wie zuvor. Er war nur einen einzigen kurzen Herzschlag vom Himmelreich entfernt. Dabei drängte sich ein einziger mächtiger Wunsch in den Vordergrund, der ihn nie wieder verlassen sollte. Wilhelm wollte diesem Ausnahmekünstler eine Drehleier bauen.

Zebulon

»Sag bloß, du weißt das nicht mehr. Kannst du dich echt nicht an Herne erinnern? An das Festival im Park vor dem Schloss?« Peter stierte Wilhelm an, wasserblaue Augen durchbohrten ihn, seine Stirn ein Faltenacker.

»Na ja, irgendwie schon. Herne – doch, jetzt wo du es sagst.«

»Du hast's vergessen, gib's zu.« Peter leerte den Rest Rotwein in Wilhelms Glas. »Ich muss los, bin in zwei Stunden zurück. Kannst ja solang nachdenken. Wo die Flaschen liegen weißt du hoffentlich noch.«

Mit einem Nicken stemmte er sich hoch und stapfte aus der Küche. »Bis später.«

Wilhelm goss sich Wein nach. Herne? Stimmt. Das war noch mit dem R4. Wir haben drin geschlafen. Kleines Festival von irgend einer sozialistischen Jugend. Keine fünfzig Leute waren da. Und die Hauptband hatte abgesagt. Wir mussten den ganzen Abend bestreiten, schöner Schlamassel. Da waren wir noch als Duo unterwegs und ganz am Anfang.

Wilhelm und Peter kannten sich bislang nur vom Sehen. Peters Gruppe Volksmund spielte hauptsächlich deutsche Stücke mit politischen Inhalten, alte und neue Revolutionslieder, Anti-Atom und Häuserkampf. Näher kamen sie sich auf einem Drehleierkurs in Linsengericht.

Eine lästige und ungemütliche Fahrt nach Hessen. Regen, schlechte Sicht und Staus bei den Kontrollen. Somit blieb genügend Zeit, sich auszutauschen. Bei Irland hatten sie den selben Geschmack, aber Peter hatte sich neuerdings eher der französischen Musik, vor allem den Tänzen, zugewandt. Schottisch, Polka, Boureé – Stücke, die Wilhelm zum Teil bei An Dro gespielt hatte. Peter klärte ihn auf, dass sie zum Tanzen anders arrangiert werden müssten und es dabei auf das Tempo ankäme. »Was nützt es, wenn du dir einen abnudelst, und die Tänzer dabei über ihre Füße fallen? Die Tänzer bestimmen das Tempo, nicht die Musiker.«

Erst gegen sechs waren Peter und Wilhelm angekommen, der Abend hatte sich bereits über Linsengericht gesenkt und sie fuhren kreuz und quer durch den Ort, bis sie endlich das Freizeitheim der Pfadfinderjugend fanden. Nach dem Essen folgte eine erste Einteilungsrunde bei Achim Gruber. Am nächsten Morgen überraschte er sie mit seinem neu komponierten Stück für Kemal A., jenem türkischen Asylbewerber, der bei einem Polizeiverhör aus dem Fenster gesprungen war. Achim hatte versucht, westliche und orientalische Rhythmen miteinander zu verbinden, entsprechend kompliziert waren die Schnarrpassagen und Wilhelm kam schon beim ersten Teil an seine Grenzen. Hatte er sich zu viel zugetraut, als er sich bei den Fort-Fortgeschrittenen angemeldet hatte? Bis zum Nachmittag gelang es ihm nicht, wenigstens einen Durchgang fehlerfrei zu spielen.

Wieder wurde es spät, wobei Wilhelm seinen Frust wahllos mit Bier und Wein ertränkte. Nicht viel Neues am Sonntag, er kämpfte immer noch mit den Sieben Achtel-Synkopen.

Am Nachmittag fragten sie den Hausmeister, ob sie noch eine Nacht bleiben könnten, zum Fahren wären beide zu müde. Den Abend verbrachten sie im Gemeinschaftsraum vor dem Fernseher und erlebten dabei zwei unvergessliche Stunden. Passend zum Bundesland guckten sie den Blauen Bock und kugelten sich von Bembel zu Bembel vor Lachen auf dem Boden. Sie beschlossen dabei, etwas zusammen machen und gründeten auf der Rückfahrt ein Duo, ein Name würde sich noch finden.

Von Wilhelm zu Peter waren es nur ein paar hundert Meter, seit Wilhelm und Annemarie im Herbst umgezogen waren. Beide hatten es in dem Rattenloch nicht länger ausgehalten, aber eine andere Wohnung zu finden, war schwieriger als angenommen. Sie waren weder verheiratet, noch besaßen sie einen Wohnberechtigungsschein und somit waren sie von den bezahlbaren Mieten ausgeschlossen. Was ihnen angeboten wurde, war kaum besser als das finstere Loch in der Katzbachstraße. Die Wohnungen hatten zwar neue Fenster, Heizung und eine Dusche, dafür kosteten sie aber das Vierfache.

Eines Abends, Annemarie hatte Spätschicht, saß Wilhelm im Filz und klagte Jochen sein Leid. Jochen, in Wort und Geste recht großzügig, da er schon einiges intus hatte, tönte lauthals, fast vorwurfsvoll, durch das ganze Lokal: »Wie? Keine Wohnung. Warum fragst du nicht einfach mich? Ich kann dir besorgen, was du willst, brauchst es nur zu sagen. Nur ein Wort. Dreizimmer, Vierzimmer, Fünfzimmer. Mit Balkon, ohne – oben oder unten, ganz egal. Von mir bekommst du alles.« Er sah Wilhelm an, trank sein Bier in einem Zug leer, hob das Glas und sagte nur: »Kati.«

»Wenn das so ist, ich hätte gern drei Zimmer, Vorderhaus im ersten Stock mit einem großen Balkon und möglichst am Wasser«, sagte Wilhelm mehr zum Spaß.

»Kein Problem, kriegst du.«

»Und du bekommst eine Drehleier, wenn das klappt«, und das meinte Wilhelm diesmal ernst.

Kati trat zu den beiden. »Na, Jochen, hängst mal wieder deine Beziehungen raus?«

»Wieso, die sind doch froh, wenn die Wohnungen unter der Hand weggehen und sie anständige Mieter haben. Was glaubst du, wie's am Fraenkelufer in zwei, drei Jahren aussieht, wenn da wieder nur so Sozialgesocks einzieht, nicht besser als vor den Räumungen.«

»Fraenkelufer?« Wilhelm betonte jede Silbe. »Etwa am Landwehrkanal bei den alten Gaslaternen und den dicken Kastanien?«

»Genau da.« Und dann erklärte Jochen, was es mit der Unter-der-Hand-Vergabe der Wohnungen auf sich hatte und dass der ganze Straßenzug samt der nagelneuen Brandmauerbebauung und den futuristischen Lückenhäusern von Stararchitekt Hinrich Baller geplant worden war. Das Fraenkelufer würde das Paradestück der internationalen Bauausstellung werden. Sogar Reagan wollte sich das nicht entgehen lassen.

»Und was hast du damit zu tun?«, fragte Wilhelm.

»Ich? Ich habe die Statik berechnet.«

Aha, Berliner Filz.

Keine Woche nach dem Drehleierkurs in Linsengericht trafen sie sich zu einer ersten Probe bei Peter. Er öffnete und verschwand in der Küche, um Tee zu bereiten. Wilhelm hatte Zeit, sich umzusehen. Am Boden eine Matratze mit zerknülltem Bettzeug, am Fußende – wie eben noch gespielt – seine selbstgebaute Mosenbergleier. Ein Kachelofenmonster, ein Aschehaufen davor, daneben bröselige Briketts. In der Ecke ein paar Handvoll Reisig, dazwischen zerfledderte Ausgaben der TAZ. Auf dem Fensterbrett dörrte ein mickriger Papyrus vor sich hin, ein Wäscheständer lehnte dagegen und drohte zu kippen. Socken, Unterwäsche, Hemden und dunkle Wollhosen waren wild durcheinander darüber geworfen. Die seit Jahren ungeputzte Scheibe bot einen traurigen Blick auf den Hinterhof. Ein ganz normales Kreuzberger Junggesellenzimmer, nicht anders als Wilhelms Bude in Freiburg, nur größer. Die Wände voll Polit-Poster und Instrumente. Neben einer Thüringer Waldzither, einer Geige und einem saitenlosen Banjo baumelte ein blausamtener Dudelsack, darunter ein auseinandergezogenes Hohner Akkordeon. Auf einem Regalbrett lagen diverse Flöten und eine Northumbrian Small-Pipe. Peter war ein Multiinstrumentalist.

»Sag bloß. Du spielst das alles?«, fragte Wilhelm, als Peter ins Zimmer kam.

»Geht so«, sagte er und stellte zwei dampfende Henkelbecher ab. Er hielt Wilhelm ein Bündel Noten entgegen. »Hier, hab schon mal was rausgesucht. Das meiste müsstest du kennen.«

Wilhelm nahm den Stapel, drehte ihn in Händen und blätterte ihn durch, ohne hinzusehen. »Sagt mir gar nichts.«

Peter riss die Augen auf. »Wie, sagt dir gar nichts? Sag bloß, du kannst keine Noten?«

»Nö, ich spiele alles nach Gehör.«

»Na prima.« Peter atmete tief ein, warf flehende Blicke zur Decke und band sich die Leier um. »Na, dann mal los. Ich spiel dir die Sachen vor. Hoffe, du kapierst schnell. Erst mal was Französisches.«

»Kenn ich. Die Boureés von Gilles kenne ich fast alle.« Sie spielten und es klappte auf Anhieb, Peter strahlte Wilhelm hinter seinem Bart an und seine Augen leuchteten wieder.

»Jetzt du. Was kannst du für Tänze?«

»An Dro, jede Menge An Dro.«

»Das hab ich befürchtet. Tanzt doch kein Schwein, aber bitte, meinetwegen. Dafür nehm ich aber den Sack.« Peter holte sein Instrument von der Wand und fummelte die Rohrblätter zurecht. Auf Wilhelms Frage, was die Klebestreifen auf den Grifflöchern zu bedeuten hätten, sagte er knapp: »Nerinks. Ist bei all seinen Säcken so, dafür sind sie billig.«

Sie probierten ein paar bretonische Tänze, packten zusammen und gingen auf ein Bier in die Athener Weltlaterne gegenüber.

Den ersten Auftritt hatten sie vier Wochen später im Kühlen Grund, einer neuen Kneipe, gleich um die Ecke. Wilhelm konnte endlich den Nachbau der Louvet aus dem Musikinstrumentenmuseum vorstellen. Die neue Leier klang fantastisch, richtig barock. Für sie hatten sie extra Stücke von Boismortier und Vivaldi einstudiert, natürlich zweistimmig. Wilhelm hoffte, seine Patzer bei den Trillern würden niemand auffallen. Sie fielen niemandem auf, und die Freunde waren seine Patzer gewohnt. Diese feuerten sie an, ansonsten herrschte geduldiges Desinteresse. Paul, dem Wirt, schien es jedoch gefallen zu haben. Er hielt sie für den restlichen Abend frei und bevor sie aufbrachen, hatte er sie für zwei weitere Abende und einen Sonntags-Frühschoppen festgenagelt.

Nun musste ein Name her. Der war schnell gefunden: Les Maîtres des Bourdons, mehr Gedöns ging nicht.

In Lißberg wurden sie als die großen Berliner Brummtonmeister bewundert, wie Wilhelm Jahrzehnte später erfahren würde. Mit dem bunten Repertoire, es reichte von deutschem Liedgut über schwedische und französische Folklore bis hin zu Mozart und den barocken Franzosen, deckten sie das komplette Drehleierprogramm ab. Entsprechend in Feierlaune vernichteten sie nach ihrem Auftritt die hessischen Bier- und Weinvorräte. Am nächsten Nachmittag mussten sie sich allerdings eingestehen, dass es noch ein weiter Weg bis zu schallplattentauglicher Perfektion war, denn auf der Bühne saß Michele Fromenteau, die ungekrönte Königin der französischen Barockdrehleier und im Vergleich mit ihr waren sie miserabel. Wilhelm war wie immer zu schnell, hatte die Wiederholungen vergessen und Peter hatte die Ansagen durcheinandergebracht. Aber immerhin – sie hatten auf dem legendären Bordunfestival des Frankfurters gespielt.

Der nächste Auftritt sollte etwas ganz Besonderes werden. Für ihren ersten Frühschoppen hatten sie extra ein neues Programm mit Renaissancestücken von Michael Praetorius zusammengestellt. Peter am Dudelsack, Wilhelm mit

Krummhorn oder Dulcimer. Die richtige Mischung für ein sommerliches Weizenfrühstück. Ein Sonntagmorgen Anfang Juli. Halb zehn, Peter und Wilhelm trafen gleichzeitig ein. Der Kühle Grund hatte noch geschlossen, keine Plakate und weit und breit, kein Paul, um zehn sollten sie spielen.

Viertel nach zehn. Paul kam mit seinen beiden Riesenhunden angedackelt und guckte sie fragend an: »Was wollt ihr denn schon so früh?«

»Spielen, was sonst?«, sagte Peter.

»Hier spielt niemand, davon wüsste ich«, Paul schien sich seiner Sache ziemlich sicher.

»Dann sieh gefälligst nach. Und mach endlich auf. Denkst du, ich hab' Lust, mir noch länger die Beine in den Bauch zu stehen?« Paul grinste, schloss auf und knipste in aller Ruhe die Raum- und Tresenlampen an.

»Was ist jetzt?«, Peter hatte sich auf einen Barhocker geschwungen und giftete Paul an. Der griff nach seinem Terminplaner, blättert umständlich durch die Seiten und fragte mit dünnen Lippen: »Was ist heute überhaupt für ein Tag?«

»Sonntag«, antworteten sie fast gleichzeitig. Wilhelm fügte hinzu: »Sonntag, dritter Juli, und um zehn haben wir einen Auftritt bei dir. Und du hast gesagt, du kümmerst dich um die Werbung. Und bis jetzt ist …«

»Stimmt. Da steht's«, Paul grinste dümmlich.

»Und kein Schwein ist da. Und jetzt?«

»Was war denn vereinbart?«, Paul wirkte gelassener als jemals zuvor.

»'Nen Hunni«, sagte Peter. Paul hatte inzwischen drei Jever gezapft und stellte zwei davon wortlos auf den Tresen.

»Ja, was jetzt?«, fragte Peter, nachdem er sich den Schaum vom Bart geleckt hatte.

Paul langte in die Tasche, zog den Geldbeutel heraus und knallte einen Hundertmarkschein auf den Tisch. »Ihr wollt spielen, ihr habt einen Termin, hier ist die Kohle. Also ...« – Paul genoss seinen Auftritt – »spielt.« Er rückte den Barhocker zum Buffet, lehnte sich zurück und verschränkte die Arme vor der Brust. Paul bekam sein Privatkonzert. Ihm schien es gefallen zu haben, denn nach einer knappen halben Stunde nickte er, fragte, ob sie ein Bauernfrühstück wollten und verschwand, nachdem er zwei weitere Pils für sie gezapft hatte, hüftschwingend in der Küche.

Beim nächsten Auftritt im Kühlen Grund war einiges los, die Mundpropaganda hatte für volle Reihen gesorgt. Ein Pärchen wagte beim Rosenwalzer sogar ein Tänzchen und schlängelte sich entlang der Tische, für Peter ein Zeichen, dass sie zum Tanzen spielen müssten. Marlies, Peters Freundin, drängte seit den ersten Proben darauf. Während der Pause kam ein viel zu früh ergrauter Typ und erzählte, dass er ein Akkordeon dabei hätte und genau dieselbe Musik machen würde. Er packte es aus und nach dem letzten Set waren sie zu dritt.

Beim folgenden Konzert, einem Bal Folk im Ballhaus Lübars mussten sie feststellen, dass sie für die großen Säle nicht laut genug waren. Für eine Anlage fehlte das Geld, also machten sie sich auf die Suche nach anderweitiger Verstärkung. In der Zitty wurden sie fündig und mit Thomas am Kontrabass und Imke an der Geige wurden sie zum Quintett. Imke machte mit ihrem geschlitzten kleinem Schwarzen und den wehenden Haaren die optischen Defizite der Männer mehr als wett und musste deswegen nach vorne an den Bühnenrand. Marlies war von nun an auch immer dabei und leitete die Tänze an. Und wenn Wilhelm sich ab und zu verspielte, fiel das nicht weiter auf, denn mit der kleinen Barockdrehleier war er sowieso der leiseste.

Nach nur zwei Proben war eine neue Band entstanden. Namenspate stand der kleine schnurrbärtige Springteufel des Zauberkarussells, der sonntags über den Bildschirm hopste. Zebulon. Sie zogen kreuz und quer durch Berlin, von Ballhaus zu Ballhaus, im Schlepptau eine immer größer werdende, tanzwütige Fangemeinde, die nach der letzten Zugabe dem nächsten Auftritt entgegenfieberte. Für das neue Gruppenfoto putzten sie sich richtig heraus: Die Männer in schwarzen Anzügen, Krawatten oder Fliege – Wilhelm hatte sich sogar einen Zylinder geborgt – die Mädels in schicken Abendkleidern mit für die Folkszene atemberaubend tief ausgeschnittenen Dekolletés. Aufgenommen wurde auf einer Kreuzberger Dachterrasse, den Fernsehturm im Hintergrund.

Dann das übliche: Flyer drucken und verteilen. Termine machen. Und spielen, spielen, spielen. Und für Wilhelm bedeutete dies: Aufträge, Aufträge, Aufträge – und fast alles Drehleiern. Dennoch vermisste er manchmal die Auftritte mit An Dro. Sie hatten ihn für Stunden von seinen düsteren Gedanken an seine Behinderung befreit. Wenn er auf den großen Bühnen stand und von Scheinwerfern angestrahlt im Applaus badete, fühlte er sich angenommen und mindestens gleichwertig.

Andererseits hatte Wilhelm auch seine Prinzipien und lag sich deswegen öfters mit Petra in den Haaren. Die Rückfahrt von einem Festival, bei dem sie mit Whiskey Joe den Abend zuvor den Saal zum Kochen gebracht hatten, ließ das Fass überlaufen. Petra weigerte sich, den kleinen Kerl mit zurück nach Berlin zu nehmen, da sie hinten nur zwei Personen haben wollte und warf Joe an der ersten Autobahnraststätte raus. Wilhelm stieg mit aus.

Lautenbau

Fred und Rebecca warteten vor geschlossener Tür. »Tut mir leid«, sagte Wilhelm und stieg vom Fahrrad, »ich musste meine Tochter noch in die Kita bringen.«

»Kein Problem. Aber seit wann hast du eine Tochter?«

»Im Mai war es ein Jahr. Und verheiratet sind Annemarie und ich jetzt auch. Haben wir uns wirklich so lange nicht mehr gesehen?«

»Nicht, seit der Ausstellung, als ich mit Charivari bei euch war.«

»Gott, wie lange das schon wieder her ist.«

»Nun, Rebecca hat mir keine Ruhe gelassen, sie hat von dir in der Zeitung gelesen und wollte deine Laute testen.«

»Ach ja, der Tagesspiegel. War vorige Woche drin, typischer Sommerlochartikel. Dass jemand so schnell darauf reagiert? Kommt rein.«

Rebecca zog den Zeitungsausschnitt aus der Tasche. »Hier, diese Renaissance-Laute interessiert mich«, dabei deutete sie auf das Bild neben dem Text. Wilhelm, wie er den Hals an eine Fidel anpasste, daneben ein fertiges Instrument und im Hintergrund auf der Hobelbank die sechs-chörige Laute von Hans Frei. Überschrift: Eine Drehleier aus dem ‚Garten der Lüste' für 2000 DM, dann eine dreispaltige Reportage über Wilhelm und seine Arbeit.

Wilhelm holte das Instrument aus dem Nebenraum. Es lag lange ungespielt dort, doch Fred hatte die Laute in Nullkommanichts gestimmt.

»Gutes Instrument. Deine Zweite, oder? Die andere hatte doch einen Hals aus Nussbaum, soweit ich mich erinnere«, sagte er, nachdem er dem letzten Ton hinterhergelauscht hatte.

»Stimmt, aber die erste Laute hat mir bei einer Ausstellung in London ein Schotte abgeluchst. Eigentlich wollte ich sie behalten, einfach als Erinnerung an die Baukurse. Aber als er den Stapel Pfundnoten auf den Tisch geblättert hat, bin ich schwach geworden.«

»Sie klingt fast wie eine Laute von Robert Lundberg.«

»Kein Wunder. Er war mein Lehrer.«

Rebecca hatte inzwischen die Laute auf dem Schoß liegen. Ihre Hand strich über die Muschel. »Was hast du für Lieferzeiten?«

»Ein Jahr.«

Sie drehte den Korpus, betrachtete die Rosette und sagte: »So lange kann ich nicht warten. Fred hat mir Unterricht angeboten. Ich bräuchte ziemlich bald ein Instrument.«

»Ich denke, wir finden eine Lösung.«

Fred beugte sich zu Rebecca und sagte leise: »Warten lohnt sich auf jeden Fall, solche Lauten kriegst du nicht überall.« Dann fragte er Wilhelm: »Wie oft warst du denn bei Lundberg?«

»Dreimal. Davon zweimal fast nur Theorie«

Heiko stürmte in den Laden und nahm seine schwarze Umhängetasche ab. Sie war prall gefüllt.

»Hier«, sagte er, »ich habe uns Schellack mitgebracht.« Dabei stellte er zwei Blechkanister auf den Tisch und zog noch ein Heft hervor. »Hör' dir das an.«

Heiko blätterte zwischen den Seiten. »Da ist es, pass auf: Lautenbau-Seminar mit Robert Lundberg aus Portland, Oregon, USA. Fünftägiger Workshop mit dem Thema Historische Renaissance- und Barocklauten und deren Nachbau in Theorie und Praxis. Vom 27. - 31. August in der Gewerbeschule Erlangen. Anmeldung und weitere Informationen bei Prof. Dieter Kirsch, Uni Würzburg … Mensch, Wilhelm, das wär's doch, oder? Danach weißt du, wie man Muscheln baut. Komm, ich melde uns an.«

Die Zeit davor war hektisch. Auftritte mit An Dro und jede Menge Liefertermine. Sechs Dulcimer mussten fertig werden und in Hannover wartete Manfred auf seine Drehleier. Wilhelm blieb kaum Zeit zu packen. Bei Christian in Neuendettelsau fanden Heiko und er von Sonntag auf Montag Unterschlupf.

Der Kurs begann um vierzehn Uhr. Sie wurden schon erwartet. Außer ihnen hatten sich acht weitere Teilnehmer aus halb Europa eingefunden, darunter sogar zwei Frauen. Professor Kirsch empfing sie eher akademisch und erläuterte den Ablauf der kommenden Woche. Danach stellte er Robert vor. Robert wirkte mit der nackenlangen Mähne und dem wuchernden Kinn- und Backenbart richtig amerikanisch. Er begrüßte die

Gruppe locker und unkompliziert, und ging – diesmal eher unamerikanisch – auf jeden mit ausgestreckter Hand zu und sagte: »Hi, I'm Bob. Nice to meet you.«

Diese europäische Geste schien ihm Spaß zu machen. Er erkundigte sich nach dem Kenntnisstand und kam danach gleich zur Sache. An der Wand hing der Bauplan einer Renaissancelaute.

»Ihr werdet in dieser Woche alles über Lautenbau erfahren. Alles über die Bauweise der alten Meister, über die Fehler, die in den letzten Jahrzehnten gemacht wurden, über meine Arbeit in Museen und vor allem, wie man sich den alten Instrumenten und deren Entwicklung nähert, ihnen Geheimnisse entlockt, und, das Wichtigste, wie man sie detailgetreu kopiert. Nur bauen müsst ihr sie dann noch selbst«, übersetzte der Professor.

Bob lächelte in die Runde. Wilhelm verstand nur Bahnhof. Heiko schien es ähnlich zu gehen, er hing an Bob's Lippen und seinen Händen, die er wild durch die Luft warf. Am Abend verschlang Wilhelm drei Bratwürste mit Kraut und nach zwei Gläsern Bier fiel er erschöpft in unruhigen Schlaf. Messreihen wanderten an ihm vorüber, Parallelogramme und Zirkelbögen. Jahreszahlen aus dem sechzehnten und siebzehnten Jahrhundert. Städtenamen wie Bologna, Venedig, Füssen, Wien, Saló, Pisa. Und immer wieder Bobs Insektenaugen, die ihn über den Rand seiner enormen Metallbrille anstarrten, die ganz vorn auf seiner Nasenspitze saß.

Gleiches Tempo die nächsten Tage. Pläne über Pläne, Zahlen und Maße in einem fort. Bob zitierte aus seinem monströsen schwarzen Buch, in dem sämtliche Messergebnisse und Besonderheiten aller Lauten festgehalten waren. Jeder hatte ungehinderten Zugang zu diesem Werk. Ein etablierter Gitarrenbauer aus Belgien machte sich daraus Notizen, anfangs nur in den Pausen, später ganz ungeniert. Deckenstärken im Einmillimeterbereich wurden wild diskutiert, Rosetten und deren Konstruktionen bewundert. Der Holländer taute langsam auf, über das Gesicht der verschlossenen Schweizerin huschte ab und zu ein Lächeln und selbst Wilhelm getraute sich, Fragen zu stellen, die, auch wenn sie noch so dumm waren, von Bob mit einer Engelsgeduld beantwortet wurden. Bob gab alles.

Nur, wie man eine Muschel baute, wusste Wilhelm danach immer noch nicht. Nur deswegen war er überhaupt auf den Kurs gegangen. Lauten interessierten ihn bis dahin noch nicht im Geringsten. Wozu auch? Doch Bob versprach am letzten Tag, im nächsten Jahr wiederzukommen. Dann würden sie gemeinsam Lauten bauen. Und Wilhelm versprach zu kommen.

Die Zeit bis dahin nutzte er und versuchte, die neu gewonnenen Erkenntnisse und Techniken umzusetzen. Er wagte sich an seine Lieblingsdrehleier. Das monströse Ding aus Hieronymus Boschs Garten der Lüste ließ ihm schon lange keine Ruhe. In diesem Triptychon erkannte er die Drehleier als das ultimative Folterinstrument des Mittelalters – bis jetzt hatte sie noch keiner rekonstruiert und niemand nachgebaut. Nicht einmal der Frankfurter! Wilhelm sah seine Aufgabe darin, die Drehleier von dieser Jahrhunderte währenden Erbsünde zu befreien. Sie ins Heute zu bringen. Sie wieder spielbar und hörbar zu machen.

Professor Kirsch, mittlerweile nannten ihn alle Dieter, hatte es geschafft, passende Räumlichkeiten in einer Berufsschulwerkstatt zu organisieren. Bob hatte außer den Plänen und seinem dicken schwarzen Buch jede Menge Holz, Werkzeuge und ein Konzept für einen Baukurs dabei. Wieder waren sie zu zehnt. Alte Bekannte und ein paar neue Gesichter. Wieder aus aller Herren Länder.

Als erstes beeindruckte sie Bob mit seiner Arbeitsschürze. Anstelle eines einfachen Nackenbandes, hatte seine Schürze zwei Bändel, die am Rücken übers Kreuz liefen. Der Vorteil dabei war, dass die Schürze immer hauteng saß, egal wie man sich bewegte, drehte oder bückte. Nachdem er sie umgebunden hatte, legte er los. Zwei Fichtenbretter wurden abgerichtet. Vier, fünf Züge mit einer Stanley-Raubank und fertig. Nur die Idee eines Lichtspalts war in der Mitte zu sehen, als Bob die Hälften gegeneinander hielt.

»That's a spring joint«, erklärte er, dies wäre wichtig, damit die Decke bei Feuchtigkeitsschwankungen nicht reiße. Als nächstes verblüffte er alle, als er die Decke verleimte. Mit fünf Klebstreifen wurde eine Seite fixiert, Leim auf die Kante gestrichen und zusammengeklappt. Winzige Tröpfchen perlten aus der Fuge, ein paar Streifen Klebeband auf die Vorderseite, und fertig. Wilhelm schüttelte den Kopf und dachte an die aufwändigen Verleimkonstruktionen, die er sich für diese Arbeit zusammengeschustert hatte, und die erst nach drei oder vier Anläufen einigermaßen funktioniert hatten.

Bob teilte Fichtendeckenhälften aus. Wilhelm musste das Holz dicht vor die Nase halten, damit er die Jahresringe überhaupt erkennen konnte, sie waren weniger als einen Millimeter voneinander entfernt. Die Hobelei dauerte erheblich länger als bei Bob. Wilhelm schaffte es dennoch nicht, die Kanten glatt und gerade zu bekommen, der Spalt war entweder zu breit, oder die Deckenhälften klafften an den Enden auseinander. Bob erlöste ihn, indem er mit nur zwei Zügen darüber fuhr und ihm Klebeband und Leimflasche reichte. Er legte seine Hand auf Wilhelms Schulter, neigte den Kopf und sagte: »Don't worry, William. Once it comes.«

Nach eineinhalb Tagen und einem durchgearbeiteten Abend war Wilhelms Decke endlich soweit auf Stärke gehobelt und mit der Ziehklinge geglättet, dass Bob sie durchgehen ließ. Zwischenzeitlich hatte Bob begonnen, den Stock für die Muschel zu fertigen. Natürlich wich Wilhelm ihm dabei nicht von der Seite. Drei Zentimeter dicke Erlenbretter bildeten den Rahmen, klotzweise wurden die Blöcke drangeleimt und mit groben Stemmeisen und Raspeln auf Form getrimmt. Nach und nach schälte sich aus dem Stückwerk eine Lautenform heraus, massiv und elend schwer. Feilen und Ziehklingen erledigten die Feinarbeit. Zur Kontrolle diente eine Schablone, den Rest bearbeitete Bob nach Gefühl. Am Ende nahm er ausnahmsweise Schmirgelpapier, trug eine Schicht Schellack auf und versiegelte den Stock mit Bienenwachspaste.

Am Nachmittag, nach Fränkischen Bratwürsten mit Kraut und Brot zum Dritten, begann Bob mit dem Bau der Muschel. Ahornspäne, kaum dicker als ein Millimeter, wurden gebogen, Bob schaffte die exakte Kurve in einem einzigen Durchgang. Der Span passte, als wäre er von der Bauform geschält. Er trimmte die Enden mit dem Stemmeisen, glättete die Kanten mit einem Mini-Simshobel und nach wenigen

Minuten war der erste Span fertig und konnte festgeleimt werden. Bob erklärte die Vorzüge seines Superklebers: Titebond würde nicht nur glashart, er trockne auch blitzschnell, und, das Beste daran, ein paar Tropfen warmes Wasser, er würde wieder weich und ließe sich lösen. Pech nur, dass es diesen Leim in ganz Europa nicht zu kaufen gab, aber Bob bot an, welchen zu schicken. Heiko und Wilhelm bestellten gleich eine ganze Gallone. Jeder!

Und wieder verblüffte Bob mit seiner Arbeitstechnik. Nicht nur, dass er beidhändig die kleinen Keile zielsicher an die Späne hämmerte, er benutzte das Stemmeisen links ebenso virtuos und sicher wie rechts. Wilhelm arbeitete jetzt die Mittagspausen durch und blieb abends bis nach zehn in der Werkstatt. Ihm bleiben nur noch zwei Tage und bevor die Rosette nicht gestochen war, konnte er keine Balken aufleimen. Bob hatte versprochen, allen bei der Feinabstimmung des Bass- und der beiden Diskantbalken zur Seite zu stehen, dem A und O eines ausgewogen tönenden Instrumentes, wie er immer wieder betonte.

Freitag. Nach letzten Feinarbeiten und kollektiver Hilfe war die Decke fertig und der Birnbaumsteg aufgeleimt. Bob kontrollierte jede Decke. Wilhelm musste an den Balken winzige Spänchen wegschnitzen, bis ein völlig gleichmäßiges trockenes Pochen zu hören war. Bob's Lieblingskommentar dabei: »Aha, now it comes!«

Während der Woche wurden von Bobs Zeichnungen Kopien gemacht. Wilhelm kaufte Pläne von Renaissance- und Barocklauten, einer Cister und einer Biedermeiergitarre.

Am Abend wurde in einem historischen Kellergewölbe mit Schlachtplatte, Fassbier und den unterschiedlichsten musikalischen Einlagen gefeiert. Es wurde spät. Lange lag Wilhelm in seinem Pensionsbett wach und überlegte, was er zuerst machen würde, wenn er zurück in Berlin wäre.

»Klingt spannend. Und beim dritten Mal, was hast du da gemacht?«, wollte Rebecca wissen.

»Da habe ich die Decke und die Muschel von genau dieser Laute gebaut«, antwortete Wilhelm. »Alles vom Meister höchstpersönlich abgesegnet. Bei dem Kurs hat er noch einmal richtig gezeigt, was er drauf hat. Das Schärfste war der Test mit den Elfenbeinplättchen. Hält er uns zwei schmale Streifen Elfenbein vor die Nase und fragt, welches dicker sei. Ich habe sofort auf das Linke gezeigt. Und nun, haltet euch fest, das Linke war gerade mal ein Hundertstel Millimeter dicker als das Rechte. Ein Hundertstel Millimeter, mehr nicht. Und ich habe es erkannt.«

Rebecca hing ihm an den Lippen.

»Fertiggebaut habe ich die Laute allerdings erst ein Jahr später. Mir kam der Gitarrenbau dazwischen.«

»Seit wann baust du denn Gitarren?«, fragte Fred erstaunt.

»Das hatte ich anfangs sowieso vor. Beinahe hätte es damals sogar mit einer Lehrstelle geklappt, aber dann kam alles anders. Im letzten Jahr wollte ich eine Prüfung als Drehleierbauer ablegen. Gibt es nicht, musste ich mir sagen lassen, und die in Mittenwald wollten tatsächlich, dass ich die Geigenbauer-Prüfung mache. Dann lieber Gitarren. Nun werde ich die Gesellenprüfung im Zupfinstrumentenmacherhandwerk, wie das so schön bürokratisch heißt, ablegen. Und mit eben dieser Laute habe ich mich in Nürnberg beworben. Danach konnte ich schon einmal die Zulassungsprüfung ablegen.«

»Und?«

»Bestanden. Im nächsten Jahr mache ich meinen Gesellen«, und zu Rebecca gewandt, »und die Laute nimmst du einfach mit. Behalte sie so lange, bis ich deine fertig habe.«

Die Prüfung

Die Wochen vor der Prüfung waren hart. Wilhelm lernte jede freie Minute. Jede freie Minute war die Zeit, die ihm neben dem Bau seines Gesellenstückes, der unlackierten zwölfsaitigen Westerngitarre, dem Üben der zu erwartenden Aufgaben, den dringenden Reparaturen an Gitarren, Geigen, Celli, den Auftritten mit Zebulon, dem vormittäglichen Versorgen und abendlichen Zubettbringen der Kinder, den paar Stunden mit Frau und Freunden und den viel zu kurzen Nächten, blieb. In nur vierzehn Tagen würde er alles wissen müssen, was mit dem Bau von Gitarren zusammenhängt.

Er müsste wissen, wie es zu Gitarren kam, Bogenklang nach Jagderfolg; Kalebassenton im Orient, Saitenspiel in Afrika, Latina, Vihuela und Quinterne, Spanien, Frankreich, Portugal; müsste wissen, welche Sonderformen, wissen, freilich, wann das war; wissen, wie gestimmt mit welchen Saiten, Terz und Quart und Quint, Oktav; wissen auch, dass Bünde einst gebunden, wissen, dass die Saiten einst aus Darm; wissen was Mensuren, wie berechnet, ganze Länge oft geteilt, Eins Punkt Null Fünf Neun Vier Sechs; wissen, wie man Hölzer lagert, Kapillarsystem und Trockenzeit, spaltet, sägt und biegt und schleift, wissen wie man leimt und schneidet; wissen, wie man Lack bereitet, Drachenblut mit Alkohol, Schellack, Stocklack, Sandarak, Weihrauch, Mastix, Terpentin; Pinsel, Ballen, Wattebausch, Bienenwachs mit Propolis; wissen, wie man

Werkzeug schärft, welcher Winkel wofür nutzt, welcher Stahl für welchen Hobel, welcher Grat steht ihm zur Wahl; wissen, wie die Decken schwingen, dass längs zu quer gleich zehn zu eins; wissen um die Wahl der Maser, stehend, liegend, kreuz und quer; wissen, wie man Hälse schäftet, Neigung, die zum Spielen taugt; Einlegspäne färbt und formt, zuvor noch passend Gräben schneidet; wissen auch, ob Kantenbruch, oder soll die Ecke bleiben; ob bei Steg- und Sattelkerben, Breite, Tiefe, Rundung reichen; wissen wie man Saitenstärken mit Formeln und Physik erhält; wissen auch um Kraft und Spannung, damit ein runder Ton gefällt.

Bei der Zulassungsprüfung im Jahr zuvor kam Wilhelm an seine Grenzen. Er hatte nur sechs Stunden, um ein Zargenpaar abzurichten und zu biegen. Er musste Bünde bei einem Griffbrett anzeichnen und einsägen, an einem fertigen Korpus mit massiver Fichtendecke Rand- und Spaneinlage einschneiden und ausnehmen, einen Gitarrenhalsrohling komplett mit Fuß fertigen, einen Satz Bodenbalken hobeln und wölben, bei einer Fichtendecke das Schallloch festlegen und die Rosettenbreite einschneiden. Außerdem hatte er ein eigenes, spielfertiges Instrument mit einer eidesstattlichen Erklärung vorzulegen. Der Prüfungsleiter schlich wie ein Wachsoldat um ihn herum. Obendrein musste er noch jede Menge fachtechnischer Fragen beantworten – schließlich hatte er bestanden.

Doch das war nur die Generalprobe. Heute, am 19. Juli 1986 würde die Hauptaufführung stattfinden. Den Abend zuvor verbrachte Wilhelm wieder bei Christian. Der war stolz auf ihn.

»Weißt du noch, wie du ankamst und mir die Ohren voll gejammert hast, dass du keine Lust hättest, in einer Schreinerei Tag für Tag Bretter zu sägen oder an einer Fräsmaschine zu stehen?«

»Klar. Und wenn du mich nicht beim Spielen unterbrochen, auf die Gitarre gezeigt und gesagt hättest ›Warum baust du eigentlich keine Gitarren‹, wer weiß, was aus mir geworden wäre.«

»Bestimmt nichts Gescheites«, sagte Christian, lachte und goss Tee nach.

Ausnahmsweise verzichteten sie auf die übliche Bierorgie, denn Wilhelm wollte unter allen Umständen ausgeschlafen sein. Dennoch bot sich Christian an, ihn bei den Hölzern abzufragen. Sie waren Wilhelms Schwachstelle und verfolgten ihn deshalb noch bis in den Schlaf. Er träumte, wie riesige Stämme auf ihren Wurzelstümpfen umhertanzten, näher kamen und die Äste um Wilhelms Brust wanden, bis er zu ersticken drohte. Dabei stampften und grölten sie. Ihre Stimmen tönten, als wenn Riesen in Kellergewölben über Kohlenberge trampeln würden:

Ahorn, Apfel und Akazie
Birke, Birne, Buche, Bux
Cedernholz aus Canada
Durian, Douglasie
Erle, Eibe, Ebenholz
Fichtenstämme aus den Bergen
Gefällt in Neumonds Winternacht

Merk dir das, du Fichtelwicht!
Hollywood im Stechpalmwald
Indisch Rosewood auf Auktionen
Jacaranda aus Jamaika
Kokos neben Kokobolo
Linde, Limba, Lärchenleisten
Mahagoni, Maulbeerbaum
Nussbaum rot und Nussbaum braun
Merk dir das, du Fichtelwicht!
Olivenholz und Ovangkol
Palisander aus Brasilien
Quergesägt meist illegal
Reedwood, Rüster und Ramin
Sandelholz und Schlangenholz
Tanne, Thuja, Tola, Teak
Merk dir das, du Fichtelwicht!
Ulmen unter Vorbehalt
Veilchenholz von fernen Inseln
Weide, Wenge und Wachholder
X-mal wirst du dich vertun
Yes or No, wer kennt denn schon
Zebrano- und Zypressenholz
Merk dir das, du Fichtelwicht!
Merk dir das, du Fichtelwicht!

Müde Augen blickten aus dem Spiegel. Unausgeschlafen und mit Gummibeinen machte sich Wilhelm auf den Weg. Kein Frühstück, er war viel zu aufgekratzt, nichts wäre im Magen geblieben. Den Weg zum Ausbildungszentrum der Nürnberger Handwerkskammer hatte er sich letzten Abend eingeprägt. Doch nach einer Umleitung verfuhr er sich. Der Stadtplan lag auf Christians Küchentisch. Die Zeit wurde knapp. Passanten, die er fragte, gaben unterschiedliche Antworten. Sie variierten von »Keine Ahnung«, über »Sorry, ich hab's eilig« bis »Lassen Sie mich nachdenken. Die Seiboldstraße, hmm, also, ich glaube …«

Als Wilhelm die Schule fand, war es fünf vor acht, noch fünf Minuten. Keine freien Parkplätze vor dem Gebäude. Erst eine Straße weiter entdeckte er endlich eine Lücke. Er fuhr daran vorbei und wollte zurücksetzen. Grobes Gehupe hinter ihm. Ein Furcht erregender Kühlergrill drohte im Rückspiegel. Die Stadtreinigung war unterwegs. Ein weiteres Mal um den Block. Sieben nach Acht. Und nun noch das Geschleppe der Arbeitsproben, der Werkzeuge und des Gitarrenkoffers. Wilhelm war kurz davor, Gas zu geben, aus der Stadt zu flüchten und so lange geradeaus zu fahren, bis der Tank leer war, oder sich ein Baum gnädigerweise in den Weg stellte.

Er musste zweimal gehen und kam kurzatmig im Prüfungsraum an. Wie immer nach solchen Aktionen: Seitenstechen, Herzrasen, im Hals eine Sahara. Prüfung – Bitte Ruhe! stand an der Tür. Wilhelm klopfte und trat ein. Gerüche schlugen ihm entgegen, Deos, Haargel und jede Menge Angst. Dreizehn Augenpaare musterten ihn. Geraune. Wilhelm war der einzige mit wirklich langen Haaren. Der Innungsmeister stand bereits an der Tafel und notierte den Prüfungszeitplan.

Er sah auf seine Armbanduhr, dann zu Wilhelm, der Blick sprach Bände. Seine Hand wies auf die Anwesenheitsliste. Wilhelm setzte sich an den letzten freien Einzeltisch ganz nach hinten. Einige der anderen Prüflinge starren ihn immer noch an. Dann ging der Prüfer von Bank zu Bank und verteilte die Fragebögen. »Auf die Plätze, fertig ... und los!« Gemurmel, Stöhnen. Weltuntergang.

Ab welchem Zeitpunkt lassen sich Gitarren in Mitteleuropa nachweisen? Erläutern Sie Herkunft der frühen Modelle und deren Besonderheiten.

Beschreiben Sie mindestens drei Arten der Deckenbebalkung, deren Verbreitung und die Unterschiede.

Nennen Sie die Merkmale einer modernen Konzertgitarre.

Beschreiben Sie die Gründe für die Bodenwölbung und die Auswirkung auf den Klang.

Was versteht man unter Wiener-, beziehungsweise Münchner Stimmung?

Welche Arten von Hals-Korpus-Verbindungen sind Ihnen geläufig? Nennen Sie die jeweiligen Vor- und Nachteile.

Berechnen Sie die Saitenstärke der Saite G4 anhand von Elastizitätsmodul (2,54), Tonhöhe (6. Bund) und Mensur (638 mm) bei einer Spannung von 5,85 kp. Hilfsmittel: Rechenschieber oder Taschenrechner.

Erklären Sie den Zusammenhang von Stegverschiebung, Saitenmaterial und Saitenlage am Oktavpunkt anhand einer mathematischen Formel.

Berechnen Sie die Abstände einer Mensur mit der Länge von 640 mm bis zum 18. Bund. Runden Sie das Ergebnis auf eine Stelle hinter dem Komma ab. Hilfsmittel: Rechenschieber oder Taschenrechner.

Die Lernerei der letzten Wochen hat sich gelohnt. Wilhelm beantwortete das meiste ohne Schwierigkeiten und hoffte, dass seine Rechnereien stimmen würden. Einzig bei den merkwürdigen Stimmungen, den sicherheitstechnischen Fragen zum Arbeitsplatz und den betriebsrechtlichen Besonderheiten musste er passen. Die Stimmungen sagten ihm nichts und von betriebswirtschaftlichen Dingen hatte er nicht den blassesten Schimmer.

Nach einer halbstündigen Pause begann der praktische Prüfungsteil. Sie zogen um in eine Werkstatt. Die Aufgaben waren Wilhelm drei Wochen zuvor schriftlich mitgeteilt worden und er hatte Zeit gehabt, sie zu üben. Er begann mit dem Griffbrett. Mittellinie, Abstände mit hartem Stift, quer mit dem Schnitzmesser und mit der Halbmillimetersäge die Schlitze. Vorsichtig! Für einen Moment tauchte die Erinnerung an die misslungenen Versuche seines ersten Dulcimers auf. Dann die Bünde mit einer Palisanderunterlage einklopfen. Noch mehr Vorsicht! Die Enden abzwicken, feilen, schleifen, mit Stahlwolle polieren. Fertig.

Doch dann der Schock: Die Methode, wie sein Nebenmann die nächste Aufgabe löste, war Wilhelm völlig fremd. Hals einsetzen, deutsche Bauweise. Er sah ihm zu, wie er einen Keil in den fertig geschlossenen Gitarrenkorpus sägte, von der Decke die Zarge entlang, ohne den Boden zu beschädigen. Wilhelms Korpus hat keinen Boden, nur Zargen und Decke.

»Wie wollen Sie denn bei Ihrem Prüfstück den richtigen Winkel bestimmen?«, fragte der Prüfungsbeisitzer und sah dabei bis auf den Grund seiner Unsicherheit. Keine Ahnung – Wilhelm war sich sicher, das gibt Abzüge.

Wilhelm arbeite weiter, bis der Halskeil im Korpus fest klemmte und die Oberflächen plan waren. Nun zur Decke. Fertig gehobelt und mit der Ziehklinge geglättet – bloß kein Schleifpapier – lag sie vor ihm und war bereit für den Kreisschneider, die vorgefertigte Schalllochverzierung daneben. Außenkreis, Innenkreis, fünf Schnitte dazwischen. Und auf keinen Fall tiefer als einen Millimeter.

Schon wieder der Beisitzer! Er baute sich vor Wilhelm auf und starrte auf sein Skalpell, mit dem er die Gräben aushob.

»Wie machen Sie das denn?«

Wieder wusste Wilhelm keine Antwort. Wie sollte er es denn sonst machen? Bob machte doch auch alles mit dem Skalpell. Hauptsache, die Einlage passt, dachte er.

Dann nahm der Beisitzer den Hobel, der neben Wilhelms Arbeitsprobe lag und fragte: »Wissen Sie wenigstens was das ist?«

»Ein Putzhobel.«

Während Wilhelm antworte, rutschte das Skalpell ab und ein winziger Span brach heraus. Selbst wenn er ihn noch so exakt zurück leimen könnte, würde man es später sehen. Wilhelm bekam es mit der Angst zu tun. Er fürchtete noch mehr Abzüge. Muss ich am Ende wiederholen? Geht das überhaupt?

»Denk dir nichts«, sagte sein Nachbar, als er Wilhelms Verzweiflung bemerkte, »der tut bloß so, der lässt keinen durchfallen. Wäre das erste Mal.«

Konnte Wilhelm ihm glauben?

Die nächste Ernüchterung kam, als der Prüfer sein Gesellenstück begutachtete, den Nachbau einer zwölfsaitigen Larrivée-Westerngitarre. Ostindisches Palisander, feinste Südtiroler Fichtendecke. Er trat zum Fenster, hielt das Instrument mit gestrecktem Arm von sich und drehte es langsam im Licht. Zielsicher stach sein rechter Zeigefinger auf die Stelle, bei der Wilhelm den hauchfeinen Spalt mit Wachs gefüllt hatte.

»So etwas mögen wir gar nicht besonders«, sagte er. Könnten Blicke töten … Dann reichte er Wilhelm die Gitarre mit einem Nicken und sagte: »Wird schon noch werden. Strengen Sie sich an. Aber wieso haben Sie ausgerechnet einen Zwölfsaiter gebaut?«

»Das ist ein Auftrag.«

Der Prüfer war sprachlos. Dass dies zudem Wilhelms erste Gitarre überhaupt war, abgesehen von dem kleinen Biedermeiermodell, verschwieg er sicherheitshalber.

Gegen halb fünf hatte der Spuk ein Ende und Wilhelm wurde mitgeteilt, dass er trotz der suboptimalen Arbeitsproben bestanden hätte. Auf seine Frage, wie er zur Meisterprüfung kommen könne, antwortet der Innungsmeister: »Drei bis fünf Jahre Gesellenzeit in einem Betrieb, dann sehen wir uns wieder.«

Auf Wilhelms Einwand, dass er mit seiner Behinderung schwerlich eine Stelle finden würde, außerdem Frau und zwei Kinder hätte, die er versorgen müsse, bekam er eine Antwort, die ihn umgehend davon überzeugte, den richtigen Entschluss gefasst zu haben: »Dann machen sie in Gottes Namen Ihre Gesellenzeit in der eigenen Werkstatt. Ihr Gesellenbrief wird Ihnen in den nächsten Tagen auf dem Postweg zugestellt. Herzlichen Glückwunsch.«

Westwärts

Draußen trieb ein eisiger Februarwind schwere Wolken vor sich her und zerrte an den Kastanienzweigen. Grau in Grau. Die Schneehaufen zwischen den Autos und an den Straßenecken waren schwarz gesprenkelt. Es stank nach minderwertiger Braunkohle. Atmen wurde zur Qual und keine Besserung in Sicht. Janz Berlin war eene Wolke.

»Schon wieder Mittelohrentzündung, diesmal bei beiden«, sagte Annemarie und hob den weinenden Jungen aus dem Kinderwagen. Das Mädchen stand mit fiebrigen Backen daneben und zerbiss den Schnuller. »Der Kinderarzt meinte, es gäbe nur zwei Möglichkeiten. Entweder wir lassen ihnen die Mandeln und Polypen herausoperieren, oder wir kehren Berlin den Rücken.«

»Und wie stellt der sich das vor?«, fragte Wilhelm.

»Wieso der? *Wir* müssen handeln.«

Annemarie hatte recht. Den Gedanken, die Werkstatt in der Katzbachstraße zu verlassen, hatte Wilhelm schon länger. Der ewige Lärm, das Klirren der Scheiben, wenn KaDeWe-Laster Richtung Zentrallager vorbeirumpelten, das stetige Rauschen der Yorckstraße, der ewige Dreck und die merkwürdigen Mieter vom Hinterhaus. Das Angebot, die Remise am Fraenkelufer zu beziehen, hatte sich zerschlagen und die Ufa-Fabrik oder sonstige Fabriketagen waren Wilhelm zu kollektiv. Warum nicht zurück Richtung Ulm? Die Idee, zurück in das Haus zu seiner Mutter zu ziehen, Keller und Garage als Werkstatt und den kleinen Außenraum als Laden, hatte er noch verworfen, bevor sie ausgesprochen war. Annemarie wäre unter keinen Umständen an die Kreuzung unter der Stadtautobahn gezogen. Wilhelm auch nicht. Sie mussten weitersuchen. Sein Vater half ihnen dabei. Er durchforstete Anzeigen und Ausschreibungen in den Gemeindeblättern.

Die Lauffenmühle lag idyllisch, aber zu weit vom Schuss, die Kinder wären ohne Nachbarn aufgewachsen, kein Schulbus. Ein Bauernhof war zu klein und zu dicht an der Straße und dies war nichts und jenes war nichts. Endlich, Ende August bot sich wieder ein Termin. Eine alte Wassermühle in Süddeutschland, idyllisch am Dorfrand gelegen. Wilhelm stand vor einem Riesengebäude. Von der Straße aus wirkte es mit dem hohen Dach, der morschen Laderampe und den rostigen Wellblechplatten noch recht überschaubar. Von hinten jedoch war es ein gewaltiger Kasten. Zehn mal dreizehn Meter und vom Kellertor bis zum Giebel fünf Etagen. Ein Monstrum.

Dahinter ein Garten. Die Bäume voll dunkler Zwetschgen, der Lauch stand stramm und die Johannisbeersträucher beugten sich unter der Last der Früchte. Aber keiner traute sich, davon zu naschen. Zu tief hatten sich die Warnungen nach Tschernobyl eingeprägt.

Der Grund für Wilhelms spontanen Kaufentschluss war der Blick durch die Doppeltür, als er auf der Rampe stand. Die Hände am Gesicht, die Nase platt gegen die Scheibe gedrückt, blickte er ins Innere. Vor ihm erstreckte sich ein Raum mit knapp 100 Quadratmetern und einer Wand Richtung

Norden mit zwei großen Sprossenfenstern. Zwei zusätzliche Fenster dazwischen und Wilhelm hätte seine Traumwerkstatt. Sofort war Wilhelm dabei, sie einzurichten und er sah sich wenigen Minuten später vor offenen Fenstern und nichts als Vogelgezwitscher bei der Arbeit sitzen, unter halb fertigen Instrumenten, die reihenweise von der Decke baumelten. Die Kinder spielten in der Ecke mit Holzresten.

Doch kurz darauf riss ihn der Bänker aus seinen Träumen, er kam mit den Schlüsseln. Ein Gang durchs Haus hatte zwar Wilhelm überzeugt, aber Annemarie kamen Zweifel, ob sie sich den Umbau finanziell leisten könnten. »Und dann die ganze Arbeit.«

Wilhelm blieb stur. »Die Mühle ist ideal, etwas Besseres finden wir nicht. Und wenn wir bei der Renovierung viel selbst machen und zusammenhelfen, ist es auch bezahlbar.«

»Was wird mit den Kindern?«

»Wir schaffen das.«

Annemarie gab sich geschlagen.

Zurück in Berlin brach eine Welle von Arbeit über Wilhelm herein. Ihm blieben nur noch drei Monate, um die liegen gebliebenen Reparaturen aufzuarbeiten und die Gesellenstück-Gitarre zu lackieren. Der Kunde drängelte. Und immer weitere Aufträge: Eine Renaissance Cister nach Saló, eine siebenspänige Waldzither, dazu zwei Lautendrehleiern. Obwohl ihn Annemarie sehnlich erwartete, ging er beinahe jeden Abend nach der Werkstatt noch ins Filz oder hing mit Peter beim Griechen ab. Zuhause fand er keine Entspannung mehr.

Nachts saß Wilhelm am Zeichenbrett und plante mit Jochen den Umbau. Der wohnte zwei Treppen höher, denn er hatte sich selbst eine der Wohnungen am Fraenkelufer gesichert. Zu allem wusste er etwas. Isolierung, Fenster, Heizung. Nur als sie auf das Bad zu sprechen kamen, waren sie völlig unterschiedlicher Meinung. Während Wilhelm an dreitausend Mark dachte, sprach er von dreißigtausend. »Du spinnst doch.« (Jochen sollte Recht behalten.)

Die Zeit verging, der Herbst war da. Umzug. Einen Nachmieter fand Wilhelm ohne Probleme, er übernahm die Räume wie sie waren. Doch Wilhelm hatte keine Ahnung, wohin mit seiner Werkstatteinrichtung, den Maschinen, den Formen, den Hölzern. Die Garage seiner Mutter bot sich an. Ende Oktober mietete er einen Siebeneinhalb-Tonner, fuhr früh um zehn Uhr los und wollte seinen Bruder um acht Uhr Abends treffen. Schnee im Fichtelgebirge, Unfälle, Staus und ab Nürnberg Nebel und Glatteis. Bis Wilhelm ankam, war es viertel nach zwei. Um halb fünf war der Laster leer, noch dreieinhalb Stunden, dann musste er bei der Mietfirma sein.

In Wilhelms Leben hielt nun jemand den schnellen Vorlauf gedrückt. Vorvertrag, Kredit, Finanzierung, Notar, Vertrag, Flasche Sekt. Und am letzten Oktobertag waren Annemarie und Wilhelm stolze Besitzer einer baufälligen Mühle mit marodem Dach, kaputten Fenstern, einem morschen Kamin, uralter Elektrik und einem Keller voll alten Gerümpel. Ihre Freunde erklärten sie durch die Bank weg für verrückt und größenwahnsinnig. Mit dem immer gleichen Vorschlag brachten sie es auf den Punkt: »Abreißen. Baut etwas Neues.«

DIE MÜHLE

Neuland

Samstag, erster November. Kirchenglockengeläut. Seit gestern gehörte Wilhelm die alte Mühle und seit einer Stunde isolierte er die Decke seiner neuen Werkstatt. Das Material war schon letzte Woche geliefert und in die Scheune gepackt worden. Gipskartonplatten, meterweise Latten und Mineralwolle in großen Rollen reichten dort bis unters Dach. Dazu die zehn Fenster aus Berlin, massives Mahagoni, nagelneu und genau für die Werkstatt passend. Wilhelms Nachbar hatte sie organisiert, fünfzig Mark das Stück. Christian war aus dem Fränkischen angereist und half. Er warf die letzten Matratzen in den Container. Das Zwanzig-Kubik-Ungetüm stand seit gestern Nachmittag an der Rampe und quoll über. Hausbesitzermitgift.

Es gab viel zu tun. Böden, Kamin und Heizung würde Wilhelm machen lassen. Um Fenster, Isolierung, Wasser und Elektrik wollte er sich selbst kümmern. Er hatte genau vier Wochen Zeit. Anfang Dezember musste die Berliner Wohnung geräumt und bis dahin sollte wenigstens die Werkstatt soweit begehbar sein, um die Möbel unterzustellen.

Montag, sieben Uhr. Die Heizungsbauer standen vor der Tür. Eine halbe Stunde später rückten die Maurer an. Baustellennahkampf: Pressluftgerät, Kettensägen, Schweißbrenner und Betonmischer. Wilhelm war an allen Orten gleichzeitig, stolperte über Schläuche, Kabel, Baudielen und Schaltafeln. Musste dies absegnen, dort etwas berichtigen oder im letzten

Moment den Abriss des alten Kamins verhindern. Er arbeitete ohne Pause, mit dabei seine Schwester, sie war immer zur Stelle. Nachdem der kleine Ofen im alten Bad angeschürt war und Tee auf dem Stövchen vor sich hin simmerte, hebelte sie Fensterrahmen aus dem Mauerwerk oder riss alte Leitungen aus den Wänden. Von früh bis spät. Halogenfluter machten die Nächte zu Tagen, was an Freizeit blieb, waren heiße Dusche, etwas auf dem Teller und ein, zwei Bier vor dem Zubettgehen.

Dann, an Dreikönig, zwischen Teppichbodenrollen, Wäschesäcken und Umzugskartons, verbrachten er, Annemarie und die beiden Kinder die erste Nacht im eigenen Heim. Eingemummt lagen sie in ihren Schlafsäcken auf Matratzen auf dem Küchenboden. Die Anfangszeit war lausig. Minus 20 Grad, die Frostperiode währte über Wochen. Die Heizung lief ununterbrochen, zwei Minuten an, eine Minute aus. Und im Bad noch immer kein warmes Wasser. Beim Windelwechsel des Jüngsten mussten sie das Geschirr aus der Spüle räumen.

Fichtenbalken mit Profilbrettern teilten den alten Mühlenraum – knapp hundert Quadratmeter – in Werkstatt, Büro und Lager. Vorne, mit einer Glastür, der Schauraum und Laden für Gitarren. Wilhelm zweifelte keinen Moment daran, mit entsprechendem Angebot und pfiffiger Werbung, Gitarrenliebhaber aufs Land locken zu können. Somit hätte er ein zusätzliches und einigermaßen sicheres Standbein. Aber noch war es nicht soweit. Zuerst musste er die neue Werkstatt einrichten. Durch die großen Fenster schien endlos Nordlicht. Die paar Maschinen und Arbeitstische verloren sich in dem großen Raum. Wilhelm baute eine drei Meter lange Werkbank, stabil wie ein Amboss. Die letzten Steckdosen wurden montiert, Lampen angeschlossen und die Werkzeuge an die Wände gehängt. Ein zufriedener Blick, Licht aus – dann wurde gefeiert.

Ob es etwas mit dem Datum zu tun hatte, es war ein Freitag im Februar, dazu ein Dreizehnter, wird ein Rätsel bleiben, aber dass Wilhelms erster Kneipenbesuch in der neuen Heimat zu einem Fiasko wurde, wird wohl mehreren in Erinnerung bleiben. Auf jeden Fall sorgte er für Gesprächsstoff. Nach dem dritten Bier wollten Christian und Wilhelm den Hirsch verlassen, doch plötzlich drückte der komplette Gesangsverein in das Wirtshaus und nahm den Stammtisch in Beschlag. Vorneweg der Vereinsvorstand, der Sägewerksbesitzer, der hängerweise Holz an Wilhelm verkauft hatte. Mit Gönnergeste bat er die beiden, sich dazuzusetzen und gab gleich eine Begrüßungsrunde aus, Bier und Obstler.

Dann musste Wilhelm erzählen. Gitarrenbau interessierte alle, Berlin sowieso – Bier und Obstler – wie er in dieses Dorf gekommen wäre und was er so vorhätte – Bier und Obstler. Dann fingen sie an zu singen. Für Wilhelm gab es kein Entkommen, denn, so die einhellige Meinung, wer so saufen könne, kann auch singen. Erst fielen sie vom hohen gelben Wagen – Bier und Obstler, danach wurde der Frühling abgearbeitet – Bier und Obstler, schließlich drängelte sich Wilhelms Ire in den Vordergrund und er schmettere Solos: Sam Hall – Obstler, Wild Rover, Fäuste schlugen auf den Tisch, vielkehliges La-la-lala-la-la – Bier und Obstler. Irgendwann schmiss der Wirt alle raus.

Wilhelm lehnte an Christian, Christian an Wilhelm. Sie konzentrierten sich auf vor- und zurückschwanken. Zaghafte

Schritte heimwärts. Ein paar Meter weiter schimmerte eine gefrorene Lache im Mondlicht. Zaghaftes Zögern. Sie konnten sich nicht entscheiden, ob links oder rechts und nahmen sie mittendurch. Der Boden gab nach, das Eis brach. Sie kämpften, fuchtelten und stützten sich. Alles balancieren half nichts, sie fielen wie gefällte Fichten ins Wasser. Christian brachte Wilhelm nicht mehr hoch, war er doch selbst viel zu betrunken. Der Gesangsverein stand abseits, redete und rauchte. Das Gelächter hinter ihnen erstarb. Irgendwer packte Wilhelm von hinten, stellte ihn auf die Füße und fuhr die beiden, nass wie sie waren, nach Hause. Willkommen in der neuen Heimat.

Einen Samstag gab es nicht, am Sonntag war dicke Luft.

Am Montag konnte es Wilhelm nicht schnell genug gehen, die Kisten mit den angefangenen und halb fertigen Instrumenten auszupacken. Endlich wieder arbeiten. Er genoss diesen Moment des Beginns und begegnete ihm mit Stille und Innehalten.

Draußen fiel Schnee, er sah den Kindern nach, die mit ihren Schlitten den Hasenberg hinunter sausten und erst kurz vor dem Bach zum Stehen kamen. Welch eine Aussicht, welch himmlische Ruhe. Unverbaute Landschaft, soweit das Auge reicht. Ganz in der Ferne, hauchzart, der mächtige Turm einer Wallfahrtskirche. Für einen Moment schob sich die Katzbachstraße in seine Erinnerung. Dieses düstere Grau der Straßenschluchten, diese rußgeschwärzten Schneehaufen mit Hundekot, dieser Lärm und diese atemraubende Schwefelluft. Eine Glückswoge durchströmte ihn. Der Wegzug aus Berlin war richtig. Wilhelm fühlte sich angekommen.

Voll Erwartung betrachtete er die Teile der Renaissance-Cister. Der Hals war fertig, die Decke auf Dicke gehoben und er hatte vor, die Rosette zu schnitzen. Die Ornamentlinien und Lilienmotive hatte er noch in Berlin gezeichnet. Mit einem neuen Skalpell folgte er den Rundungen und drückte die Klinge tief ins Pergament.

Schon beim zweiten Schnitt knickte der Daumen zur Seite. Das Skalpell glitt ihm aus den Fingern. Seine Hände zitterten. Er entdeckte die Schwielen an den Innenseiten. In den letzten Monaten entstanden, waren sie so normal geworden, dass er sie nicht mehr wahrgenommen hatte, seine zweite Haut. Ein weiterer Versuch, wieder schnitt er daneben. Vielleicht waren die Hände einfach überlastet. Er legte die Arbeit beiseite und ging zur Bandsäge, um Ahornrohlinge zu Hälsen zu schneiden, drei Fideln warteten im Auftragsbuch. Doch auch dabei wollten die Hände nicht, wie sie sollten und alles ging zu langsam. Nach dem zweiten Holzstück brach das Sägeblatt. Wilhelm verließ die Werkstatt. An seinem Schreibtisch lotste er die Gedanken Richtung Gitarrengeschäft.

Die Musikmesse in Frankfurt war ein Universum für sich. Um in dem Labyrinth aus Instrumenten, Noten, Literatur und Musikmarketing nicht verloren zu gehen, beschränkte sich Wilhelm auf akustische Gitarren und Zubehör. Am Abend humpelte er mit blutenden Füßen und einem Schwert im Rücken vom Messegelände. Die Monate des Renovierens hatten ihren Preis gefordert, Wilhelm war mit den Kräften am Ende. Heute bekam er die Rechnung. Aber die Quälerei hatte sich gelohnt. Er hatte Kontakte knüpfen können, eine Unzahl Visitenkarten und Kataloge sowie erste Verträge in der Tasche. Erst lange nach Mitternacht lag er im Bett. Er hatte einen 20-Stunden-Tag hinter sich, dennoch, an Schlaf war nicht zu denken. Die Gedanken wirbelten durch den Kopf und die Summe der Bestellungen, unter die er seine Unterschrift gesetzt hatte, machten ihm Angst. Eine dunkle Glocke senkte sich über Wilhelm. Doch schon wenige Tage später kam aus heiterem Himmel ein neuer Auftrag.

Wilhelms Schwester kam zu Besuch und hatte einen Bekannten im Schlepptau, der seit Ewigkeiten einen Gitarrenbauer gesucht hatte. Er träumte von einer speziellen Konzertgitarre, einer Mischform aus flacher Laute im Bass und normaler Gitarre mit Cutaway im Diskant. Wilhelm war sofort von der Aufgabe fasziniert, denn es bot sich die einmalige Chance, ein ungewöhnliches und bislang nirgendwo gesehenes Instrument auf den Markt bringen zu können. Vielleicht wird diese Gitarre neben den Drehleiern zu meinem Markenzeichen, dachte Wilhelm. Aus Abenden wurden Nächte. Sie planten und verwarfen, zeichneten und radierten. Gitarrenmusik plätscherte im Hintergrund, denn lateinamerikanische Musik war Armins große Leidenschaft und er hatte CDs mitgebracht. Außerdem spielte er selbst Flamenco und Bossa Nova wie kein Zweiter. Als Wilhelm von der geplanten Eröffnungsfeier des Gitarrenladens erzählte und Armin fragte, ob er dort spielen würde, sagte dieser: »Da weiß ich jemand viel Besseren, ich kenne einen argentinischen Topgitarristen.«

Seit drei Tagen lag Wilhelm mit einer hartnäckigen Magen-Darm-Grippe im Bett, ein Mitbringsel seiner Tochter aus dem Kindergarten. An Arbeit war nicht zu denken.

»Ich glaube, du solltest dir etwas anziehen«, sagte Annemarie und stand im Schlafzimmer. »Das könnte wichtig sein. Vor der Werkstatt wartet ein Mann, groß, mit langen blonden Haaren. Er lässt sich nicht abwimmeln. Sagt, er wäre nur zufällig und nur heute hier und bräuchte etwas für seine Drehleier. Außerdem möchte er dich unbedingt kennenlernen.«

»Heute am Sonntag? Was denkt der sich?«

»Soll ich ihn wegschicken?«

»Fünf Minuten, mehr nicht.« Wilhelm warf sich den Bademantel über und öffnete in Pantoffeln die Tür zur Werkstatt.

»Hallo, ich bin Berti von Des Geyers Schwarzer Haufen.«

Wilhelm stand einem Haudegen in Motorradjacke gegenüber, der vermutlich eine lange Nacht hinter sich hatte. Er könnte einem Ritterfilm entstiegen sein, kurz nach der Schlacht. Oder Rockmusiker, man hätte ihm sogar den Leadgitarristen einer kalifornischen Heavy-Metal-Band abgekauft, so faltig und verlebt wie er aussah.

Berti bewunderte die Werkstatt und bestaunte die Instrumente, besonders der große Dulcimer hatte es ihm angetan. Routiniert griff er die Akkorde und sang ein paar Takte, sagte etwas von Steuerrückzahlungen und bestellte spontan ein Instrument. Wilhelm verwarf die vorgenommenen fünf Minuten und unterdrückte das Rumoren in der Bauchgegend. Berti fuhr fort, erzählte aus seiner Zeit als Rockgitarrist und dass er es gern krachen ließe.

»Bei Mittelalter-Banketten kommt das besonders gut an. Wir bieten mehr als Trommel und Flöte«, sagte er, dabei verzog sich sein Gesicht zu einem diabolischen Lachen.

Annemarie kam mit Kaffee und Gebäck in die Werkstatt, Wilhelm bekam ein Glas Tee und einen mahnenden Blick, doch Bertis Geschichten waren viel zu interessant. Veranstalter, Auftrittsmöglichkeiten, Bankette und Gagen, vor allem Klatsch über Musiker und die Szene. Stunden später holte Berti seine dunkelrote Drehleier aus dem Koffer.

»Kaum der Rede wert«, sagte Wilhelm nach den ersten Tönen, zog zwei neue Melodiesaiten auf und unterfütterte den Steg mit Papierstreifen. »Gib mir 20 Mark und komm wieder, wenn der Dulcimer fertig ist. Vielleicht brauchst du irgendwann auch eine vernünftige Leier«, sagte er zum Abschied. Berti drückte ihm noch die pressfrische CD in die Hand, die nächste Woche erscheinen sollte. Wilhelm hatte seinen zweiten Auftrag und einen neuen Kunden.

Der Tag der Eröffnung des Gitarrenladens rückte näher. Der vordere Raum war hergerichtet, die Podeste standen und die Wandhalter für Gitarren waren montiert. Als Blickfang gegenüber der Eingangstür protzte eine moderne Glasvitrine in schwarz und rot. In ihr kamen die Drehleiern und historischen Instrumente besonders gut zur Geltung, sie sprangen dem Betrachter gleich beim Eintreten ins Auge.

Wieder einmal entwarf Wilhelm Flyer und verteilte sie in entsprechenden Kneipen. Überall herrschte Interesse. Zeitungsredakteure rissen ihm die Presseinformationen aus der Hand, endlich gab es etwas Neues auf dem Land. Sie konnten es nicht glauben, »Gitarren für 3.000 Mark auf dem Dorf?« Termine wurden vereinbart. Sogar der Süddeutsche Rundfunk bat nach anfänglicher Absage um ein längeres Interview.

Wilhelm hatte viele Helfer. Nächtelang saßen sie in der Werkstatt, wischten hundert Mal Staub, klebten Preisschilder auf den Kleinkram, die Gitarren wurden mehrmals täglich nachgestimmt. Noch eine Woche.

Um die Scheune für die Feier leer zu bekommen, war ein weiterer Container nötig. Alte Fässer, rostiges Landwirtschaftsgerät, angeschimmelte Getreidesäcke von den Vor-Vorbesitzern, Autoreifen, Ölkanister und kuriose Blechteile wurden ungetrennt entsorgt. Es eilte.

Nur noch zwei Tage! Paletten und Schaltafeln, die Bühne stand. Kabel waren verlegt, die Strahler brannten und wurden ausgerichtet, der Sandboden geebnet und geharkt, ein Zen-Garten in Oberschwaben. Die Toilettengrube war leer gepumpt.

Letzte Vorbereitungen in der Werkstatt. Alle Einzelteile einer Gitarre lagen zum Bestaunen und Begreifen bereit: Decke, Boden, Zargenkranz, Hals und Griffbrett. Daneben eine Rolle Bunddraht, Balken, Reifchen und Mechaniken, seitlich Spezialwerkzeuge. Reihenweise Schälchen mit Lackbestandteilen: Stocklack, Sandarak, Drachenblut und natürlich Knochen- und Hautleim-Perlen. Alles sollte möglichst wichtig wirken.

Samstag, ein strahlender Morgen Ende August, kein Wölkchen am Himmel. Wilhelms Schwester rückte mit mehreren Kuchen und gigantischen Thermoskannen an. Ein Wäschekorb voll Brötchen, kiloweise Wurst. Sie war die nächsten Stunden mit Belegen beschäftigt. Wilhelms Bruder schleppte Grillwannen herbei, ein französischer Freund baute seinen Crêpestand auf.

Endlich rollte der Bierlaster auf den Hof. Im Nu war die Scheune vollgestellt, die Garnituren boten Platz für Hundert, die Getränke würden für Tausend reichen. Der Korbflechter aus dem Allgäu tauchte auf, originell mit Wolljanker, Filzhut und Haferlschuhen, sein Beitrag zum Mittelalterwesen, wie er betonte. Seine Frau hatte etwas für Kinder parat. Im Dirndl vorneweg würde sie mit ihnen über die Wiesen streifen, Blumen pflücken und Kränze flechten.

Trio Grande tanzten an, herzliche Begrüßungen. Welche Freude, sich wieder zu sehen. Die Selbstverständlichkeit, mit der Achim Gruber zugesagt hatte, zur Eröffnung des Gitarrenladens zu spielen, hatte Wilhelm schon bei einem Drehleiertreffen in Lißberg beeindruckt. Sie wollten richtig Programm machen: Nach dem Begrüßungskonzert in der Scheune würden sie am Abend die Gemeindehalle zum Kochen bringen. Geplant war ein großer Volkstanzball.

Die Küche füllt sich. Wilhelm begann, an allen Enden zu brennen, nahm sich keine Zeit, etwas zu essen, trank stattdessen kannenweise schwarzen Kaffee und setzte jede Zigarette mit der Glut des alten Stummels in Brand. Sein Magen flatterte, schweißnasse Hände. Noch eine halbe Stunde.

»Du solltest langsam in die Werkstatt«, meinte Wilhelms Schwester, »manche kommen früher.«

Sie hatte Recht. Auf der Rampe warteten erste Interessenten, dann tauchte Wilhelms Mutter auf, gefolgt von ihrer Schwester samt Familie. Kaum, dass Wilhelm sie begrüßen konnte, kam der Bänker mit seinen Präsenten. Er hielt eine Flasche, vermutlich Württemberger Wein, und einen bombastischen Blumenstrauß in Händen. Beides wurde von Annemarie umgehend versorgt, die sich überhaupt perfekt um diese Details kümmerte und Wilhelm immer den Rücken frei hielt, denn schon kamen der Bürgermeister und der Doktor und die Besitzer von Baufirma und Sägewerk und, und, und.

Die Werkstatt füllte sich, Gedränge um die Instrumente, die Presse schob sich vor. Wilhelm gab sein Bestes, war überall zur gleichen Zeit und bemühte sich, jeden davon zu überzeugen, dass nichts spannender wäre, als Gitarren zu bauen. Trio Grande hatten sich in die Scheune verzogen und probten. Im Garten standen Kaffee und Kuchen bereit, die Crêpes-Platten wurden angeworfen. Was für ein Fest.

Aber wo blieb der Argentinier? Er sollte nach Trio Grande spielen und die würden in einer halben Stunde beginnen. Wilhelms Nervosität übertrug sich auf Familie und Helfer, sie begannen, ihn zu meiden.

Endlich! Mit lateinamerikanischer Gelassenheit stolzierte er mit seinem braunledernen Koffer über den Hof. Armin bat, sich irgendwo mit ihm zurückziehen zu können. Der Künstler bräuchte Ruhe zum Stimmen und Warmspielen. Wilhelm überließ ihnen das Schlafzimmer, das eigentlich einzige No Go während des Festes. Keine Diskussionen! Wilhelm musste wieder nach draußen.

»Liebe Gäste, liebe Freunde, ich darf Sie nun in die Scheune bitten.« Wilhelms Schwester schenkte währenddessen den Sekt in die Becher. »Ich freue mich, Trio Grande begrüßen zu dürfen. Wir wünschen ihnen ein herzliches Willkommen und vor allem viel Vergnügen.«

Applaus. Wilhelm und Annemarie stießen an. Endlich wirkte auch sie entspannter. Er konnte sich treiben lassen und blickte zur Bühne. Hanna von Trio Grande nahm es ihm ab, die Drehleier zu erklären, sie verwies sogar darauf, dass man diese Instrumente jetzt hier kaufen könne. Wenn das der Frankfurter wüsste – seine Tochter. Die Stücke, die Trio Grande spielten, perlten an Wilhelm ab. Er war ein in sich geschlossenes System und Lichtjahre vom Geschehen entfernt.

Pause.

Gedränge am Kuchenbuffet, Schlangen bei den Crêpes und am Grill. Kinder spielten im Bach, ließen Brettchen schwimmen und kamen pitschnass die Böschung hochgerannt. Ein paar Mädchen mit gewundenen Blumenkränzen schauten ihnen neidisch nach. Der Garten wimmelte vor Menschen. Ein Sommerfest mit Jahrmarktscharakter war in vollem Gang.

Wilhelm hätte sich keinen besseren Start wünschen können. Vor Kraft berstend saß er in der hintersten Reihe und hielt Annemarie im Arm. Sie sah in ihrem weißen Sommerkleid einfach hinreißend aus. Rechts von ihm saß Sabine, ebenfalls in weiß. Ihr Mann (nein, es war nicht der Elektrostudent) hielt sich etwas abseits und nickte Wilhelm, als er einmal zurückblickte, freundschaftlich zu. Alles war gut.

Drei Reihen davor saß Wilhelms Vater. Nach dem Schlussapplaus erhob er sich und ging auf Wilhelm zu, klopfte ihm auf den Rücken und sagte: »Ich muss leider. War gut. Prima Start, viel Erfolg.«

Von Annemarie und Sabine, er wusste im ersten Moment nicht, wohin er sie stecken sollte, verabschiedete er sich mit charmantem Lächeln und seinem Lieblingsspruch: »Und passt auf, dass er keine Dummheiten macht.«

»Dummheiten? Ach, warum eigentlich nicht?«, frotzelte Sabine und sah zu ihm hoch.

»Wie bitte?« Das war Annemarie. Sie sagte es eher zu Wilhelm und scherzhaft, doch der war mit seinen Gedanken ganz woanders: Habe ich es dir wenigstens diesmal recht machen können? Bist du jetzt endlich mit mir zufrieden?

So richtig mochte Wilhelm das Fahrrad nie. Es war hellblau, hatte nur 26 Zoll und keine Gangschaltung. Richtig schlimm jedoch war, dass es einen niedrigen Einstieg hatte und das Hinterrad auf beiden Seiten mit bunten Gummischnüren geschützt war. Wilhelm fuhr ein Damenfahrrad. Zur Sicherheit, sagte sein Vater, damit er beim Auf- und Absteigen nicht stürzen würde und überhaupt solle er sich nicht so anstellen. »Sei froh, dass du überhaupt ein Fahrrad hast und wieder fahren kannst.« Dass ihn die ganze Klasse und alle seine Freunde damit aufzogen, war ihm entgangen. Wie hätte er es wissen sollen? Er war nie da, und wenn, dann hatte er zu tun und durfte nicht gestört werden.

Wilhelm kam von der Schule und war stolz wie Cäsar, denn er hatte in einer Lateinarbeit endlich eine gute Note. Die Lernerei hatte sich gelohnt. Er konnte es nicht erwarten, seinem Vater den Erfolg zu zeigen und radelte so schnell er konnte nach Hause. Wilhelm verzichtete sogar auf die Kugel Vanilleeis, die ihm sonst den Heimweg versüßte. Er stürmte ins Büro. Sein Vater war nicht da, sein Schreibtisch war leer. Die Sekretärin sagte, er käme nicht vor morgen wieder. So lange konnte Wilhelm unmöglich warten. Die Wespen in seinen Hosen gaben keine Ruhe, er wollte endlich Lob für seine Mühen. Vom Vater. Seine Mutter lobte ihn schon, wenn er seine

Socken auseinanderzog. Von einer Fünf auf Zwei! Der wird sich freuen. Wilhelm ging zum Rad und fuhr los. Wo es lang ging, wusste er durch die weihnachtlichen Besuche. Wenn er frisch geschrubbt – die Haut hing ihm in Fetzen vom Rücken – und gebürstet durchs Schneegestöber kutschiert worden war und sich bei langen Tischgebeten die Beine in den Bauch getreten hatte – der Karpfen wurde kalt, die Butter stockte. Jahrein, jahraus dieselbe Litanei … und bist gebenedeit unter den Weibern und gebenedeit ist die Frucht … Aber jetzt war Sommer und die Oma hatte nichts zu melden. Kurz nach dem Donaubad endete der Radweg und Wilhelm wechselte auf die Straße. Vorbeifahrenden Laster drückten ihn zur Seite und er zappelte die Grasnarbe entlang.

Bei Kirchberg wurde es steil. Obwohl Wilhelm sein schwächeres linkes Bein mit der Hand nach unten drückte, schaffte er nicht die ganze Steigung und musste nach halber Strecke schieben. Zwar ging es danach bergab, dennoch lag die Hälfte der Strecke noch vor ihm. Hintern und Handgelenke schmerzten, aber er wollte zu seinem Vater. Die Zwei zeigen und ihn besuchen. Das erste Mal allein und aus eigener Kraft. Wie der sich freuen wird, wenn er mich sieht. Nur noch sieben Kilometer.

Erst am Ortsschild wurde Wilhelm bewusst, dass sein Vater am anderen Ende des Dorfes wohnte und sein Haus ganz oben am Berg lag. Dort angekommen taten auch die Ellbogen weh. Die Knie zitterten so stark, dass er beim Absteigen vor der Garageneinfahrt samt Rad zu Boden stürzte. Oder lag es daran, dass die Garage leer war? Kein Auto weit und breit.

Er wäre auf der Jagd, sagte seine junge Frau, es könne spät werden. »Es wird das Beste sein, ich bringe dich zurück. Dein

Rad nimmt Vati morgen mit. Aber jetzt trink etwas, dann fahren wir.«

Wilhelm hatte am nächsten Tag erst zur dritten Stunde. Auf der Treppe sitzend, wartete er auf seinen Vater, er wollte ihn direkt am Eingang abpassen, außerdem brauchte er sein Rad. Endlich kam er und stürmte durch das Treppenhaus. »Warum bist du nicht in der Schule?«

»Turnen. Aber hier, Papa, schau mal!« Wilhelm streckte ihm freudestrahlend die Extemporale entgegen. Sein Vater warf einen kurzen Blick auf den Test, reichte ihn zurück und sagte: »Und warum ist das keine Eins?«

Unvermittelt tauchte Ricardo Havenstein auf. Schwarzer Anzug, weißes Hemd und Fliege. Mit seinen Lackschuhen stakste er über den Rasen, kam auf Wilhelm zu und blickte sich irritiert um. Sofort redete Armin auf ihn ein. Dann zu Wilhelm: »Ricardo ist so etwas nicht gewohnt, er spielt sonst nur in Konzertsälen. In Buenos Aires ist er eine ganz große Nummer.«

Gemeinsam gingen sie in die Scheune. Als Ricardo die Bühne, die Mikrofone und die bunten Scheinwerfer sah, dazu die dicken Kameras der Pressefotografen, wirkte er sofort entspannter. Annemarie lotste die Gäste zurück in die Scheune. Sie quetschten sich in die Reihen und verdrehten die Hälse. Wilhelm überließ es Armin, den Gitarristen vorzustellen. Ein Moment der Stille. Ricardos Blick streifte die Runde. Er entlockte den Saiten ein paar erste, beiläufige Töne, kurz darauf griff er mit Rasanz an. Im Handumdrehen bekam die oberschwäbische Scheuer den morbiden Charme einer argentinischen Tangospelunke. Alles hielt den

Atem an, wenn sich seine Klangkaskaden emporhoben, am alten Stadeldach rüttelten und an den Spinnweben kleben blieben. Seidig glänzende Melodieperlen reihten sich an ruppige, scharfe Akkorde. Melancholie begegnete Lebensfreude, begegnete Schmerz, gebar dabei gitarresken Wahnwitz.

Donnernder Applaus nach jedem Stück, Kameras blitzten, Gläser wurden in seine Richtung erhoben. Wilhelms Tochter trug bei allgemeiner Belustigung die symbolische Gage zur Bühne: einen grünen Apfel und ein Ei. Ricardo verneigte sich und lächelte. Der Höhepunkt der Eröffnungsfeier.

Der Gitarrenladen

Die Presse war gut, halbseitige Berichte mit Bildern in allen Blättern der Region. Der Briefkasten quoll über. Glückwunschkarten von Firmen und von Freunden, die nicht kommen konnten. Und die ersten Rechnungen, das war zu erwarten. Zweiundzwanzig Gitarren samt Hüllen und Koffer mussten bezahlt werden. Doch dieser eine Brief der Handwerkskammer bereitete Wilhelm Sorgen.

Sehr geehrter Herr Meerbusch, wie Ihre Gewerbeanzeige beim Bürgermeisteramt ausweist, haben Sie einen selbstständigen Handwerksbetrieb eröffnet. Die Gewerbeanzeige allein berechtigt jedoch nicht zur Ausübung eines Handwerks. Sie sind in der Handwerksrolle nicht eingetragen. Wir bitten Sie deshalb, innerhalb von zwei Wochen einen Antrag auf Eintrag in die Handwerksrolle zu stellen. Falls Sie die Meisterprüfung nicht vor unserer Kammer abgelegt haben, bitten wir um die Vorlage Ihres Meisterprüfungszeugnisses.
Mit freundlichen Grüßen, Handwerksrolle.

»Ich dachte, alles wäre geregelt«, sagte Annemarie, »und jetzt?«
»Ich muss nach Ulm, und zwar sofort.«
»Was hast du vor?«
»Denen werd ich's zeigen.«

Wilhelm betrat ein typisches Amtsbüro mit den üblichen Aktenschränken und den üblichen Topfpflanzen auf dem Fensterbrett. Der Sachbearbeiter der Handwerkskammer saß hinter seinem Schreibtisch, musterte Wilhelm und fragte nach seinem Anliegen. Schon nach Sekunden hatte er den Schnellhefter aus einem Stapel gezogen und blätterte ihn durch. »Sie sind nicht berechtigt, einen Betrieb zu führen. Ihnen fehlt die nötige Qualifikation. Das müssten Sie wissen.«

»Ich habe den Laden ordnungsgemäß angemeldet.«

»Das spielt keine Rolle. Aus den Unterlagen geht hervor, dass Sie eine Werkstatt betreiben. Dazu gehört ein Meisterbrief.«

»Aber die kleine Werkstatt dahinter ist winzig, vielleicht fünf, sechs Quadratmeter. Sie dient doch ausschließlich für Servicearbeiten.«

»Was verstehen sie darunter?«

»Saiten aufziehen, Mechaniken justieren, Stege einstellen oder Bünde nachschleifen.«

»Dies sind handwerkliche Tätigkeiten. Außerdem ist es ohne Bedeutung, was Sie dort machen. Hier geht es ums Prinzip. Solange Sie keinen Meisterbrief vorweisen, haben Sie keine Berechtigung, den Betrieb zu führen.«

»Und wie komme ich zu dem Meisterbrief?«

»Ganz einfach. Indem Sie zusehen, dass Sie ihre Gesellenzeit bei einem Gitarrenbauer ableisten, Schulungen besuchen und dann ihre Prüfung ablegen.«

Jetzt habe ich dich, dachte Wilhelm und fuhr fort: »Das hatte ich ursprünglich vor, aber keiner hat mich angestellt. Ich habe nur Absagen bekommen. Alle hatten Angst, falls etwas passiert. Der Prüfungsausschuss in Nürnberg hatte deswegen vorgeschlagen, ich könne meine Gesellenzeit in der eigenen Werkstatt absolvieren und mich anschließend zu einer freien Prüfung melden. Ausnahmsweise.«

Der Sachbearbeiter kniff seine Augen zu Schlitzen. »So einen Unsinn habe ich noch nie gehört. Würden Sie mir bitte verraten, wieso Sie keiner nimmt.«

»Ganz einfach«, sagte Wilhelm, zog den grün-orangefarbenen Ausweis aus der Tasche, legte ihn auf den Tisch und strich ihn theatralisch glatt. »Bitte schön. Ich bin schwerbehindert. Deswegen nimmt mich keiner. Hier, 70 Prozent. Wissen Sie, was das bedeutet? Ich kann weder lange stehen, noch Strecken von mehr als einhundert Metern gehen. Ausdauernde körperliche Arbeiten sind nicht möglich. Und falls doch, nur mit Schmerzen. In der eigenen Werkstatt kann ich mir die Arbeiten und Zeiten entsprechend einteilen.«

Der Beamte wirkte ratlos. Wilhelm bohrte weiter. »Was soll ich machen, wenn Sie mir die Genehmigung verweigern? Ich habe mein ganzes Geld in den Laden gesteckt und obendrein einen Berg Schulden am Hals. Der Umzug aus Berlin, die Renovierung, meine Kinder; ich habe zwei kleine Kinder. Ich muss arbeiten. Was glauben Sie, wie lange es bei meinem körperlichen Zustand gedauert hat, mich auf die Gesellenprüfung vorzubereiten und sie abzulegen? Sogar mein Arzt hat mir davon abgeraten. Es wäre viel zu anstrengend, hat er gesagt. Wenn Sie darauf bestehen, reiche ich ein entsprechendes Attest nach. Hören Sie, dieser Laden ist meine einzige Chance. Und jetzt wollen Sie mir die Zukunft verbauen. Ich will nichts weiter als Gitarren verkaufen, meiner Frau und den Kindern ein Dach über dem Kopf bieten und halbwegs anständig leben. Falls Sie mir diese Möglichkeit nehmen, werde ich mich erkundigen, ob es keine Verordnung zur Integration Behinderter oder ein Antidiskriminierungsgesetz dagegen gibt.«

Der Sachbearbeiter erhob sich, sah aus dem Fenster und schwieg. Finger trommelten auf der Fensterbank. »Wir machen Folgendes: Sie legen mir Ihre Einwände schriftlich dar«, er wand sich um und zog ein Formular aus einem Fach. »Füllen Sie das aus, meinetwegen gleich hier, und Sie erhalten eine vorläufige Ausnahmegenehmigung, bis Sie die Meisterprüfung gemacht haben. Wie und wann, das ist Ihre Sache. Bitte, nehmen Sie Platz.«

Er reichte Wilhelm einen hellgrünen Bogen. Wilhelm trug Name und Anschrift ein, machte ein Kreuzchen bei Nebenbetrieb, eins bei Schwerbehindert, dazu die Siebzig Prozent. Zwei Sätze zu seinen Gesundheitsproblemen. Datum, Unterschrift – und reichte den Bogen über den Tisch. Der Beamte nickte, legte das Blatt in den Aktenordner und deponierte ihn auf dem Stapel Erledigt. »Viel Glück Herr Meerbusch.« Wilhelm glaubte, ein Lächeln zu sehen und bedankte sich. Mich siehst du nie wieder.

Jeden Tag Kundschaft. Bereits nach zwei Wochen war die erste Nachbestellung spanischer Schülergitarren fällig. Sein Konzept ging auf. Nächtelang waren Wilhelm und sein Bruder über Anzeigen gesessen. Obwohl von Beruf Koch, steckte in ihm ein begnadeter Grafiker. Zeitungsschlagzeilen wurden ausgeschlachtet. Aus Transnuklear-Transporten wurden Trans-Guitar-Transporte, ein überdimensionierter Gitarrenkoffer auf einem Schwerlast-Tieflader. Der Weihnachtsmann mit Motorschlitten und einem Gitarrenberg im Anhänger zeigte auf das Schild mit Gitarrenladen sieben Kilometer. In Gegenrichtung stand Tokio 20.115 Kilometer. Einem krautigen Kellerbastler, der mit Nägeln eine Gitarre traktierte, ging ein Licht auf, als er vom Gitarrenladen hörte.

Die Strategie funktionierte. Bald meldeten sich Musikschulen, private Gitarrenlehrer baten um Sonderkonditionen für Schülergitarren, einige von ihnen ließen dabei richtig viel Geld für eine eigene Meistergitarre liegen. Die Preisklasse zwischen zwei- und viertausend Mark war stets gut bestückt. Nur Wilhelm blieb mehr und mehr auf der Strecke. Er zerriss sich zwischen Werkstatt und Laden, dem Bau von Instrumenten, immer neuen Reparaturen und dem Verkauf. Was zu kurz kam, war die Familie. Manchmal sehnte er sich zurück nach Berlin. Wie viel Zeit hatte er dort gehabt, das Heranwachsen seiner Tochter zu erleben, die ersten Worte; die ersten Schritte seines Sohnes, die gemeinsamen Stunden mit einem Stapel Bilderbücher oder einer Kiste voller Bauklötze. Unvergessene Momente. Und heute? Keine Zeit.

Eines Tages kam ein Kunde und interessierte sich für eine spanische Gitarre. Als Wilhelm ihn so weit hatte, sich für das teurere Modell zu entscheiden, kam sein Nachbar in den Laden gerannt. An der Hand den weinenden und tropfnassen Sohn, den er soeben aus dem Mühlbach gefischt hatte. Wilhelm verstand sogar, dass der Kunde nicht warten wollte.

Eines Tages kam eine junge Frau im Abiturientenalter in den Laden und wollte ihre Gitarre repariert haben, die tiefen Saiten wären nicht mehr bundrein. Sie öffnete den Koffer. Wilhelm stockte der Atem. Im Seidenplüsch ruhte eine

Konzertgitarre der absoluten Spitzenklasse, eine Kohno 80, Listenpreis um die 10.000 Mark. Mit einem Blick hatte Wilhelm das Problem erkannt. Die Saiten waren verkehrt herum aufgezogen, die lose Umspinnung führte über den Steg, anstatt im Wirbelloch zu stecken, normalerweise eine Sache von wenigen Minuten. »Das kann dauern. Auf keinen Fall vor nächster Woche«, sagte er, und schämte sich ein wenig, sie zu enttäuschen. Aber die Möglichkeit, eine japanische Meistergitarre von Masaru Kohno zu vermessen, konnte er sich unmöglich entgehen lassen. Nebenbei fragte er sich, wie so ein junges Ding zu diesem Instrument kam.

Kaum war ein Prototyp gebaut, erschien sein Hausarzt. Er war auf der Suche nach einer achtsaitigen Konzertgitarre. Ein D unter dem E und im Diskant ein hohes A. Wilhelms Kopie der Kohno hatte ihn nach den ersten Tönen überzeugt, ein neuer Auftrag. Die Ratenzahlungen an die Bank waren für weitere Monate gesichert.

Schon der zweite Winter. Wilhelm vergrub sich in der Werkstatt. Wieder konnte er die Schlittenfahrten seiner Kinder nur mit den Augen begleiten, nahm sich nur einmal Zeit, mit ihnen ein Schneemonster zu bauen. Aufträge und Kunden ließen ihm keine Wahl. Jeder im Umkreis wollte seine Instrumente aufgemöbelt haben. Gitarren, Geigen, Mandolinen und Zithern, sogar eine Konzertharfe landete auf seiner Hobelbank.

Im Frühjahr bot sich die Möglichkeit einer Ausstellung in München. Tage Alter Musik im Gasteig, keine zwei Stunden Fahrt. Um neue Drehleieraufträge zu bekommen, bot Wilhelm dort einen Spielkurs an. Eine versierte Spielerin, bei der Wilhelm schon gelernt hatte, wollte sich um die Fortgeschrittenen kümmern, die Anfänger würde er selbst unterrichten. Fünf Anmeldungen dafür an diesem Wochenende, dazu zwei Aufträge.

Nun galt es, die Scheune herzurichten, den Rasen für die Zelte zu mähen und Essen für die insgesamt zehn Teilnehmer zu organisieren. Annemarie spielte mit, obwohl sie mit den Kindern genug zu tun hatte. Sie ließ sich sogar darauf ein, für die zwei Vegetarier extra zu kochen.

Am zweiten Maiwochenende herrschte Frühlingswetter. Alle verfügbaren Stühle waren im Garten verteilt, aus jeder Ecke kam Gebrumm. Plötzlich drohte eine schwarze Wand von Westen, ein heftiger Wind riss an den Zweigen und wirbelte die Blüten des Zwetschgenbaumes durch die Luft. Dicke Tropfen, Blitze, Donner. Im Nu war das Unwetter direkt über ihnen und, als hätte jemand einen Startschuss abgefeuert, entleerten sich die Wolken mit einem Schlag. Fluchtpunkt Scheune. Um jedoch weiter ungestört üben zu können, verteilte Wilhelm die Teilnehmer in den unrenovierten und seit Jahren nicht gelüfteten Räumen oberhalb der Werkstatt. Der Kurs endete am Sonntagnachmittag in der Küche. Annemarie hatte am Vormittag sogar noch Kuchen gebacken und Wilhelm nahm die neuen Drehleieraufträge entgegen.

Die Woche darauf begannen die Pfingstferien. Von Wilhelms Anrufbeantworter dudelten die Caprifischer und die ganze Familie tauchte ab in die Toskana. Der erste Urlaub nach zwei leidenschaftlichen und nervenzehrenden Jahren. Wilhelm wurde kurz nach der Ankunft auf dem Campingplatz krank und verbrachte die ersten Tage vor dem Zelt. Sogar der Chianti ließ ihn kalt. Annemarie ging mit den Kindern auf Muschelsuche, wieder musste sie alleine los. Nicht einmal die versprochenen Spaghetti konnte er ihnen abends bieten. Sein Körper nahm sich, was er brauchte, jede Gegenwehr war zwecklos. Sein »Reiß dich zusammen« blieb ungehört. Wilhelm gab nach und nahm sich vor, auf diese körperlichen Warnsignale zukünftig zu hören. Doch kaum zurück, mussten Vorbereitungen für Saint Chartier getroffen und Drehleiern gebaut werden. Damit nicht genug. Wenige Tage nach der Ausstellung in Frankreich kam Ulrichs Anruf.

Die Burg

Das Fenster, kaum größer als eine Schießscharte, war mittig in die meterdicke Turmmauer eingelassen. Die Kuppen einiger Vulkankegel wurden von der Sonne bestrahlt, sie hatte ein Schlupfloch zwischen tristen Novemberwolken gefunden. Dazwischen glühte der Himmel zwei Fingerbreit orange. Die Landschaft davor grau. Ein Regenvorhang schob sich langsam auf die Burg zu und würde bald gegen die Scheiben trommeln. Wilhelm hatte ein flaues Gefühl in der Bauchgegend. Noch zwei Stunden bis zum Abendessen, danach musste er raus. Vielleicht würde ein Schluck Wein helfen, dachte er und zog den Korken aus dem Brunello. Er war wirklich erstaunt gewesen, im Supermarkt diesen Wein vorzufinden, dazu für nur zwölf Mark. Um ihn nicht aus der Flasche trinken zu müssen, hatte er noch zwei langstielige Weingläser gekauft, man weiß ja nie.

Musste das sein, fragte er sich nach dem ersten Schluck – die Auseinandersetzung mit Annemarie. Ausgerechnet jetzt, wo er nicht mehr wusste, wo ihm der Kopf stand. Eine Woche Vorbereitung, Pläne zeichnen, Material besorgen, Teile herrichten. Hätte er den Kurs absagen sollen? Ulrich enttäuschen? Zugegeben, Ulrich musste ihn überreden, auf die Burg zu kommen, hatte dreimal nachgebohrt, bis Wilhelm eingewilligt hatte. Wilhelm leerte das Glas und schenkte nach. Zusage ist Zusage. Die Fensterlaibungen in Wohn- und Schlafzimmer konnten noch ein paar Wochen warten. Bis

Weihnachten – höchstens. Aber dass Annemarie deswegen gleich mit den Kindern zu ihren Eltern fahren würde.

»Du mit deinen Versprechungen. Wie lange willst du mich noch vertrösten, bis wir anständig wohnen? Du hast nur noch deine Arbeit im Kopf. Mit den Kindern bleibt alles an mir hängen. Wären wir bloß in Berlin geblieben.« Das Mädchen ließ den Löffel in den Teller fallen und rutschte zu ihrem Bruder. Er hatte angefangen zu weinen.

»Ach ja? Dann hätten die beiden jetzt die Mandeln raus und im Winter gingen Rotzerei und Gejammer von vorne los. Was ist mit der Schule? Achtzig Prozent Ausländer. Schutzgeld ab den ersten Klassen. Du wolltest ebenso weg aus Kreuzberg. Und nebenbei, der Kurs bringt schließlich Geld. Wovon sollen wir die Küchenrenovierung bezahlen? Ich muss auf die Burg. Du wirst sehen, ich komme mit Aufträgen zurück.«

»Und natürlich mit Wein. Kannst dich wieder besaufen, wenn was nicht klappt. Mach doch, was du willst. Mir reicht's. Kommt Kinder, wir fahren zu Oma und Opa.«

Regen trommelte aufs Fensterbrett, die Sonne hatte sich hinter den Hügeln verzogen, das Orange hatte sie mitgenommen. Wilhelm atmete tief durch, trank aus und sah auf die Uhr. Halb sechs. Er legte sich aufs Bett. Eine Fliege kreiste um die Deckenleuchte. Zwölf Teilnehmer hatte Ulrich gesagt, sieben Monochorde, fünf Dulcimer. Wieso bin ich so dumm und biete zwei Instrumente gleichzeitig an? Weil mir an den Dulcimern mehr liegt? Die Monochorde mache ich nur Ulrich und seinen Obertönen zuliebe. Klang interessant, als er im August mit dem Instrument vorbei kam und immer die gleichen zwölf Töne gezupft hatte. Sehr romantisch und berührend, auch sein Gesang. Annemarie wird sich wieder beruhigen, schließlich komme ich mit einem Haufen Geld zurück und eine Firma soll dann die Fenster machen.

Geraune im Speisesaal, Wilhelm blickte sich um. Ulrich saß an einem Sechsertisch und winkte. Er machte ihn mit den anderen Referenten bekannt. Schwarz-Weiß-Fotografie, Shakespeare mit Puppen und Patchwork. Zehn Tage kreative Auszeit innerhalb elfhundertjährigen Gemäuern.

»Und du baust Musikinstrumente, wie spannend«, kam von der Fotografin. Theater und Patchwork nickten. Obwohl Wilhelm mit den Gedanken längst beim Kurs war, musste er erzählen und aß, ohne darauf zu achten, was auf seinem Teller lag.

Im Gänsemarsch, Ulrich und Wilhelm vorneweg, überquerten die Instrumentenbauer den Hof und stiegen die Wendeltreppe hinab ins Untergeschoss des Palas. Ein schweres Tor. Der Weg führte auf losen Steinplatten entlang des Marstall, bis sie den flachen Anbau der ehemaligen Schmiede erreichten. Dort scharte sich die Gruppe um Wilhelm. Überraschungen bei der Vorstellungsrunde, alle Altersklassen und Berufe waren vertreten. Unter anderem war da Melchior, der 75-jährige Psychoanalytiker mit runder Drahtbrille, der seinen Nikolausbart in einem fort glatt strich. Heinrich der Schreiner, etwa gleich alt, standesgemäß in sandfarbener Kluft mit Zollstock und Bleistift in den Außentaschen. Jutta, elfte Klasse Waldorfschule – kleiner rosa Teddy am Zipper des Kapuzenpullis. Paul, der KFZ-Mechaniker aus Fulda mit eigenem Betrieb und einem Faible für alles Musikalische, wie er es nannte. Martina, die kleinwüchsige Kriminalkommissarin aus Frankfurt – ganz wacher Blick – und Anselm, der Fernmeldetechniker, lässig Kaugummi kauend. Und direkt vor Wilhelm, mit blonden Korkenzieherlocken, grünen Smaragdaugen und einem unverschämt breiten Lächeln: »Ich heiße Melissa und bin die kleine Meerjungfrau.« Sie ließ Wilhelm keine Sekunde aus den Augen. Weder, als er den Ablauf der kommenden zehn Tage erklärte, noch als er sagte, dass sie auf den gebauten Instrumente zum Schluss sogar gemeinsam musizieren würden.

»Jeder geht mit einem spielfertigen Instrument nach Hause, das verspreche ich euch.«

Ihr einziger Kommentar, immer noch lächelnd: »Wie, kein Satzbaukasten? Müssen wir alles alleine machen? Du hilfst mir doch, oder?«, noch breiteres Lächeln.

Wilhelm wandte sich irritiert an Ulrich, der übernahm. »Wir haben genügend Zeit, und Wilhelm macht das nicht zum ersten Mal, keine Sorge.«

Wilhelm nickte in die Runde. »Genau.« Du hast gut reden, dachte er. Es war kurz nach zehn.

»Schluss für heute, morgen ist auch noch ein Tag«, sagte Ulrich und legte die Hand an den Lichtschalter.

Ethnojazz – Saxofon, Klavier und Trommelklänge – Jan Garbarek tönte aus einem Ghettoblaster. Die Kursteilnehmer tanzten auf dem Burghof, als Wilhelm ins Freie trat. Er setzte sich auf die Steinbank und sah zu. Ulrich und die Fotografin führten eine Schlange. Die Tänzer kreisten, kreuzten und querten, mal paarweise, mal im Einzel, mal drüber, mal unter erhobenen Armen hindurch. Die Formen schienen einem festgelegten Muster zu folgen und Wilhelm erinnerte sich, dass Ulrich etwas von einem Fürstenecker Morgenkreis gesagt hatte, einem Gemeinsamkeitsritual vor jedem Frühstück.

Wilhelm war müde. Er hatte schlecht geschlafen. Er wusste immer noch nicht, wie er den Kurs beginnen sollte. Was zuerst? Dulcimer oder Monochord? Eine Gruppe würde warten müssen. Die halbe Nacht hatte er deswegen gegrübelt. Den Rest hatte ihm Melissa gestohlen. Dieses »Schön, dass du da bist«, als er noch auf ein Bier in den Torbau gegangen war, um abzuschalten und den Kopf zur Ruhe zu bringen. »Schön, dass du da bist«, dann hatte sie etwas von ihrer Weißweinflasche in das zweite Glas gegossen, ihn angelächelt und ihre Hand für einen Moment auf seine gelegt. Wie ein Mantra hatten sich ihr Name und ihr »Ich bin die kleine Meerjungfrau« seitdem durch seine Gedanken gewunden und fand keinen Ausgang. »Schön, dass du da bist.« Melissa hatte ihn entdeckt und winkte mit der freien Hand. Ihre andere hielt Melchior, der etwas gebeugt neben ihr her tapste und hin und wieder aus dem Takt geriet.

»Soll ich dir die Monochorde fürs erste abnehmen?«, fragte Ulrich beim Frühstück, »ich habe schon welche gebaut. Dann kannst du …«

»Genial«, Wilhelm hätte ihn küssen mögen. »Ich versprech' dir, so was mach' ich nie wieder.«

Ulrich schmunzelte.

»Jedenfalls nicht beim ersten Mal«, warf Wilhelm hinterher.

Neugierige Augenpaare stierten auf die Tische, auf denen Instrumentenbauholz lag. Je ein Stapel für Dulcimer und Monochorde. Daneben Klemm- und Schraubzwingen, eine Kiste mit Wäscheklammern, diverse Hobel (Wilhelms Hobel aus den Kindertagen war auch dabei), Bauformen und kuriose Spezialwerkzeuge; das Biegeeisen mit Thermostat und die große Flasche Titebond.

Wilhelm verteilte die Pläne, Holzteile wurden mit Namen versehen. Bis jeder seinen Platz gefunden hatte, herrschte ein wildes Durcheinander. Die Gruppe drängte sich um Wilhelm. Die kleine Meerjungfrau stand ihm am nächsten, als er die Teile des Dulcimers erklärte, wofür Bälkchen nötig wären, warum ein Palisanderbrett auf das Griffbrett gehörte, wie Bundabstände berechnet würden und wieso die erste Saite doppelt sein müsse. Besorgtes Ausatmen, gehauchte Hilferufe, doch auch spürbare Begeisterung, besonders von Paul. Er konnte es kaum erwarten, anzufangen. Und dazwischen immer wieder »Du zeigst mir das doch«, oder »Oh, da brauch' ich aber deine Hilfe«, von Melissa.

Mit dem Anzeichnen der Deckenumrisse, den Balken und den Schalllöchern, die anstelle der, wie bei Geigen üblichen F-Form auch Rauten, Kreise oder kleine Sicheln sein konnten, und dem folgenden Zurechtschneiden mit der Laubsäge, war die Dulcimergruppe fürs Erste beschäftigt und Wilhelm konnte sich den Monochorden widmen. Ulrich hatte die Funktion der einzelnen Bauteile hinreichend erklärt, sodass Wilhelm gleich fortfahren konnte. Auch dort mussten zuerst die Klanglöcher in die Zargen gebohrt oder gesägt werden. Dabei blieb genügend Raum für eigene Fantasie und Kreativität und Wilhelm hätte sich jetzt normalerweise eine Zigarettenpause gegönnt, wenn er nicht drei Tage zuvor damit aufgehört hätte. So sah er mit Wehmut Pauls Rauchkringeln hinterher, die an ihm vorbei zogen, als sie vor der Werkstatt darüber sinnierten, ob sich die Sonne heute wohl noch hervorwagen würde.

Melissa streckte Wilhelm ihr Holz entgegen, als er zeigte, wie man Zargen bog. Die kleine Meerjungfrau wich nicht von seiner Seite und drängte sich an ihn. Er spürte ihre Wärme, versuchte, sich auf die Arbeit zu konzentrieren, denn er spürte noch mehr. Melissa trug unter der blauen Latzhose nur ein dünnes weißes T-Shirt, sonst nichts. »Biegst du mir die andere auch?«, zwitscherte sie und rieb ihren Busen an Wilhelms Ellbogen. Ihr Gespinst aus Goldfäden zog sich immer weiter zusammen, Wilhelm geriet in einen Sog. Er nahm die Bauform, legte die Zargen an, begann, die Klötze anzupassen und griff nach den Reifchen. Die Werkstatt, die anderen Teilnehmer, alles war in weite Ferne gerückt. Am liebsten hätte er ihr das ganze Instrument gebaut, solange sie nur dicht neben ihm bliebe. »Wir sind auch noch da«, plusterte sich Martina auf, »lass die mal, die kann das auch alleine.«

Zurück zu den Monochorden. Hier musste geleimt werden, die Zwingen wurden knapp. Wilhelm wollte sich mit Wäscheklammern helfen, doch die Spannung war zu schwach. Wer auf die Idee mit dem Fahrradschlauch gekommen war, konnte keiner mehr sagen, aber Paul war der erste, der sich anbot, ihn in schmale Ringe zu schneiden. Dreimal um die Klammer gewickelt, brauchte Jutta nun beide Hände, sie zu öffnen.

Wilhelm schielte zu Melissa, wie gerne hätte er wieder ihre Nähe gespürt, anstatt Melchiors Schrullen ausgesetzt zu sein.

Der alte Zausel machte sich einen Spaß daraus, Jutta in einem fort zu foppen. Meist versteckte er genau in dem Moment irgendein Werkzeug oder ein Bauteil, wenn sie es brauchte. Er hielt das Gesuchte hinter seinem Rücken, hüpfte um die Werkbank und krächzte: »Oh wie gut, dass niemand weiß.«

Als Wilhelm wieder zu Melissa blickte, tat sein Herz einen Satz Richtung Magen und schlug danach auf der Zunge auf. Sie machte Anselm schöne Augen und streichelte ungeniert über seinen Arm, während er ihre Reifchen bog. Da also rennen die Karnickel lang. Wilhelm schluckte die aufkeimende Eifersucht herunter und hoffte, sie würde dort bleiben.

Nach und nach lagen immer mehr fertige Teile auf den Tischen. Der Zusammenbau konnte beginnen, der Platz wurde knapp. Ebenso fehlte es an Zwingen. Sie organisierten Schichten, wann welche Gruppe leimen konnte. Der letzte Schichtwechsel war nachts um halb drei. Ziemlich angetrunken begleiteten Wilhelm und Paul, er war mittlerweile sein Assistent, Heinrich, Melissa und Anselm auf den Weg vom Torbau zur Schmiede. Dort angekommen, waren sie mit Heinrich allein. Die beiden anderen hatten sich verdrückt. Paul musste lange auf Wilhelm einreden, bis dieser Melissas Boden aufleimte.

»Jetzt hab' dich nicht so. Es sind nur noch zwei Tage und wir wollen doch spielen, oder?«

Wilhelm schluckte seine Wut herunter. Ritterlichkeit hat seine Grenzen, aber genau genommen hat er recht. Schließlich bin ich Profi.

Am letzten Tag glich die Werkstatt einem Ameisenhaufen, in der ein Stecken steckt. Panik ringsum, Rempeleien blieben nicht aus. Alle hatten Angst, nicht fertig zu werden. Ulrich half bei den Monochorden, er war die Ruhe selbst. Wilhelm und Paul bildeten ein Team, um Mechaniken zu montieren und Saiten aufzuziehen, egal ob der Dulcimer lackiert war, oder nicht. Am meisten Sorgfalt war bei den Sätteln und Stegen nötig. Ein Zehntel zu tief und das Instrument wäre ruiniert.

Alle hatten sich fein gemacht für den Abschlussabend. Jeweils eine Hälfte der Instrumente war unterschiedlich gestimmt, einmal in G, einmal in A. Die Monochorde sollten einen Klangteppich ausrollen, auf dem die Dulcimer ihr Kür vollführten, ein einfaches Stück, das alle nach einer Stunde spielen konnten. Die Shakespeare-Truppe wollte dazu die Puppen tanzen lassen, je nach Tonhöhe, einmal links, einmal rechts herum. Die Aufführung war bühnenreif. Alles klappte. Patchwork wurde bestaunt, Fotos begutachtet, anschließend wurde gefeiert. Ulrich hatte sein Akkordeon dabei, auf Wilhelms Drehleier waren sowieso alle scharf und Jutta verblüffte mit ihrem Geigenspiel. Keiner hätte geglaubt, wie viel Leben in dem leisen Mädchen steckte. Sie spielte Jigs und Reels wie ein alter Ire.

Schweren Herzens und mit schweren Köpfen wurde am nächsten Morgen zusammengeräumt. Alle bedrängten Wilhelm, im nächsten Jahr wieder zu kommen. Er musste versprechen, Drehleiern mit ihnen zu bauen.

Unter Linden

Es kostete Wilhelm einiges an Überwindung, den Blinker zu setzen und die Autobahn zu verlassen. Das einschläfernde Teerfugen-wa-damm war einem aufschreckenden Brrrrmmm gewichen. Die Katzenköpfe schimmerten wie blank poliert und er schlitterte einen halben Meter weit in die Fernverkehrsstraße über das Stoppschild hinaus. Auch ohne Karte wusste er, dass er links nach Bad Lobenstein Richtung Saalfeld abbiegen musste. Saalfeld, 55 Kilometer, stand auf dem Hinweisschild. Ein dunkleres Gelb als gewohnt, eine andere Schrift, doch dieselbe Sprache. Wie die wohl so sind, die Ossis?

Der Grenzübergang, den er vorhin passiert hatte, lag völlig verlassen da. Kein Mensch weit und breit. Keine Soldaten, keine Kübelwagen, keine Hunde. Grashalme wucherten aus Betonplatten und sorgten für willkommene Verwahrlosung. Nach wie vor Wachtürme, aber unbesetzt und mit zerbrochenen Scheiben. Ihnen fehlte jede Bedrohung, alles wirkte überflüssig. Wilhelm dachte an die Schikanen während der Transitfahrten, eine alte Wut kochte hoch. Was machen die Grenzer jetzt? Hängen vor der Glotze und zappen sich durch die Satellitenprogramme? Euch gönn' ich den Absturz. Haltet das Maul mit eurem ›Hab nur nach Befehl gehandelt!‹ Schießbefehl! Drückst einfach ab. Aber bestimmt hält einer schützend seine Hand über dich, dann hast du's zum Stadtrat oder sonst wohin geschafft. Keinen Deut besser als bei den

Nazis. ›Ich? Nein, ich wusste von nichts – wir hatten doch keine Ahnung‹. Die Inschrift an den Grenzübergangsstellen galten nach wie vor: Ich fahre weiter durch Deutschland.

Wilhelm wich den Schlaglöchern aus, Pockennarben, die sich in den Asphalt gefressen hatten. Der graue Trabi vor ihm zog eine helle Rauchfahne hinter sich her. Die Straße führte durch eine Allee. Ein grüner Tunnel alter Linden. Ein Moped kam entgegen. Im Anhänger türmte sich frisch geschnittenes Gras. Der Fahrer trug eine wattierte Holzfällerjacke und hielt die Beine gespreizt, weißer Helm, unterm Kinn ein Lederriemen. Wilhelm freute sich. Der scheint Hasen zu haben, hatte wenigstens immer Fleisch auf dem Tisch.

Es begann zu nieseln, Ölschlieren trübten die Sicht. Mitten in Saalfeld verlor Wilhelm die Orientierung. Da! Schwarza, sieben Kilometer, bis Rudolstadt noch elf. Ortsschild Rudolstadt, danach Stau. Im Schritttempo kroch die Schlange Richtung Zentrum, viele West-Kennzeichen. Dunkel und träge floss die Saale parallel zur Straße, am Berg die Heidecksburg, die spöttisch auf den Heinepark blickte. Nach einer halben Stunde erreichte er die Innenstadt.

Es wimmelte von jungen Menschen. Sie zogen durch die Straßen oder pilgerten ins Freibad, um dort ihre Zelte aufzuschlagen. Gleich hinter dem Bahnhof wies ein pfeilförmiges Schild zum Festivalbüro. Drinnen herrschte Gedränge. Hinter durchhängenden Tapeziertischen hockten junge Frauen und wühlten in Kartons. Telefone schrillten, große mausgraue Apparate mit Wählscheiben. Sowjetzonaler Amtsmief hing in der Luft. Ob die das je geregelt kriegen? Kaum zu

Ende gedacht, war Wilhelm an der Reihe. »Hallo, ich soll hier ausstellen.«

»Dein Name?«, die junge Frau lächelte ihn an. Sie durchsuchte eine Kiste, fischte einen schmalen Ordner aus dem Stapel und schlug ihn auf. »Da bist du ja schon«, sagte sie und strahlte. »Aus Süddeutschland. Is echt 'ne Ecke weg! Haste gut hergefunden? Hier«, sagte sie und drückte ihm einige Papiere in die Hand, »damit findste zum Ausstellungsgelände. Machste dies Schild ran, dann kriegste keene Probleme, die Stadt is dicht für'n Verkehr. Ich wünsch dir viel Erfolg.«

Wilhelm suchte ein Lokal mit Toilette, überquerte die Straße und hielt sich rechts. Die Gehwegplatten hatten handbreite Spalten, waren geborsten und uneben. Saale-Klause, drei bröckelnde Stufen führten in den Flur. Dunkle Fliesen am Boden, beige Ölfarbe an den Wänden. Links, über einer braunen Holztür, wies ein Schild in den Gastraum. Er trat ein. Es roch nach abgestandenem Bier, kaltem Rauch und Bratfett. Über dem Tresen flackerte eine blanke Neonröhre, auf den Barhockern davor zwei Typen mit Vokuhila-Frisur und Muskelshirts. Nackte Waden lugten aus Tarnfarben-Shorts, Badelatschen. Sie drehten sich kurz um und fuhren fort, den Knobelbecher auf die Holzplatte zu knallen. Auf dem Kühlschrank flimmerte ein tragbares Fernsehgerät. Der Wirt schaute einem Wrestlingkampf zu und würdigte Wilhelm keines Blickes. Das Pissoir fand er auch, ohne zu fragen.

Nach und nach hatte sich die Sonne durch die Wolken gekämpft und es wurde warm. Zurück am Auto, studierte er die Wegbeschreibung und kurvte durch die Sträßchen. Nach wenigen hundert Metern blockierte ein Biertisch die Straße. Ein Mann lümmelte auf einem Klappstuhl unter einem Sonnenschirm. Er stemmte sich hoch, griff nach einem Klemmbrett und musterte das Kennzeichen. Mit zusammengekniffenen Augen trat er an Wilhelms Seitenfenster: »Haben Sie ein Durchfahrtsbescheinigungsformular?« Dabei suchte er systematisch das Fahrzeuginnere ab. Wilhelm reichte ihm den violetten Karton mit der Aufschrift AUSSTELLER.

»Gehört an die Scheibe«, brummte er, wandte sich ohne weiteren Kommentar ab und zog die Barriere beiseite.

Die Straße endete vor einer Kirche unterhalb der Burg. Der Platz war zum Glück von riesigen Linden beschattet, denn mittlerweile bewies die Sonne, dass Sommer war. Der Streifen entlang der Mauer war zugeparkt. Wilhelm stellte den Nissan hinter einen Wartburg-Kombi und sah sich um. Wochenmarktstände waren aufgebaut, Instrumente, kistenweise Bücher und Schallplatten wurden angeboten. Doch alle Buden waren besetzt. Wilhelm war zu spät. Ihm blieb ein kniehohes Mäuerchen unter einer Linde. Vorsichtshalber hatte er einen Campingtisch mitgenommen, musste aber zwei Beine mit herumliegendem Ziegelbruch unterlegen. Der rote Samt machte was her. Die Drehleiern kamen in die Mitte, an den Rändern Prospekte und Kursangebote; die beiden Gitarren und die Cister lehnten in Klappständern. Wilhelm trat vor seinen Stand, rückte eine Leier zurecht und sah sich um. Linkerhand wurstelte einer zwischen einem Sammelsurium aus Geigen, Bratschen und Zubehör. Die Instrumente hingen wie Tropfsteine von der Decke. In kleinen Kästchen und Blechdosen lagen Kinnhalter, Stege, gebrauchte Saiten und Geigenwirbel wild durcheinander. Dazwischen Werkzeuge, Bauteile und dekorativ drapierte Hobelspäne. Wilhelm grüßte knapp, denn der Geigenbauer inspizierte das Instrument einer Frau. Rechter Hand saß ein Mann um die Fünfzig mit Vollbart, Friesenhemd und Nickelbrille unter einem Sonnenschirm. Davor ein Pappschild: Friedhelm Schulz, Handgefertigte Maultrommeln – jede Tonart.

Friedhelm blickte auf, nippte an seinem Bier und stellte die Flasche ab. »Mensch, Wilhelm, dass du es zu uns geschafft hast. Freut mich riesig, hab schon viel von dir gehört.«

»Woher denn?«, fragte Wilhelm überrascht.

»Na hör mal, glaubst du, bloß weil wir im Osten sind, wissen wir nicht Bescheid. Dich und deine Drehleiern kennt doch jeder. Möchtest du ein Bier? Ist zwar nicht kalt, aber gegen den Durst reicht es allemal. Hier, zum Wohlsein.«

Der Kronkorken schnippte zu Boden und er drückte Wilhelm ein Köstritzer in die Hand. Bräunlicher Schaum quoll aus dem Flaschenhals.

Wilhelm nahm auf der Mauer Platz und wartete. Der Nachmittag plätscherte dahin, kaum jemand beachtete ihn. Nur wenn er an einer Leier drehte, hielten Neugierige für einen Moment, nickten oder tappten mit den Füßen. Niemand fragte. Später blieb eine junge Familie stehen und beobachtete Wilhelm. Ein kleines Mädchen mit rotblau gestreiftem Kleidchen und dünnen Zöpfen hing mit großen Augen an der Drehleier, hielt sich aber krampfhaft an der Hand ihrer Mutter fest. Der Mann stand daneben und drängelte: »Nu mach hinne, lass uns weiter.«

»Nu wart doch mal, siehste nich, was die Kleene für 'ne Freude 'bei hat?« Wilhelm lächelte und begann eine schwedische Polka zu spielen. Nach den ersten Tönen von Pippi Langstrumpf wippte das Mädchen mit den Beinen und zog die Mutter näher an Wilhelms Tisch. Bei Wide-wide-witt im Sauseschritt ... gab es für die beiden kein Halten mehr und sie tanzten auf der Straße. Das Mädchen strahlte. Ihr Vater lehnte gegen die Motorhaube eines Wartburg, die Hände auf den Knien, und blickte zu Boden.

Wilhelm musste das Instrument erklären. »Mit dem Rad werden die Saiten angestrichen, ähnlich wie bei einer Geige. Wenn ich drehe, beginnen sie zu schwingen und ein Ton entsteht.«

Langsam näherte sich ein Finger Richtung Rad und die Frau sagte: »Das sieht aber schön glatt aus.« Im letzten Moment, bevor sie draufgreifen konnte, griff er ihrem Arm. »Da dürfen Sie nie drauffassen, sonst ist an dieser Stelle der Ton weg.«

»Woll' nse mich veräppeln?«

»Ganz und gar nicht.«

Dann erklärte er den Zusammenhang von Kolophonium und Fett an den Fingern und außerdem noch, wieso die Saiten Watte bräuchten, woher das Instrument ursprünglich komme und wer es heutzutage wieder spiele. Die beiden hingen ihm an den Lippen. Irgendwann stand der Mann neben ihr und drängte zum Aufbruch.

Als Wilhelm später wieder nach der Leier griff, war das ganze Instrument mit kleinen Punkten überzogen, die Hände blieben kleben. Alles pappte. Er blickte nach oben und sah hellgrüne Lindenblätter in der Brise flirren. Blütensaft.

Unvermittelt stand der Drehleierspieler von Jams vor ihm. »Mensch, Wilhelm, klasse, dass du hier bist. Ich hatte gehofft, dich zu treffen.« Er wechselte ein paar Worte mit seinem Begleiter auf Schwedisch, dazwischen fielen Worte wie Kulturhaus Spandau und Potsdam, dann stellte er ihn vor.

»Das ist Totte, Totte Mattson von Hedningarna. Du musst unbedingt heute Abend zum Konzert in den Park kommen. Totte spielt klasse Leier. Du, aber jetzt müssen wir los zum WDR-Interview.«

Totte zog die Mundwinkel nach oben und sagte: »Hope to see you tomorrow. I definitely must try your Lira, Wilhelm. Sorry, we must go now. Bye.«

Wild gestikulierend gingen die beiden davon.

Gegen sieben räumte der Geigenbauer seinen Stand zusammen und sie machten sich endlich miteinander bekannt.

»Was ist«, fragte Marko, »kommste noch auf 'ne Thüringer und auf'n Bier mit?«

»Warum nicht?«

Am Neumarkt hatte der Teufel zur Party geladen. Eine afrikanische Band spielte sich den Schweiß aus den Poren. Im Vordergrund hingen vier üppige schwarze Frauen an den Mikrofonen und wiegten die Hüften, ihre knallbunten Kleider kehrten die Bühne.

Marko lotste Wilhelm zu einen Stand, um den sich eine Menschentraube drängte. Sie wurden von Rauch umhüllt. Kurz darauf bekam Wilhelm ein Brötchen mit einer Wurst in die Hand gedrückt, Senf tropfte zu Boden.

»Die musste essen, solang' se heiß is. Hau rein. Ich hol mal noch schnell zwee Biere, wartste hier solang?«

Keine Minute später stand Marko mit zwei Bechern Schwarzbier da. Ein langer Zug und die Becher waren leer. »Ich hol gleich noch mal zwee.«

»Nein lass mal, jetzt bin ich dran, sag mir, wo ich hin muss.«

»Kommt nich' infrage, du bist mein Gast. Wäre ja noch mal schöner. Jetzt, nach all den Jahren, wo wir einfach so hin und her fahren können. Nu feiern wir Wiedervereinigung.«

Sie feierten, hörten hier und dort ein paar Takte zu und redeten. Marko erzählte, wie er den Geigenbau für sich entdeckt hatte. Von seiner Zeit als Modell- und Formenbauer bei Zeiss in Jena, wie sie ihn zum Wanzenbastler bei der Stasi anwerben wollten, da ihn sein Lehrmeister als besonders geschickt geschildert hatte.

»Die hatten da so ihre Methoden«, vertraut ihm Makro an, »stellen dir alles Mögliche in Aussicht, wenn du kooperierst. Aber nich' mit mir. Ich wollte nur Musikinstrumente bauen und hab mich nach der Lehre an den Statuten vorbei geschummelt. Unter dem Dach eines Kulturbetriebs fungierte ich als – pass uff – musikinstrumententechnischer Versorgungstrakt der Volksmusikantengruppe Musikerhäuflein Schillebold. Als erstes hab ich für die aus 'ner alten Kindergitarre 'ne Mandoline gebastelt. Musst dir vorstellen – ich hatte ja keene Ahnung – wie ich Modelleisenbahnschienen zerlegt und den Draht als Bünde ins Griffbrett gekloppt habe. Es hat funktioniert und alle waren begeistert. Danach hab ich mich an 'nem Dudelsack probiert. Aber vollends gepackt hat's mich, als ich ein Cello reparieren durfte. Drei Tage vor 'ner Rundfunkaufnahme bricht der Hals ab. Ich, Cello untern Arm geklemmt und bin zu 'nem Geigenbauer hingeseppelt, hab' mir erklären lassen, wie das geht. Und, Wilhelm, stell dir vor, es hat gehalten.« Marko erzählt weiter, von den Beschränkungen im Geigenbauhandwerk und den Schwierigkeiten, anerkannt zu werden.

»Wie bei uns«, antwortete Wilhelm, »Gemeinsamkeiten beiderseits der Mauer, im Schikanieren sind sie alle gleich.«

Es dunkelte bereits, als sie den Heinepark erreichten. Die große Bühne wurde umgebaut, Zeit für Hedningarna. Hoffentlich kommt Totte morgen an meinen Stand und probiert eine Leier, wünschte sich Wilhelm.

Plötzlich tauchte die Frau aus dem Festivalbüro neben ihnen auf. »Das ist Konstanze, eine alte Bekannte«, sagt Marko.

»Hallihallo, ich bin die Konny. Und, alles klar? Wie gefällt es dir bei uns?«, fragte sie Wilhelm und streckte ihm ihre schmale Hand entgegen. »Ich glaub, ich hol uns mal 'nen Wein«, sagte sie und ging in Richtung der erleuchteten Buden.

Kaum zurück, ließ sie sich zwischen Marko und Wilhelm nieder, nahm einen langen Schluck und reichte die Flasche weiter. »Is nich' der beste, aber besser wie nüscht, Wohlsein.«

Wilhelm besah sich das Etikett: Saale-Unstrut, Gutedel 1990, Tafelwein 10,5%. Der Wein war sauer.

Mit einem Schlag Krawall. Hedningarna traten, kaum auf der Bühne, ein infernalisches Spektakel los. Totte spielte seine Renaissancelaute über einen Gitarrenverstärker, den Sound bis zum Anschlag verzerrt. Lichtblitze zuckten aus Scheinwerfern und der Schlagzeuger tobte zwischen den Trommeln. Vorne sprang ein Glatzkopf über die Bühne und quälte seinen Dudelsack. In den Ecken zwei junge Frauen, die auf ihren Einsatz warteten. Die Musik war laut und ehrlich, melancholisch düstere Folklore in Eisenrüstung. Vor Wilhelms

Trommelfellen wurde Schwedenstahl geschmiedet, vom Amboss sprühten Funken. Es hörte sich an, als hätten sich die Toten Hosen Pippi Langstrumpf hergenommen.

»Ich hau mich in die Falle«, sagte Marko nach dem dritten Stück. Konny rückte näher, Wilhelm spürte ihre Wärme durch den geblümten Rock. Lavendelfarben mit Margeriten, soweit er es in der Dunkelheit erkennen konnte.

»Schöner Rock«, sagte er, befühlte den Stoff und schlug sich den Gedanken, die Hand auf ihrem Bein zu belassen, gleich wieder aus dem Kopf.

»Hab ich selbst genäht«, wieder dieses Lächeln. »Wir haben ja fast alles selber gemacht, gab ja nüscht zu kaufen. Aber meine Mutter erst, die konnte die dollsten Sachen machen, Jeans zum Beispiel. Einfach so, aus'n Katalog nachgenäht. So richtig doll mit Falten und Nieten. Sah todschick aus, hamse alle gestaunt inner Schule.«

»Was machst du sonst, in der festivalfreien Zeit?«

»Altenpflegerin«, sagte Konny, sah zu Boden und zupfte Grashalme.

»Und? Bist du zufrieden?«

»Was heißt zufrieden? Mir blieb ja nichts anderes.«

»Wieso?«

Konny lehnte sich zurück, blickte in die Krone der Linde und atmete hörbar aus. »Weißt du, eigentlich wollte ich Kinderärztin werden. War mittendrin, vier Semester hatte ich schon um, dann haben sie mich rausgeschmissen. Von heute auf morgen.«

»Wieso das denn?«

»Wegen meinem Bruder. Wegen der Dienstverweigerung meines Bruders.«

»Dienstverweigerung?«

»Er war als Grenzsoldat bei Dömitz an der Elbe stationiert und hat beim Fluchtversuch eines jungen Mannes den Schießbefehl verweigert.«

»Einfach verweigert? Cool, und dann?«

»Von wegen cool. Dass sie ihn unehrenhaft entlassen würden und sein Studienplatz damit gestrichen wäre, war ihm klar. Er wollte Physiker werden. Aber an die Folgen für uns dachte er nicht. Der Vater war seinen Posten bei der Leuna-Chemie los und musste anschließend den Hof fegen. Mich haben sie von der Uni geworfen. Das Einzige, was mir blieb, war Altenpflegerin – oder in die Fabrik ans Band. Die ganze Familie wurde mit Sippenhaft belegt. Wenn du dich nicht linientreu verhalten hast, war's aus.«

Wilhelm sah sie an und dachte an die Grenzsoldaten, die mürrisch ihren Dienst taten.

»So, ich muss jetzt los. Mal sehn, wenn ich es schaffe, schau ich morgen mal hoch zu euch. Aber wahrscheinlich is hier unten wieder die Hölle los. Haste ja gesehen. Und jetzt schlaf gut.« Konny verschwand zwischen den Bäumen.

Nach Konzertende trottet Wilhelm müde und frierend Richtung Innenstadt. Überall Grüppchen, die noch musizierten und weiter feierten. Bei den Ständen angekommen, legte er sich auf den Fahrersitz mit flacher Lehne, direkt neben die Instrumentenkoffer. Der Rest der Nacht war unruhig, ungewohnte Geräusche. Gesang, manche grölten, von ferne Djemben.

Ein träger Vormittag. Unter den Linden war nichts los. Wilhelms Kollegen saßen verschlafen hinter den Tischen. Ohne das Leiertreffen in Potsdam wäre ich womöglich gar nicht hier und läge jetzt an irgendeinem See in der Sonne, dachte Wilhelm übellaunig. Andererseits, wer weiß, ob ich dann die ganzen Ossis kennengelernt hätte.

Zu dritt waren sie in Potsdam aufgeschlagen. Robert, der einen auf Fürst von Heilbronn machte, Erich mit seinen Alpenleiern und Wilhelm. Manne von der Gruppe Antiqua hatte sich mächtig ins Zeug gelegt und das erste Deutsch-Deutsche Drehleiertreffen organisiert. Einer von Jams war da, der Akkordeonspieler der Ostkreuzcombo und der Boss der Raben. Spieltechniken und Stile wurden verglichen, französisches Savoir vivre traf auf ungarischen Hexentanz und osteuropäische Melancholie. Alles war wunderbar. Lang ersehnte Begegnungen zwischen Ost und West, Entdecken der Gemeinsamkeiten, Annähern an Unterschiede.

Allein der Hausmeister wusste nicht so recht, was er mit ihnen anfangen sollte. Als ehemaliger FDJ-Jugendleiter wurde Widerspruch nicht geduldet und die Küche war nach 18 Uhr geschlossen. Keine Chance, noch irgendwo etwas zu essen zu bekommen.

Wilhelm rief Nico an. Nico hatte immer noch die Athener Weltlaterne in Kreuzberg. Er schluckte Wilhelms Köder: »Wir sind gegen halb zwölf da und wir sind mindestens zu zehnt.« Er versprach zu warten.

Auf der Empore im Lokal war eine große Tafel eingedeckt. Nico teilte die Speisekarten aus. Neben Wilhelm saß einer und blätterte unschlüssig darin herum. Er neigte sich zu Wilhelm und fragte leise: »Sach ma', wat is'n Zaziki – un' Souflaki? Un' Gyros kenn ick ooch nich. Sach ma', kannste mir ma' helfen?«

Wilhelm ließ den Griechenlandkenner raushängen. »Klar. Das sind Knoblauchquark, Schweinespießchen und Röstfleisch, alles superlecker, wirst sehen.«

Sein Tischnachbar sah ihn mit großen Augen an. Dann schwieg Wilhelm. Unmöglich, mehr von Griechenland zu erzählen – von den Schmetterlingen auf Kreta, den Süßwasserschildkröten auf Naxos und den vielen Hippiemädchen auf Ios. Und langsam wurde ihm bewusst, wer da neben ihm saß: einer, der ausgesperrt war. Einer, dessen einziges Vergehen darin bestand, in Prenzelberg gewohnt zu haben und nicht in Wilmersdorf, Moabit oder sonst wo.

Der Abend wurde unter Peters Hochbett im Haus gegenüber vertieft. Man merkte der Wohnung an, dass Peter nicht mehr allein wohnte. Alles war picobello. Seine Freundin verzog sich allerdings kurz darauf, und nach und nach machten sie Peters Weinvorräte nieder. Bis sie zurück nach Potsdam fuhren, war es Mittag.

Gegen Nachmittag kamen endlich mehr Besucher unter den Linden vorbei. Es schien, als wären sie auf Schnäppchen aus. Sie warfen einen kurzen Blick auf die Instrumente, sammelten Preislisten und Prospekte und gingen weiter. Einige befingerten Instrumente, ohne zu fragen. Friedhelm und Marko erging es nicht anders. Von Konny keine Spur, kein Totte. Dafür kamen zwei Männer. Es waren die Würfler aus der Saale-Klause. Breitbeinig, immer noch im gleichen Outfit, immer noch in Badelatschen, bahnten sie sich ihren Weg zu Wilhelms Stand und deponieren das angebissene Bratwurstbrötchen und zwei Bierbecher auf dem Samt. Sofort bildeten sich dunkle Ränder. Der Dickere leckte sich Senf von den Fingern und fragte: »Kann'sch mal die Gitarre dort probier'n?« Bevor Wilhelm reagieren konnte, hatte er sich das Instrument aus dem Ständer gegriffen und klimperte unbeholfen ein paar Akkorde. E, A, Daumen-G. Dann wiegte er skeptisch den Kopf. »Gar nich ma so schlecht. Was soll se'n kost'n?«

»Zweitausend, sie ist voll massiv, indischer Palisander und Alpenfichte, alles Handarbeit, die Kopie einer Kohno.«

Die Stirn in Falten gezogen hielt er Wilhelm die Gitarre entgegen, blickte ihn böse an und sagte zu seinem Kumpel: »Mensch, kaum is de Grenze uff, schon kommt dies Zeckenpack rüber un will uns abzocken.« Und, nachdem er Bratwurst und Bier gegriffen hatte, drehte er den Kopf, und über die Schulter zu Wilhelm gewandt: »Mensch, geh doch, wo de wohnst. Du alte Scheiße.«

MIDI

Dreiundvierzig Grad. Ein stabiles Hoch hatte sich über dem Zentralmassiv eingerichtet. Die Atemluft strömte wie Sirup in die Lungen und blieb kleben. Schweiß rann aus allen Poren, das T-Shirt ein einziger nasser Fetzen. Wilhelm und sein Schwager hatten nur das Nötigste aufgebaut, denn seit Mittag war es selbst unter den majestätischen Kastanien unerträglich heiß geworden. Immerhin hingen die Bildtafeln, die Strahler waren justiert und der Stromverteiler beim Getränkestand war angezapft.

Sie verließen das Schlossgelände und suchten einen Schattenplatz. Die Einheimischen hatten sich ins Innere ihrer Häuser zurückgezogen, die Fensterläden vorgeklappt. Auf ausgestorbenen Straßen tanzten Luftspiegelungen über dem Teer. Ein einzelnes Akkordeon war zu hören und ganz von Ferne ein Dudelsack. Ansonsten Stille. Nicht einmal Hunde bellten. Ein Fleckchen Wiese unter einer Platane war frei. Alle Viere von sich gestreckt, versuchte Wilhelm möglichst flach zu atmen und die Hitze draußen zu lassen. Hoffentlich hält Valentin sein Versprechen und spielt an meinem Stand, war sein letzter Gedanke. Dann döste er ein und der ganze Irrsinn mit den Alpha-Leiern spulte sich ab wie ein Film.

Wilhelm hatte für Peter ein Konzert in Ulm organisiert. Bei ihm angekommen, zog dieser neben seinen braunen Koffern einen trapezförmigen, schwarzen Kasten aus dem Kofferraum. Peter war fremd gegangen. Er war in Toulouse gewesen und hatte sich eine schwarze Siorat zugelegt.

»Hör mal, Wilhelm, wie die klingt.« Er schnallte sich das eckige, schwarze Monstrum um und legte los. »Akustisch der Hammer, absolut sauber. Aber die Elektronik bringt's nicht. Schau mal drüber, bitte.«

Wilhelm stöpselte drei Klinkenstecker in sein Mischpult und schaltete den Verstärker an. Ein leises, helles Rauschen kam aus den Boxen. Peter begann einen Schottisch zu spielen. Die Melodie klang höhenlastig, ebenso die Bordune und die Schnarre, alles tönte dünn und zirpig. Er änderte die Einstellungen, drehte an den Klangreglern, selbst als Peter die Knöpfe der Leier verstellte, änderte sich nicht viel. Dabei fiel ihnen auf, dass die Kanaltrennung miserabel war. Aus jedem Kanal kam mehr oder weniger das Gleiche.

»Effekte kannst du damit vergessen«, sagte Wilhelm.

»Wieso?«

»Stell dir vor, du hättest ein Echo auf die Melodie gelegt, damit sie fett klingt und dann schlägt die Schnarrsaite durch. Das ergibt einen einzigen Klangbrei.«

»Was würdest du dagegen tun?«

»Keine Ahnung. Ich denke, es liegt an der Position der Tonabnehmer. Sie müssten näher an den Saiten sein und nicht einfach unter die Decke geklebt werden.«

»Na dann – hau rein. Ich brauche ohnehin bald eine neue Lautenleier.«

Wilhelm war überzeugt, eine Lösung zu finden, um die Kanäle zu trennen. Seine Gedanken umkreisten das Problem.

Die Schwingungen der einen Saite dürften nicht in den Bereich der anderen kommen, soviel war klar. Wie kann ich das verhindern? Die Tonabnehmer müssten direkt unter den Saiten liegen und von unten gegen Schwingungen gedämpft werden. Für jede Saite gesondert. So etwas gibt es aber nicht.

Ein befreundeter Gitarrenbauer wusste Rat, er kannte einen Tüftler auf der Schwäbischen Alb, der keramische Tonabnehmer in jeder Form baut. Wilhelm bestellte vier streichholzdünne und nur ein Zentimeter lange und zwei flache, pfenniggroße Pick ups. Während sie gebaut wurden, besorgte er alle möglichen Gummi- und Silikonteile, Schläuche, Matten, Stöpsel und Pasten. Die Zarge einer der ganz einfachen Kinderdrehleiern war fertig. Er rundete sie für eine extreme Decken- und Bodenwölbung ab, mit einem Mal sah sie unverschämt elegant aus. Der einfache, diatonische Tangentenkasten wurde auf zwei komplette Oktaven mit Halbtönen erweitert.

Die Post brachte ein Päckchen, die Tonabnehmer waren da. Die einen steckten in winzigen Kupferhülsen, die anderen waren in schwarzes Kunstharz gegossen. Wilhelm hielt einen Schatz in Händen. Einen Schatz, der die Drehleier revolutionieren und weiter bühnentauglich machen würde. Noch war das Instrument unlackiert, und er konnte mit den Stegen experimentieren. Es dauerte. Mal waren die Schlitze zu klein, dann rutschen die Silikoneinlagen zur Seite. Oder der Melodiesteg war zu schmal und knickte beim Spannen der Saite um. Schließlich brach die Decke unter dem Schnarrsteg. Und wieder mussten die Saiten runter, Achse samt Rad raus, um das Loch zu unterfüttern. Das Instrument war eine einzige Baustelle, fleckig und mit Dellen an den Kanten. Doch

Wilhelm tüftelte unbeirrt weiter, sein Ziel klar vor Augen. Er wollte ganz nach oben, wollte die Großen an seinem Stand und in seinem Laden haben.

Nach zwei Wochen war es soweit. Wilhelm verband das Instrument mit dem Mischpult, drehte am Rad und zog den ersten Regler hoch. Die Melodie stand klar und einzeln im Raum. Die beiden anderen Saiten waren nur an der Leier zu hören. Dann die anderen. Die Schnarre, sie klang giftig und schrill und viel zu laut. Beim Bordun kam nichts. Er kontrolliere die Reglereinstellung. Nichts. Er wechselte den Kanal. Nichts. Er klopfte auf den Steg. Ein infernalischer Brummton dröhnte aus den Boxen. Wilhelm warf die Leier beiseite und schaltete die Anlage aus, ohne sie heruntergeregelt zu haben. Sie verabschiedete sich mit einem beleidigten Knall. Trotz des nasskalten Herbsttages drehte er ein paar Runden mit dem Fahrrad. Besser, als die Leier an die Wand zu werfen.

»Der Tonabnehmer ist defekt, wahrscheinlich ist das Kabel gebrochen«, sagte der Hersteller. Zum Glück hatte Wilhelm Ersatz. Nach einem halben Tag war das Instrument wieder spielbar. Endlich röhrte der Bordun aus den Boxen. Aber irgendetwas störte. Dieses hohe, leicht verrauschte Ziepen. Egal, wie er die Regler drehte, der Klang blieb dünn, nicht viel anders als bei Peters Siorat. Wilhelm war kurz davor, die Leier diesmal wirklich zu zerdeppern und seinen Plan aufzugeben. Wenig später besann er sich und fragte beim Hersteller nach.

»Hast du die Tonabnehmer direkt angeschlossen?«
»Ja.«

»Wie lang sind die Zuleitungen zum Mischpult?«

»Etwa vier Meter, warum?«

»Das kann nicht funktionieren, bei der Länge muss ein Vorverstärker dazwischen.«

»Aber sie sind doch laut genug«, sagte Wilhelm.

»Das hat nichts mit der Lautstärke zu tun. Es geht um den Frequenzgang. Der wird durch einen Vorverstärker ausbalanciert, dann klingen die Piezos weich und du hast anständige Mitten und Bässe. Außerdem sind sie extrem hochohmig, die Kabel wirken wie Radioantennen und du hast ein Ziepen.«

»Und wo bekomme ich solche Vorverstärker?«

»Nimm die von Westerngitarren, das geht schneller, als wenn ich dir welche bauen würde. Und billiger sind sie auch.«

Wilhelms Werkbank glich einem Physiklabor der Oberstufe. Aus der Leier quollen bunte Drähte, drei Metallkästchen mit Batterien und Drehreglern hingen dran. Das Instrument lag auf dem Arbeitstisch. Er schaltete Mischpult und Verstärker ein und begann zu spielen. Die Klangregler standen in Mittenstellung. Das war es. Noch nie hatte er eine Drehleier so sauber gehört. Der Bordun breitete sich im Raum aus wie ein Samtbelag. Die Melodie klang satt und rein, die Schnarre kristallklar. Jede Stimme ließ sich einzeln hoch und herunterregeln, in Nullposition herrscht Ruhe. Kein Übersprechen! Wilhelm hatte es geschafft. Das Instrument hatte neben der perfekten Kanaltrennung einen rockigen, Puls treibenden Sound.

Wilhelms Schwager rüttelte ihn am Arm. »Lass uns irgendwo etwas trinken gehen«, sagte er, und unterstrich seinen Durst mit schmatzenden Kaubewegungen.

Im Halbschatten des Restaurants bei den Fünf Frauen fanden sie zwei freie Plätze. Sie bestellen Orangina. Jens-Jürgen fragte: »Meinst du wirklich, der Aufwand lohnt sich? Wozu der ganze Klimbim von Technik? Was ich bis jetzt gehört habe, ist die Drehleier ein reines Folkloreinstrument. Tänzchen, Liedchen, Tralala.«

»Eben. Die Drehleier kann mehr. Warts ab, bis du den Meister gehört hast.«

»Klabustrier, den verrückten Jazzer? Muss ich mir das wirklich antun?«

»Clastrier! Clas-tri-jeh. Dann weißt du wenigstens, wovon ich rede. Es wird Zeit, dass die Leier aus ihren Dornröschenschlaf erweckt wird. Mit den alten Dingern kommst du nicht mehr weiter.«

»Wo liegt das Problem?«

»In der Beschränkung der Tonarten. Eine Drehleier spielt immer nur in einer Tonart. Du kannst Saiten umhängen, oder Hebelchen anbringen. Dann bist du einen Ton höher, aber diese Umstimmerei braucht Zeit. Das ist das Problem.«

»Ach, und das willst ausgerechnet du gelöst haben?«, spottet Jens-Jürgen.

»Ja, habe ich, hatte allerdings seinen Preis. Und ein Geschleppe ist es auch. Du brauchst dazu jede Menge Technik.«

Jens-Jürgens Interesse schien geweckt, denn zum ersten Mal hörte er Wilhelm zu. »Das ganze funktioniert mit einem MIDI-System.«

»MIDI?«

»Musical Instrument Digital Interface, eine Schnittstelle, oder besser eine Verbindung zwischen elektronischen Instrumenten, also Keybords oder Synthesizern.«

Der aktuelle TAKAMINE-Katalog steckte im Briefkasten. Wilhelm war auf die neuen Modelle der Klassik-Serie und die Sonderrabatte gespannt. Er überflog die Seiten. Dann blieb er an einem Westernmodell hängen, einer akustischen MIDI-Gitarre. Der Wandler steckte im Instrument, das Steuergerät war separat zur Rackmontage. Sofort dachte Wilhelm an seine elektrische Drehleier, die immer noch unlackiert, aber spielbar in der Werkstatt lag. Ein Griffbrett! Unter die Bordunsaite muss ein Griffbrett mit Bünden. Wenn ich die Saite greife und das MIDI-Pedal drücke, bekomme ich einen anderen Ton.

Aufs Geradewohl bestellte er die Gitarre samt Konverter zur Ansicht und sah sich nach einen Synthesizer um. Wilhelm hatte Glück. Zwei Tage später stand sein Freund Alfred mit seinem Yamaha DX-7 da – State of the Art. Die Westerngitarre wurde geliefert, zusammen mit einem großen elektronischen Gerät, mehreren Fußpedalen und einem dicken Handbuch – natürlich auf Englisch.

Der streichholzschachtelgroße Wandler war schnell aus der Gitarre gebaut. Wilhelm verkabelte die Tonabnehmerzuleitungen und schaltete alle Geräte an. Der Konverter spielte ein vorinstalliertes Programm ab, bei dem der DX-7 zeigen musste, was er kann. Verzweifelte Versuche, das Spektakel zu stoppen, scheiterten. Zum Schluss zog er kurzerhand den Hauptstecker und vergrub sich für die nächsten zwei Tage mit dem Handbuch hinter den Ofen. Bis alle Saiten den entsprechenden Kanälen zugeordnet, die MIDI-Befehle programmiert und in verschiedenen Ebenen abgespeichert waren und bis er die Klaviatur der Elektronik blind beherrschte, war der Winter am Packen und erste Schneeglöckchen reckten sich der Sonne entgegen.

Der Anrufbeantworter machte Überstunden, Wilhelm ließ es klingeln. Er verbrachte jede freie Minute mit der neuen Drehleier, probierte Fingersätze mit Lagenwechsel, spielte quer durch die Tonarten. Ein Fingerdruck, ein Pedaldruck und aus den Lautsprechern kam als warmer Celloton, jede gewünschte Tonhöhe. Den eigentlichen Schnarrton hatte er heruntergeregelt. Stattdessen hatte er Rasseln, Kastagnetten oder eine tiefe Ethnotrommel programmiert, die exakt die Rhythmen der Drehbewegungen wiedergaben. Es war Zeit, das Instrument zu lackieren. Anstelle der üblichen Braun- oder Gelbtöne entschied er sich für ein knalliges Metallic-Blau aus der Spraydose. Provokativ und passend zum Namen: Wilhelm nannte sein neues Baby Alpha-Junior.

Hektik und Dauerstress der letzten Monate hatten ihren Tribut gefordert. Wilhelm fühlte sich erschöpft und ausgelaugt. Er war müde und schwach, bekam bei Alltäglichkeiten Atemnot und Herzklopfen. Längere Strecken zu gehen fiel ihm zunehmend schwer, Muskeln und Gelenke begannen zu schmerzen. Dinge fielen ihm hin und wieder aus den Händen.

Er ging zum Arzt. Blutdruck und Puls waren in Ordnung, nicht Außergewöhnliches, keine Grippe, nichts Organisches.

»Sie werden alt«, war die Diagnose des Arztes, »gönnen Sie sich etwas Ruhe. Soll ich Sie krankschreiben?«

»Wozu? Und wieso alt? Ich bin noch keine vierzig.«

»Die einen erwischt es früher, die anderen später.«

Wilhelm verließ die Praxis, so schlau wie zuvor. Vierzig und alt – der spinnt doch. Ich werde hundert.

Die Alpha-Junior war rechtzeitig zum Workshop in Blankenheim fertig geworden. Valentin Clastrier gab dort einen Kurs. Eine Woche lang würde Wilhelm an des Meisters Brüsten saugen dürfen. Das kleine blaue Wunder hatte einen Koffer bekommen und die Elektronik stapelte sich in einer meterhohen und tonnenschweren Woodstock-tauglichen Kiste auf Rollen. Neben dem MIDI-Konverter hatten ein Multieffektgerät, ein dreikanaliger Vorverstärker, ein KORG Synthesizer-Expander, ein Drum-Modul, eine 250 Watt-Stereo-Endstufe und ein großes Mischpult darin Platz gefunden.

Schon während der Vorstellungsrunde bewunderte Valentin den leuchtend blauen Winzling mit nur drei Saiten und zwei Anschlussbuchsen. Eine Kursteilnehmerin übersetzte Wilhelms Erklärungen ins Französische. Bei dem Wort MIDI wurde Valentin hellwach und Wilhelm musste die Anlage – natürlich hatte er sie dabei – in den zweiten Stock schleppen. Kaum aufgebaut, wollte jeder probieren. Noch vor der Mittagspause änderte Valentin sein Konzept. Er baute die Alpha-Junior wegen der Möglichkeiten in seinen Unterricht ein und bot Wilhelm sogar an, sie in Saint Chartier zu präsentieren.

Wilhelm lag die restliche Zeit über hoch droben auf einem schneeweißen Wölkchen und schwebte über den Dingen.

Valentin Clastrier – Saint Chartier – Meine Leier!

»Und morgen hat deine Erfindung Premiere«, sagte Jens-Jürgen, der immer aufmerksamer wurde.

»Nein, das erste Mal hatte ich sie Pfingsten im Elsass vorgestellt. Ein Drama.«

»Auch ein Bier?«

»Jetzt schon? Meinetwegen. Hör zu. In Lautenbach war ein Tanztreffen, gleich um die Ecke von Rüdiger Oppermann.«

»Dem Harfenheini?«

»Wieso Heini?«

Jens-Jürgen verzog das Gesicht.

»Ich bin einen Tag früher los und habe ihn besucht. Er spielt ja nicht nur, sondern baut auch. Damals hatte er eine E-Harfe für Alain Stivell in Arbeit und war deswegen scharf auf meine MIDI-Leier. Natürlich wollte er sie hören. Wir haben den ganzen Krempel ins Wohnzimmer gebracht und angeschlossen. Und jetzt kommt's: kein MIDI! Null! Es gab zwar hin und wieder Probleme mit dem Konverter, er hatte sich aufgehängt und irgend einen Mist gespielt, aber dieses Mal kam nur ein Pfeifton, als ob ein Staubsaugersack voll wäre.«

»Du und deine Technik.«

»Von wegen meine Technik. Zuerst habe ich alle Anschlüsse überprüft. Nichts! Dann den Konverter neu programmiert.

Nichts! Dann habe ich begonnen, die Lötstellen am Wandler nachzusehen. Wieder nichts. Ich wurde immer nervöser.«

Wilhelm begann durch die Luft zu fuchteln. »Hey, ich hing an der Decke. Nichts funktionierte und morgen sollte ich damit unter die Leute. Rüdiger, ein Typ sag ich dir, der nahm's gelassen und sah mir einfach zu. Plötzlich steht er auf: Wart mal, vielleicht liegt es am Strom, und kommt mit einem Verlängerungskabel aus dem Badezimmer wieder.«

»Und?«

»Bingo! Das Problem war der fehlende Schutzleiter. Im ganzen Haus, außer im Bad, gab es nur zweiadrige Leitungen. Irgendein Masseproblem. Seitdem fange ich, wenn es Probleme gibt, immer bei Null an.«

»Oder beim Nullleiter«, witzelte Jens-Jürgen. »Zum Wohl.«

Kaum wurden am nächsten Morgen die Parktore geöffnet, strömten Besucher herein. Keiner ging an Wilhelms Stand vorbei, ohne einen Blick auf ihn und das große, handgemalte Namensschild geworfen zu haben. Alles staunte. Zu auffällig und extravagant war seine Dekoration. Fünfzehn Bildtafeln mit historischen Drehleiermotiven, angeordnet wie eine TV-Monitorwand, hingen hinter quergestellten schwarzen Jalousien. Davor die Instrumente in Ständern. Zum Greifen nah. Zusätzlich zur blauen Alpha-Junior hatte er noch ein sechssaitiges rotes Instrument gebaut, die Alpha-Novello. Mittig die blinkende Elektronik, eingerahmt von zwei ultramodernen Klapphockern.

Die Neuigkeit fegte wie ein Sandsturm durch den Park. Alle wollten einen Blick auf die Alphatiere werfen, sie hören oder selbst probieren. Jean-Noël Grandchamp, Bernard Kerboeuf und Jean-Claude Boudet gratulierten. Denis Siorat kam vorbei und hätte Wilhelm, spräche er deutsch oder englisch, mit Sicherheit schwindlig gefragt. Der Frankfurter ließ sich blicken, stemmte die Arme in die Seiten und meinte mit vorgeschobener Unterlippe: »Was a Aabeit.«

Selbst von Michele Fromenteau, der Leiterin des Festivals, bekam er zum ersten Mal ein zwar knappes, dennoch wohlwollendes Lächeln. Nigel Eaton eiste sich vom Stand seines Vaters los. Ein tiefes Dröhnen, als er begann. Wilhelm drehte lauter. Umgehend blieben Besucher vor dem Stand stehen, darunter viele Franzosen, und drängten sich in Zweier- und Dreierreihen. Jeder wollte etwas sehen. Nigel blieb unbeeindruckt. Er trat die Pedale, spielt zuerst Blowzabella-Stücke, später wirres, modernes Zeug und schwieg ansonsten. Er kam fast stündlich, das Instrument schien für ihn gemacht. Erst gegen Abend ließ er sich zu einem Kommentar herab. »William, sounds really great«, und klopfte ihm auf die Schulter. Wilhelm hob pfeilgerade ab und schwebte. Du bist angekommen. Endlich nehmen sie dich wahr

Aber wo war Valentin?

Jens-Jürgen hatte am Abend zuvor Gläser organisiert und den Kanister mit dem Burgunder mitgenommen, denn sie hofften auf viele Interessenten. Und so kam es auch, der Stand war nie leer. Alle wollten die Elektroleiern probieren.

Doch erst als Albert Picheron auftauchte, kam richtig Stimmung auf, denn er war bekannt für seine Späße. Der Tangentenkastendeckel seiner eigenen Leier, den er normalerweise nach jedem Stück anhob, war innen mit Pin-ups beklebt. Man munkelte zudem, dass er in den 30ern als Jungspund durch Paris gezogen war und in Bars auf der Leier Tango gespielt hatte, dort, wo Mädchen ältere Herren die Treppen hochzogen.

Albert war traditionell gekleidet. Hut und Pluderhose in schwarz, weißes Stehkragenhemd, rotes Halstuch. Es hatte die Farbe der Novello und er zeigte auf das Instrument. Dann spielte er auf. Seine alten Stücke über MIDI waren ein Magnet. Kameras wurden gezückt und Kassettenrekorder aus Taschen gekramt. Wilhelm musste neben Albert sitzen. Arme auf Schultern, blitzende Zähne.

Nachdem Albert sich verabschiedet hatte, verlief sich die Menge und Wilhelm hatte einen Moment Ruhe. Halb vier, wo bleibt Valentin? An der Ecke des Standes stand ein alter Franzose, den er jetzt erst bemerkte. Er ließ Wilhelm nicht aus den Augen. Wilhelm puzzelte auf Französisch: »Vous veux un verre de vin, Monsieur?«

Er nickte, trat näher und fixierte Wilhelm mit haselnussbraunen Augen. Sie stießen an. Nach umständlichem Räuspern sagte er: »Auf Ihr Wohl, mein Ährr. Das ist die errste Mal, isch schpresch Deutsch seit die Krieg. Aben Sie viel Glück.«

Endlich. Valentin Clastrier tauchte in Begleitung einer Frau auf. Valentinus Imperator Maximus Lirae. Er schritt in seiner weißen Toga wie ein römischer Gladiator durch den Park auf Wilhelms Stand zu. Die Massen teilten sich, Blumenmädchen streuten Rosenblüten (dies alles sah allerdings nur Wilhelm!), vorneweg ein Fanfarenchor, der ihm den Weg bahnte (auch den hörte nur er!). Valentin begrüßte ihn wie einen langjährigen Freund. Er nahm Platz, griff nach der roten Drehleier, probierte Griffbrett und Pedale und war sofort mitten in einem Stück seiner neuen CD. Der Platz vor dem Stand füllte sich schlagartig. Valentin wollte es lauter. Die Regler am Anschlag wurde der Stand zum Rockpalast. Immer mehr Schau- und Hörlustige strömten herbei. Mindestens hundert Fans wollten einen Blick erhaschen.

Nur ganz hinten hüpfte einer wie ein Springteufel auf und ab und fuchtelte wütend mit den Armen. Sandro Castagnari. Er hatte keine Chance, niemand konnte seine Akkordeons testen. Wilhelm schüttelte den Kopf. Sandro tobte weiter. Valentin hatte sich eingespielt. Seine Experimente wurden abenteuerlicher. Dissonanzen an der Toleranzgrenze. Eruptionen über dem Dauerton. Kaskaden rhythmischen Wahnsinns. Immer schneller – atemlos, kämpfend, siegend! Valentins Augen suchten das Nichts.

Als sie es gefunden hatten, erhellte ein Strahlen sein Gesicht. Bombardentöne zogen sich zurück, Trommeln erlahmten, der tiefe Orgelbass wurde dünner und dünner – frenetischer Applaus. Valentin behielt die Leier auf dem Schoß und strich behutsam darüber.

»Merci, ça sonne très, très bien. Alors …«

Er erkundigte sich nach Preisen, möglichen Extras, einer dritten oder vierten Melodiesaite, mehreren Schnarrstegen und einer längeren Mensur.

Zu allem sagte Wilhelm: »Aber ja, kein Problem.«

Sein Herz lag auf der Zunge und er rieb sich fortwährend die Hände an den Hosenbeinen trocken. Zwar hörte er noch die Stimme der Begleiterin, die Valentin mahnte: »Vergiss nicht, du brauchst ein neues Auto.« Aber die Bedeutung dieses Satzes drang nicht mehr zu Wilhelm durch.

Für den Abend hatten sie einen Tisch im La Berriaude reserviert. Das Restaurant war nur einen Katzensprung von Saint Chartier entfernt. Sie waren zu sechst. Jens-Jürgen und Wilhelm, der Wiener mit seiner Assistentin und ein Trommelbauer mit seinem Musiker. Die Tische waren edel eingedeckt. Die Chefin nahm die Bestellung persönlich auf. Wilhelm entschied sich für das Topmenü. Wildhasenpastete, danach Lachsterrine an grünem Spargel. Zum Hauptgang Zweierlei vom Lamm mit Artischockengratin an Cous-cous. Von der Weinempfehlungen des Hauses, dem '87er Meursault und dem Cuvée de la Berriaude, einem, wie sich herausstellte, wuchtigen Beaujolais, waren alle begeistert. Alle außer Jens-Jürgen. Der brummelte etwas von seinen apulischen Extravaganza, der in seinem Keller reifen würde.

Wilhelm ignorierte ihn, träumte dem Tag hinterher und hielt sich am Glas fest. Fast jedes Mal, wenn der Kellner vorbeikam, streckte er die geleerte Flasche in dessen Richtung. Der Wein strömte durch seine Adern und er begann zu glühen. Valentin wird ein Instrument bestellen. Dann wird Nigel auch eines wollen. Und Pascal und all die anderen jungen, wilden Musiker. Dann bin ich König.

Völlig in seiner Traumwelt versunken, hatte Wilhelm nicht bemerkt, wie er knapp an der Österreicherin vorbeistarrte. Sie fragte: »Wos host'n? Sog, is da net guat?«

Spontan erhob er sein Glas in ihre Richtung und antwortete: »Mir könnte es nicht besser gehen. Lass uns anstoßen. Trinken wir auf ein Leben vor dem Tod.«

»A geh, an dös glaab i eh net.«

Zwei weitere Tage, an denen der Stand gestürmt wurde. Zwei weitere Nächte, in denen vor der Schlossmauer bei den Tanzenden gefeiert wurde und die mit einer letzten Flasche vor dem Zelt endeten. Wilhelm war erschöpft, seine Arme und Beine zitterten, als sie abbauten. Zum Glück packte Jens-Jürgen beherzt zu und nahm ihm die schwersten Arbeiten ab. »Warst Du schon beim Arzt?«, fragte er ihn während der Rückfahrt.

»Wieso?«

»Na hör mal. So wie du daherkommst. Du kannst doch kaum noch.«

»Hm. So schlimm? – Ja, ich war beim Arzt.«

»Und?«

»Er meinte, ich würde eben alt.«

Jens-Jürgen verdrehte die Augen. »Ich geb' dir die Adresse von einem Spezialisten. Mir hat er geholfen. Keine Probleme mehr seitdem, mein Rücken ist wie neu.«

Der Spezialist stellte bei Wilhelm eine vegetative Dystonie in fortgeschrittenem Stadium, sowie starke Muskelatrophien in den unteren Extremitäten fest und schlug ihm eine Kur vor. Wilhelm erinnerte sich an seine früheren monatelangen

Krankenhausaufenthalte und widersprach dem Arzt umgehend.

»Wo denken Sie hin? Das ist heute wie Urlaub. Sie werden sehen, wie gut Ihnen das tun wird. Ich leite alles in die Wege.«

Die hellen Räume, das Einzelzimmer mit Balkon, die Sicht auf den Park und die Menüauswahl im Speisesaal – was hatte sich nicht alles verändert, in den letzten 25 Jahren. Wilhelm fühlte sich vom ersten Moment an wohl, konnte lesen und jeden Tag schwimmen. Bei den muskelstärkenden Therapien kam er an seine Grenzen, hoffte aber, die Leistung an den Geräten während der Kur steigern zu können. Er mühte sich, biss die Zähne zusammen und konnte bald weitere hundert Gramm draufpacken.

Eines Tages wurde er dabei von Herrn Mallog, dem Sporttherapeuten beobachtet. »Bei ihnen stimmt etwas nicht«, sagte er und besah sich Wilhelms Körper genauer. »Sie üben falsch. Normalerweise müsste die Beinmuskulatur angeregt werden, aber bei Ihnen arbeitet nur der Rücken. Waren Sie schon bei einem Neurologen?«

Wilhelm war verwirrt. Was sollte das mit den Nerven zu tun haben? »Denken Sie, ich bin verrückt?«

Herr Mallog lachte. »Wo denken Sie hin? Ich meine nicht den Kopf, sondern die motorischen Neuronen. Mal sehen, was der Chef meint.«

Der Chef überwies ihn in eine neurologische Praxis nach Detmold. Der Arzt interessierte sich für Wilhelms Krankengeschichte in der Kindheit, seinen Beruf und seine Beschwerden und wurde immer nachdenklicher. Schließlich sagte er:

»Das klingt nach einem Post-Polio-Syndrom. Ich war letzten Monat in den Staaten auf einem Symposium, dort wurde das diskutiert, ist hierzulande noch völlig unbekannt.«

Wilhelm bekam Herzklopfen und sah den Arzt ratlos an. »Was ist das?«

»Spätfolgen, die nach Jahrzehnten wegen andauernden Überlastungen auftreten können. Wir sollten das genauer untersuchen. Kommen Sie bitte mit, wir machen ein Elektromyogramm.«

Das Ergebnis war verheerend. Egal, in welchen Muskel die lange Nadel mit der Elektrode auch geschoben wurde, überall zeigten sich alte und neue Potenziale, abgestorbene oder absterbende Muskelfasern. Wild tanzten grüne Linien über den Monitor, reichten bis an den Bildschirmrand und bildeten schraffierte Muster, aus dem Lautsprecher kamen hässlich Knacktöne. Sie klangen, als ob man den Saphir quer über eine Schallplatte zöge. Die anschließende Blutuntersuchung bestätigte die ersten Vermutungen, der CK-Wert war bei über 800, gerade noch tolerierbar wären 170. Ein Zeichen, dass fortwährend Muskeln abgebaut wurden.

»Und nun?« fragte Wilhelm, sein Kopf war leer, wie umgestülpt und er hatte Angst.

»Schonung. Nur Schonen hilft, keine Überlastungen, höchstens leichte Übungen. Das PPS ist nicht therapierbar. Richten Sie Ihr Leben neu ein.«

»Was ist mit Medikamenten? Mit der Forschung?«

»Das wird schwierig, denn bis, bitte, verstehen Sie das nicht falsch, etwas dagegen verfügbar wäre, hat sich das Problem höchstwahrscheinlich erledigt.«

»Wie bitte?«

»Bis ein Medikament auf den Markt kommt, vergehen bis zu zehn Jahre, oft noch mehr. Entwicklung, Testreihen, Genehmigungen, Vertrieb. Bis dahin gibt es womöglich kaum noch Patienten, denen es nützen würde. Vergessen Sie nicht, Sie sind einer der Jüngsten. Andere mit Ihrem Krankheitsbild sind bis zu zwanzig Jahre älter.«

Wilhelm glaubte, bei dem Neurologen echte Betroffenheit zu spüren.

Mal sehen, dachte Wilhelm, als er zurück in die Kurklinik fuhr, so schlimm wird es nicht werden. Ich habe schon andere Dinge gestemmt. Am nächsten Tag machte er zwar einen Bogen um die Rudermaschine und reduzierte den Widerstand am Fahrrad. Aber die hundert Bahnen wollte er unbedingt noch geschwommen kriegen, koste es was es wolle.

Himmelwärts

Krachend donnerte der Starfighter über Wilhelms Kopf hinweg, drehte drei Spiralen und stach mit noch mehr Getöse senkrecht in den blauen Augusthimmel. Die Schaulustigen starrten nach oben, eingenebelt von einer Wolke verbrannten Düsentreibstoffs. Dann die Mirage, sie schabte über den Rasen, keine Handbreit vom Boden entfernt, zog hoch und schwebte in weiter Kurve über dem Buchenwäldchen zum Piloten zurück.

Die Show mit den Jetmodellen auf dem alten Flugplatz war beeindruckend, Weltmeisterschaften 1995. Der Sieger, einst Pilot bei der belgischen Luftwaffe, hatte seine Stummelflügel-Rakete in der Nordsee versenkt. Er überlebte schwer verletzt, konnte aber die Finger nicht von der Fliegerei lassen. Ein Phönix aus der Asche.

Hightech in den Ausstellerzelten. Prozessorbestückte Steuerungen, winzige Empfangseinheiten und mikroskopisch kleine Linearmotoren für Seiten- und Höhenruder zum Sonderpreis in Dutzendpack. Bausätze und Bastelzubehör, Superkleber und gewöhnliches Schnitzwerkzeug neben neuzeitlichen Materialien, Carbon hatte Balsa an den Rand gedrängt. Flugmodelle von handgroß bis zwei Meter breit hingen von der Decke. Helikopter mit wuchtigen Rotoren, die Miniaturausführung eines Jumbojets.

Wilhelm ließ sich treiben. Afrikanische Hitze im letzten Zelt. Lähmend hing sie unter den Kunststoffplanen und raubte den Verstand. Plötzlich stand Wilhelm vor einer Modellbaufräse. Sie zog feine Linien durch dünne Holzplatten. Der Wunsch nach so einer Maschine flammte auf, was könnte er damit alles machen und wie viel Zeit würde er dabei sparen – Zeit für die Familie und für sich. Der Kollege hatte ihm den ungefähren Preis solch einer Anlage genannt, diese war weit günstiger. Wilhelm sah fasziniert zu und fragte dem Hersteller den Kopf leer. Dieser versicherte, sie könne zentimeterdickes Ahorn bearbeiten, ginge durch wie Butter. Selbst Metall sei kein Problem.

Aufgekratzt, euphorisch und ohne weiter nachzudenken, bestellte Wilhelm eine Maschine. Dabei entschied er sich für die Profivariante mit Trapezspindel-Antrieb gegen Aufpreis.

»Anzahlung 500 Mark sofort, gerne auch per Euroscheck, die restlichen 2.000 bei Abholung Ende November«, sagte der Händler, nahm den Scheck entgegen und riss den Beleg aus einem Quittungsblock.

Am nächsten Tag rief Wilhelm seinen Freund Alois an. »Kannst du mir helfen? Ich möchte Computerzeichnen lernen.«

»I woas zwar ned, was'd damit wuist, aba kimm obi.«

Zehn Minuten später war Wilhelm in Alois' Büro. Er saß vor seinem Einundzwanzig-Zöller und konstruierte irgendeine Baustahlspindel. Er zog einen zweiten Stuhl heran und legte, während Wilhelm von seinen Plänen erzählte, eine neue Datei an. »Stell dir vor, ich muss die Tangentenkästen nicht mehr anzeichnen und sägen, sondern kann die Schlitze in einem Durchgang fräsen.«

»I denk' ned, dass'd damit fui schnella bist, oba biddschön, wanns't moanst.« Sein Freund wies Wilhelm in die Grundlagen ein und demonstrierte erste Schritte. »Jetz' fangst amoi mit Strich und Kreis oo und verbinds't as. Und solangst übst, hoi i uns an Lambrusco.«

»Wie bitte? Lambrusco?«

»Jetz' wart's hoid ob.«

Lambrusco! Mir säuft er den Corbière weg und bei ihm gibt es Pennerglück.

Die Grundlagen hatte Wilhelm schnell intus und er begann eine Ganztontastenreihe zu konstruieren. Die Formel mit der zwölften Wurzel hatte er im Kopf. Alois kam mit zwei bauchigen Flaschen zurück. Sie waren mit Naturkork und Drahtgeflecht verschlossen und trugen anstelle eines Etikettes ein handgeschriebenes, nicht zu entzifferndes Zettelchen. Er zwirbelte den Draht auf und ließ den Korken zur Decke schnellen. Ein violett-roter Schaum strömte in die Gläser, der rasch in sich zusammenfiel. In der leuchtenden Flüssigkeit perlten winzige Bläschen.

»Salute«, sagte Alois. »Des is a Castelvetro Rosso vo da Gegnd vo Modena. Bin gschbannd wos'd sogst?«

Wilhelm wurde neugierig. Ein erster Schluck, der Wein sprudelte den Gaumen entlang und hatte eindrückliche Geschmacksspuren von roten und schwarzen Johannisbeeren und war keine Spur süß. Schon das erste Glas zeigte Wirkung und er spürte seinen Arbeitseifer wachsen.

Stunden später, gegen Ende der zweiten Flasche, wusste er alles, um allein mit dem CAD-Programm arbeiten zu können. Noch am selben Abend stellte er Alois' aufgebohrten 286er (der Rechner hatte einen Beschleunigungs-Co-Prozessor) und den Monitor auf den Platz des vorher genutzten Ataris, und zeichnete bis tief in die Nacht.

Wochen später fuhr Wilhelm ins Badische, seine Fräse war fertig.

Ein Arbeitstisch war leergeräumt, die Spannvorrichtung verschraubt und zu zweit hoben sie die Fräsanlage auf die Platte.

»Wos wuist nacha mit dem Schpuizeig?«, fragte Alois und besah sich die Konstruktion aus Vierkantrohren und Gewindestangen, auf deren Enden drei kleine Schrittmotoren steckten. Spiralige Telefonkabel führten in ein Kunststoffkästchen mit serieller Schnittstelle.

Er kniff die Lippen zu einer dünnen Linie, warf die Stirn in Falten und sagte: »Ruafs't mi o, wanns'd mi brauchst.«

Bis die Fräse fertig war, hatte Wilhelm die Zeit genutzt, sich mit dem Zeichenprogramm vertraut zu machen und einen kompletten Tangentenkasten zu konstruieren. Endlich kein anzeichnen, sägen, zusammenleimen und nachzuschleifen mehr, dachte er. Einspannen, Taste drücken, fertig. Wilhelm spannte ein Sperrholzbrettchen ein. Der Motor lief auf höchster Drehzahl und langsam bewegte sich das Fräsportal Richtung Höhentaster. An der Null-Position angekommen, senkte sich der rotierende Hartmetallfräser und näherte sich dem Schalter. Im letzten Moment, keinen Zentimeter darüber, schlug Wilhelm auf die Escapetaste. Die Fräseinheit stand still. Um ein Haar hätte er den Schalter durchbohrt und die Maschine bei der Jungfernfahrt zerstört.

Neuer Start. Acht Minuten für den Rechner. Windows 3.1 und das Programm fuhren hoch, pixelweise baute sich die Zeichnung auf. Dann wieder Höhenkontrolle, diesmal mit abgeschaltetem Motor. Das Portal stand auf Referenzposition. Der Fräser lief. Enter. Die Maschine bewegte sich in Richtung des ersten Elements, einem Tastenloch mit den Maßen sechs mal acht Millimeter. Die Z-Einheit senkte sich langsam, der Fräser stach ins Holz und zog seine Bahn. Wilhelm war in Hochstimmung und verfolgte jede Bewegung. Acht Millimeter nach rechts, sechs nach hinten, acht nach links und sechs vor. Es pfiff unangenehm, ein vibrierendes Kreischen. Dennoch, das erste Tastenloch! Dann das Nächste. Und das Nächste und das Nächste und das Nächste. Beim achten Loch brach der Fräser. 22 Mark. Zurück! Die Funktion Fräsen ab Segment fand Wilhelm nicht. Also wieder von vorne. Warten. Bei den fertigen Löchern glitt der Fräser mit hohem Sirren an den Kanten entlang und hinterließ dunkle Spuren, es roch brenzlig.

Escape – Neues Brett – Warten.

Wilhelm drosselte Drehzahl und Vorschub, die Spuren wurden blasser. Der Hinweis des Herstellers kam als Echo: »Es kann ein paar Tage dauern, bis Sie die Maschine kennen.«

Nach drei Stunden hielt er sein erstes computergefertigtes Tangentenkastenbrett in Händen, in der Zeit hätte er normalerweise schon zehn davon fertig. – Es kann dauern.

Wilhelm maß nach. Sechseinhalb mal achteinhalb Millimeter. Die Löcher waren viel zu groß. Wütend wählte er die Nummer des Herstellers. Freitagnachmittag. »Leider kann Ihr Anruf im Moment ...« Der Hörer knallte auf die Gabel, die Tür fiel ins Schloss und Wilhelm schüttete sich einen Grappa ins Glas. Und wenn ich den Fräsdurchmesser im Programm ändere, ihn größer angebe?

Am Samstagnachmittag hielt er ein Tangentenkastenbrett aus Sperrholz in Händen, die Fräskanten waren hellbraun und ein Zehntel über Maß, genau richtig. Allerdings zum Preis von zwei gebrochenen Fräsern, ihm bleiben sieben.

Ernstfall!

Er spannte geflammtes und fertig geschliffenes Ahorn ein, gleich zwei Rohlinge hintereinander, die Zeichnung hatte er kopiert und aneinandergereiht, alles in einem Aufwasch. Die Fräse lief, Hartmetall fraß sich durch Hartholz. Feiner Staub flog in alle Richtungen. Die ausgefrästen Klötzchen fielen auf den Spanntisch. Die Kanten bleiben hellbraun, minimaler Brandgeruch. Gelassenheit machte sich breit. Es klappte. Wilhelm sah einer Serienfertigung entgegen. Massen von Leiern. Hunderte, Tausende. Wilhelm träumte weiter, während die Maschine ihre Bahnen zog. Als nächstes fräse ich Decken, dann Stege, dachte er und übersah, wie sich das Spiralkabel bei den letzten Löchern dehnte und die komplette Z-Einheit nach hinten zog. Die Anlage rappelte, als ob ein Auto mit angezogener Handbremse fahren würde. Der Fräser brach, die Zuleitung riss ab. Der Bildschirm wurde schwarz. Die Maschine blieb stehen.

»Leider kann Ihr Anruf im Moment nicht entgegengenommen werden. Bitte versuchen Sie es zu einem späteren Zeitpunkt.«

Jetzt musste die Tastatur dran glauben. Mit einem Schrei schlug Wilhelm sie über die Tischkante. Plastikteile spritzten umher, bohrten sich ins Fleisch. Wilhelm blutete an Ballen und Handgelenk und wünschte sich und die Maschine zum

Teufel. Wilhelm schäumte vor Wut, einer Wut, die ihn immer wieder zur Raserei treiben konnte.

Auf seine Quickly ließ Wilhelm nichts kommen. Fünfzig Mark hatte er dafür hingeblättert, allerdings ohne Papiere. Egal, dachte er, denn er hatte sowieso keinen Führerschein. Der Fünfer fürs Moped wäre normalerweise Formsache gewesen, aber wegen seinem Hinkebein wurde von ihm ein PMU-Bescheid verlangt. Der Nachweis, die psychologisch-medizinische Untersuchung absolviert und bestanden zu haben. Dazu fehlte ihm das Geld.

Sein Vater hatte abgewunken, »Was brauchst du ein Moped? Fahr Fahrrad. Und außerdem, viel zu gefährlich.«

Also fuhr Wilhelm schwarz. Da er ohne Papiere auch keine Versicherung bekommen hätte, überpinselte er das rote Nummernschild mit blauer Farbe, es sah aus wie echt, und fuhr damit kreuz und quer durch die Gegend. Mit den selbst gebastelten Umbauten, dem nach hinten gedrehten Sattel mit Rückenlehne, dem hochgezogenen Auspuff und dem Hochlenker kam er seinem Vorbild von Easy Rider verdammt nahe. Wilhelm war Captain Donaubad.

Manchmal, besonders bei feuchter Kälte, spielte der Motor verrückt. Dann dauerte es. Wilhelm hatte beim Frühstück getrödelt und war spät dran. Er musste sich beeilen, denn er hatte eine Noten entscheidende Mathearbeit zur Ersten. Er trat in die Pedale, strampelte, rüttelte am Zündkerzenstecker, öffnete und schloss den Benzinhahn, trat wieder in die Pedale, mal mit, mal ohne Dekompression. Der Motor sprang nicht an, er gab nicht einmal Fehlzündungen von sich. Noch Mal. Wieder nichts. Ein letztes Mal. Wilhelm hatte genug. Er schnappte die Quickly am Rahmen, hielt sein Moped hoch über den Kopf und ließ es scheppernd gegen die Garagenmauer krachen. Als er mit dem Fahrrad in der Schule ankam, sammelte der Lehrer gerade die Mathearbeiten ein. Sechs!

Dienstags war die Fräse zerlegt und verpackt und wurde vom Paketdienst abgeholt. Nur mit Androhung rechtlicher Schritte bekam Wilhelm 1.500 Mark zurückerstattet. Die restlichen Tausend behielt die Firma wegen ›Notwendiger Reparaturarbeiten aufgrund unsachgemäßer Behandlung und mangelnder Sorgfalt‹ ein.

Das Thema Fräse war vorerst beendet. Wilhelm wusste nicht weiter. Der Gitarrenbauer bot sich an, die Teile zu fertigen. Mit Material und den Zeichendateien machte er sich auf den Weg. Dort bestaunte er dessen CNC-Maschine. Führungen aus massivem Aluminium, flaschengroße Servo-Antriebe, daumendicke Zuleitungen mit Bajonettverbindung und eine Steuerung, die jede High-End-Stereo-Anlage größenmäßig in den Schatten gestellt hätte. Sie standen mit Schallschutzkopfhörern vor der Maschine und sahen zu, wie sich das Fräswerkzeug durch einen massiven Ebenholzblock arbeitete und dabei in Lichtgeschwindigkeit hauchfeine Kabelschlitze zog. Morgen würde er die Tangentenkästen fräsen, fünfundzwanzig Mark das Paar, Freundschaftspreis. Wilhelm ließ ihm acht anstelle der zwanzig Brettchen da und fuhr einigermaßen ernüchtert nach Hause.

Also doch eine eigene Anlage.

Der folgende Anruf bei seinem Kollegen holte ihn schnell auf den Werkstattboden zurück. Der Aufprall war hart.

»Mindestens 30.000 mit Zeichenprogramm, Steuerung und Software, eher mehr. Und bis du damit klarkommst, vergeht noch einmal ein Jahr. Wenn das reicht.«

»Das weiß ich mittlerweile«, sagte Wilhelm, hielt es aber für maßlos übertrieben.

Die Firma, für dessen Anlage sich Wilhelm letztlich entschieden hatte, lag eine Ortschaft neben der Burg Fürsteneck und während der zweiten Folkwerkstatt schaute er dort vorbei. Die Kosten waren gigantisch und er bat sich Bedenkzeit aus. Ende September war er weich gekocht, hatte seinen Kreditrahmen ausgelotet und nach einem ausführlichen Gespräch mit dem Filialleiter war die Finanzierung gesichert. »Wissed Se, warum i ihne den Kredit überhaupt gäb? Weil bei Ihne beinah jeden Abend bis schpät des Licht brennt. Ich säh, Sie schaffed was.«

Mitte Dezember ein Fax: Ihre Maschine ist fertig. Sie hatten Abholung vereinbart, für einen Besuch bei Ulrich blieb leider keine Zeit. Wilhelm wollte endlich fräsen. Der Arbeitstisch war einer maßgefertigten Stahlrohrkonstruktion gewichen, oben die Maschine, darunter eine Platte für Rechner und Steuerung, das gleiche Modell wie die des Kollegen, handgebaut mit Dutzenden blinkenden Lämpchen. Dazu ein 2KW-Drehstrommotor mit Schnellspannfutter und einem Frequenzrichter für die Drehzahlsteuerung. Alles musste nur noch angeschlossen zu werden.

Alois und Herr Schmidt, der Steuerungsbauer, waren zur Stelle. Sie wuchteten die Anlage in die Werkstatt, Wilhelm hielt nur die Türen auf, er wollte sich schonen. Herr Schmidt schloss die Kabel an und gab Wilhelm eine ausführliche Einweisung. Alles funktionierte.

Alois meinte: »Jez schaugd des aus wia a Maschin«, und lehnte sich mit einem Bier zurück.

Wilhelm brannte. Nur ein Schluck, dann stellte er die Flasche ab, spannte Ahorn ein und hielt wenig später ein Paar Seitenbrettchen für Tangentenkästen in Händen. Hurra! Die Fräse lief. Wilhelm fräste die nächsten Tage durch ohne Pause. Bald hielt er Teile für die nächsten Monate in Händen, programmierte Decken und Stege. Die andere Arbeit blieb liegen, an Instrumentenbau nebenher war nicht zu denken, denn die Maschine war zu laut. Sobald die Fräse lief, verdrückte er sich ins Büro und hielt die Tür geschlossen. Dafür war er nach einer Woche mit dem Papierkram auf dem Laufenden, zum ersten Mal überhaupt. Wilhelm erkannte, dass er für die Anlage einen extra Raum würde schaffen müssen.

Nach wenigen Tagen stand eine Trennwand zur Werkstatt mit doppelten, superdicken Gipskartonplatten. Eine extra schwere Tür und ein dreifach verglastes Kontrollfenster wurden eingebaut. Neue Sicherungen, Stromleitungen und ein Pressluftanschluss wurden verlegt, und, auf Anraten Alois', ein Not-Aus-Schalter montiert.

Nach Dreikönig ging es wieder los. Endlich konnte Wilhelm wie gewohnt Räder drehen, Decken schleifen und Fähnchen schnitzen, im Hintergrund ein wohliges Summen. Durchs Fenster beobachtete er die Arbeitsphasen und war sofort zur Stelle, wenn Teile fertig waren. Zwei himmlische

Tage vergingen. Dann wagte er sich an Ganztontasten aus Ebenholz. Sie wurden perfekt. Mit meditativer Ruhe polierte er endlich Rubin-Schellack auf eine Lautenmuschel. Bahn für Bahn. Ein seidiger Glanz entstand, ließ die Späne leuchten und zauberte eine magische Transparenz auf das Holz. Glücklich hielt Wilhelm den Korpus gegen das Licht und sah sein Spielbild darin schimmern.

Dann ein hässliches, lautes Kreischen.

Rauchschwaden hinter der Scheibe.

Es brannte!

Den Feuerlöscher in der Hand riss er die Tür auf und stürzte auf den Notschalter. Der Motor kam augenblicklich zum Stehen. Das Spannfutter lag direkt auf einem Ebenholzbrett auf. Der Fräser hatte eine tiefe Furche durch den Alu-Spanntisch gezogen und steckte abgebrochen daneben. Zum Glück kein Feuer, es sah von außen schlimmer aus, als es war. Die Reibung hatte die Oberfläche des Werkstücks nur angesengt. Der Qualm verschwand durch die Abzugsanlage, aus der Pressluftpistole kam Frischluft. Wilhelm stierte auf seinen Maschinentraum und war ratlos.

Am nächsten Tag kam Herr Schmidt, tauschte die Platine der Z-Einheit, kontrollierte die Kabel und riet, die Maschine zu beobachten. Mit Schallschutzhörern sah Wilhelm von da an seiner Fräse zu, wie sie Bordunstege aus Ahornleisten zauberte. Alles funktionierte reibungslos. Zehn Minuten, fünfzehn Minuten. Ein Knall. Der Fräser brach. Die Maschine schob den Fräsmotor, das Spannfutter berührte das Holz, ein raues Summen, und fetzte es beiseite. Not-Aus! Neustart,

Referenzfahrt zum Nullpunkt. Die Z-Einheit war, wie zuvor beim Ebenholz, nicht nach oben gefahren. Das Werkstück unbrauchbar, da mittig gerissen.

Am Samstag stand Herr Schmidt mit neuen Kabeln vor der Tür, maß Spannung und Stromfluss und überprüfte den Rechner. Probelauf ohne Material und ohne Fräser. Nach zehn Minuten Not-Aus! Er schüttelte den Kopf: »Ich habe keine Erklärung. Tut mir leid. Vielleicht Spannungsschwankungen?« Er schlug vor, einen Trenntransformator zwischen Netz und Rechner zu schalten und bot Wilhelm an, ihn morgen vorbeizubringen. Noch einmal 1.100 Mark.

Wilhelm ignorierte seinen Rücken. Gemeinsam stemmten sie das 30-Kilo-Monster neben den Monitor und verkabelten die Anlage neu. Dann Probelauf, erst ohne, dann mit Holz. Keine Probleme. Wilhelm hatte eine Kiste voll Melodiestege. Es wurde Abend, Tatortzeit.

»Ich würde sie trotzdem nicht allein lassen, wenigstens vorerst. Und dann würde ich einen schnelleren Rechner nehmen, möglichst einen Pentium. Einfach zur Sicherheit.«

Wilhelm reichte es fürs Erste. Die nächsten Wochen widmete er sich der Lautenleier. Er hatte alle Teile und sah keinen Grund, die Fräse laufen zu lassen, genau genommen fürchtete er sich davor. Doch dann fehlten Stege für eine Renaissance-Drehleier. Alois hatte sein Büro aufgerüstet und verkaufte ihm seinen alten Pentium. Maus, Monitor und Steuerung waren schnell angeschlossen, die Programme installiert. Es war ein Vergnügen, den Computer hochzufahren. In weniger als einer Minute war er am Start und die Fräse absolvierte geschmeidig die Referenzfahrt. Das Werkzeug glitt durch das Brett und wenige Minuten später hatte er drei Melodiestege.

Wilhelm spannte ein weiteres Brett ein und startete. Nach dem ersten Segment ging er in die Werkstatt und schnitzte die Stege zurecht. Ende der Woche wollte der Kunde kommen. Nebenan beruhigendes Surren – noch ein Brett. Er ging zurück an die Werkbank, hinter ihm blieb alles friedlich. Dann ein Kreischen. Stahl auf Stahl. Danach hartes Rumpeln, es klang nach Kaltstart eines Traktordiesels. Der abgebrochene Fräser steckte in der Spannvorrichtung. Der Motor schob gegen die Stahlklaue und blockierte. Der Antriebsservo jaulte, es roch nach Gummi und Strom. Not-Aus! Die Ahornbretter landeten an der Wand, zwei Schraubenschlüssel flogen hinterher.

Herr Schmidt hatte keine Erklärung. Er speiste Wilhelm mit dem fadenscheinigen Rat ab, den Standort des Rechners zu ändern. Wilhelm fühlte sich auf den Arm genommen.

Wozu sollte das gut sein? Der spinnt doch.

Und was war mit den Betten? Computer und Wasseradern. Geht's noch? Probier's aus. Schau in die Pläne.

Herr Brandner war seriös. Nicht so ein esoterischer Angstmacher wie der Allgäuer, der Wilhelm vor Jahren für viel Geld Kästchen mit Quarzsand angedreht hatte. Ein Kunde hatte ein paar Wochen zuvor rebelliert, gesagt, das Haus wäre total erdstrahlenverseucht, als er auf das Einrichten seiner Drehleier eine Stunde warten musste. Er hatte Wilhelm beschworen, zu handeln und ihm den Mindelheimer Rutengänger ans Herz gelegt. Dieser schleppte sich stöhnend und mit scheinbar letzter Kraft durch das Gebäude, redete von Geisteskrankheiten, Depressionen, Krebs und frühem Tod. Selbstverständlich könne er für Abhilfe sorgen. »Was sind 400 Mark für ihre Gesundheit?« Er öffnete eine Schatulle, in der Steinblöcke mit einer Glasscheibe in Watte gebettet lagen und zeigte Wilhelm die Stellen, an denen die Wehrsteine platziert werden müssten. »Bei starken Störungen, wie bei ihnen, sehen sie bei einem feinen Auge sogar den Sand leuchten.«

Wilhelm glaubte diesem Scharlatan anfangs und legte sich nach Mitternacht, wenn die Straßenlampen abgeschaltet waren, unter den Schreibtisch, um das geheimnisvolle Leuchten zu entdecken. Stundenlang lag er da, die Augäpfel zu Fernrohren rausgeschoben. Alles blieb dunkel. Was er sich holte, waren kalte Füße und einen ordentlichen Schnupfen wegen der Nachtabsenkung der Zentralheizung.

»Ich nehme kein Geld für eine Erdstrahlenmessung«, sagte Herr Brandner. »Die Gabe hat mit Gott gegeben und ich bin froh, wenn ich Menschen helfen kann.«

Wilhelm glaubte ihm. Mit Pendel und einer Wünschelrute vor der Brust lief er kreuz und quer durch die Mühle. Wilhelm mit Zollstock und den Grundrissplänen hinterher. Herr Brandner kam schließlich auf acht Linien. Vier längs und vier quer. »Meiden Sie die Schnittpunkte. Ihren Arbeitsplatz im Büro sollten sie unbedingt ändern, ein Meter reicht schon. Spüren Sie kein Kribbeln?«

»Doch. Spätestens nach einer halben Stunde rücke ich unwillkürlich zur Seite.«

»Sehen Sie. Aber das Wichtigste sind die Betten. Sie müssen unbedingt umgestellt werden. Wenn Sie die nicht verschieben, werden sie irgendwann krank. Unweigerlich! Und den Kopf immer Richtung Norden.«

»Woher wissen Sie das?«

»Aus eigener Erfahrung.«

Ein Blick in die Pläne, Wilhelm Augen folgten den roten Linien. Computer und Steuerung standen exakt auf einer Erdstrahlenkreuzung.

Er rief Alois an, er und seine Frau glaubten auch an diesen Hokuspokus. Er kam und sagte, wobei er schallend lachte: »Vo de Hund woaß i des, aba bei Elektronik – naa, des is ma nei.«

Sie räumten das Regal leer und packten die Anlage nach oben, weit entfernt von diesem mit Aberglauben belasteten Hotspot. Wilhelm startete eine lange dauernde Fräsdatei und ließ sie wieder und wieder laufen. Sie setzten sich in die Werkstatt und warteten auf einen Crash, zwei Flaschen Wein lang. Nichts, keine Probleme. Und auch danach nie wieder.

Auf dem Drehleiertreffen des Fürsten von Heilbronn traf Wilhelm einen seiner Kunden. Er war Experte für CNC- und Steuerungssoftware. Als Wilhelm ihm von den Problemen und der simplen Lösung berichtete, erwartete er hemmungsloses Gelächter. Der Experte schaute sich stattdessen um, kam ganz dicht an Wilhelms Ohr und flüsterte: »Das wissen wir. Aber Pssst.« Dabei legte er den Finger an die Lippen.

George

»Let George do the job«, riet der Traveller aus Wisconsin, den Wilhelm 1976 in Griechenland traf. Sie träumten der Sonne nach, die neben Paros das Meer küsste und darin versank. Wilhelm wurde melancholisch und begann zu jammern.

»Ich bin so unentschlossen, habe keine Ahnung, was ich machen soll, wenn ich zurück in Deutschland bin. Weiter studieren? Etwas, worin ich mich nicht finde. Den Studiengang wechseln, vielleicht Architektur? Arbeiten? Aber was? Eine Lehre? Holz interessiert mich, Musik, ich spiele Gitarre. Oder das Vollabi nachmachen und Germanistik oder Psychologie studieren? I haven't got the shit of a clue.«

»Gib einfach George eine Chance. Der weiß am Besten, was gut für dich ist. Glaub mir, ich habe in Indien viel gesehen, aber das mit George war die größte Erkenntnis.«

»Wer zum Teufel ist George?«

»Nie von George gehört? George nennen wir in den Staaten das Unterbewusstsein.«

George hatte ganze Arbeit geleistet. Die Fräse hatte sich in Wilhelms Hirn einen festen Ankerplatz gesucht und war seit Monaten auf Landgang. Immer auf der Suche. Bald hatte er Teile für mehr als zehn Drehleiern, ungefähr dem Auftragsvolumen eines ganzen Jahres entsprechend. Stege, Halb- und Ganztontasten, Decken und Tangentenkästen für Renaissance-Instrumente, Lautenleiern und Novellos. Eines Morgens schrak er aus dem Schlaf, lange vor den Kirchenglocken. Viertel nach vier. Du bist zu teuer. Deine Fräse kann mehr. Bau eine neue Leier! Eine, die halb soviel kostet. Und sie muss viel besser sein, als die anderen Billigleiern!

»Was machst du denn so früh im Büro?«, fragte Annemarie und schaute über Wilhelms Schulter hinweg auf den Bildschirm. Es war kurz nach sieben. »Was wird das?«

»Eine neue Leier, ein ganz neues Modell. Das wird die Revolution.«

»Revolution? Komm lieber rüber, was essen. Der Tee wird kalt.«

Beim Frühstück weihte Wilhelm sie in seine Pläne ein.

»Und du glaubst, das funktioniert?«

»Hundertprozentig.«

»Dein Hundertprozentig kenne ich mittlerweile. Und dann klappt wieder dies nicht und das nicht. Und wie lange soll das Ganze dauern?«

»Keine zwei Monate!«

»So so. Und wie viele Stunden pro Woche gedenkst du zu arbeiten? Was ist mit den Wochenenden?«

»Tja…«

»Und die Kosten?«

»Ich geh' dann mal wieder rüber.«

Die große Zeichenmaschine war beleidigt, nicht nur wegen der dicken Staubschicht. Sie hatte ausgedient. Wilhelm konstruierte ohne Papier, Lineal oder Zirkel. Die Augen klebten am Monitor. Die Mensur hatte er auf 35 Zentimeter festgelegt. Alle weiteren Maße leitete er davon ab. Nichts als Kreisbögen – beim Korpus, den Schalllöchern und der Deckenwölbung. Ein mittelgroßes Rad ersparte eine gekippte Achse und ließ die oberen Stege klein genug, um beim Stimmen der tiefen Saiten nicht wegzuklappen. Durch die Zeichenfunktionen Ausschneiden/Einfügen und Parallele Linien waren Schablonen, Bauform, ja sogar die Randverzierungen in Minuten konstruiert. Schwieriger waren die Verbindungen an den Kanten.

Stunden vergingen, bis harmonische Übergänge entstanden. Und immer wieder speichern, speichern, speichern. Der Datenordner füllte sich, nur Wilhelm fühlte sich ausgelaugt und leer. Nerven und Muskelfasern vibrierten. Ich muss unbedingt langsamer treten. Ob zwei, drei Glas Wein vor dem Zubettgehen helfen würden?

Wilhelm lümmelte vor dem Fernseher; schon wieder Tony Blair und das lange Gesicht der Thatcher. Ihm fielen die Augen zu. Selbst im Bett tanzten noch Pixel auf der Netzhaut. Entspann dich. Denk an Bäume, Bach und Wiesen. Meer, Wellen, Sandstrand, Pinienduft, Toskana. Atme ein, atme aus … Radien, Linien, Schnitte, Einstichpunkte, Frästiefen.

Wilhelm stand auf und nahm einen kräftigen Zug aus der Grappaflasche. Es wirkte. Wenigstens für ein paar Stunden. Dann schrak Wilhelm hoch. Er war hellwach. George gab keine Ruhe. Er hat ihm eine Idee untergejubelt, die viele Stunden beim Zusammenbau ersparen würden. Positionslöcher! Löcher auf der Decke für Stege, Radspangen und den Tangentenkasten, Kerben für die Lage der Balken.

Weitere schlaflose Nächte. Immer wieder erwachte er in tiefer Nacht. Mal um zwei, um drei, und heute um halb vier. An Schlaf war nicht mehr zu denken. Eine Balkenschleifschablone jagte ihn aus dem Bett. Noch war es ein Hirngespinst: Einmal am Schleifband entlang und die Deckenwölbung würde stimmen. Um vier Uhr saß er vor dem Rechner. Gegen Mittag war sie konstruiert, am Abend einsatzbereit und kurz vor Mitternacht hatte Wilhelm sechs fertige Deckenbalken.

Ihm fielen die Augen zu. Duschen, zwei Bier und zwei Ouzo, endlich herrschte Ruhe im Hirn. Ruhe? Halbtöne! George? Du schon wieder! Aber die Idee war genial.

Und wieder dauerte es nur einen Tag – allerdings abermals einen sehr langen – und die erste Halbtonreihe war fertig. Zehn Tasten steckten, exakt verleimt, in einer Palisanderleiste. Ein Freudentaumel jagte Wilhelm durch die Tage, trug ihn über die Wochen. Rotwein garantierte abends eine gewisse Bodenhaftung, dabei schrumpften seine Weinvorräte zusehends. Seine Nervenprobleme hatte er verdrängt, das »Schonen Sie sich. Nerven wachsen nicht nach«, des Neurologen vergessen. Wird schon nicht so schlimm werden. Es war ihm auch egal. Die neue Drehleier war wichtiger!

Die Lackpistole spielte verrückt, das Instrument hatte ein paar Pünktchen auf dem Boden, sie ließen sich aber wegknibbeln. Wilhelm hätte die Düse schon längst reinigen müssen, aber er nahm sich dafür keine Zeit. Er wollte sein Baby hören. Beim Zusammenbau konnte es ihm nicht schnell genug gehen, kaum, dass der Leim unter den Stegen halbwegs abgebunden hatte, passte er Wirbel ein und zog Saiten auf.

Die Sättel waren nur provisorisch angepasst und verschoben sich beim Stimmen. Er fixierte sie kurzerhand mit Sekundenkleber, musste ja keiner wissen. Die ersten Töne. Na ja! Die neue Leier klang nicht gut. Von wegen Revolution auf dem Drehleiermarkt. Richtig beschissen klang sie, um ehrlich zu sein. Sie kratzte, sie schabte, sie klirrte, sie schrie. Die Bordune pfiffen. Die Schnarre knurrte ziemlich unkontrolliert. Alles, nur kein Wohlklang. Saitendruck, Watte und Harz stimmten. Es hatte andere Gründe. Die Oberfläche des Rades schimmerte verdächtig stumpf. Wilhelm hatte nur eine Erklärung: Das Kunstholzrad war keine Zeitersparnis, sondern eine Dummheit.

Biegeeisen an, Rad raus und zweieinhalb Millimeter abgedreht. Birnenstreifen gebogen, das Rad furniert und abgedreht, poliert und mit Harz versiegelt. Routinearbeiten, keine 20 Minuten, abgesehen von der Trockenzeit. Soviel Zeit musste sein. Und dann hatte Wilhelms neue Drehleier Premiere. Sie klang wunderbar, weich und präzise. Die Töne perlten entlang, wie auf eine Kette gefädelt. Sie machte ihrem Namen alle Ehre. Phoenix! Ein sich aus Flammen erhebender Neuerer, ein zum Leben erweckter Mythos. Wilhelms Feuervogel war auf Jungfernflug. Zur Feier des Tages hatte er eine Flasche Champagner auf Eis gelegt. Zum einen, um die Leier zu feiern, zu anderen, um seine Frau zu versöhnen. Für die Kids gab es Orangina und für alle ein Konzert in der Küche.

Im Fotostudio bekam Wilhelm zwischendrin einen Termin, die Grafikerin machte Überstunden und nach zwei Wochen hatte er eine Postkarte, Poster und, ganz neu und exklusiv, eine Internetseite.

Pfingsten stand vor der Tür und ein Musikantentreffen in Marktwald. Eigentlich ein Harfentreffen, wobei Wilhelms Drehleiern dort bislang wenig Beachtung fanden. Dieses Jahr war es anders. Die Phoenix war ein Magnet. Vor allem Leierspieler, besonders solche, die es schon immer werden wollten, stürzten sich auf das neue Modell. Jeder wolle drehen und jeder staunte über den Preis. 1.995 Mark, die Hälfte von dem, was eine einfache Novello kostet und der Bruchteil einer Lautenleier.

Wilhelm verließ das Fest mit vier Aufträgen. Nur noch wenige Wochen bis Rudolstadt, die Generalprobe vor Saint Chartier. Mit drei Formen begann der bautechnische Rundtanz. Während ein Kranz trocknete, wurde der nächste angepasst und verleimt. Die Fräse stand nicht mehr still. Die Teile lagen im Dutzend bereit. Die beiden Großen halfen mit, Fähnchen dauerten am Längsten. An ihren Fingern bildeten sich Blasen, die jedoch bei vielen Pizzen im Garten des Calabria schnell vergessen waren.

Irgendwann hingen sechs fertige Instrumentenkörper von der Decke, Kleinteile waren auf Brettchen gespießt und warteten auf ihr Finish. Das Lackieren dauerte länger. Die provisorische Abzugsbox mit den Computerlüftern gab ihren Geist auf. Auf den Flügeln klebte Lack. Sie blieben stehen und drehten rückwärts. Einer nach dem Anderen, bis schließlich die äußeren den Farbnebel ansaugten und die Inneren die fest gewordenen Partikel zurück bliesen. Erst nach dem Trocknen sah Wilhelm die Bescherung: Nitroakne! Rotbraune Pickel waren in dramatischer Dichte über die Instrumente verteilt. Ablaugen, schleifen, vier Stunden Lüfterflügel schaben. Der Kostenvoranschlag für einen professionellen Lackierstand brachte Wilhelms Traum, endlich Geld zu verdienen, zum Platzen. Mit Zu- und Abluftkanälen und einem Starkstromanschluss waren 8.000 Mark fällig.

In Rudolstadt war Wilhelm Tagesgespräch. In den Marktständen hingen die Instrumente wie reife Früchte von der Decke. Das Lauffeuer machte die Runde. Hätte er bloß mehr Instrumente dabei gehabt. Der Wiener kam angerannt, wollte wohl prüfen, ob es stimmte, was die Gerüchteküche ihm zugetragen hatte: »Geh, bist du deppert? Naa, des geht do neet. Naa, do moch i need mit. Naa, wiagli net.« So sprach er, aber es war ihm anzusehen, was hinter seiner Stirn vorging.

Die Nächte verbrachte Wilhelm anstatt auf dem zurückgekurbelten Autositz nun in einem komfortablen Bett in einem Hotel weit außerhalb der Folkmeile und konnte in Ruhe das Steak und den herben Saale-Unstrut Dornfelder genießen.

Eine Woche bis Saint Chartier. Frühschicht – Spätschicht, tagein, tagaus. Zwölf Stunden Anfahrt, Wilhelm rauschte durch und besorgte sich noch am selben Abend Papiere und Ausweis. Die Nacht wurde lang, der Morgen war hart. Seine Kabine stand abschüssig und sie brauchten Stunden für die Bodenkonstruktion. An der Rückwand standen die üblichen Instrumente in Ständern auf Sockeln. An beiden Seiten hingen Phoenix-Leiern. Er hatte sich vorgenommen, nicht eher zurückzufahren, bis alle verkauft wären.

Zu Ehren der Leier

Der Gitarrenladen wurde zunehmend zur Last. Wilhelm fand kaum noch Zeit, die Instrumente staubfrei und gestimmt zu halten, denn er hatte begonnen, die neuen Drehleiern in Zehnerserien zu bauen. Außerdem kamen immer weniger Kunden. Zu viele orientierten sich an den Preisen eines fränkischen Onlinehändlers. Wilhelm begegnete der Veränderung mit gemischten Gefühlen, aber genau genommen wäre er froh, wenn er den Raum anderweitig nutzen könnte, denn er brauchte Platz. Die neue Phoenix-Drehleier hatte ihn weit über die Grenzen Deutschlands und Europas hinaus bekannt gemacht und schon im ersten Jahr über 80 Aufträge beschert. Er wusste schon nicht mehr, wohin mit den vielen vorgefertigten Teilen.

Eines Morgens stand Jakob Bochtler in Begleitung seiner Frau vor der Tür. Wilhelm kannte ihn. Er war seit Jahren sein Berater für Maschinen und Spezialwerkzeuge.

Er kam gleich zur Sache: »Das ist Ulrike, meine Frau. Sie möchte Gitarre lernen.«

»Das trifft sich, ich habe Ausverkauf.«

Rika war begeistert. Zielsicher griff sie nach einer Spanischen Gitarre und war sofort vom Klang überzeugt. Während Wilhelm von seinen Umbauplänen und den Drehleier-Erfolgen berichtete, wurden die beiden zunehmend unruhiger.

Schließlich fragte Kobbe: »Hättest du Arbeit für Rika? Vielleicht brauchst du Hilfe. Bei der Firma, in der sie bislang war, wurde sie wegrationalisiert.«

Rika sah Wilhelm abwartend an.

»Was hast du bisher gemacht?«

»Alles mögliche, hauptsächlich Leder, Satteltaschen mit Verzierungen für die Bikerszene.«

»Und Holz?«

Rika neigte den Kopf und lächelte schmal: »Eher weniger.«

»Pass auf, wir probieren etwas. Ich zeige dir, wie man Zargen biegt.«

Das Biegeeisen war angeschaltet. Wilhelm nahm eine Zarge und zog sie über den heißen Aluminiumkern. Das Ahornbrett wurde weich und formbar. Zur Kontrolle hielt er es mehrmals an die Bauform. Rika stand daneben und ließ sich keinen Handgriff entgehen.

»Jetzt du. Wenn es an den Enden übersteht, spielt das keine Rolle, Hauptsache die Bögen stimmen.«

Rika schien unsicher.

»Keine Angst, es sieht schwieriger aus, als es ist. Und in meinen Baukursen haben es bisher alle geschafft. Aber achte darauf, dass du nicht zu lange auf einer Stelle bleibst, sonst wird das Holz hart und bricht.«

Rika sagte noch immer nichts. Wilhelm gab ihr das Gegenstück des Zargenpaares. Rikas Hände zitterten leicht. Sie legte das Holz auf das Biegeeisen, zögerte, und drückte die Seiten zaghaft nach unten. Das Holz gab nach. Sofort verminderte Rika den Druck.

»Gut so. Nicht aufhören, ziehe es nach links und drücke weiter. Denk dich in die Rundung hinein.«

Sie drückte weiter, es roch nach heißem Holz. Sie zögerte erneut.

»Schneller, sonst wird es braun.«

Ein Ruck ging durch Rika und sie bog die Zarge in einem Durchgang auf die endgültige Form. Sie hielt den Ahornstreifen an das Gegenstück, er passte bis auf minimale Unebenheiten perfekt.

»Klasse! Wann könntest du anfangen?«

Rika strahlte: »Morgen?«

Rika arbeitete sich schnell ein. Sie nahm Wilhelm all die zeitraubenden Tätigkeiten ab. Zargen biegen, Reifchen verleimen und abrichten, Tasten verputzen und einpassen, Fähnchen schleifen. Innerhalb weniger Monate führte er sie durch die ganze Bandbreite des Drehleierbaus. Dabei ließ sie sich durch nichts aus der Ruhe bringen, Wilhelms Nervosität und seine Sprunghaftigkeit prallten an ihr ab.

Er hatte endlich Zeit, sich dem Tonabnehmersystem der Novello Classico zu widmen und Fräsprogramme zu optimieren. Rika fertigte Drehleierkörper, Tangentenkästen und Kleinteile. Wilhelm baute die Teile zusammen, machte die Instrumente spielbar und richtete sie ein. Irgendwann fragte sie, ob sie sich eine eigene Drehleier bauen dürfe. Was für eine Frage!

Wilhelm suchte einen Satz besonders schön geflammtes Ahornholz heraus, doch sie sagte: »Nicht nötig, wäre schade um die Maserung. Ich möchte mein Instrument schwarz beizen und lackieren.«

»Schwarz?«

»Ganz schwarz.«

»Warum nicht. Das gibt es zwar schon, aber dass Siorat mit den schwarzen Leiern angefangen hat, ist bald zehn Jahre her und es ist ein Einzelstück.«

Rika zog die Stirn in Falten. »Das weiß man nie. Wart's ab, bis du sie siehst.«

Rika hatte private Sonderschichten eingelegt. Sie beizte zwei Mal und Wilhelm färbte den Nitrolack schwarz. Ein neues Instrument kam zum Vorschein, pechschwarz wie ein Konzertflügel und von einer gewissen morbiden Düsternis. Als Rika mit Airbrush Fledermaus- und Drachenmotive auf die Decke spritzte, war Wilhelm überzeugt. Sie hatte Recht behalten, ein gänzlich neues Instrument. Er wollte damit in Serie. Wilhelm zog stärkere Saiten auf, durch die höhere Spannung änderte sich der Klang, sie tönte nun schärfer. Und da nach seiner Überzeugung das Auge mithört, wurden die geschmeidig runden Ecken der Standard per Mausklick gedreht oder gedehnt, heraus kamen gefährliche Spitzen und Kanten. Beim Namen rätselte er eine Weile. Batman? Geht gar nicht! Ausgerechnet in einem seiner allerersten Kinderbücher wurde er fündig. Der Rabe der Kleinen Hexe stand Pate: Phoenix Abraxas.

Das neue Modell wurde Wilhelm aus den Händen gerissen. Manche Musiker der Mittelalter-Rockszene griffen zu, obwohl sie schon eine Standard hatten. Als Bodenski sich meldete, würdigte Rika den Titel der neuen Subway to Sally-CD auf ihre Weise. Sie schnitt sich mit dem Skalpell in den Finger und ließ ihr Herzblut ins Korpusinnere tropfen.

»Lass uns zum fünften Geburtstag der Phoenix ein Luxusmodell bauen«, sagte Wilhelm nach einigen Ideen sprühenden Nächten zu Rika. »Optisch wie eine der ganz teuren E-Gitarren, außergewöhnliches Holz, Hochglanz und limitiert auf zehn Exemplare. Etwas ganz besonderes, königliches. Ich möchte einen Hingucker für Saint Chartier.«

»Saint Chartier? Meinst du dieses Jahr? Wir haben Anfang Mai.«

»Kein Problem. Ich häng' am Abend ein, zwei Stunden dran.«

»Und die Sache mit deinen Nerven?«

»Ist doch nur für kurze Zeit.«

Die Fotos waren perfekt. Die Grafikerin hatte sich Wilhelms Vorstellungen zu eigen gemacht, um die royale Symbolik zu unterstreichen. Ein tief leuchtendes Nachtblau schimmerte über schwarzem Hintergrund. Feinster geflammter Ahorn mit exquisiten Ebenholzeinlagen trat dezent hervor. Symbole von Kronen und Perlen, an denen sich Lichtreflexe brachen. Wilhelm war besessen. Die Phoenix Royal sollte der Hingucker in Saint Chartier werden, präsentiert in einem neuen Messestand. Wilhelm dachte an Nischen, wie in Kirchen, in denen Heiligenfiguren stehen. Dreidimensional gemalt und fünf davon nebeneinander. Für jedes Phoenix-Modell eines. Die restlichen Instrumente davor in Kniehöhe auf einem Altar mit rotem Samt. Darüber der Sinnspruch zur höheren Ehre der Drehleier in römischen Reliefbuchstaben:

AD MAIOREM LYRAE GLORIAM

Die Sperrholzplatten waren bei Toppo, einem weitläufig befreundeten Kunstmaler. Er sollte die in Stein gefassten Rundbögen mit Vertiefungen darstellen, Abholtermin nächste Woche. Roswitha, Alois' Frau, würde den Schriftzug malen. Die halbe Nacht saßen sie zusammen, bis die Abstände der Buchstaben auf dem Dreimeterbrett stimmten.

»Und mit dem Latein bist du dir sicher?«

»Hundertprozentig. Ein Theologieprofessor hat das geprüft. Der muss es wissen.«

»Aber hier geht es doch nicht um Gott.«

»Aber er ist Drehleierspieler.«

Wilhelm hatte vergessen, bei Toppo Farbe für das Schriftrelief zu besorgen. Toppo war nicht da. Auch sonst war niemand zu Hause. Er heftete eine Nachricht an sein Atelier, es wäre dringend. Obwohl schon Abend, war es heiß und ungewöhnlich drückend für Ende Juni. Wilhelms linkes Auge zuckte und er hatte leichte Kopfschmerzen. Mach langsamer. Lass dir Zeit! Zurück in der Werkstatt teilte ihm Rika mit, das Radfurnier der Royal habe sich gelöst.

»Das wird die Hitze sein. Hätte ich sie nur im Koffer gelassen. Aber lieber jetzt, als auf der Ausstellung.« Wilhelm ging zur Drehbank und spannte das Rad ein. Seine Tochter kam in die Werkstatt. »Papa, Essen wird kalt.«

Er schleuderte die Arbeitsschürze ins Eck. Kaum bei Tisch läutete Roswitha und fragte nach der Farbe. Er lud sie ein und öffnete eine Flasche Wein. Annemarie und die Kinder aßen schweigend weiter. »Wie weit bist du?«

»Wird schon. Du kennst mich ja. Wenn 24 Stunden nicht reichen, nehmen wir die Nacht dazu.« Wilhelm stürzte sein Glas in einem Zug herunter. Sofort spülte der Burgunder seine Rastlosigkeit weg und eine bekannte Geborgenheit breitete sich in ihm aus. »Außerdem haben wir noch über eine Woche.«

Sieben Uhr. Er quälte sich aus den Federn, schleppte sich in die Werkstatt und reparierte das Rad. Der Leim musste bis Mittag trocken sein. Danach ein schnelles Frühstück. Rika kam und machte an den Leiern weiter, die in Saint Chartier verkauft werden sollten. Papierkram bis der Leim getrocknet war. Drehbank, Telefon.

Stewart aus Hawaii war in der Leitung. »Hi William, how are you? Hast du mit meine luteback schon angefangen? Ick mochte doch ein drittes Melody. And then, what is mit die workshop?«

»Can we talk later? Tonight? I'm in a hurry.«

Schleifmaschine, Drehbank, Seiten lackieren, warten. Wieder Papierkram. Endlich! Wilhelm konnte die Radoberfläche polieren. Telefon! Die Druckerei kündigte den Andruck der Royal-Karten bis spätestens siebzehn Uhr an. »Ich komme.«

Wilhelm wollte die Gelegenheit nutzen, seine Vespa wieder einmal auszuführen. Er konnte die Fahrt auf den kleinen, gewundenen Sträßchen genießen. Das Knattern des Zweitakters und die Vibrationen brachten für einen Moment Ruhe, gerade wegen der Eile. Zuerst zu Toppo, Farbe holen. Nach mehrmaligem Läuten ging er durch den Garten und klopfte an die Scheibe des Ateliers. Toppo öffnete ein Fenster. Ein Blick in seine Augen, Wilhelm wusste, er war nicht ansprechbar. Er küsste mal wieder den Himmel. Trotzdem schaffte er es, Farbe abzufüllen.

»Rückwände? Nein, zu den Rückwänden bin ich noch nicht gekommen«, nuschelte er. »Aber bis nächste Woche sind sie fertig. Versprochen, Hundert Pro.«

Wilhelm fuhr das Donautal entlang. Der Umweg hatte ihn neben Zeit auch noch unnötig Sprit gekostet. Ein Blick auf die Tankanzeige, er musste zurück. Zwar käme er noch zur Druckerei, doch dann wäre der Tank leer. Halb fünf, noch dreißig Minuten. Wilhelm schwitzte. Um die Stirn spannte ein Band, es wurde enger und enger. Die Tankstelle hatte keine Mischung. Wilhelm musste eine Dose kaufen und das Öl nach Augenmaß in den Tank kippen, dabei floss die Hälfte daneben. Der Papierspender an den Zapfsäulen war leer. Egal, weiter. Der Motor ruckelte zwar, aber der Roller fuhr. Die Zeit rannte ihm davon. Er gab Vollgas und zog dabei eine bläuliche Fahne hinter sich her. Als er die Druckerei erreichte, war es zwanzig nach fünf. Sie hatte geschlossen. Wieder ein halber Tag beim Teufel. Und noch keine Rückwände und noch keinen Schriftzug. Und die Royal ist zerlegt. Wenn ich noch einmal den alten Stand nehme? Nie und nimmer!

Auf der Rückfahrt wurden Gestank und Motorstottern unerträglich und Wilhelm fuhr mit halbem Gas. Der Helm drückte, sein Kopf dröhnte und die Lederjacke spannte über dem nassen Hemd. Wilhelm fuhr gegen halb sieben auf den Hof. Annemarie saß im Garten und trank Tee. Helm runter, Roller hoch, raus aus der Jacke. Wilhelm wurde schwindlig. Seine Knie zitterten, sein ganzer Körper war in Aufruhr, als er die zwei provisorischen Stufen zwischen Hauswand und Kastanie hinabstieg. Unter dem Baum blieb er an einer Wurzel hängen. Er ruderte mit den Armen, verlor sein Gleichgewicht und fiel vornüber. Im letzten Moment fing er sich, dabei zog es ihn automatisch nach hinten. Die Beine knicken weg und er wurde zu Boden geschleudert. Sein Hintern landete auf den Fersen. Augenblicklich stach ein Schmerz ins linke Knie. Weißglut, der Atem stockte! Wilhelm versuchte aufzustehen, das Bein drehte zur Seite. Grelle Explosionen. Irgendwer goss Nitroglyzerin ins Knie, sein Magen sackte zu Boden.

Annemarie eilte herbei und versuchte ihn hochzuziehen. Ihm wurde schwarz vor Augen. Auf sie gestützt, beinahe huckepack, schleppten sie sich zum Gartentisch.

»Du bist kreideweiß«, sagte Annemarie und strich mit der Hand über das inzwischen dick geschwollene Knie. Wilhelm zuckte wie von einer Hornisse gestochen zusammen. »Lass uns ins Krankenhaus fahren, das muss geröntgt werden.«

»Unmöglich. Ich muss mich um die Ausstellung kümmern. Das ist bald vorbei. Morgen bin ich wieder fit.«

»Ich rufe jetzt den ASB. Und du bleibst, wo du bist.«

»Vergessen sie Ihre Ausstellung. Die nächsten sechs Wochen machen Sie mit Sicherheit gar nichts«, sagte der Stationsarzt und drückte Wilhelm ins Kissen zurück. »Mit einer Patellafraktur ist nicht zu spaßen. Wir müssen die OP abwarten, dann sehen wir weiter. Außerdem muss die Kniescheibe zusammenwachsen.«

Ärzte und Schwestern verließen den Raum. Wilhelm war allein. Aus seinem linken Knie war ein Ballon geworden, Eisbeutel hinderten ihn am Platzen. Die Zimmerdecke kippte langsam nach hinten und er schwebte, leicht wie eine Daunenfeder, einer warmen, dunklen Geborgenheit, einem Trost spendenden Nichts entgegen.

Träumerei

Zahllose Telefonate und meterweise Fax waren nötig, um die Fluggesellschaft mürbe zu machen. Die drei Kisten wurden zum Normaltarif befördert, obwohl sie dafür eineinhalb Zoll zu lang waren. Vielleicht hatte der Hinweis auf die Internationalität der Veranstaltung den Ausschlag gegeben. Oder waren es Stewarts Kontakte? Nun lagen sie auf dem Transportband und hoppelten dem Ausgabecounter entgegen.

Wilhelm war erschlagen. Sand hatte sich unter die Lider geschoben, hinter der Stirn ein Pumpwerk. Sechs Stunden nicht eingeplanter Zwischenstopp in Los Angeles und dann die Turbulenzen über dem Pazifik. Hoffentlich weiß Stewart davon und wartet, dachte er, als er die Flight Cases auf den Trolley wuchtete.

Stewart stand vor der Halle, lässig wie Don Johnson von Miami Vice, nahm seine Sonnenbrille ab und ging auf Wilhelm zu. Sie sahen sich zum ersten Mal, doch Wilhelm spürte sofort die freundschaftliche Schwingung zwischen ihnen.

»Ick hab eine excellent location für uns, much better than die old one«, sagte Stewart und Wilhelm war amüsiert, seine Deutschversuche endlich direkt zu hören. »Wir konnen stay there all the time. Come on, ick zeig's dir.«

Beim Pick-up angekommen, stieg ein massiger Mann mit den Gesichtszügen der Ureinwohner aus und hob die Koffer mit einer Leichtigkeit auf die Ladefläche, als wären es Diplomatentaschen. »Pilo is mein Assistent. Und als cook, he is just magic. Er is ein Zauberer von traditional food.«

Pilo umschiffte den Stau Richtung Hauptstadt und bog links ab. Nach wenigen Kilometern auf palmenbesäumten Straßen waren sie in den Bergen. Wilhelm wurde munter. So schön hatte er sich die Insel nicht vorgestellt. Die Landschaft übertraf alle Reiseprospektklischees. Dazu diese Luft. Zwei Wochen hier, eine davon Urlaub. Er beglückwünschte sich zu der Idee, hier einen Spielkurs organisiert zu haben. Stewart war dafür der ideale Partner. Er war hier aufgewachsen und nach einigen verschenkten Jahren in Los Angeles kehrte er zurück und lebte als Musiker von Wedding Events oder spielte auf privaten Banketten. Allerdings war er entsetzt, als Wilhelm ihm sagte, er könne nicht surfen.

Das Resort über den Klippen spottete jeder Beschreibung. Am Rand eines Wäldchens gelegen, mit freiem Meerblick nach Westen, war es im Stil zusammenhängender indianischer Pueblos erbaut worden. Viel Holz, die Tonziegel gedeckten Dächer weit vorgezogen. Schmale verwinkelte Treppchen führten in die oberen Stockwerke. Im Garten Palmen, Mangos und Bananenstauden. Geschrei von Vögeln wie in einem Tropenhaus. Ein abschüssiger Pfad führte zu einer einsamen Sandbucht weit unten. In die Felsen waren Stufen geschlagen und ein filigranes Stahlgeländer bot Sicherheit. Wilhelms Müdigkeit war verflogen, wenigstens würde er schwimmen können. Stewart sagte stolz, dass der kalifornische Softwaregigant, auf dessen Firmenfeier er Drehleier spielte, ihm das Resort angeboten hatte, als er von seinen Plänen mit dem verrückten German berichtete.

»For free! Normally es ist only for seine best people to make holiday. Vielleicht, er schaut selbst vorbei.«

Die Teilnehmerliste war beeindruckend. Drei Anmeldungen aus Japan, zwei davon spielten bereits Wilhelms Instrumente, ein Koreaner und neun Amerikaner, sechs allein aus Kalifornien. Mickey hatte Wort gehalten und Lark in the Morning zur Drehscheibe für Drehleiern gemacht. Womöglich lag es auch an der Prominenz des Hauptreferenten, der für morgen erwartet wurde. Die Tour mit den Rockveteranen durch die Staaten hatte ihn zum Star werden lassen und einige kamen nur seinetwegen, für sie war er einer von Led Zeppelin geworden. Wilhelm war das egal. Hauptsache, der Engländer brachte denen das Spielen bei, er würde die mitgebrachten Instrumente verkaufen können und sie hätten eine Woche lang Spaß.

Ein Lieferwagen fuhr vor, Pilo eilte hinzu und half ausladen. Der Proviant für die Woche wurde ins Haus getragen, dabei das kleine Schwein für das Lu'au. Stewart hatte die besten Hula Tänzerinnen engagiert, um ein authentisches Fest zu bieten. Der Höhepunkt am letzten Abend.

»Come with me William, maybe, wir konnen sehen ein paar Wale«, sagte Stewart und hielt zwei grün gummierte Ferngläser der Navy-Klasse in Händen.

Wilhelm war erstaunt über das geringe Gewicht. Als sie auf der Aussichtsplattform standen und die nächstliegende Insel betrachteten, nahm er ein feines Vibrieren im Inneren wahr, das Bild vor seinen Augen blieb gestochen scharf und kein bisschen verwackelt.

»Wow. Sind das deine?«, fragte er.

»Oh no. Die sind von die Haus. You can't buy them. Oh, look here. Over there ick sehe Wale. Three of them, fantastic.«

Wilhelm spürte, wie Stewart ihn am Arm rüttelte.

»No, you must look weiter links«, und wieder zog er Wilhelms Arm, er ließ nicht locker. »Here, Wilhelm, komm schon!«

Wilhelm drehte sich der Stimme zu. Er wusste nicht mehr, wo er war. Fernglas und Insel waren verschwunden. Er stütze sich an den Liegestuhllehnen ab und blinzelte gegen die Sonne.

Annemarie stand neben ihm.

»Du? Was ist?«

»Ich muss los. Du solltest nach deinem Anrufbeantworter sehen. Andauernd war etwas, aber ich dachte, ich lasse dich schlafen. Einer der Anrufe war auf englisch, es klang wie Buster Keaton und hörte sich dringend an. Mach's gut. Bis heute Abend.«

Es war dringend. Der Hauptreferent, der in acht Wochen den Kurs auf Hawaii leiten sollte, hatte abgesagt. Studioaufnahmen mit der Band stünden an und er könne diese nicht absagen. »I'm sorry!«, dann wurde aufgelegt.

Wilhelm war fassungslos. Andere Referenten zu fragen, würde nichts nützen, die Amis wollten den Rockstar. Scheiße!

Eine Reparaturanfrage für nächste Woche. Die Einladung zum einem Gambenkonzert.

Der letzte Anruf war wesentlich erfreulicher. Der Verlag hatte grünes Licht erhalten. Das Museum war bereit, auf die

Rechte zu verzichten, somit konnte das Buch gedruckt werden. Erstauflage eintausend Stück, leinengebunden mit farbigem Schutzumschlag.

Es war ein Riesenglück für Wilhelm, dass ihm Enrico, der Musiker, der den Auftrag eingefädelt hatte, die Gesamtsumme verraten hatte. 100.000 Schilling, knapp 15.000 Mark hatte das Technische Museum in Wien für das Drehleier-Projekt bereitgestellt. Zwei Tage des Grübelns. Wenn ich die Lautenleier mit Knochentasten und Elfenbeineinlage anbiete, kann ich tausend mehr verlangen, aber das reicht nicht. Bleiben immer noch 5.500. Die Frage, wie er an dieses Geld kommen könne, ließ ihm keine Ruhe.

»BREMS! Willst du uns alle umbringen?«

Annemarie schrie und ihr stand die Angst ins Gesicht geschrieben. Sie war kalkweiß. Um ein Haar hätte Wilhelm den vorausfahrenden LKW gerammt.

Er riss das Steuer herum und ging für einen Sekundenbruchteil von der Bremse. Der Transit machte einen Satz nach rechts und brach aus. Links dagegen – der Wagen schlingerte vom Seitenstreifen zurück auf die Fahrbahn und wippte Richtung Überholspur. Reifen quietschten, dann hatte er ihn wieder.

Reset in der nächsten Parkbucht. Er atmete tief durch und nahm seine Frau in die Arme. Beide schlotterten.

»Sorry, ich war in Gedanken.«

»Was du nicht sagst. Was war los?«

»Ich hatte die Idee, wie ich an das restliche Geld vom Museum komme.«

»Und dafür riskierst du unser Leben?«

Von einem Bekannten borgte Wilhelm eine 250-Watt-Einstellleuchte und ein weißes Reflektorschirmchen für den Blitz. Alois' Frau lieh ihm ihre Kamera, sie hatte dasselbe Pentax-Modell. Somit konnte er gleichzeitig Schwarzweiß- und Diabilder schießen. Nur das Makro für die Detailaufnahmen musste er kaufen. Die Tage in Köln, bei dem Wilhelm seine Leiern für den Katalog hatte fotografieren lassen, kamen ihm nun zugute.

»Ach, wat willse denn mit dat janze Jedöns? Ne Blitz von oben, paar Aufheller vonne Seiten, dat is allet«, sagte der Fotograf, als Wilhelm ihn auf die Studioblitze ansprach, die er vermisste.

Ein helles Backblech und ein Brettchen mit Alufolie ließen die Schatten verschwinden, die Objekte waren perfekt ausgeleuchtet und wirkten natürlich. So einfach war das.

Weniger einfach war es, die Werkstatt umzuräumen und halbwegs rein zu halten. Der Staubsauger war im Dauerbetrieb, Foto und Linsen dick eingepackt, der Boden mit Klebeband für das Stativ markiert. Jeder Bauabschnitt wurde dokumentiert, Details formatfüllend herangezoomt. Wieder einmal war Wilhelm in einem Schaffenswahn und machte von jeder Einstellung jeweils drei Aufnahmen mit verschiedener Blende. Ein Film nach dem anderen raspelte durch die Kameragehäuse.

»Nur das eine noch, dann komme ich ganz bestimmt«, war die übliche Antwort, die Annemarie spät am Abend zu hören bekam.

Bis er seine zwei Glas Wein danach leer getrunken hatte, um abzuschalten, war sie längst eingeschlafen. So ging das über Wochen. Inzwischen waren die 5.500 Mark Nebensache geworden. Wilhelm wurde sich bewusst, dass dies die erste Dokumentation über den Bau einer französischen Drehleier überhaupt war. Wie oft hatte er früher über den Abbildungen der amerikanischen Gitarrenbaubücher gesessen und die Anmut der Aufnahmen bewundert. Nun machte er das gleiche. Und er würde es genauso gut machen! Und in Wien könnte jedermann seine Dokumentation einsehen.

»Bist Du bescheuert?«, fragte ihn Michael vom Verlag der Spielleute, als sie wieder einmal bei einem Dudelsacktreffen beieinandersaßen. »Wie kannst du freiwillig die Rechte an so einer Arbeit aus der Hand geben? Das wäre ein wunderbares Buch geworden.«

Wilhelm sah ein, dass er einen Fehler gemacht hatte, aber es war zu spät. Die Rechte waren beim Museum in Wien. Wie sollte er sie zurückbekommen? Es brauchte wieder ein paar Nächte, in denen sein Unterbewusstsein im Zwielicht unterwegs war, dann trat eine Idee ans Licht. Ziemlich verrückt zwar, aber ein Versuch war es wert. Wilhelm lud die Kustosassistentin und deren Assistenten zu einem Spielkurs auf die Burg Fürsteneck ein und war sich der Wirkung der langen und weinseeligen Torbaunächte ziemlich sicher. Am dritten Abend hatte er die mündliche Zusage der Verzichtserklärung an den Rechten und wenig später kam auch der Brief.

Man in Black

Berti hatte sich angemeldet. Wilhelm musste nach seiner Leier sehen. Des Geyers Schwarzer Haufen kamen nach Laupheim zu einem Auftritt, sozusagen gleich um die Ecke. Wie immer waren es nur Kleinigkeiten. Eine Melodiesaite war zerfasert, neue Watte musste an die Bordune, ein Sattel war verrutscht.

»Habt ihr Lust zu kommen? Annemarie und du«, fragte Berti, während er zusammenpackte. »Ich lass' euch auf die Gästeliste setzen.«

»Weiß noch nicht. Ich wollte heute Abend noch arbeiten.«

»Könnte sich lohnen. Also nicht wegen uns«, Berti hob abwehrend die Hände, »aber wir erwarten hohen Besuch.«

»Wer kommt denn?«

»Lass dich überraschen. Ein großer Fan der Geyer. Einer, gegen den wir erst am Wochenende im Münchner Olympiastadion gekickt haben. Er hat mich sogar von den Beinen geholt.«

»Du spielst Fußball?«

Berti nickte.

Wilhelm musste allein hin, Annemarie hatte Dienst. Er war früh da, sicherte sich einen der vorderen Plätze und hatte Zeit, sich umzusehen. Eine großzügige Bühne, ein Dutzend Instrumente. Herbstlich gekleidete Besucher strömten in den

Saal. Er füllte sich. Hin und wieder Bekannte oder Kunden, doch nirgendwo konnte er irgendjemand Außergewöhnlichen entdecken. Die Geyer kamen auf die Bühne und spielten routiniert ihr Programm. In der Pause lotste ihn Berti nach draußen und bat ihn, nach einer Kneipe zu suchen, in die sie nach dem Konzert gehen und dabei ungestört bleiben könnten. Und er solle warten, bis sie zusammengepackt hätten. Der Laupheimer Hof war um die Ecke und Wilhelm huschte hinüber. Das Lokal war so gut wie leer und er reservierte das Nebenzimmer.

Die Instrumente waren eingepackt, das Publikum hatte sich zerstreut. Wilhelm wartete im Foyer. Ein dunkel gekleideter Mann kam näher, die Arme vor der Brust verschränkt. Schulterlange schwarze Locken hingen über den Kragen des Ledermantels, über den Lippen ein schmaler Bart. Sein Blick pendelte von links nach rechts, unruhig, als läge er auf der Lauer. Er erinnerte Wilhelm an jemanden. Nicht direkt, doch zumindest von Bildern. Aber es lag sehr lange zurück.

Die schwarzen Vorhänge des Weißen Zimmers wurden langsam zugezogen. Nun bat einer um Nachsicht, während er den Himmel küsst. Lichtpunkte schwirrten durch den Raum und die Strahler über den Boxen warfen ihre Farbfunken an die Wände. Wilhelm nippte an der Cola und beobachtete das Mädchen im Ledermini, das auf der anderen Seite stand. Sie gefiel ihm. Wieder kreuzten sich ihre Blicke und sie tuschelte mit ihrer Begleiterin. Wilhelm wollte den nächsten Blues mit ihr tanzen, musste sich aber noch gedulden. Zuvor hatte die Stolze Mary ihren Auftritt. Endlich! Drei Akkorde, drei Beckenschläge. Die Töne einer Hammondorgel fielen wie dicke

Regentropfen von der Decke. Wilhelm ging zu dem Mädchen und fasste sie am Arm. Sie lächelte und folgte ihm zur Mitte der Tanzfläche. Ihre Hände an seinen Schultern, wiegten sie sich zum Takt der Musik, langsam, in Zeitlupe. Ihr Haar kitzelte Wilhelms Nase, es duftete zart nach grünen Äpfeln. Leiser Gesang, die Stimme, so sphärisch, schien über sie zu singen. Süßes Kind, deine Zeit ist gekommen. Für Wilhelm stand die Zeit still. Die Musik trug beide davon. Weiter und weiter, sie schwebten dem Glück entgegen. Nichts konnte sie aufhalten. Grelle Schreie, treibende Trommelrhythmen, harte Gitarrenriffs und tiefe Bässe bahnten ihnen den Weg. Das Mädchen kam näher, legte die Arme um seinen Nacken und drückte sich an ihn. Sie hielt ihn fest umklammert. Er spürte ihre Wärme und die Reize ihrer erwachenden Weiblichkeit. Dann begann die Gitarre zu weinen. Heiße Tränen, die nie zu trocknen sein würden. Der Gitarrist packte den Schmerz der gesamten Menschheit in dieses Solo. Die Tränen flossen in immer lauter, immer schneller werdenden Strömen und rissen alles mit sich fort. Die Welt um sie versank. Wilhelm schloss die Augen und wartete auf die Ewigkeit. Sie ließ ihn warten.

Dafür kamen die Querschläger. Er hatte das Mädchen danach nie mehr wiedergesehen, wusste nicht einmal ihren Namen. Nächtelang träumte er noch von ihr. Nach und nach verblassten selbst diese Träume.

Aber wenigstens kannte er den Namen des Gitarristen.

Die Hände tief in den Taschen ging er bedächtig, beinahe arrogant auf Wilhelm zu und fragte in makellosem Oxford-Englisch. »Did you look for a pub?«

Wilhelm nickte.

»Is it dark there?«

Aus einer Ahnung wurde Gewissheit. Wilhelm wusste plötzlich, wen er vor sich hatte. Vor ihm stand Ritchie Blackmore, die Gitarrenlegende von Deep Purple, der Prince of Darkness.

Zu Zehnt nahmen sie den Laupheimer Hof in Beschlag. Sofort machte sich Ritchies Fahrer an den Wandleuchten zu schaffen, drehte jede zweite Birne aus der Fassung und ging zurück in den Gastraum. Der Wirt sah mit offenen stehendem Mund zu. Berti erzählte etwas von einem Augenleiden, während er irritiert die Bestellung aufnahm.

Die Atmosphäre war angespannt, Ritchie schien schlechter Laune. Es kam keine Stimmung auf. Wilhelm erzählte bemüht ein paar englische Musikerwitze, Ritchie starrte ihn kommentarlos und kalt an. Nur sein Groupie, ein bildschönes Blondchen mit fotogenem Hochglanzlächeln, versuchte ihn bei Laune zu halten und fragte in der Runde nach Musik. Thomas und Berti packten ihre Instrumente aus.

Kaum war das erste Stück verklungen, stand der Wirt im Raum und forderte sie auf, den Krawall zu beenden, er hätte schließlich noch andere Gäste. Wilhelm ging nach draußen und versuchte ihm zu erklären, wer im Nebenzimmer säße.

»Das ist mir scheißegal, wer da drin hockt. Außerdem hasse ich Rockmusik.«

Erst nach dem Hinweis, dass außer ihnen niemand da wäre, und dass die Presse sich bestimmt freuen würde, wenn sie erführe, wem er das Spielen verbieten wolle, lenkte er ein.

»Aber seid bloß leise!«

Zwischendurch bat Ritchie um Bertis Cister, die Wilhelm gebaut hatte. Er improvisierte einige Tänze im Stil Tielman Susatos, warf ein paar prüfende Blicke darauf und reichte sie mit einem »not bad« zurück.

Den winzigen Hoffnungsschimmer, dass Ritchie vielleicht … spülte Wilhelm mit einem kräftigen Schluck Bier hinunter. Eine Stunde später war Aufbruch. Ritchie stand mürrisch im Raum, die Hände in den Taschen vergraben. Das blonde Groupie hingegen verabschiedete sich so herzlich von Wilhelm, als würden sie sich seit Ewigkeiten kennen. Draußen sah er einem schwarzen 500er der S-Klasse hinterher.

Nur wenige Tage später verließ Ritchie Blackmore die Band. Nach dem Helsinki-Konzert war endgültig Schluss. Diesmal verzichtete er sogar darauf, seine Gitarren zu zertrümmern und die Verstärker mit Benzin zu übergießen und anzuzünden. Alles Bitten des Bassisten, wenigstens bis nach der Japan-Tournee zu warten, half nichts. Ritchie sagte »No!« Er hatte andere Pläne.

Es war früh am Morgen, Vorbereitungen für eine Ausstellung warteten. Im Büro blinkte der Anrufbeantworter.

»Hi Wilhelm. This is Ritchie Blackmore calling from New-York, regarding about hurdy-gurdies. Please call me back. My number is: 001-212«, dann der Anschluss.

Wilhelms Hand zitterte, als er die Abspieltaste ein zweites, ein drittes und ein viertes Mal drückte. Dann schrieb er die Nummer auf. Acht plus sechs … An der Ostküste war früher Nachmittag. Er wählte. Sein Herz klopfte. Ungewohnte Klingelzeichen. Nach längerem Warten meldete sich eine Stimme mit Latinoslang. Bevor Wilhelm ausreden konnte, sagte der Mann: »Ritchie is out. Call again later.«

Wilhelm saß am Badewannenrand und wusch sich die Füße. In einer halben Stunde musste er zur Krankengymnastik, sein Knie war immer noch nicht in Ordnung. Annemarie kam angerannt und drückte ihm das Telefon in die Hand. »Hier für dich. Ich denke, das ist wichtig.«

Es war wichtig. Ritchie Blackmore wollte Wilhelm sprechen. Es dauert eine Weile, bis er seine Ruhe wieder fand und normal reden konnte. Im Plauderton erzählte Ritchie von seinem Vorhaben, bei Blackmore's Night eine Drehleier einsetzen zu wollen, und fragte, wozu Wilhelm ihm raten würde. Das Problem sei, fügte er hinzu, dass er sie sofort bräuchte. Während Wilhelm sich die Zehen trocknete, erklärte er ihm die Vorzüge der Phoenix Modelle und dass er ein Instrument fertig hätte, »ready for shipping.« Ritchie Blackmore bestellte die Drehleier. Sie verabschiedeten sich, wie langjährige Freunde. Seine Adresse betete er wie ein Mantra vor sich her, sonst hätte er sie sich in die Haut ritzen müssen.

Ein Jahr später schaute Wilhelm auf dem Weg nach Berlin bei Peter in Weißensee vorbei. Ein herrlicher Sommerabend Ende Juli. Den Termin hatte er bewusst gewählt, denn am Abend des 25ten spielten Blackmore's Night auf der Runneburg. Im Vorprogramm Des Geyers Schwarzer Haufen. Das ganze Städtchen war in Aufruhr. Menschenmassen standen vor dem Burgtor. Die Schlange reichte bis weit nach unten.

Einige schienen der Leinwand eines Ritterfilms entstiegen zu sein. Sie begegneten Robin Hood Kopien mit grünen Hütchen; rußgeschwärzte Schmiede mit tätowierten Oberarmen gingen neben in Rupfen gehüllten Marketenderinnen. Bunt gekleidete Gaukler umtänzelten Prinzessinnen in bestickten Seidenkleidern. Zwischendurch immer wieder Einheimische in Straßenkleidung, manche hatten sich extra fein gemacht und die Sonntagskrawatte umgebunden. Alles strömte in den Burghof. Die Wiese vor der Bühne füllte sich. Die Geyer begannen zu spielen. Sie waren miserabel abgemischt, klangen nach Schülerband.

»Haben die keine bessere Anlage?«, fragte Wilhelm.

»Das liegt nicht an der Anlage, die ist super. Ist doch immer das gleiche mit den großen Bands«, sagte Peter

»Hat Blackmore das nötig?«

»Was fragst du mich das? Außerdem ist mir das piepegal. Willste auch 'n Bier?«

Umbaupause. Unruhe kam auf. Viele Besucher drängten sich Richtung Absperrgitter. Die Bühnenscheinwerfer erloschen vollständig. Trotz der einsetzenden Dämmerung waren schemenhaft Bewegungen zu erkennen. Geraune. Plötzlich ertönte Musik. Xylofonklänge, Streicher, Bläser und Pauken. Nun kam das Susatissimo in kristallener Klarheit aus den Lautsprechertürmen.

»Na?«, sagte Peter, »hab's doch gesagt.«

Die letzten Töne wurden von Trommeln, Flöten und einem Dudelsack abgelöst. Ein blonder Engel, ganz in rotem Samt gekleidet, erschien. Blaue Scheinwerferparabeln flammten auf und Ritchie setzte sich mit ein paar gekonnt gespielten

Akkorden unüberhörbar in Szene. Jubel erschallte. Die hinteren standen auf Zehenspitzen. Wilhelm trank sein Köstritzer und genoss das Konzert mit wohlwollender Gelassenheit. Nichts wirklich Neues. Nichts, was ihn tiefer berührte. Außer natürlich, dass Ritchie Blackmore seine Leier spielte. Denn in Wahrheit hatte er sein Herz schon vor Jahren an Adaro und an Sanny, das Mädchen mit der Drehleier, verloren.

Das erste Mal war er Sanny in Lautenbach begegnet. Woher sie genau kam, konnte niemand mit Bestimmtheit sagen, sie tauchte plötzlich in der Drehleierszene auf. Irgendwer hatte ihr eine alte französische Drehleier geschenkt und nach kurzer Zeit konnte sie spielen, beherrschte das französische Tanzrepertoire und wagte sich sogar auf die Bühne.

An Wilhelms Stand ging Sanny wie von Gummibändern gezogen auf die Alpha-Junior zu und war nicht mehr von dem kleinen blauen Wunder wegzubringen. Nach wenigen Minuten hatte sie die Möglichkeiten erkannt und war in der Lage, ihren Stücken einen bis dahin ungehörten modernen Anstrich zu geben. Die Leier funktionierte zum Glück tadellos, keine Spur mehr von den Problemen in Rüdigers Wohnzimmer Tage zuvor, der Strom war gut.

Wilhelms Augen hingen an ihren Händen und er betete sie an. Zum ersten Mal wurde seine Erfindung auf derart hohem Niveau gewürdigt und es war abzusehen, dass er und Sanny die Begegnung in der Kneipe Les Deux Clefs fortsetzen würden. Er zählte die Stunden, bis die Ausstellung endete.

Sie wartete bereits, winkte Wilhelm zu sich an den Tresen und hielt ihm ein gefülltes Glas entgegen. Nachdem sie Edelzwicker und Riesling durch hatten, blieben sie am Gewürztraminer hängen, einem Wein, dem ein magisches Nachschenkbedürfnis nachgesagt wurde. Dabei verloren sie sich in weinseliger Euphorie. Er war fasziniert von Sannys Jugend und ihrer spontanen Begeisterungsfähigkeit. Sie ließ sich auf seine Späße ein und quittierte Begriffe wie „Multi-Kulti-Effektgerät" oder „Digitalhallenbordun", mit explosionsartigen Lachsalven. Warum auch immer.

Doch nach dem achten oder neunten Achtel zog Wilhelm die Reißleine. Er wollte den harten Aufprall anderntags vermeiden und verhindern, dass er womöglich etwas tun oder sagen könnte, das er später bereuen würde. Er ging schließlich auf die Vierzig zu und sie war höchstens halb so alt, im Grunde genommen noch ein Mädchen. Über diesen Gedanken musste er auf dem Weg zum Campingplatz schmunzeln. Jetzt hatte er es doch noch getroffen, das Mädchen mit der Drehleier.

Berti von den Geyer's kam nach Konzertende über das Kopfsteinpflaster auf Wilhelm zugerannt. Die kleine Tonflöte schlenkerte vor seiner Brust, für Plaudereien war keine Zeit.

»Wo steckst du denn?«, fragte er atemlos, »Carol sucht nach dir. Ritchie will dich sehen.«

»Carol?«

»Carol Stevens, die Managerin und Mutter von Candice.«

»Die Mutter des Groupies?«

»Groupie? Pass auf, was du sagst. Candice ist Ritchies Frau. Die beiden sind seit Ewigkeiten zusammen. Und jetzt quatsch nicht rum und komm! Ritchie erwartet dich.«

Sommernächte

Der letzte Abend war mild. Vor dem Burgtor verströmte die tausendjährige Linde ihren Sommerduft. Fröhliche Akkordeontöne wurden mit hergeweht. Dennoch, Abschied lag in der Luft, ein melancholisches Vibrieren. Im Saal baute die Band ihre Anlage auf, wegen technischer Probleme musste das Konzert auf 22 Uhr verschoben werden. Kursteilnehmer schlenderten umher. Am Rand des Burghofs und auf der kleinen Rasenfläche standen Bistrotische mit weißen Stapelstühlen. Grüppchen saßen im Kreis, Teelichter flackerten in Gläsern. Hinter Wilhelm waren Sanny und ihr Bandkollege tief über ihre Notensammlung gebeugt und erweckten auf ihren Ukulelen alte deutsche Schlager zu neuem Leben. Ein paar der Älteren wiegten die Köpfe dazu und summten beim Refrain: »Ich weiß, es wird einmal ein Wunder gescheh'n ...«

Wilhelm war müde und hoffte, dass das Konzert bald begänne. Am liebsten wäre er schlafen gegangen, traute sich aber nicht. Er – und jetzt ins Bett? Früher war er grundsätzlich bei den Letzten. Was würden die Anderen denken? Außerdem wollte er hören, ob der Leipziger Drehleierspieler wirklich so gut war, wie alle behaupteten. Beiläufig nippte er am Glas, Mineralwasser hatte den Wein vorübergehend abgelöst. Er lehnte sich zurück und blickte in einen violetten Himmel, an dem sich ein erster blasser Stern zeigte. Hoch droben wurden winzige Wölkchen von der Sonne in kitschiges Rosé getunkt. Linkerhand nahm er eine Bewegung wahr. Friedemann hatte sich einen Stuhl ergattert und kam auf ihn zu. Er war das erste Mal hier und besuchte einen Drehleier-Anfängerkurs. Noch am ersten Abend hatte er eine Abraxas bestellt. Das Modell passte zu ihm, zu seinem ganzen Outfit, dieser Mischung aus Punkzitat und digitalem Mittelalter. Fang bloß nicht an, wegen der Lieferzeit zu feilschen, dachte Wilhelm und drehte sich demonstrativ den Ukulelespielern zu.

»Darf ich mich hersetzen? Ich wollte dich was fragen.«

Wilhelm sah zu ihm hoch. Also doch.

»Stimmt es, dass du die Folkwerkstatt gegründet hast.«

»Ich? Naja, so ganz richtig ist das nicht, wir waren zu zweit. Ulrich und ich haben das gemeinsam ins Leben gerufen. Aber das Konzept, da hast du Recht, das stammt von mir.«

»Welches Konzept?«

»Dass wir nicht nur Einzelreferenten wie bei anderen Kursen einladen, sondern eine Gruppe. Eine, die so richtig was losmacht. Wir wollten frischen Wind in die Szene bringen und obendrein gab's ein Gratiskonzert. In diesem Jahr haben wir die vierte Band. Angefangen hat das alles in einer Sylvesternacht 1994.«

»Oh Gott, da war ich ja gerade mal vier.«

Ulrich lag Wilhelm schon lange in den Ohren, ob er nicht seine Drehleierkurse auf der Burg abhalten könnte. Nach dem Fiasko in Babenhausen war er weich gekocht und dazu bereit. Dabei hätte aus Babenhausen etwas werden können.

Alles lief fürs erste Mal wunderbar. Das Jugendbildungswerk lag idyllisch, die Arbeitsbedingungen waren perfekt, helle große Räume, nette Zimmer, gutes Essen. Enrico lotste seine Leute an die Grenzen der Drehleier und Danièle aus Grenoble verblüffte mit ihren Eigenkompositionen, traditioneller Zukunftsmusik. Peter betreute die Dudelsackgruppe und Achim kümmerte sich um die Akkordeonspieler, selbst Oni Wytars waren mit den mittelalterlichen Themen ordentlich besucht. Alle waren zufrieden.

Nur Wilhelm kam mit der Organisation nicht hinterher, musste an allen Schauplätzen gleichzeitig sein und hatte am Ende elend draufgezahlt. Nicht einmal verabschieden konnte er sich richtig, da die Getränkekasse vorne und hinten nicht stimmte und sie das Feld bis 15 Uhr geräumt haben mussten.

Während der Heimfahrt wurde ihm klar, dass er sich den Schlamassel selbst eingebrockt hatte. Viel zu wenig Teilnehmer, denn die Werbung kam eindeutig zu spät. Dazu kam, und das war noch schlimmer, sein Hauptproblem. Er konnte nicht abgeben oder delegieren. Alles wollte er alleine machen. Ständige Kontrolle.

Wenigstens schaute gegen Abend Sanny in der Werkstatt vorbei und hatte eine Novello Classico mit allem Drum und Dran und einem Dreikanal-Tonabnehmersystem bestellt. Sie wollte sie in Schwarz. (Siorat lässt grüßen) Wilhelm konnte sie überzeugen, dass ihr rot viel besser stünde – schon wegen ihrer Haare – dabei meinte er nicht irgendein Rot, sondern Barolorot. Und zwar in Hochglanz.

Sylvester woanders zu feiern klang verlockend, dazu noch auf einer Burg, mit etwas Glück, der Kinder wegen, sogar tief eingeschneit. Ulrich hatte Platz, er war sozusagen Burgherr zu Fürsteneck. Instrumente, Schlafsäcke, Schlitten und jede Menge Wechselwäsche für die Kinder wurden in den Transit gepackt, alle angeschnallt und los. Es ging flott, die Wintersportler stauten sich auf der Gegenfahrbahn.

Ulrich und Bianca hatten das Fest fix und fertig vorbereitet. Mit Raclette waren alle einverstanden, kulinarisches Wunschkonzert und man hatte lange zu tun. Um Mitternacht verteilten sie sich an den Fenstern und sahen den paar müden Raketen hinterher, die die übrigen Burgbewohner im Hof zündeten. Sie blieben in der Wohnung, denn es regnete in Strömen. Nach der Flasche Sekt brachten sie die Kinder zu Bett, Bianca und Annemarie zogen sich zurück. Ulrich bestand noch auf einen Absacker. In Wilhelm fand er ein dankbares Opfer, seine spanische Schnaps- und Likörsammlung zu verkosten. Er nutzte die Gelegenheit und stellte eine ganze Batterie zum Teil noch ungeöffneter Flaschen auf den Boden.

Wilhelm bestaunte die Destillate, die in den abenteuerlichsten Farben schillerten. Zu Beginn tranken sie noch gesittet und aus winzigen Gläschen, doch nach und nach wurde das zu umständlich, vor allem, da sie mit dem Träumen nicht mehr hinterher kamen. Sie träumten sich in den Mittelpunkt der deutsch-deutschen Bordunszene und planten den ultimativen Spielkurs. Sie ließen die Zügel los und ihre Ideen galoppierten davon. Die beiden hinterher, die Lanzen siegessicher unter die Arme geklemmt. Angetrieben von spanischem Sprit, immer bereit, weitere Wagnisse einzugehen und auch vor Mühlen nicht haltzumachen.

Inzwischen konnten sie kaum noch zwischen Minzgrün, fluoreszierendem Zitronengelb und Granatapfelrot unterscheiden und absolvierten deswegen mehrere Probeläufe. Auf dem Rücken liegend, den Blick an etwas Festes wie einen Deckenbalken oder ein Fensterkreuz geheftet, hatten sie irgendwann einen Namen für ihr gemeinsames Baby gefunden: Die Fürstenecker Folkwerkstatt war geboren, Tage für moderne Volks- und Bordunmusik. Und nicht nur ein Wochenende! Sie wollten mehr. Vier Tage wären das Mindeste. Endlich könnte Wilhelm seine Vorstellungen von Kursen verwirklichen und musste dabei nichts weiter tun, als da zu sein und den Anfängern beizustehen. Im letzten Moment, kurz bevor die Augen zugefallen und sich der kleine Rest wachen Geistes beleidigt zurückgezogen hatte, fanden sie einen passenden Termin. Sie würden sich beeilen müssen. Nur noch fünf Monate, und dann wäre es soweit. Pfingsten.

Annemarie war sehr zurückhaltend, als Wilhelm ihr von der nächtlichen Orgie und der Schnapsidee des Kurses beichtete, er sich dabei kaum auf den Beinen halten konnte und einen großen Bogen um den Räucherlachs machte. Genau genommen trieb ihn der ganze festlich gedeckte Frühstückstisch in die Flucht. Und bei der Ankündigung des Termines kam von ihr nur ein trockenes »Pfingsten?! Aha. Und was ist mit der Toskana?«

Was sollte er antworten? Zurück ins Zimmer und ab ins Bett.

Nach den Caprifischern wurde nun Freddy Quinn zum Leben erweckt. Die Ukulelen gaben alles. Die beiden wurden belagert. Bei dem Jungen, der eigentlich nie wirklich verschwunden war, grölte ein gutes Dutzend mit. Sie sangen so begeistert, dass man kaum hörte, wie einer der Band laut von der Treppe des Palas herüberrief: »Es geht los, ihr könnt kommen.«

Eine imposante Anlage beherrschte die Bühne. Blinkende Elektronik mit Laptop. Zwei orangefarbene Boxen, zu einem Lautsprecherturm übereinandergestellt, würden der Posaune zu gewaltigem Druck verhelfen und biblisches Einsturzpotenzial bergen. An den Seiten die PA, am Boden Monitore und Effektpedale. Folklore 2007. Die Instrumente in den Ständern wirkten dagegen unscheinbar, Geige, Bratsche und Drehleier. Dann betraten die Musiker die Bühne, ebenso unscheinbar. Nur der Trommler stach hervor. Mit seinem speziellen Bauchbindenschlagzeug wirkte er wie ein aus der Zeit gefallener Militärkapellenpauker.

»Die Höldis waren Anfang der Neunziger Vorreiter mit Elektrofolk in Deutschland, jedenfalls, was die Drehleier betrifft«, sagte Wilhelm zu Friedemann, der ihm nicht mehr von der Seite gewichen war. »Mit ihnen haben wir die Folkwerkstatt gestartet. Das war ein Riesending, ein völlig neues Kurserlebnis.«

»Und warum wolltest ausgerechnet du so etwas auf die Beine stellen?«

»Wegen der Sache an sich – und um Drehleiern zu verkaufen.«

Friedemann nickte und schwieg, sein Blick schweifte zur Bühne. Die Musiker waren an den Instrumenten und in Position. Ein Ruckeln am Posaunenzug und mit einem Knall des Trommlers ging es los. Zu laut, um Friedemann weiter von den Anfängen zu erzählen. Zurückgelehnt beobachte Wilhelm den Leierspieler, er war wirklich gut. Aber genau genommen hatten sie so etwas Ähnliches schon.

Donnerstag, Fronleichnam, kurz nach Mittag. Wilhelm blätterte durch die Teilnehmerlisten, viele bekannte Namen. Außer in Peters Kurs waren fast alle Gruppen voll, über sechzig Leute, noch mehr als beim ersten Mal. Und das war schon ein grandioser Start.

»Den Ensemblekurs haben wir dieses Jahr in den Torbau verlegen müssen«, sagte Ulrich und goss Darjeeling nach.

»Wieso das denn?«

»Wegen der Beschwerden. Alfs Schlagzeug war deutlich zu laut.«

»Kann ich mir denken«, antwortete Wilhelm. »Und dann noch Bastian mit seiner E-Geige und dem 400 Watt Glockenklang-Verstärker.«

Ein Diesel fuhr vor, das Ratschen einer Schiebetür. Ulrich öffnete das Fenster, ein blau-silberner Transit mit großen Lettern stand mitten im Burghof. Die Musiker winkten ihnen zu. Im Zimmer gab es ein großes Hallo.

Søren pflaumte Wilhelm gleich an: »Ach nee, der Meister persönlich. Auch mal da?«, boxte ihn an den Arm und drückte ihn anschließend an seine Brust. »Wo warst du letztes Mal? Erst tönst du groß rum, und dann machst du dich dünne.«

»Ich musste in die Toskana. Folkwerkstatt oder Scheidung. Ich hatte die Wahl.«

»So schlimm gleich?«, frotzelt Sousa, kam auf Wilhelm zu und umarmte ihn wie einen Bruder.

»Quatsch, aber es war lange geplant und ich hatte dringend eine Auszeit nötig. Es lief doch auch so prima.«

»Ja«, kommentierte Ulrich nickend, »Wilhelm lernt tatsächlich, langsam loszulassen.«

»Und danke übrigens für das Fax. Die vom Campingplatz haben mir am Sonntagnachmittag eine meterlange Papierfahne in die Hand gedrückt. Hat mich riesig gefreut.«

»Kannste mal sehen,« krähte Søren. »Keiner ist mir entwischt, fünfundfünfzig Unterschriften. Alles nur für dich.«

Treppenknarren. Peter und Enrico kamen herein, das große Hallo ging weiter, Küsschen hier, Schulterklopfen dort. Ulrich hatte sich in die Küche verzogen, ließ den Wasserkocher poltern und kam mit Thermoskannen und einem vollen Kuchenblech wieder.

»So langsam sollten wir«, sagte er, deutete auf den Stapel Teller und die Henkelbecher und verteilte Teilnehmerlisten und Raumpläne.

Alf jubelte: »Torbau? Klasse, direkt bei den Getränken.«

»Ich auch will«, kam es von links – typisch Søren.

Wilhelms Kurs war voll. Acht Teilnehmer, die beiden Midi-Alphas wurden bestaunt. Er hatte zwar genügend Leihinstrumente dabei, aber zwei Leiern waren nicht spielbar. Eine Kastenleier mit falscher Besaitung und ein Mosenberg-Ungetüm, bei dem das Rad eierte; zu kompliziert, um es vor Ort zu richten. Ulrich stiftete sein Instrument vom Baukurs und Wilhelm bekam die Lautenleier seiner Frau. Das Niveau pendelte zwischen »wollte nur einmal probieren« bis »kann schon ein paar Lieder, komme aber mit dem Instrument nicht klar«.

Alle waren einverstanden, nach den ersten Tonleitern technische Grundlagen zu üben. Watte, Kolophonium, Saitenlage, Schnarre – danach den Springtanz und immer wieder Zweierschlag. Zweierschlag und Einerschlag im Wechsel. Es dauerte, bis der Rhythmus bei allen sauber kam, die Zeit plätscherte durch den Tag. Später Burgroutine – Torbau bis in die Puppen.

Samstagabend, Burgkonzert. Sie mussten von hinten in den Saal, der Haupteingang war seit dem Nachmittag Backstage-Bereich. Hoelderlin Express hatten an nichts gespart. Die komplette Tournee-Anlage stand auf der Bühne und sie hatten Stücke der neuen CD im Gepäck. Es würde laut werden, alle waren verkabelt. Søren stand breitbeinig am Bühnenrand, Sousa an der Kurbel, Alf lauerte hinter Trommeln und Becken. Bastian hielt die sechssaitige Starfish am Kinn. Hochspannung. Ein Nicken von ihm und die Büchse voll elektrisch geladener Fliegen wurde geöffnet. Sie schwirrten los und breiteten sich im Saal aus. Spontan sprang ein Drittel auf und tanzte ekstatisch drauf los, während sich ein Teilnehmer des Mittelalterkurses mit erschrockener Miene die Ohren zuhielt und schimpfend Richtung Ausgang flüchtete.

Søren trat in die Pedale und der satte Sound einer Les Paul bretterte aus den Boxen. Alf hämmerte auf die Felle, Manu Katché hätte seine Freude gehabt. Bastian flippte aus und stach mit seinem Bogen aberwitzige Figuren in die Luft. In der Mitte Sousa, in sich ruhend, zauberte sie paradiesische Melodien aus ihrer honiggelben Drehleier. Musik, zum Niederknien schön. Nur wenige Schritte vom Bühnenrand entfernt saßen Wilhelm und Ulrich selig lächelnd.

»Zum Wohlsein«, sagte Ulrich und füllte ihre Gläser bis zum Rand mit seinem alten Bordeaux.

Nach dem Konzert sammelte sich der harte Kern rund um die Linde. Die Höldis wurden gefeiert. Eine heiße Nacht. Rotweinflaschen machten die Runde, irgendwer sorgte ständig für Nachschub. Erstes Morgenrot glühte am Horizont. Bastian und Alf beschlossen, sich im Freibad im Nachbarort abzukühlen, im Schlepptau ein paar unerschrockene Fans. Wilhelm schaffte es nur noch hoch zum Turm und stürzte ins Bett.

Friedemann tanzte. Die Posaune pflügte durch den Saal, flirrende Akkordeonkaskaden und fette, tiefe Schnarrtöne. Endlich hatte auch Ulrich eine Verschnaufpause und setzte sich auf den leer gewordenen Platz, in den Händen eine Flasche Mosel und zwei Gläser. Wilhelm sagte nicht Nein. Sie lauschten der Band; was sie bereden wollten, hatte Zeit. Langer Schlussapplaus, zwei Zugaben. Danach strömte alles nach draußen, raus aus der Großraumsauna. Das Bodenpflaster wird von Jahr zu Jahr schlechter, fand Wilhelm, als sie den Burghof überquerten. In schweigendem Einverständnis stützte er sich auf Ulrichs Schulter. Sie nahmen hinter der Eibe Platz, hier waren sie unter sich.

Ulrich goss vom Riesling nach. »Na, Wilhelm, wie geht es dir?«

»Wenn ich das nur selbst wüsste. Mal so, mal so. Insgesamt werde ich aber immer schwächer.«

»Hattest du nicht im Frühjahr eine Ayurvedakur gemacht? Du sagtest, sie hätte dir so gut getan.«

»Hat sie auch. Aber nichts währt ewig. Mit neuer Energie habe ich losgelegt und getan, als wäre nie etwas gewesen. Pläne geschmiedet, an der Sirius weitergebaut, neuer Katalog für Saint Chartier, das Übliche.«

Die Laternen gegenüber reflektierten in Ulrichs Brille, als er sich zu seinem Freund neigte. »Du bist schon immer an deine Grenzen – und offensichtlich schon wieder darüber hinaus.«

»Ich weiß. Aber was soll ich machen? Kann ich überhaupt anders?«

»Gute Frage. Und wenn du noch einmal dorthin gehst?«

»Sri Lanka? Habe ich auch schon überlegt. Aber auf Dauer ist das keine Lösung. Irgendwann ist das Geld alle. Und dann? Ich finde einfach nicht heraus aus dieser Mühle. Mein Hamsterrad dreht und dreht weiter – und dann das Feuerwerk im Kopf.« Wilhelm hielt sein Glas hin. Die Flasche war leer.

»Ich hol' uns noch eine«, sagte Ulrich und ging Richtung Turm.

Die Ukulelen fingen wieder an. Textfetzen wurden hergeweht. Jetzt bemühten sie Edith Piaf. Wilhelm dachte an die Zeit in Freiburg. Ich bereue auch nichts, sagte er sich. Höchstens, dass ich die Sirius nicht zu Ende gebaut habe, es fehlte nur noch das Korsett, um sie im Stehen zu spielen. Die Zeit – sieben Jahre und so viel Geld. Das wäre die Revolution für die Drehleier geworden, keine Beschränkung, alle Tonarten mit Pedaldruck. Noch zwei Jahre und die Kraft von früher, dann hätte L'etoile du chien, mein Star der Schnarre, leuchten können. Der endgültige Durchbruch. Und sonst? Boston vielleicht, Early Music auf Weltniveau. Das Sommermusikfest in Mendocino, Wale beobachten in Hawaii. Die Einladungen nach Madrid, Moskau, Seoul? Auf jeden Fall Valentins Leier. Ich hätte sie bauen sollen, trotz der Finanzierungsabsage des Museums. Ich war schon so weit. Die dreißigtausend Mark hätten mich auch nicht ruiniert, wenn er schon eine Leier von mir will. Von mir! Dem Wiener hätte ich die rote Karte gezeigt. Andererseits – Was soll's? Mit der Phoenix holt mich niemand mehr ein, fast fünfhundert davon in über 30 Ländern.

Ulrich kam mit einer Spätlese zurück. Golden floss der Riesling ins Glas. »Und kürzer treten? Wenn du noch jemanden einstellst?«

»Noch kürzer geht nicht mehr. Rika macht schon alles. Ich kümmere mich nur noch um Aufträge, Büro und Endkontrolle. Selbst Reparaturen überlasse ich ihr, und für noch wen fehlt das Geld.«

»Warum hörst du nicht ganz auf? Dein Geschäft verkaufst? Bei deinem Namen.«

»Aufhören? Ich? Kann ich mir nicht vorstellen. Ich wüsste gar nicht, was ich sonst tun sollte. Außer Drehleiern kann ich nichts. Ich werde einfach weiter am Rad drehen. Immer weiter. Solange die Saiten schwingen, weiß ich, dass ich lebe.«

Wilhelm lehnte sich zurück und lauschte den leisen Tönen vor der Eibe. Sanny hatte die Ukulele gegen die Drehleier getauscht und spielte eine französische Gavotte. Mit einem Mal wurde Wilhelm unruhig, eine Erinnerung durchströmte ihn. Es war, als würde er von einem hauchfeinen Lichtstrahl getroffen. Was er hörte, klang wie das Stück, das ihm vor so vielen Jahren in der Freiburger Fußgängerzone seinen Weg gewiesen hatte, gespielt von dem Mädchen mit der Drehleier.

Glossar

Instrumentenbau

Antriebsservo: Spezialmotor bei computergesteuerten Maschinen, der die Achsen bewegt.

Bordun: Immer mitschwingender tiefer Dauerton, bekannt von Dudelsäcken.

Bund, Bunddraht: Metallstäbchen auf Gitarrengriffbrettern, ursprünglich von binden, da bei früheren Zupfinstrumenten die „Bünde" aus Darmsaiten gebunden waren.

Bundrein: Die Oktave liegt bei Zupfinstrumenten beim zwölften Bund. Wird die Saite dort gegriffen, muss sie exakt eine Oktave höher klingen.

Dorisch, Ionisch, Äolisch und Myxolydisch: Kirchentonarten, bei denen die natürlichen Halbtöne (H-C, E-F) an anderen Positionen liegen.

Dulcimer: Auch Scheitholz, ein den Zithern zugehöriges Instrument, welches in ganz Europa ab dem 16. Jh. verbreitet war. Der Dulcimer wurde von Auswanderern nach USA gebracht und dort weiterentwickelt. Die bekannteste Form in der Art einer lang gezogenen Acht nennt man Appalachen dulcimer, benannt nach den Bergen südlich von New-York.

Expander: Elektronisches Musikinstrument, ein Synthesizer ohne Tastatur, der mittels MIDI von einer externen Tastatur angesteuert wird.

Fähnchen: Kleine hölzerne Pflöcke mit Verbreiterung mit denen bei der Drehleier die Tonhöhe geändert werden kann. Sie stecken fest aber dennoch verdrehbar in den Tasten; die Einheit aller Tasten und Fähnchen nennt man Tangentenkasten.

Fräsportal: Bewegliche Einheit einer Computergesteuerten Fräsmaschine

Klötze, Klötzchen: Hölzerne Verstärkungen im oberen und unteren Bereich von Streich- oder Zupfinstrumentenkörpern.

Kolophonium: Harzmischung, Blockform, flüssig oder als Puder; dient zur Reibungserhöhung der Behaarung von Streichinstrumentenbögen oder dem Drehleierrad.

Mensur: Länge der schwingenden Saite zwischen Steg und Sattel

MIDI: Musical Instrument Digital Interface, elektronische Schnittstelle zwischen Synthesizern.

Pick up: Englischer Ausdruck für Tonabnehmer

Reifchen: Innenliegende schmale Holzverstärkung an den Seiten der Instrumentenkörper, um eine größere Leimfläche für Decke und Boden zu erhalten.

Schnarre, Schnarrsteg: Beweglicher kleiner Steg, der bei Drehleiern schnarrende Töne erzeugt, wenn man die Kurbel akzentuiert dreht. Dies wird auch als „schlagen" bezeichnet (Zweier-, Dreier- oder Viererschlag).

Stimmknauf: Hilfsmittel um Holzwirbel bei Drehleiern drehen zu können.

Stimmstock, Stimme: Zwischen Boden und Decke geklemmter Holzstab bei Streichinstrumenten um den typischen Klang zu erzeugen.

Tangenten: siehe Fähnchen

Tangentenlöcher: Rechteckige Löcher in denen die Tasten gleiten, je präziser diese gearbeitet sind, desto höher ist die Qualität des Instrumentes.

Watte: dient zur Klangerzeugung bei Drehleiern. Sie wird im Bereich des Rades dünn um die Saite gewickelt und hat die Funktion der Haare eines Geigenbogens.

Yamaha DX7: Komplexer und erster programmierbarer Synthesizer in den 1980er Jahren.

Zarge: Seitenteile bei Streich- und Zupfinstrumenten.

Z-Einheit: Fräseinheit, die den Fräsmotor in senkrechter Richtung bewegt.

Musik und Musikinstrumente

Arabische Taqsims: Improvisationen über eine bestimmte Tonskala.

Bodhràn: Irische Rahmentrommel, die rechtshändig mit einem Klöppel gespielt wird.

Cornemuse: Französischer Dudelsack

Diatonisches Akkordeon: Akkordeon, das anstelle von Tasten auf der rechten Seite ebenfalls Knöpfe besitzt und bei dem beim Drücken ein anderer Ton erzeugt wird als beim Ziehen.

Djembe: Afrikanische Standtrommel

Dulcian, Großbaßpommer, Platerspiel, Krummhorn: Indirekt geblasene Rohrblattinstrumente der Renaissance.

Fideln: Mittelalterliche Streichinstrumente, Vorläufer der Gamben und Geigen.

Jig, Reel: Irische Tänze im Dreiviertel- bzw. Viervierteltakt.

Latina, Vihuela und Quinterne: Historische Zupfinstrumente, Vorläufer moderner Gitarren.

Larrivée: Kanadischer Gitarrenbauer der Spitzenklasse.

Les Paul: Weitverbreitete amerikanische E-Gitarre der Firma Gibson, benannt nach dem Entwickler Les Paul (1915-2009).

Martin D-28: Hochwertige Westerngitarre der amerikanischen Firma Martin.

Monochord: Wörtlich „Einsaiter", mehrere Saiten werden in gleicher Tonhöhe gestimmt. Sie erzeugen beim Anzupfen oder Anstreichen einen monotonen, meditativ wirkenden Klangteppich.

Mosenbergleier: Drehleiertyp, der auf einem Baukurs auf dem Mosenberg in den 1980er Jahren gebaut werden konnte.

Northumbrian Small-Pipe: Kleiner nordenglischer Dudelsack, der nicht geblasen, sondern mit Hilfe eines unter dem rechten Arm liegenden Blasebalgs gepumpt wird.

Novellos: Eigenname moderner Drehleiern

Oud: Arabische Laute

PA: Public Address, engl. Beschallungsanlage

Pimpard: Französischer Drehleierbauer des 19. Jahrhunderts.

Saitentamburin: Saiteninstrument, welches mit einem Schlagstock gespielt wird, um trommelähnliche Rhythmen zu erzeugen.

Santur: Orientalisches Hackbrett

Smallpipe: Siehe Nothhumbrien …

Starfish: Moderne sechssaitige Elektrogeige

Streichpsalter: In der Folklore und der Musiktherapie verwendetes dreieckiges Saiteninstrument, bei dem die nicht veränderbaren Saiten mit einem Bogen angestrichen werden.

Tin Whistle: Irische Blechflöte

Tombak: Orientalische Vasentrommel

Ukulele: Viersaitiges gitarrenähnliches Zupfinstrument in Mandolinengröße hawaiianischen Ursprungs.

Uilleann Pipe: Irischer Dudelsack, er wird wie die Smallpipe gedrückt und verfügt je nach Ausführung über ein Klappensystem an den Bordunen, um damit Akkorde spielen zu können.

Waldzither: Mandolinenähnliches Instrument aus Thüringen.

Diverses

AL: Alternative Liste, politisch grüne Partei in Westberlin.

KaDeWe-Laster: Lastwagen des „Kaufhaus Des Westens", einem Konsumtempel Westberlins.

Nante Eckensteher: Figur bei Heinrich Zille, dem Berliner Maler und Karikaturisten.

Patella: lat. med. für Kniescheibe

Persiko: Kirschlikör, ehemals Berliner Kultgetränk in den 1970ern.

Potse: Berlinerisch für Potsdamer Straße

Sauschdall: Legendärer Jazzclub in Ulm

Schrippen: Berlinerisch für Brötchen

Schwangere Auster: Spitzname wegen ihrer Form für die ehemalige Berliner Kongresshalle im Tiergarten.

Tip, Zitty: Berliner Stadtmagazine mit Kulturprogramm und Kleinanzeigen.

Triskel: Keltisches Symbol mir drei kreisförmig angeordneten Spiralen.

Wanne: Ugs. für Polizei-Mannschaftsfahrzeug.

Jassu: Griechische Begrüßung (Hallo, guten Tag).

Bildnachweise

Freiburg: Aus: Marianne Bröcker, Die Drehleier, Band 2,
Orpheus Verlag, Verlag für systematische Musikwissenschaft GmbH, Bonn-Bad Godesberg 1977, Abb. 30; Miniatur aus dem Luttrell-Psalter (um 1330), London, British Museum, Add. Ms. 42130; nach: W. Bachmann, Die Anfänge des Streichinstrumentenspiels, Abb. 48.

Berlin: Aus: Marianne Bröcker, Die Drehleier, Band 2,
Orpheus Verlag, Verlag für systematische Musikwissenschaft GmbH, Bonn-Bad Godesberg 1977
Abb. 12; Skizze einer Skulptur an der Kirche Saint-Nicolas (12. Jhd.) in Civray, Département Vienne; nach: E. de Coussemaker, Essai sur les instruments de musique au moyen âge, in: Annales archéologiques, Band 8, Paris 1848, 248 Abb.4

Die Mühle: Die verlorene Mühe , Holzschnitt von Hans Sebald Beham um 1526, mit freundlicher Genehmigung des Germanischen Nationalmuseums Nürnberg